Le trône des sept îles

ADALYN GRACE

LE TRÔNE DES SEPT ÎLES

Traduit de l'anglais (États-Unis)
par Aurélie Orkan

DE SAXUS

Ceci est une œuvre de fiction.
Toute ressemblance avec des personnages, lieux, organisations
ou évènements existant ou ayant existé ne serait que purement fortuite.

AVERTISSEMENT DE CONTENU

VIOLENCE, SANG, ESCLAVAGISME, VIOLENCE SEXUELLE,
MORT D'UN PROCHE, EXÉCUTION, TORTURE, SUICIDE

Le trône des sept îles
par Adalyn Grace

All the stars and teeth

Illustration de couverture : Gemma O'Brien
Carte : Dave Stevenson

Couverture française : Conception graphique Eilean Books - Volodymyr Feshchuk

Ouvrage publié sous la direction de Sam Souibgui
Coordination et suivi éditorial : Christian Martin

À papa et maman, pour votre amour, votre soutien constant,
et pour m'avoir attendue en plein soleil chaque fois
que je vous ai traînés à des millions de séances de dédicace.
Je ne serais pas là sans vous… au sens propre.

À Taylor,
parce que nous l'avons fait, finalement.

TERRITOIRE DU FEU
VALUKA
TERRITOIRE DE L'AIR
TERRITOIRE DE L'EAU
TERRITOIRE DE LA TERRE
KEROST
ZUDOH

MORNUTE
IDIA
CURMANA
ARIDA
SUNTOSU
NORD

LE ROYAUME DE VISIDIA

ARIDA
Île de la magie des âmes
Représentée par le saphir

VALUKA
Île de la magie des éléments
Représentée par le rubis

MORNUTE
Île de la magie des enchantements
Représentée par le béryl rose

CURMANA
Île de la magie de l'esprit
Représentée par l'onyx

KEROST
Île de la magie du temps
Représentée par l'améthyste

SUNTOSU
Île de la magie de guérison
Représentée par l'émeraude

ZUDOH
Île de la magie des maléfices
Représentée par l'opale

CHAPITRE UN

C'est une belle journée pour naviguer.

Le sel de l'océan recouvre ma langue et j'en savoure le grain. La chaleur de la fin de l'été a eu raison de la mer : elle oscille à peine alors que je me tiens appuyée contre le bastingage à tribord.

L'eau turquoise s'étend à perte de vue, peuplée de chirurgiens bleus et de bancs de vivaneaux à queue jaune qui s'éloignent de notre bateau et se cachent sous de fines couches d'écume. Derrière la brume matinale s'élève le contour des montagnes, dissimulées sous les nuages, qui façonnent l'île la plus septentrionale du royaume, Mornute. C'est l'une de celles que je n'ai pas encore visitées, mais que je gouvernerai un jour.

« Quelle direction prenons-nous ? demandé-je. Les volcans de Valuka ? Les forêts tropicales de Suntosu ? » Le temps est assez calme pour que mes paroles portent jusqu'à la proue où se trouve Père, surplombant l'eau.

Les années passées en mer ont flétri sa peau mate et tannée, le faisant paraître plus âgé que ses 40 ans. Ses rides lui donnent également un air sévère que j'aime bien. Le Haut Animancier d'Arida, le roi de Visidia, se doit d'afficher une apparence stricte.

« La mer est une bête dangereuse, Amora, dit-il. Et tu es trop précieuse pour que l'on te perde. Mais prouve ta force à notre peuple, ce soir, et je saurai que tu es capable de la braver. Pour l'instant, consacre toute ton attention à mériter le trône. » Ses yeux brun foncé se portent brièvement sur moi et il sourit. « Et à l'annonce de tes fiançailles. »

Ma gorge se noue. Ferrick est un homme honorable si l'on rêve de faire sa vie avec un ami d'enfance. Mais je préfère mes soupirants habituels et leurs présents.

Amabons, ginnada et robes taillées dans les plus fines étoffes, tout ce qu'il faut pour courtiser la princesse impressionnable qu'ils voient en moi. Les garçons du royaume pensent qu'ils peuvent acheter mon amour et mon titre, et je le leur laisse croire. Rien n'est comparable aux somptueuses babioles de ces prétendants avides, et je ne tiens pas à mettre un terme à leur générosité.

« Tu es prête ? » La voix de Père est basse mais ferme. Quelque chose a changé dans son regard. Il ne parle plus de mes futures fiançailles.

Instinctivement, ma main atteint la sacoche en cuir qui repose sur ma hanche. Son contenu émet un cliquetis lorsque je touche ses bords rigides.

« Oui », acquiescé-je avec une assurance qu'en réalité je ne possède pas. Car même si je suis l'unique enfant du roi, mon peuple ne va pas se contenter de me tendre la couronne et me laisser régner en vertu du droit héréditaire. Ici, dans le royaume de Visidia, je dois d'abord faire mes preuves si je veux mériter le titre d'héritière. Et ce sera en lui offrant une belle démonstration de magie aridienne, celle qui se transmet uniquement par le sang de la famille Montara.

Ce soir, je n'ai qu'une seule chance de prouver que je suis digne de prétendre au titre d'Animancière, ou maîtresse des âmes. Or, mes futurs sujets ne se satisferont pas d'une démonstration. Ils exigent l'excellence, et c'est exactement ce que je vais leur offrir. D'ici la fin de la nuit, je leur prouverai que je suis la seule capable de régner.

D'immenses montagnes verdoyantes et de luxuriantes falaises s'étendent devant nous, alors que la mer tire notre navire vers les quais d'Arida, mon île natale. Des falaises épaisses, enveloppées d'une flore bioluminescente qui, bien que belle en plein jour, laissera quiconque pantois quand elle répandra ses pétales brillants, roses et violets, sous la lune.

C'est magnifique, or un nœud d'amertume me serre la poitrine à mesure que nous approchons. J'essaie de l'ignorer, mais il s'accroche à mes tripes comme une ancre.

J'adore Arida mais, par les dieux, que ne donnerais-je pas pour que le bateau fasse demi-tour et poursuive sa navigation.

Nos voiles se gonflent lorsque le vent nous amène au port, et Père se prépare à débarquer. Je suis censée diriger un jour le royaume, mais il refuse toujours de m'apprendre une chose aussi simple que de manœuvrer *La Duchesse*. Comme je suis l'une des deux seules héritières Montara possibles, il me dit que voyager est trop dangereux. Malgré des années passées à le supplier, à plaider pour prendre la mer et découvrir mon royaume, il me laisse à peine toucher la barre.

Mais cela signifie juste qu'il est temps d'essayer plus hardiment. Après tout, c'est mon anniversaire aujourd'hui.

Je chasse mes soucis au loin, vers les mouettes qui tournoient autour du grand mât avant de s'y percher. Les lèvres de Père se plissent quand je souris ; il sait exactement ce que je veux.

« S'il te plaît ? » Je pose ma douce main sur la barre, à côté de la sienne, rugueuse, enviant le teint doré et les cals durcis par la mer qu'il arbore avec fierté – marques révélatrices d'un voyageur.

Il ne reste pas beaucoup de temps avant d'accoster. Les eaux sont de moins en moins profondes et frappent rageusement le navire tandis que nous approchons d'Arida. Une petite foule de serviteurs et de soldats royaux nous attend sur le sable rouge, prête à nous emmener pour préparer la soirée.

« Non. » Père carre ses épaules pour me bloquer.

Je le contourne pour soutenir son regard. « Si. Juste cette fois ? »

Le soupir de Père fait frémir sa large poitrine. Il doit sentir à quel point j'en ai besoin car, pour la première fois de ma vie, il s'écarte et m'offre la barre. Sans perdre une seconde, ma main libre saisit le bois, et je réprime un frisson en le sentant sous ma paume.

Tout naturel. Comme si mes mains étaient faites pour cela.

« Vas-y lentement », dit Père, mais je ne l'écoute qu'à moitié. Le bateau est totalement le monstre que j'imaginais, capable d'affronter la mer et ses promesses d'aventure, et de conquérir n'importe quoi sur son passage. Il est fort, sans peur, mais je sens sa réticence à m'écouter. Il est comme mon peuple : il exige le capitaine le plus méritant, et n'en acceptera pas moins.

Je gratte doucement le bois avec mon ongle et tourne la barre, d'un pouce à peine. Le navire répond en frémissant, il m'observe. Père reste près de moi, les mains crispées, prêt à prendre le relais si quelque chose tourne mal. Je ne le laisserai pas faire.

Je suis Amora Montara, princesse de Visidia et héritière du trône du Haut Animancier. Il n'y a aucun navire que je ne puisse diriger. Rien que je ne puisse maîtriser.

Une rafale contrarie le mouvement des voiles. Le bateau dévie d'environ un pouce vers la gauche. Ce n'est pas un gros changement mais le navire me met au défi, et je ne suis pas du genre à perdre. J'ajuste ma prise sur la barre pour la rectifier.

Je n'ai pas besoin de lever les yeux pour savoir que nous arrivons en eaux peu profondes. Je le sens dans le comportement du bateau, dans la façon dont son va-et-vient régulier devient plus rigide et hargneux.

« Resserre la prise de ta main gauche. » La voix de Père est distante, mais je fais ce qu'il me conseille. Le bateau répond en grinçant.

Je suis Amora Montara. J'enfonce de nouveau mon ongle dans le bois lorsqu'il frémit. *Le pouvoir d'Arida est en moi. Tu vas obéir.*

La Duchesse geint quand nous touchons le sable, et l'impact secoue ma poitrine. Je perds pied et me démène pour trouver une meilleure prise, mais la barre est glissante à cause des embruns et mon visage la heurte. Du bois déchiqueté m'égratigne la joue, et le navire rit en s'enfonçant dans le sable. Je recule, passe un doigt sur ma peau. Elle dégouline de sang.

Le bateau a gagné et le sait. Je ne me souviens pas de la dernière fois où quelque chose m'a fait saigner.

« Amora ! » La voix horrifiée de Père se brise. La colère monte dans mon ventre alors que je regarde fixement ces mains qui m'ont trahie. Fichu navire. Tout ce qu'il avait à faire, c'était d'écouter.

« Par la lame de Cato, tu saignes. »

Ce soir, je dois être parfaite. Il n'y a pas de place pour les vilaines blessures qui dévoilent une faiblesse.

« C'est juste une égratignure. » Je le repousse. « Mira saura la cacher. »

La culpabilité de Père se lit sur ses rides entre ses sourcils froncés. Quand je le vois, la colère se répand dans mes veines comme un poison. Ce n'est pas sa faute si je saigne. Ce n'est pas sa faute si je ne peux même pas me faire obéir d'un navire.

Je prends Père par le bras avant qu'il ne dise autre chose.

Nous descendons le pont de *La Duchesse* et avançons jusqu'à l'endroit où Mira attend sur le sable couleur du sang frais, debout entre plusieurs hommes et femmes à la posture raide, qui portent des blazers légers décorés d'or rose. Elle est vêtue d'un pantalon noir ample et d'un haut assorti qui étoffe son corps mince, attaché par de minuscules bretelles en perles scintillant sous ses cheveux – un flot dru de vagues aussi sombres et élégantes que des plumes de corbeau. L'ornement en or rose massif le long de sa tenue est assorti à l'emblème royal qu'elle arbore fièrement sur la poitrine ; les autres portent le même – le squelette d'une anguille enroulé autour d'une couronne d'os de baleine.

Bien qu'elle ne soit guère plus âgée que moi, son visage vif est marqué par les rides prématurées d'une anxiété permanente.

Au cours des cinq années où elle a été ma dame d'honneur, elle a tout le temps été aux petits soins pour moi, aussi protectrice que mes parents. Quand elle aperçoit ma joue, elle suffoque et me tire en avant.

« Il fallait que ce soit aujourd'hui. » Elle sort un mouchoir de sa poche et le passe sur la coupure. Une réprobation féroce pointe au fond de ses yeux bleus plissés, et alors que j'attends son verdict, elle fronce les sourcils. « La blessure est fraîche, nous pourrons la dissimuler en agissant rapidement. Viens, on va te préparer. »

Je jette un coup d'œil à Père, quêtant son sourire d'encouragement qui se fane dans un plissement de sourcils quand les fonctionnaires l'entraînent, chuchotant des secrets qui ne sont pas destinés à des successeurs inexpérimentés. Je fais un pas vers lui, le suppliant silencieusement de se retourner et de me demander conseil, ou bien de m'inviter dans la discussion, mais Mira saisit ma main.

« Vous savez bien qu'ils ne vous diront rien. » Sa voix est douce mais ses mots ressemblent à des coups de griffe. « Pas avant la fin de votre démonstration. »

Je repousse la main de Mira, laissant *La Duchesse* accaparer mon attention. Son bois grince de rire tandis qu'il s'installe dans le sable en se moquant de moi.

Le son me vrille les os, et je m'interroge : si je ne peux pas diriger un navire, comment serai-je capable de diriger un royaume tout entier ?

CHAPITRE DEUX

Les Ikéens ont enchanté la lumière des torches, inondant le chemin bondé sous mon balcon de nuances éblouissantes, roses, bleues et violettes.

Des centaines de Visidiens escaladent les falaises abruptes surplombant la plage jusqu'à l'emplacement où commence la célébration, au pied du palais. Certains empruntent des sentiers pavés, tandis que les plus aventureux se faufilent entre les eucalyptus arc-en-ciel et remontent le chemin en lacets, étouffant sous les railleries et s'essoufflant en faisant la course. Un groupe de soldats curmanais attend sur le rivage pour aider ceux qui ne peuvent pas, ou ne veulent pas, faire l'ascension. Ils soulèvent des enfants et des familles dans les airs jusqu'en haut des falaises du Nord, là où la fête les attend. Leur maîtrise de la magie de lévitation est telle qu'elle est aussi facile que de respirer.

Le bruit sourd et régulier des tambours s'est intensifié ; chaque battement martèle mes os tandis que la vibration de chaque creux remplit ma poitrine. L'air vibre d'énergie et de rires, réchauffé par le fumet du porc richement épicé et des prunes au miel rôties.

Tout le monde – jeunes et vieux – est de sortie ce soir. Quand viendra le moment de ma démonstration, je n'aurai aucun moyen d'échapper à l'œil de Visidia.

« N'est-ce pas magnifique ? demande Yuriel. C'est encore mieux que le théâtre, là-bas, avec tous ces costumes et cette magie. On devrait rassembler le royaume comme ça plus souvent. » Mon cousin est assis sur le coin de mon lit à baldaquin, se prélassant sur une couette de duvet d'oie et picorant dans un plateau rempli de desserts somptueux. Assis là, il ressemble presque à une oie lui-même, attentif à maintenir tout ce qui s'apparente à du chocolat à l'écart des plumes de paon teintes en rose qui composent son costume excentrique, mais il sirote tout de même jusqu'à la lie un vin rouge prune dans un verre de cristal. Je continue d'être captivée par l'éclat saisissant de ses yeux couleur lavande et le magnifique maquillage rose fluorescent qui se déploie autour.

« Quand je gouvernerai, je rassemblerai souvent le royaume pour des fêtes. » Je m'éloigne du balcon et tire les rideaux de velours derrière moi. Le dire à haute voix fait bouillonner mon sang, et j'ai la chair de poule en pensant à ce soir.

Dans quelques heures, tout ce pour quoi j'ai travaillé durant dix-huit ans sera enfin à moi.

Mon titre d'héritière de Visidia. L'occasion de hisser les voiles et de découvrir mon royaume. Le droit d'apprendre ses secrets, mais aussi de le diriger.

« Je suis heureux de te voir confiante, dit Yuriel entre deux bouchées gluantes de caramel givré. Je saurai te le rappeler. »

Bien que Yuriel et moi soyons des Montara, nos similitudes s'arrêtent au sang qui coule dans nos veines. Avec un père pâle comme de la neige, la peau de mon cousin est bien plus claire que la mienne qui est d'un brun cuivré. Et tandis que mes cheveux forment une masse de boucles sombres, les siens, comme tout ce qui vient de sa ville natale d'Ikae, sont extravagants. Ils sont de la plus pure nuance de blanc, même à la racine. Et alors que je suis grande et sculptée par les muscles, il est doux et délicat : un modèle d'Ikéen.

Mais notre différence la plus criante, c'est qu'en dépit de sa lignée royale, Yuriel ne peut pas apprendre la magie des âmes. Il a renoncé à ce droit quand il avait 5 ans, en utilisant de manière accidentelle la magie des enchantements pour teindre les cheveux de sa tante Kalea en vert fluorescent.

Bien qu'il ait été trop jeune pour qu'on le tienne responsable de ce choix, c'est maintenant un devoir que tante Kalea et moi sommes les seules à assumer. Si l'on ne me considère pas comme digne d'être l'héritière, mon peuple se tournera vers tante Kalea, la seule Montara qui n'ait pas encore revendiqué une forme de magie.

Mais cela n'arrivera pas. Personne dans ma famille n'a jamais raté sa démonstration, et j'y ai consacré trop de temps dans ma vie pour être la première.

« Amora ? » Mira arrive du salon voisin. Ses iris sont blancs et vitreux, le regard d'une Curmanaise en train d'utiliser le langage de l'esprit. « Tes parents t'attendent. » Elle cligne des paupières et ses yeux redeviennent bleus. « Lorsque tu seras prête, Casem t'escortera jusqu'à eux. »

Yuriel agite les sourcils quand je me détourne pour vérifier furtivement mon aspect. L'entaille sur ma joue se voit à peine sous les couches de crème et de poudre. Ma robe de crêpe est faite pour accrocher le regard : bleu roi avec un haut moulant et cintré, brodée de fines spirales dorées qui accentuent mes courbes et illuminent la chaude couleur de ma peau cuivrée. Elle est resserrée à tous les endroits que je peux voir, et avec mes boucles brun foncé attachées d'une manière lâche sur ma nuque, l'effet est saisissant.

Mira me tend une cape qui a l'air d'avoir été trempée dans des saphirs fondus et saupoudrée de lumière d'étoile. Elle l'accroche à ma tenue, juste en dessous des épaules, et j'ai le souffle coupé. La cape brille comme le soleil se reflétant sur de l'eau sombre et tache mes doigts de son miroitement lorsque je les passe sur la douce étoffe.

« Tu t'es vraiment surpassée. » Je perçois le sourire gorgé de fierté que Mira essaie de dissimuler.

« Ferrick est un homme chanceux, dit-elle. Tu es magnifique. »

Mon excitation retombe. Avec tout le temps qu'il m'a fallu pour me glisser dans cette robe, encore heureux que je sois belle. Et j'en ai ressenti tout le plaisir avant que Mira ne mentionne Ferrick.

« Merci, répliqué-je vivement, tentant d'étouffer la pensée de mon futur fiancé. Je suis prête à voir mes parents.

— Bonne chance ! » m'encourage Yuriel avant de se verser un nouveau verre de vin. Je le laisse dans ma chambre, mes bottes claquant sur le sol de marbre tandis que je passe la porte à la suite de Mira. Casem, mon garde, attend la tête appuyée contre le mur.

Comme tout Valukain, il est capable de modifier l'air autour de lui. Mais il préfère les armes à la magie et ne met pas souvent ses compétences en pratique. Il porte fièrement l'uniforme dont sont revêtus tous les gardes royaux et les soldats visidiens de n'importe quelle île : un blazer d'un bleu roi éclatant et une cape saphir étincelante, bordée de coutures argentées. L'emblème royal, le squelette d'anguille, brille de mille feux sur sa cape alors qu'il s'incline devant nous en nous apercevant. Mais ses yeux d'un bleu pâle s'attardent sur Mira plus longuement que sur moi. Il est comme un rayon de miel ambulant, avec sa peau hâlée et ses cheveux blonds comme le sable, et je jurerais qu'il fond chaque fois qu'il la regarde.

Peut-être trouveront-ils un jour le courage d'échanger un baiser et d'assouvir enfin leur désir constant.

« Est-ce que vous comptez profiter de la fête ensemble ? demandé-je tout en marchant, heureuse de pouvoir parler à quelqu'un de sérieux. Ou mon père vous a-t-il réquisitionnés tous les deux ? »

Leur bref silence est une réponse suffisante.

« Je doute qu'on ait besoin de moi. » Casem lance un coup d'œil par-dessus son épaule en nous souriant. « Mais veiller sur vous ce soir est un privilège. Bien que… le cochon rôti embaume comme si les dieux l'avaient eux-mêmes préparé. Je n'en soufflerai mot si vous mettiez un petit supplément de côté…

— Casem ! s'étrangle Mira, mais celui-ci rit et son enthousiasme me tire un sourire.

— Je dirai aux cuisines de vous garder quelque chose », lui assuré-je en montant les escaliers, mon cœur battant la chamade à l'approche de la salle du trône.

Les colossales portes à double battant me toisent, leur présence menaçante me glace les os. Je m'arrête devant elles, prenant une longue inspiration pour me calmer. Dix-huit ans, et cela arrive enfin.

Richement sculpté sur la carte du pays que nous dirigeons, le royaume entier de Visidia déploie sur des dalles dorées son ensemble d'îles incrustées de joyaux scintillants. Arida, l'île de la magie des âmes et capitale de notre royaume, est représentée par un saphir lumineux fièrement posé au milieu de la carte.

Ma peau se réchauffe lorsque mon doigt effleure mon île natale et passe tout droit au-dessus de celle de Yuriel, Mornute, matérialisée par un béryl rose. Une île somptueuse et riche, peuplée d'habitants élégants qui utilisent leur magie des enchantements pour arborer des cheveux violets un jour et roses le lendemain. Mornute est réputée non seulement pour sa magie, mais aussi pour ses vignobles luxuriants à flanc de montagne. L'île des enchantements produit et exporte la plus grande partie de l'alcool de Visidia. Bien que sa bière soit excellente, son vin est de loin ce que je préfère.

À gauche se trouve Valuka, l'île natale de Casem et de Mère, symbolisée par un rubis. C'est là que se pratique la magie des éléments. Les détenteurs de la magie valukaine peuvent choisir de manipuler la terre, le feu, l'eau ou l'air. L'affinité de Mère l'a fait opter pour l'eau.

L'île en dessous de Valuka est plus abstraite pour moi : Kerost, île de la magie du temps, représentée par une améthyste. Bien qu'il soit impossible de manipuler le temps lui-même, ceux qui possèdent cette magie sont capables de changer la façon dont les corps interagissent avec lui, de les ralentir ou les accélérer. Nous avons des soldats et du personnel ici, au palais, originaires de toutes les îles, or cela fait une éternité que je n'ai pas vu la magie du temps en action. Père m'a raconté des histoires révélant à quel point celle-ci pouvait être éprouvante pour ses utilisateurs, ce qui explique qu'elle soit la moins pratiquée à Visidia.

À l'extrême droite d'Arida se trouve une grosse émeraude qui indique le centre de Suntosu, l'île de la magie de guérison. Des guérisseurs qualifiés viennent souvent travailler pour le royaume, ils sont envoyés dans des salles de soins partout dans Visidia, avec pour mission de soulager les malades et les blessés. Mais Suntosu est également la terre natale de Ferrick, mon fiancé, et je survole l'île rapidement, préférant ne pas songer à l'annonce de nos fiançailles. Je dirige plutôt mon doigt vers le haut, jusqu'à l'onyx qui marque Curmana où sont nés bon nombre de nos employés royaux, y compris Mira. Je pense aux Curmanais que j'ai observés plus tôt, en train d'aider les autres à gravir les falaises.

Mais tous ne pratiquent pas la lévitation ; certains, comme Mira, sont d'habiles télépathes capables de communiquer en entrant directement dans l'esprit de quelqu'un, sans jamais avoir à utiliser leurs lèvres. Père en a employé plusieurs pour travailler avec les conseillers sur chaque île, et leur magie nous permet de communiquer de façon très rapide les uns avec les autres. Elle est aussi une ressource précieuse pour connaître les derniers potins du royaume.

Juste avant de retirer ma main, mon pouce effleure un petit trou sur la carte, à l'extrême sud d'Arida, et je me penche pour examiner son emplacement, autrefois comblé par une belle opale blanche.

Zudoh. Une île spécialisée dans la magie des maléfices, bannie du royaume lorsque j'étais enfant. Je n'en sais pas beaucoup sur leur magie – juste qu'on s'en servait pour la protection. Il paraît qu'ils étaient capables de créer des barrières et des charmes qui faisaient voir des choses étranges aux gens lorsqu'ils entraient en contact avec eux. Cependant l'île était surtout connue pour ses infrastructures de pointe et son bois d'ingénierie unique, parfait pour la construction de nos maisons et de nos navires. En tant qu'île la plus au sud, son climat est le plus froid. On dit que les hivers à Zudoh sont durs, balayés par la neige et les blizzards incessants.

Je ne me souviens guère de son bannissement, car je n'avais que 7 ans. C'est un sujet de conversation sensible dans le royaume, souvent évoqué à voix basse derrière des portes closes. Même Père n'aime pas en discuter. Chaque fois que j'ai insisté pour obtenir des détails, il m'a tourné le dos en expliquant que les Zudonais n'étaient pas d'accord avec la manière dont les Montara gouvernaient, et ne le seraient jamais. Tout ce que je sais sur le bannissement de Zudoh, je l'ai donc glané en prêtant une oreille attentive aux potins circulant dans le royaume.

J'ai entendu dire que les conseillers de Zudoh s'étaient retournés contre Père au cours d'une de ses visites sur leur île, et qu'il avait été gravement blessé pendant le combat qui s'était ensuivi. Je me souviens vaguement d'une brève période où Père a interrompu mon entraînement et où je n'étais pas autorisée à le voir. À l'époque, j'ai supposé qu'il était occupé ; ce n'est que des années plus tard que j'ai fait le lien.

C'est exaspérant de se faire traiter comme une enfant à qui l'on cache tant d'informations secrètes « en attendant que je sois prête » alors que je suis censée diriger ce royaume un jour.

C'est ce que j'attends avec impatience de cette soirée, plus que tout. Dès que ma démonstration sera terminée et que je serai officiellement reconnue comme héritière du trône, j'exigerai de tout savoir sur mon royaume. Je n'aurai plus à me poser de questions. Mon père ne pourra plus me retenir sur Arida, me disant de continuer à parfaire ma magie. Il devra me traiter avec tout le respect dû à la future reine. Je suis peut-être l'une des rares héritières restantes mais pas, comme il le croit, une petite chose fragile.

« Amora ? » La voix de Mira me ramène au présent.

Deux gardes du palais m'encadrent, chacun a une main posée sur les épaisses poignées de porte. Ils attendent.

Je prends une inspiration. « Ouvrez. »

Un courant d'air se faufile entre les portes ouvertes et quelques mèches bouclées s'échappent dans mon cou et devant mes yeux. Mon cœur se serre et mon souffle s'accélère. Je jette un coup d'œil en arrière vers Casem et Mira, tous deux un genou à terre, la tête baissée, puis j'entre.

Les portes claquent derrière moi.

Il n'y a pas besoin de lumière dans la salle du trône. Les torches et la lueur des étoiles filtrant par l'ouverture du mur du fond inondent l'espace caverneux. Comme partout ailleurs à l'intérieur du palais, le sol est en marbre d'un blanc éclatant, bien que partiellement recouvert d'un épais tapis saphir bordé d'un liseré doré. À son extrémité, six marches de marbre noir montent vers trois trônes en perles et os de baleine.

Il y en aura bientôt quatre. Une fois mariés, Ferrick siégera à mes côtés chaque fois que je tiendrai conseil.

Mes paumes sont moites, mais ce n'est pas le moment de rêver à un fauteuil invisible. Mes parents se tiennent devant les deux trônes à l'avant ; le balcon panoramique qui surplombe Arida s'étend derrière eux. La lumière enchantée qui filtre de la torche illumine leurs profils et transforme leurs sourires éclatants en lunes miniatures.

Père parle le premier : « Amora. Tu es splendide. » Une table se dresse derrière lui, mais je ne peux pas voir ce qu'il y a dessus.

La réalité de ce qui est enfin sur le point d'arriver transforme mes jambes en pierre. Tremblante, je les force à avancer, pas à pas. Des piliers de marbre se dressent sur le côté – il y en a encore quatre entre mes parents et moi. Je les compte en me déplaçant.

Un.

Encore une heure avant de prouver à Visidia que je suis destinée à être leur héritière.

Deux.

Encore deux heures avant d'être fiancée à un homme que je n'aimerai jamais.

Trois.

Encore trois heures avant que j'ordonne que l'on appareille un navire pour mettre les voiles demain, et que je demande à connaître les moindres secrets de ce royaume qu'on m'a toujours cachés.

Quatre.

La nervosité finit par reprendre le dessus. Elle me fait transpirer.

En bas des marches, je m'incline, et Père pouffe de rire.

« Viens, Amora, dit-il. Viens t'asseoir. »

Je ravale le nœud dans ma gorge et monte les marches trop vite en me dirigeant vers mon siège, celui de derrière. Mère me saisit par les épaules et me fait faire demi-tour.

« Pas celui-là », murmure-t-elle en me guidant vers le plus grand : celui destiné au Haut Animancier.

Mon cœur devient un monstre qui s'agite dans ma cage thoracique quand Père me prend par le bras et me guide vers son siège.

La pièce a l'air immense vue d'ici. On ne distingue aucune étoile sous cet angle, ni aucune fenêtre donnant sur l'île. Il n'y a que moi et une étendue d'espace vide qui semble trop grande.

« Un jour, quand les dieux prendront mon âme ou que l'île ne me jugera plus apte à régner, c'est là que tu siégeras. Tu dirigeras ce royaume comme les dieux t'ont créée pour le faire. » La voix de Père m'arrive de loin ; les battements assourdissants de mon cœur pulsent plus fort dans mes oreilles que ses paroles. « Je connais ta magie, ton contrôle et ta force. Pendant ces dix-huit dernières années, je les ai vus grandir en toi chaque jour, et je ne pourrais pas en être plus fier. Le pouvoir d'Arida est puissant dans ton sang, et cependant tu l'as maîtrisé. Maintenant, il est temps de le prouver à notre peuple. Montre-leur que lorsque j'aurai fait mon temps, ils pourront te faire confiance. » Père tend la main derrière lui pour prendre sur la table deux épaulettes à l'apparence féroce.

Ces épaulettes d'apparat sont anormalement hautes, incrustées de grosses pierres précieuses qui représentent les différentes îles de Visidia, et forment des pointes dentelées et dangereuses qui me trancheront sûrement la joue si je me retourne trop vite.

Mon désir enfle, presque étouffant. Je n'avais jamais réalisé combien mes épaules étaient froides, combien elles étaient légères jusqu'à ce moment.

« Amora, jures-tu d'accepter cette position que les dieux t'ont offerte en utilisant ta magie avec honnêteté et discernement ? demande-t-il en accrochant la première épaulette.

— Je le jure. » Je saisis les accoudoirs de mon fauteuil pour garder l'équilibre.

« Jures-tu de respecter les lois de la magie des âmes, sachant que chaque fois que tu l'utiliseras, cela devra être dans un but précis ? » Père accroche la seconde épaulette.

« Je le jure. »

Il recule d'un pas pour me regarder. « Et, plus important encore, jures-tu de te dévouer à la protection des habitants de Visidia en préservant cette magie, pendant toute la durée de ta vie ? Même en connaissant les conséquences ? »

Je fixe Père droit dans les yeux, le menton relevé. « Je le jure. »

Ses yeux rayonnent à la lueur des torches. « Alors, ton entraînement s'achève ici, et puisses-tu être Animancière au lever du soleil. Tu as ma bénédiction. »

Les pierres précieuses me frôlent la nuque et les oreilles, et me donnent la chair de poule. Me voyant frissonner, Mère presse sa main sur mon bras, sa présence m'apaise.

« Joyeux anniversaire, mon amour. Nous sommes fiers de toi. » La magnifique peau brune de Mère est éclatante, aussi radieuse que les falaises du bord de mer au lever du soleil. Son teint chaud et ambré ressemble presque parfaitement au mien. Ses abondants cheveux auburn soigneusement brossés bouclent sous son élégante couronne, une série de coquillages et de coraux brillants, mêlés de plusieurs étoiles de mer séchées et incrustées de délicats saphirs. Elle s'harmonise avec sa robe bleu roi, ample et sobre en apparence, bien que richement tissée. Des liserés rouge rubis bordent sa cape, la désignant comme une native de Valuka, et une pluie de petits diamants pare son corsage. Ses bijoux scintillent : de lourdes boucles d'oreilles en perles et diamants, des rubis et des saphirs étincelants qui ornent le col en éventail de sa tenue et font le tour de sa nuque, et de fins anneaux qui scintillent à ses doigts à chaque mouvement.

Quelque chose dans son autre main reflète la lumière. Quand elle remarque mon regard insistant, elle sourit et ouvre sa paume.

« Ceci appartenait à ta grand-mère », dit-elle, balançant un collier du bout des doigts. La chaîne en or massif s'enroule autour d'un lourd saphir suspendu au milieu, des larmes de diamants tombent en dessous. C'est une des plus belles choses que j'aie jamais vues. « Elle me l'a légué quand tu étais enfant. Ces joyaux sont dignes de la future reine de Visidia. »

Avant que je puisse réaliser ce qui se passe, le collier est accroché autour de mon cou. Mère dépose un baiser sur ma tempe. Mais mes parents n'ont pas encore fini.

Lorsque Père tire une couronne de derrière le trône, j'ai le souffle coupé.

La gigantesque coiffe a été fabriquée en os de baleine plaqués d'ivoire. Seize pointes osseuses s'étirent de la base et s'élèvent en colonnes spiralées à une hauteur d'au moins cinquante centimètres. Elles sont tranchantes comme de la glace, tels des pals, et seules les fleurs blanches et bleues que Mère incruste derrière mon oreille et entrelace dans les os en adoucissent l'apparence.

S'il y a une chose dont je suis certaine à propos de cette nuit, c'est que je suis destinée à porter cette couronne.

Quand je me présenterai ce soir, la question de savoir si je suis censée être la future Haute Animancière de Visidia, une fois le temps de Père révolu, ne se posera même pas. Dès que mon peuple me verra, il le saura, comme moi.

Je me lève et embrasse d'abord Mère puis Père. Tous deux m'étreignent fort, mais veillent à ne pas heurter la couronne ou s'ouvrir les joues sur mes épaulettes acérées.

« Offre-leur une prestation grandiose. » Mère ajuste les fleurs dans mes cheveux, me jette un dernier regard, puis sourit en signe d'approbation.

« Montre à notre peuple que le pouvoir des Montara est fort, renchérit Père.

— Je ferai mieux que ça. » Je suis du doigt les bords de ma couronne, ma respiration devient plus régulière et mes muscles se détendent à chaque seconde qui passe. « Je vais leur montrer que *je suis* forte. »

Avec le poids rassurant de la sacoche sur mes hanches, je suis prête.

Père me tapote doucement l'épaule, une seule fois, et tend la main à Mère.

C'est l'heure.

CHAPITRE TROIS

Toutes les têtes se tournent vers nous tandis que Casem m'escorte du palais jusqu'au cœur de la fête. De lourdes vignes entremêlées de fleurs roses éclatantes pendent de la falaise, me frôlent les épaules et tentent de s'enrouler autour de ma couronne durant notre ascension à flanc de montagne vers le sommet où se tiendra la cérémonie, plus tard dans la soirée.

Casem me dirige à travers une foule épaisse qui s'écartent sur notre passage, m'empêchant de m'attarder trop longtemps au même endroit. Sur notre parcours, il inspire profondément par le nez et grommelle : « Par le sang de Cato, j'aurais aimé que mes anniversaires sentent aussi bon ! »

Des douzaines de vendeurs sont postées le long du chemin montagneux, offrant toutes les marchandises imaginables et plus encore : du porc rôti, des gâteaux dégoulinant de miel, du pudding à la banane bien consistant et des bonbons d'Ikae, du poisson cru, des tranches de mangue glacées au sucre, du poulet, des fruits, absolument *tout*. Certains vendent même des couronnes de pacotille ou des sabres incrustés de saphirs aux couleurs vives.

Deux femmes aridiennes se sont placées près des tonneaux de vin et rient bruyamment lorsqu'un garde royal tente de les chasser vers les stands de nourriture. L'une d'elles repousse la main du garde avec un autre rire, presque contagieux. Derrière eux, des torches roses et bleues éclairent la nuit, scintillant de la magie des enchantements de Mornute. Elles illuminent les silhouettes des artistes et des gens qui dansent et chantent, joyeux et insouciants, au rythme des tambours. Les rires avinés éclatent dans l'air et se superposent à la musique. Sur la plage en contrebas, d'autres encore arrivent à bord de leurs bateaux, grappillent de la nourriture et se saluent joyeusement avant de commencer leur ascension.

« C'est la princesse ! » Le chuchotement aigu d'une jeune Valukaine attire mon attention. Elle fixe ma couronne bouche bée, comme ceux qui l'entourent. Ils détaillent mes parures d'un air ébahi avant de se reprendre et de s'incliner.

Devant eux, je garde la tête droite malgré le poids de ma couronne, et les épaules en arrière en dépit de la lutte que me livrent mes épaulettes. Bien qu'une partie de moi veuille en finir avec les formalités, la vérité est que j'en suis ravie. En les voyant faire la révérence, mes épaules se redressent et ma poitrine se gonfle de fierté.

Toute ma vie, je me suis entraînée pour protéger ces gens, et ils vont enfin voir de quoi je suis capable.

Tandis que je me fraie un chemin à travers la foule, la plupart des Visidiens s'écartent nerveusement, jetant des coups d'œil admiratifs à ma couronne et mes épaulettes, tandis que d'autres se précipitent pour me saluer, me tendant leurs mains. Je reconnais les visages de certains, mais des centaines d'étrangers ont afflué chez moi pour regarder leur princesse gagner son titre d'Animancière d'Arida, héritière du trône. Ils portent les couleurs de leurs îles d'origine, créant une mer de teintes et de styles différents.

Comme Yuriel, les citoyens de Mornute sont parés de plumes, la grande mode actuelle. Une femme a métamorphosé sa robe qui ressemble à une seule plume de cygne, avec un haut étincelant qui s'évase en bouffant à partir de la taille. L'homme à côté d'elle arbore un maquillage du même bleu vif que ses yeux. Il porte une cape de teinte pêche avec des épaulettes de plumes assorties qui jaillissent de son cou. À chaque pas, sa cape scintille et renvoie l'image éphémère d'un flamant rose en vol.

Les enfants de Valuka sont habillés plus simplement d'amples châles et de jolies jupes ou de pantalons en lin – des vêtements légers qui les laissent libres de leurs mouvements. Ils jouent autour d'une des torches, en volent la flamme et se la lancent d'un côté à l'autre. Une petite fille blonde perd le contrôle de la flamme et brûle le bord de son châle rubis. Sa mère voit ce qui se passe et lui donne une tape sur la main. Elle éloigne les enfants de la flamme et rallume la torche d'un signe de la paume.

Une quantité de magie telle que je n'en ai encore jamais vu auparavant m'entoure et je la désire. Une femme à la peau d'une riche nuance brun-violet et au visage doux, encadré de boucles en forme de nuages, enfile une cape émeraude de Suntosane puis utilise sa magie pour guérir la petite Valukaine manieuse de feu. Derrière elle, un Curmanais en robe noire fait flotter deux verres de vin à côté de lui tout en portant des assiettes pleines de nourriture pour sa famille.

Au milieu de ces gens, des enfants et leurs parents affluent pour assister à une représentation de marionnettes, un spectacle parmi les dizaines d'autres qui se déroulent ce soir dans la rue.

« Venez ! trille une voix dramatique derrière la baraque.

— Venez tous ! » répond automatiquement une foule d'enfants aux yeux écarquillés.

Ce n'est qu'après avoir entendu leur réponse que le narrateur continue : « Venez, rassemblez-vous pour écouter l'histoire des grands Montara, conquérants de la magie, protecteurs du royaume ! »

Les parents asseyent les enfants sur leurs genoux et je me demande s'ils trouvent cette introduction aussi merveilleuse que moi.

Je saisis la manche de Casem au moment où les rideaux en velours sombre de la baraque de foire s'ouvrent, et le tire dans l'ombre pour pouvoir regarder.

« Vraiment ? » demande-t-il, et il soupire lorsque je le fais taire.

« Il y a bien longtemps, murmure le narrateur, un méchant monstre a cherché à détruire Arida avec sa magie. » Les lumières clignotent dans la baraque alors que l'un des interprètes lève sa main enfilée dans une grossière marionnette supposée ressembler à un monstre. « Cette bête était un être perfide qui cherchait à corrompre ceux qui utilisaient plusieurs magies. Car personne ne réalisait encore à quel point c'était dangereux. L'excès épuisait leurs corps, causait des morts lentes et douloureuses car il les consumait et les rongeait.

« La magie a le don de rendre une personne insatiable, poursuit-il. Plus elle en a et plus elle a tendance à en vouloir. Le monstre profita de cette avidité en offrant aux personnes désireuses la chance d'apprendre sa magie, la plus puissante que le monde avait jamais vue, affirmait-il. Les gens sautèrent sur l'occasion, à mille lieues de soupçonner ce que cette créature voulait vraiment : leurs âmes ! »

Des exclamations montent du public, et à côté de moi, Casem étouffe un rire. Je lui enfonce mon coude dans les côtes, l'arrêtant avant que quelqu'un ne le remarque.

Pour Casem et les spectateurs, il ne s'agit que d'une histoire ancienne parmi d'autres qui ont baigné notre enfance. Mais en ce qui me concerne, il est question de mon sang. De mes aïeux.

« … Cette magie était une chose dangereuse et malfaisante, continue le narrateur. Aujourd'hui, nous l'appelons la magie des âmes. L'une après l'autre, elle s'attachait aux âmes de ceux qui maniaient plusieurs magies, et les tuait ! Mais même après avoir réduit à néant la moitié de la population d'Arida, la bête n'était toujours pas satisfaite. Au fur et à mesure que sa faim grandissait, elle cherchait à répandre le fléau. » La bête pourchasse un groupe de marionnettes hurlantes autour de la minuscule scène avant de les avaler. Casem presse fortement ses lèvres, réprimant un sourire narquois. Je lui concède celui-ci.

« Alors que tout espoir semblait perdu, reprend le conteur, une personne se révolta contre le monstre : Cato Montara ! » Une marionnette de mon illustre ancêtre, à l'allure royale, saute sur la scène, déclenchant les acclamations des enfants et des adultes. Beaucoup d'entre eux brandissent des répliques du couteau à dépecer de Cato ou applaudissent.

« Cato n'avait pas encore établi la monarchie ; il n'était qu'un homme humble et sans magie qui cherchait à protéger les gens qu'il aimait. Il passa un marché avec la bête : s'il arrivait à convaincre tout le monde de se contenter d'une seule magie pour toujours, elle devrait alors lui donner la sienne et laisser Arida en paix. Elle lui rit au nez et accepta car elle croyait les gens bien trop cupides pour se soumettre à de telles conditions. Elle ne s'attendait pas à ce que Cato arrive un jour à convaincre les autres de ne pratiquer qu'une seule de leurs magies ; et pourtant, il le fit.

« Cato vainquit alors la bête sans rien de plus que son couteau à dépecer et, en vertu de leur accord, sa magie fut à jamais liée à la lignée des Montara ! » Les enfants retiennent leur respiration en regardant leurs faux couteaux.

Le narrateur élève la voix et prend un ton dramatique. « Mais si nous devions faire marche arrière, la bête pourrait un jour revenir. Donc, pour protéger notre peuple contre la tentation d'exercer plusieurs magies, Cato décida que les gens n'en choisiraient qu'une seule et partiraient vivre sur l'île où on la pratiquait. Il resta à Arida avec ceux qu'il avait choisis comme conseillers, dans chaque île, et il créa le royaume. Le roi Cato a fait de Visidia ce qu'il est maintenant, mais… » Là, le conteur baisse la voix en signe d'avertissement. « La responsabilité de tenir la bête à distance n'appartient pas qu'à nous. Les Montara nous protègent en la gardant enfermée dans leur sang. Si elle devait un jour se libérer, sa vengeance s'abattrait sur tout Visidia. Elle détruirait chacune de nos âmes. »

Les enfants commencent à montrer des signes d'inquiétude et la voix du narrateur redevient aussitôt égale et parfaitement rythmée. « Mais n'ayez pas peur : tant que nous ne rompons pas notre vœu de ne pratiquer qu'une seule magie, et tant que nous aurons un Animancier compétent, assez fort pour contenir le pouvoir de la bête et maîtriser sa magie, Visidia restera à jamais en sécurité. »

La fierté réchauffe ma peau mais en même temps me donne la chair de poule. C'est un spectacle incroyable, prélude idéal à la prestation que je m'apprête à faire. Je suis tellement absorbée que je sursaute quand un petit garçon du public crie : « Si la magie est si dangereuse, pourquoi les Montara la pratiquent encore ? » Il récolte un « Chut ! » ferme d'une femme que je suppose être sa mère, les autres se contentent de petits rires indulgents.

Le narrateur est préparé à cette question. Sa voix est faussement hésitante et douce comme de la mélasse. « Ce n'est pas aussi simple. La magie est une chose étrange, mon garçon ; elle ne disparaît pas simplement quand on l'oublie. Et la magie aridienne est particulièrement dangereuse, car le monstre qui l'a donnée aux Montara lutte constamment pour contrôler l'âme de son utilisateur. La magie doit être employée jusqu'à son épuisement, sinon elle va couver et grandir jusqu'à ce que la bête devienne assez forte pour prendre le contrôle.

« Lorsque le roi Cato l'a emprisonnée dans le sang des Montara, poursuit-il, il a assigné à sa famille la mission de maîtriser et de contenir la bête. Ceux qui le font reçoivent le titre d'Animancier : le maître des âmes. C'est pourquoi nous sommes réunis ici ce soir : voir la princesse Amora assurer sa position d'héritière de Visidia en prouvant qu'elle est capable de devenir Animancière. Puisse-t-elle un jour régner aussi bien que son père, le roi Audric. »

La nervosité me comprime la poitrine. Je prends le bras de Casem pour l'éloigner avant que quelqu'un ne nous remarque, mais un grognement dans la foule m'arrête.

« C'est sûr, un autre souverain fainéant, c'est vraiment de ça qu'on a besoin. »

Je relâche ma prise sur le bras de Casem.

Un rire frivole de soprano lui répond. « Fainéant ? Allons, vous babillez comme un partisan paumé de Kaven. Les îles prospèrent.

— Peut-être que *votre* île prospère. Mais presque personne n'est venu visiter Valuka depuis que les sources chaudes se sont taries. Sans parler de Kerost, qui peine à se maintenir à flot. »

Plusieurs gardes du palais se tiennent à proximité, les yeux brillants de curiosité. Ils ne font aucun geste pour mettre fin à ces médisances.

Comme je suis derrière eux, ceux qui regardent le spectacle ne me remarquent pas jusqu'à ce que je m'avance pour me faire connaître. « Je vous demande pardon ? » Les conversations s'arrêtent à mesure que les visages se tournent un par un vers moi, frappés d'horreur. Les gardes se redressent d'un coup. « De quel souverain fainéant parlez-vous exactement ? »

Ils fixent ma couronne. Mes épaulettes. Mais dans leurs yeux, il manque l'admiration que j'y ai remarquée un peu plus tôt. Elle a fait place à la peur.

« Nous devrions y aller. » Casem saisit mon bras et m'éloigne du public. Je me laisse faire.

« De quoi parlait cette femme ? » Mon sang brûle, me chauffe les oreilles et le cou tellement je suis irritée. « Qui est Kaven ? Qu'est-ce qu'ils voulaient dire pour Kerost qui reste à peine à flot ? »

Casem m'arrête d'un geste de la main. « À votre place, je n'y prêterais aucune attention. À l'évidence, elle ne sait pas de quoi elle parle.

— Mais c'est comme s'ils avaient peur de moi. Et les gardes du palais, qui restaient là à écouter ! »

Son front se plisse. « Amora, vous portez une couronne d'os et des couteaux en guise d'épaulettes. Ne confondez pas leur respect avec la peur. Et qu'attendiez-vous des gardes ? Même les fous peuvent parler librement. »

Mais ses paroles ne me calment pas, il y a autre chose. « Je devrais discuter avec mon père. »

Ses lèvres se resserrent en une mince ligne. « Vous feriez plutôt mieux de vous détendre. Si vous êtes trop énervée avant la cérémonie, vous allez exciter votre magie…

— Ce n'est pas la question, dis-je d'un ton cassant. J'ai besoin de lui parler. Ne m'oblige pas à me battre avec toi, Casem. »

Son regard tombe sur ma sacoche, puis sur la dague accrochée à mon flanc. Depuis que je suis enfant, je m'entraîne avec lui et son père, le maître d'armes de nos soldats. Mère et Père tiennent à ce que j'apprenne à me protéger. Casem est donc mon partenaire d'entraînement depuis des années. Mais il préfère l'arc, et je peux compter sur les doigts d'une seule main les fois où il m'a battue à l'épée.

« Très bien, souffle-t-il, puis il prend une longue inspiration pour se calmer. Mais le roi ne va pas être content. »

Nous trouvons Père près du sommet de la montagne, dans un coin isolé au bout du jardin, entouré de conseillers originaires de tout Visidia. Malgré les boissons que certains tiennent dans leurs mains, ils sont tout sauf joyeux. Quand j'écarte les gardes pour passer, je vois que leurs corps sont tendus et leurs expressions sérieuses.

Le père de Casem, Olin Liley, est parmi eux, vêtu d'un blazer bleu saphir immaculé orné d'une bordure dorée. Le conseiller royal aridien se redresse quand son fils approche, ses yeux s'étrécissent, un signe que j'interprète comme un avertissement.

Casem avait raison : Père n'a pas l'air content. Mais un jeune homme en face de lui semble encore plus en colère. Ce conseiller est plus jeune que les autres, une vingtaine d'années tout au plus. Il porte des vêtements coûteux : culotte bien taillée d'un tendre kaki, chemise en lin impeccable et bottes de cuir qui montent presque jusqu'aux genoux. Sa redingote est d'une brillante nuance rubis, et quand la lumière accroche ses boutons de manchettes, je remarque qu'ils sont gravés de l'emblème royal. La mince bordure en or de son manteau scintille – c'est donc un représentant royal de Valuka.

« Nous devons trouver un moyen d'arrêter cela, plaide-t-il, le visage pincé comme s'il était profondément exaspéré. S'il vous plaît, écoutez-moi, voulez-vous ? Chacun peut penser ce qu'il veut de Kerost, mais Kaven ne s'arrêtera pas tant qu'il...

— Kaven n'est qu'un beau parleur. » La déclaration brutale de Père fait se hérisser le Valukain. Mais avant qu'il ne puisse ajouter quoi que ce soit, Olin pose la main sur l'épaule de Père.

« Nous avons de la compagnie, Votre Majesté. » Il fait un signe de tête dans ma direction, et les sourcils de Père se haussent sous l'effet de la surprise lorsqu'il se retourne.

« Qui est Kaven ? » demandé-je. Les conseillers se mettent au garde-à-vous à mon approche. Leur attention se déplace vers Père dont la couronne décuple l'expression féroce. Elle est moins haute que la mienne, mais pourtant exceptionnelle : un squelette d'anguille de Valuna plaqué d'ivoire. C'est une créature légendaire des profondeurs, une bête de trois mètres de long avec des rangées de dents acérées, chacune de la taille de mon index, que nos ancêtres auraient combattue il y a près d'un siècle. Sa gueule est si large que le visage de Père y loge en entier. La mâchoire supérieure entoure sa tête et l'inférieure son menton, comme si elle le dévorait. La colonne vertébrale de l'anguille, incrustée de joyaux, s'étire le long du dos de Père et se recourbe vers le haut au niveau de son coccyx.

Je me demande si j'ai l'air aussi terrifiante que lui avec ma couronne.

« Vous ne devriez pas être ici, Votre Altesse, répond Olin. Vous devriez être dans les jardins, à vous préparer pour votre prestation. » Son attention se tourne vers Casem qui n'en mène pas large derrière moi.

« Et c'est ce que je ferai dès que quelqu'un m'aura expliqué ce qui se passe. » Je regarde autour de lui et du conseiller valukain qui se tient à présent debout derrière Père. Il a dit quelque chose à propos de Kerost, et je constate que parmi les représentants qui l'entourent, il manque une couleur en particulier : l'améthyste.

« Où sont les Kers ? » Ma poitrine se serre quand je vois l'expression tranquille de Père qui disparaît. Plus j'observe alentour, plus leur absence est frappante. Ce n'est pas juste un représentant de Kerost qui manque. Avec toute l'excitation de la soirée, je n'avais pas remarqué qu'une île entière de mon peuple était absente. « Est-ce qu'ils vont bien ?

— Ils vont bien », répond Père au moment où le conseiller valukain lance : « Ils se révoltent contre Visidia. »

Père grogne, tourne la tête et darde son regard sur le Valukain par-dessus son épaule. Le jeune homme le fixe en retour, tandis que les autres conseillers remuent, mal à l'aise.

« J'essaie de vous aider, insiste le conseiller. Le moins que vous puissiez faire est de m'écouter…

— Partez, tous ! » La colère dans la voix retentissante de Père fait reculer celui-ci. Il ouvre la bouche comme pour protester, mais la referme quand ses yeux noisette rencontrent les miens. Je m'efforce de ne pas regarder en arrière au moment où Père dit : « J'aimerais rester un instant seul avec ma fille. »

Olin et les autres conseillers s'inclinent avant de pousser le jeune Valukain par l'épaule pour l'entraîner. « Bien ! Mais vous ne pourrez pas dire que je ne vous ai pas prévenu ! » Il marmonne quelques paroles bien senties tandis que les autres conseillers s'excusent pour lui en l'éloignant.

À la fin, il ne reste plus que Casem qui se tient à quelques mètres, hors de portée de voix.

« C'est étrange que je ne l'aie jamais rencontré auparavant, m'étonné-je. J'aurais juré connaître tous les conseillers. »

Père grommelle. « Lord Bargas était, paraît-il, trop souffrant pour faire le voyage et il a envoyé son fils à sa place. Un charmant garçon, celui-là. Il est arrivé ici comme un ouragan et a demandé une réunion comme s'il était lui-même roi. »

Malgré moi, l'irritation flagrante de Père contre le Valukain me fait rire. La pression qui pèse sur ses épaules se relâche progressivement et l'atmosphère entre nous s'allège un petit peu.

« Je n'étais pas au courant que Lord Bargas avait un fils », poursuis-je, bien que le conseiller ressemble à l'évidence au représentant attitré de Valuka : une peau brune et lisse, une imposante mâchoire carrée et un nez excessivement droit. Il a la même carrure que le baron. Un peu trapu, avec des épaules et des bras musculeux qui semblent avoir grandi plus vite que le reste du corps, et le regard arrogant de ceux qui étalent leur richesse.

« Qu'entendait-il par : les Kers se révoltent ?

— Personne n'est en train de se révolter. Les Kers essaient seulement de montrer leur désaccord ; rien dont tu doives t'inquiéter.

— Alors dis-moi contre quoi ils protestent, continué-je, déclenchant un tressaillement de la mâchoire de Père. C'est sûrement important s'ils tentent de transmettre une déclaration…

— Par la lame de Cato, tu es aussi têtue que ton père. » Il s'avance et il est impossible de déterminer si c'est la colère qui fait briller ses yeux. Je me redresse, prête à argumenter, mais il pose sa main sur ma tête, juste devant ma couronne, et le feu en moi s'éteint.

« Ils veulent quelque chose que je ne peux pas leur donner. » La voix de Père passe du puissant baryton qu'il utilise avec les conseillers à la douceur et la tranquillité que je lui connais à la maison. « Kerost a toujours été en proie à de grosses tempêtes. C'est pour cela que nous employons des groupes de Valukains qui ont une affinité avec l'eau ; pour qu'ils y habitent, calment les marées et empêchent les intempéries de détruire l'île. Mais les Kers n'aiment pas être dépendants. Il y a quelques saisons, j'ai commencé à recevoir des rapports selon lesquels ils soudoyaient les Valukains pour qu'ils les entraînent. Ils voulaient qu'ils leur montrent comment contrôler l'eau. »

Ses paroles chassent l'air de mes poumons. « Ils veulent pratiquer plusieurs formes de magie ? Mais c'est du suicide ! »

Père bougonne, il enlève sa main de ma tête. « Si trop de gens utilisent plusieurs magies, notre emprise sur la bête finirait par tomber. Les âmes seraient anéanties et la bête sévirait comme bon lui semble. J'ai donc dû retirer les Valukains de Kerost pour mettre fin à la tentation. Malheureusement, Kerost a été victime d'une violente tempête au début de la saison dernière. Et privée de cette aide, l'île a été en partie détruite. »

J'ai l'impression qu'un millier de sangsues pompent le sang de mes veines, je me sens froide et nauséeuse.

« Et les Suntosans ? insisté-je. As-tu au moins laissé des guérisseurs là-bas pour les aider ?

— J'ai été dans l'obligation de les faire partir aussi, répond-il, et je suis heureuse de voir qu'un soupçon de honte rougit ses joues. Cela ne devait durer que le temps qu'ils acceptent de renoncer à apprendre plusieurs magies. Mais la tempête est arrivée et ce n'était pas... le bon moment. »

Comment a-t-il pu me cacher ça ? Et pas seulement lui, mais aussi Mira. Si bien informée de toutes les nouvelles du royaume, elle le savait sûrement.

Je vais bientôt devenir la souveraine du royaume, et serai excellente, j'y compte bien. Mais comment puis-je espérer protéger Visidia si je ne sais même pas ce qui s'y passe ?

« Je devais être sûr que tu ne perdes pas ta concentration, ajoute mon père, comme s'il lisait dans mes pensées. Souviens-toi, Amora : jusqu'à ce que toi ou Yuriel ayez des enfants, tu n'es que l'une des deux héritières possibles pour le trône. À l'heure actuelle, la chose la plus importante que tu puisses faire pour ce royaume est de bien te débrouiller ce soir puis de revendiquer le titre. »

Je plisse les yeux et essaie d'étouffer ma frustration pour examiner la situation avec suffisamment de lucidité.

Je connais l'importance de cette soirée. Et il est logique que les Kers soient en colère. Mais si Père les laissait s'en tirer et pratiquer plusieurs magies, l'accord de Cato avec la bête s'annulerait et le royaume tomberait.

Cependant, sans l'aide des Valukains, les maisons des Kers sont détruites. On ne peut pas non plus laisser faire cela.

« Il faut trouver un autre moyen de leur prêter main-forte, dis-je. On peut leur faire mieux comprendre les dangers potentiels de la pratique de plusieurs magies, mais on doit aussi leur donner des matériaux plus solides pour leurs constructions et les aider à réparer. On ne peut pas leur enlever leur seul moyen de protection. »

Il pose une main sur mon épaule. « Et je n'en ai pas l'intention. Mais en tant que roi de Visidia, j'ai le devoir de protéger tout notre peuple. Laisser les Valukains là-bas, c'était condamner à mort notre royaume. Aie confiance, Amora, nous trouverons une solution. Je vais régler ça. »

Bien sûr, je veux croire que Père va arranger les choses, mais je n'arrive pas à comprendre pourquoi il n'est pas déjà à Kerost pour les aider à reconstruire. Si la tempête date de la saison dernière, que faisons-nous plantés là, à essayer de trouver une solution ?

« Dis-moi juste quel est le rôle de Kaven dans tout cela ? » Dans la seconde, ma tête devient lourde. Comment ai-je pu être aussi inconsciente ? Comment ont-ils tous réussi à me cacher ça ?

Visiblement pressé de mettre un terme à la discussion, Père pousse un long soupir ennuyé. « C'est un homme qui n'est pas d'accord avec certaines des décisions que j'ai prises, répond-il d'un ton catégorique. Mais personne ne peut approuver tout ce que je fais, n'est-ce pas ? Il ne représente pas une menace pour nous. À présent, remets de l'ordre dans tes idées, Amora. Tout ira bien pour une nuit de plus. »

En repensant au visage furieux du Valukain, je ne suis pas persuadée que son renvoi sera facile. Je voudrais discuter avec Père et lui dire que je mérite d'en savoir plus, mais au moment où j'ouvre la bouche, tante Kalea grimpe vers nous, tout sourire. Elle ne demande pas la permission de s'approcher, ne pense pas un instant qu'elle interrompt peut-être quelque chose d'important. Insouciante, évitant à peine mes épaulettes, elle m'enlace avec un rire chaleureux.

« Oh, ma toute belle ! Quelle apparition ! » Quand elle se détache de moi, elle donne une légère tape sur l'épaule de Père. « Comment un rustre comme toi a-t-il réussi à élever une femme aussi radieuse, Audric ? Elle est magnifique ! »

Père rit. « Elle a hérité tout son charme de Keira. Je crains de ne lui avoir légué que mon entêtement.

— Et ton sens de l'aventure », renchéris-je, et Père s'immobilise, le regard adouci. C'est un instant étrange, au ralenti, où ses yeux s'attardent sur moi, puis sur ma couronne, comme s'il me voyait pour la première fois. Lorsque son sourire revient, plein de fierté, il me réchauffe le sang.

« Et mon sens de l'aventure. » Il se tourne vers sa sœur et lui tapote l'épaule. « Si tu veux bien m'excuser, il faut que je trouve mon épouse avant la cérémonie. Mais amène Jordi et Yuriel après, et nous fêterons ça avec un peu de vin. J'en ai réservé trois tonneaux juste pour nous. » Il sourit de toutes ses dents avec l'air du frère aîné bêta qu'il prend uniquement en présence de ma tante.

« Et Amora… », ajoute-t-il doucement. Je me retourne et tombe presque à la renverse quand il incline la tête vers moi. « Je t'aime. Souviens-t'en après ce soir, d'accord ? Une fois que tu seras officiellement l'héritière et que tu partiras pour toutes ces grandes aventures.

— Ne commence pas à faire ton sentimental, le préviens-je, essayant de cacher mon embarras. Je t'aime aussi. »

Il se penche avec un doux sourire pour déposer un baiser sur mon front. Les crocs de la couronne d'anguille frôlent ma joue.

Puis Père s'en va, cédant la place à ma tante.

Elle est ravissante dans sa robe bleu pâle. C'est un caftan d'apparat : un mélange du bleu saphir d'Arida et des teintes douces de Mornute, qui indique qu'elle reconnaît ses racines aridiennes, mais qu'elle n'y est plus chez elle. C'est une petite femme à la peau olive semblable à celle de Père, tannée et dorée après tout ce temps passé au soleil. Elle est ronde et juvénile, et seules de légères rides autour de ses yeux trahissent son âge.

« Je suis si contente de t'avoir trouvée avant la cérémonie, dit-elle. Comment te sens-tu ? »

Aussi loin que je m'en souvienne, je n'ai jamais connu de mains aussi douces et chaudes que celles de tante Kalea. Elles enserrent mes bras, me retenant près d'elle qui m'inspecte d'un regard intense. Elle a les mêmes yeux que Père, mais nettement moins sévères. Et même si elle réussit à la dissimuler, son inquiétude se ressent dans son souffle rapide et ses paroles précipitées. Si elle veut garder sa vie luxueuse sur Mornute, elle ne peut se permettre que je fasse une erreur ce soir. Et moi non plus.

Si j'échouais à démontrer mon contrôle sur ma magie et à prouver que j'ai apprivoisé la bête en moi, je serais détenue jusqu'à ce que tante Kalea prouve qu'elle peut prétendre au trône. Comme la loi stipule qu'un Montara ne contrôlant pas totalement sa magie ne peut rester en liberté, je sais qu'on pourrait même m'exécuter si j'étais considérée comme un trop grand risque. Notre magie est dangereuse, elle doit être parfaitement maîtrisée.

« Comme si je m'étais entraînée toute ma vie pour cela », réponds-je. Tante Kalea accroche mon regard un long moment, et je perçois un éclair d'inquiétude avant qu'elle ne m'attire vers elle et ne m'enlace fermement.

« Tu peux le faire, murmure-t-elle, et ses épaisses boucles me chatouillent le cou. Personne n'est mieux préparé pour ça que toi. »

Même si je sais qu'elle a raison, l'anxiété qui me ronge depuis le spectacle de marionnettes a grandi. Je me force à lui sourire, tentant de l'étouffer.

Lorsqu'elle relâche son étreinte, Casem s'avance d'un pas hésitant. « Je ne voudrais pas vous brusquer, dit-il, mais il est temps qu'Amora se mette en route.

— Bien sûr. » Tante Kalea hoche la tête et repousse une boucle brune derrière son oreille. J'essaie de ne pas regarder les rides creusées entre ses sourcils par la préoccupation, et de ne pas penser à quel point notre avenir à toutes les deux repose sur le succès de ma démonstration.

Elle m'embrasse sur la joue puis se détache de moi. Mais avant de lâcher ma main, son regard plonge dans le mien, et je ne suis pas préparée à ce qui arrive. Ses yeux ne sont plus du même brun profond que ceux de Père – ils lancent un éclair rose vif, puis reprennent leur couleur habituelle.

« Fais de ton mieux. » Son sourire tremble. « Je t'en prie. Pour le royaume. »

Mon angoisse ne se calme pas, elle monte et je la sens me serrer la gorge. Le son que j'émets tandis que les mains de tante Kalea glissent des miennes n'a rien d'humain. Le sol tangue sous mes pieds comme la mer, je réalise le sens de ses paroles.

Ma tante a choisi la magie des enchantements.

Désormais, je ne suis plus l'une des deux héritières possibles mais la seule. Si j'échoue, il ne restera plus personne dans la lignée des Montara pour assumer la protection de Visidia contre la vengeance de la bête.

C'est un avertissement que vient de me donner tante Kalea. Si elle était forcée d'accepter la magie aridienne des âmes, ce serait la seconde pour elle. Le lien avec la bête se romprait.

« Tu étais censée attendre. » Mes mots tremblent autant que mes mains. « Comment as-tu pu faire ça ?

— Par accident. » Elle est au bord des larmes alors qu'elle me tend la main, mais je refuse de la regarder une seconde de plus. Je prends Casem par le bras. Ses yeux sont noyés d'incertitude car il ne l'a pas vue utiliser la magie des enchantements.

« Emmène-moi aux jardins », lui demandé-je. J'ai besoin de m'éloigner d'elle tandis que la magie commence à se manifester en moi. « Tout de suite. » Casem obéit sans hésiter.

L'entrée des jardins est à deux pas et mille pensées continuent de tourbillonner dans ma tête quand nous l'atteignons. Je dois me faire violence pour les chasser et me concentrer sur la tâche à accomplir, comme tout le monde m'y encourage. Je ne me laisserai pas distraire par cette trahison.

Ce soir, je dois être parfaite.

Lieu de culte, les jardins se trouvent sur le sommet le plus élevé d'Arida, à environ trois kilomètres au nord du palais. On y accède par une caverne recouverte d'une vigne dense et d'un lierre épais que Casem retient pour que je puisse entrer sans accrocher mes parures.

« Il vous reste cinq minutes avant que les autres n'arrivent », annonce-t-il tandis que je me courbe pour pénétrer dans la caverne, saluée par la flore bioluminescente qui tapisse les parois et guide mes pas vers les jardins.

Au moment où j'y entre, la vue me coupe le souffle, comme toujours.

Ces jardins sont magnifiques durant la journée, mais c'est la lumière des étoiles qui en révèle la véritable splendeur.

Un champ de fleurs sauvages s'étend devant moi, certaines assez hautes pour frôler ma sacoche, tandis que d'autres descendent des arbres en spirales parfaites. Une grande partie de la flore est lumineuse, ses pétales et ses bulbes s'ornent de chatoyantes nuances vertes, roses, bleues et violettes.

Je caresse le bouton d'une fleur plus haute que ma hanche. Elle s'incline en arrière, comme surprise, et ses pétales s'ouvrent à mon contact. Réveillés, ils scintillent en se déployant.

Derrière, au fond du jardin, une petite chute d'eau aussi éclatante que les fleurs compose un décor grandiose que beaucoup viennent de loin pour admirer.

À son pied, on a surélevé une dalle de pierre plate creusée au centre, qui fera office de scène pour ma démonstration. Je m'assieds sur un bord, et des voix commencent à s'élever derrière moi. Du coin de l'œil, je vois mes parents qui entrent dans le jardin, mais je ne me tourne pas vers eux, au cas où tante Kalea serait là aussi.

Je presse une main sur ma poitrine et prends une longue inspiration pour apaiser les battements de mon cœur. Cela ne sert pas à grand-chose, alors je passe mon doigt sur le bord de la sacoche et j'incline la tête, priant pour que les dieux me soutiennent. Cette sensation familière me rassure, malgré l'attente qui me picote la peau et bourdonne autour de moi. De plus en plus de gens pénètrent dans les jardins, réchauffent l'air de leurs bavardages et créent un espace où se mélangent tant de couleurs et de styles différents que leur vue me donne le vertige. Devant eux, je me redresse, je refuse que quiconque voie à quel point mes nerfs sont à vif.

Je ne peux pas penser à Ferrick, quelque part dans cette foule portant l'anneau que je recevrai au moment où ma démonstration sera terminée.

Je ne peux pas penser à Kaven qui veut lancer une rébellion dans mon royaume. Ni à Kerost, brisée et à la merci des tempêtes.

Et je refuse de penser à tante Kalea qui causera la mort de Visidia si j'échoue ce soir.

Mais cela n'arrivera pas.

J'ôte la sacoche de ma hanche et prépare les dents et les os qui attendent à l'intérieur.

CHAPITRE QUATRE

J'ai passé des semaines à préparer le contenu de ma sacoche, à vérifier que chaque dent et chaque petit os sera prêt pour qu'un cheveu du prisonnier sur lequel je vais exercer ma magie puisse s'enrouler autour.

Car au-delà d'une démonstration de magie, il s'agit aussi d'une exécution.

J'entends le cliquetis de leurs chaînes avant de voir les prisonniers. Dix au total, sept hommes et trois femmes, tous portant sur la nuque deux X en gras, la marque de ceux qu'on a jugés et condamnés pour meurtre. Ce soir, certains de ces signes sont faux.

Les gardes traînent les prisonniers à travers la foule pour les conduire jusqu'à la base de la dalle en pierre sur laquelle je suis juchée. Ensuite ils reculent, les laissant debout en dessous de moi. Dans leurs yeux, la peur le dispute à la rage.

Ma magie fonctionne de deux façons : la lecture de l'âme éthérée et la capacité physique de mettre une âme à mort. Ces prisonniers sont destinés à tester la première facette de mon pouvoir ; je dois déterminer qui je vais exécuter en trouvant l'âme incurable dans le groupe.

De toute ma vie, jamais une exécution ne s'est déroulée en public. Père et moi nous en chargeons une fois par an, tard dans la nuit et dans les profondeurs de la prison souterraine, et nous ne prenons que les âmes des prisonniers les plus impardonnables de Visidia pour satisfaire notre magie et la réduire au silence. Si une personne a été sélectionnée pour cette démonstration, c'est que son âme est inexpiable.

Première dans la file, une femme assez âgée dont les yeux sombres se plantent dans les miens. Je trouve ma magie tapie dans mon ventre et j'en détache de petits fragments, réveillant la bête. Son énergie s'insinue à travers ma peau, m'invite à me plonger plus profondément en elle en me connectant à l'âme de cette femme.

Je sens avec plaisir ma magie qui répand une chaleur bienvenue dans mes veines et jusqu'à mes tempes, et je m'immerge dans le pouvoir avec délice. Ma vision se trouble puis s'aiguise rapidement, révélant tout un jardin d'âmes devant moi. Elles sont de la couleur des nuages, certaines comme une tempête menaçante, d'autres comme une journée limpide, et elles dansent comme des fumées vaporeuses. J'enfonce mes ongles dans mes paumes pour me concentrer et pénétrer plus avant dans l'âme de la femme en face de moi.

Elle ressemble à une étoile de mer morte, décolorée, grise, rugueuse, mais il subsiste encore les restes de quelque chose qui autrefois était beau. Elle est âgée, douleurs et peines ont accompagné son vieillissement, assez pour brouiller et briser son âme.

Cette femme est un leurre. Elle sert à me tester.

Je passe devant elle et avance vers le prisonnier suivant dont je sonde l'âme brumeuse. L'avidité et la colère l'assombrissent, et des signes de meurtre la souillent. Mais il éprouve du remords pour ses méfaits. Il se sent coupable, par conséquent, ce n'est pas lui.

Rapidement, bien qu'avec prudence, je continue à fouiller chaque âme de la file, l'une après l'autre, le cœur consumé par la magie.

À l'instant où je le sonde, je sais que c'est le bon. En apparence, son regard est froid, mais plus je creuse, plus la pourriture de son âme s'accentue. Elle est déchiquetée et violacée comme une ecchymose, et s'écaille sur les bords, sur le point de disparaître complètement. Sa cruauté me fait froid dans le dos.

L'âme de cet homme montre la ternissure de quelqu'un qui a commis les crimes les plus ignobles que l'on puisse imaginer, pires même que le meurtre. Un espace vide et blanc brille derrière ses bords en lambeaux, me disant que pour lui, aucun retour en arrière n'est possible. Il n'éprouve aucun remords pour ses décisions, ni la moindre sympathie envers ses victimes.

« Lui. »

Deux gardes s'avancent pour hisser l'homme sur la dalle en pierre tandis que les autres prisonniers sont refoulés.

Je regarde mon père à la dérobée. Il hoche presque imperceptiblement la tête, et je me détends à l'idée que j'ai déjà réussi la première moitié de cette démonstration. J'ai choisi le bon prisonnier, maintenant il est temps de prouver que je maîtrise aussi l'aspect physique de mon pouvoir.

« Quel est ton nom ? » Je tire mon poignard de son fourreau attaché sur ma cuisse, puis coupe une poignée de ses cheveux.

Sa voix est si enrouée qu'il doit tousser pour que la réponse sorte. « Aran.

— Aran, répété-je, j'ai observé l'intérieur de ton âme, et j'ai vu non seulement sa corruption, mais également le plaisir que t'ont procuré le chaos et la douleur que tu as causés. Tu n'as aucun repentir pour les crimes qui t'ont amené ici, et je trouve que ton âme est partie trop loin pour qu'on puisse la réparer. »

Des frissons me parcourent l'échine quand il penche la tête en arrière et sourit. J'essaie de ne pas me demander qui il a tué, ou si sa famille est dans la foule et le regarde. En tant que future souveraine, je ne peux pas plaindre cette famille et elle le sait. Aran n'a certainement aucune pitié pour celles de ses victimes.

Un silence monte alors que j'apaise mon souffle fébrile, frappe le silex puis laisse les flammes du foyer s'aviver entre nous. « Une dernière parole ? »

Aran crache entre mes pieds mais je ne bronche pas. Je me contente d'enrouler ses cheveux autour d'une des dents choisie dans ma pile et glisse un ongle en travers. Sa mâchoire se crispe quand il passe instinctivement sa langue sur ses dents, et je sais que la magie opère au moment précis où la peur s'installe dans ses os.

« Très bien. » Je tiens la dent au-dessus du feu. « Commençons. »

Je la jette dans les flammes et l'homme convulse violemment, crachant une gerbe de sang. Au milieu se trouve une dent. Je m'accroupis pour la ramasser, la magie flamboie dans mon corps. Je m'immerge dans son pouvoir.

Ce côté physique de ma magie se fonde sur un échange équivalent. Si je veux blesser le squelette de quelqu'un, je dois d'abord offrir un os – n'importe lequel, mais relié à son âme. Ce soir, j'utilise les cheveux d'Aran. Chaque élément pris donne lieu à un échange de même valeur, c'est pourquoi personne ne mourra avant que je ne prenne son sang.

Je pourrais l'achever lentement, si je le voulais. Je pourrais lui briser un os après l'autre, ou le saigner au point qu'il ne reste plus de lui qu'une enveloppe de chair.

Cependant, je ne tire aucun plaisir de ces mises à mort. Mais c'est mon devoir, en ma qualité de Montara, d'utiliser ma magie, sinon la bête en moi deviendra plus forte et essaiera de prendre le dessus. Ainsi, Père et moi sélectionnons un prisonnier par an, le pire d'entre tous, afin de contenir notre pouvoir.

Je leur offre une mort aussi rapide et indolore que possible ; mais pour cela, j'ai besoin de récupérer plusieurs onces de leur sang, et c'est ici que les dents interviennent. Bien que je puisse choisir n'importe quelle partie du corps pour obtenir ce sang, un bras, une jambe, un œil, faire tomber quelques dents est le moyen le plus humain que je connaisse pour en prélever la bonne quantité.

Tout à ma besogne, j'ai la certitude que personne ne sera en mesure de remettre mes compétences en question. Je contrôle totalement la bête et sa magie qui dilate mes veines. Aran perd son sang par la bouche en un flot régulier, ses yeux s'agrandissent de terreur en m'apercevant offrir une autre dent au brasier.

Confiante, je jette un coup d'œil aux visages de mon peuple et me tiens droite : je veux qu'il me voie. Moi, l'héritière du trône, la princesse qui a consacré sa vie entière à dominer cette magie, non pour elle, mais pour son royaume.

Or, en observant mes sujets, je note qu'ils ne me regardent pas avec la fierté ou la stupeur que j'attendais. L'horreur a envahi leurs visages.

J'aperçois un homme couvrir les yeux de sa fille, le visage déformé par le choc. La réplique du couteau de Cato tremble dans ses mains.

Ensuite je découvre tante Kalea, les lèvres tordues de dégoût envers cette magie dont elle n'a jamais voulu. J'imagine les couleurs scintillantes dans ses yeux, et je m'efforce d'apaiser mes mains agitées avant que quelqu'un ne les remarque.

Je fais tout ce que je dois pour accomplir mon devoir, et pourtant, les yeux de Visidia n'expriment ni respect ni amour. Seulement de la peur et de la répulsion.

Mes doigts hésitent devant le feu, sentant toute la confiance qui me sert d'armure voler en éclats. Tout ce que j'ai entrepris, c'était pour *eux*. Et maintenant… mon propre peuple me craint.

Les mains sur la poitrine devant ce constat, j'ai le souffle coupé. Je regarde chaque goutte du sang qui tombe sur le sol depuis les lèvres d'Aran. J'entends les halètements intenses autour de moi, et je sens peser sur moi la terreur de mon peuple, si lourde que son poids m'empêche de respirer. La panique grimpe de mon estomac à ma gorge, elle augmente, se développe et s'accroche.

Alors que je prends conscience de la nature des réactions de mon peuple, mon attention se détourne de ma magie qui se met à vaciller en moi. C'est ce qu'elle attendait. Je perds mon sang-froid, et la bête bondit.

La magie enfonce ses crocs en moi plus profondément que jamais. La chaleur, auparavant réconfortante, me brûle maintenant les doigts et se répand à travers mon corps comme une traînée de poudre, me coupe en deux. C'est comme si j'absorbais l'air à travers un roseau, à peine capable d'en inspirer assez pour remplir mes poumons. Je plaque mes mains tremblantes de chaque côté de mon corps et tente de me concentrer face aux centaines de regards effrayés fixés sur moi.

Mais je n'y parviens pas. La magie me dévore.

Une puissance brute et impatiente investit le moindre recoin de mon être alors que je passe mon pouce sanglant sur la dent du prisonnier, sa lourde force vitale palpite au bout de mes phalanges. Je la livre aux flammes, ainsi qu'un os provenant de ma sacoche. Aran hurle quand sa phalange se tord et se brise. Je ne sourcille même pas, et je prends un autre os avec une poignée de dents. Je les lance dans le feu et me fraie un chemin dans le corps du captif pour le déchirer centimètre après centimètre.

De nouveaux hoquets et des protestations indistinctes s'élèvent du public quand il voit Aran s'étouffer avec ses dents arrachées. Mais le son me parvient à peine à travers la fumée. Je ne sens pas la chaleur du feu contre mes joues, ni la flamme roussir mes cheveux en m'emparant de ces dents, du sang et du reste, pour en remplir ma sacoche.

« Ton âme est mauvaise, m'entends-je dire à Aran dont les ongles raclent le sol, peinant à respirer. Tu ne mérites pas une mort rapide. »

La bête chuchote impitoyablement dans ma tête, m'encourage à débarrasser l'île de cet homme perverti, puis à en trouver d'autres. Rayer son âme de la terre, avant de détruire à leur tour les autres prisonniers. D'ailleurs, pourquoi s'arrêter aux captifs ? Au fond, la méchanceté se tapit dans chaque âme, donc pour quelle raison ne pas toutes les prendre ?

Hors d'haleine, je me sens appelée par le tas d'os qui pend à mon flanc. Le cou inondé d'une sueur froide, j'en saisis un autour duquel j'enroule un cheveu avant de le plonger dans le sang. Le feu se déchaîne devant moi, ardent et bouillonnant de faim. Je lui offre l'os qui se fend et se rompt, englouti par les flammes.

Le hurlement d'Aran s'éraille dans sa gorge malmenée alors que tous les os encore intacts de son doigt se brisent successivement. Même avec le fracas de la cascade derrière nous, ses sanglots traversent les jardins.

« Pitié. » Il crache du sang à chaque mot prononcé, inintelligible. « S'il vous plaît, par les dieux, pitié.

— Les dieux n'écoutent pas les supplications des hommes mauvais, m'entends-je dire encore. Et moi non plus. »

Quelque part au loin des cris enflent mais je ne m'en préoccupe pas. Je laisse ma magie le traverser de part en part et le dévorer, livrant au feu os sur os jusqu'à ce qu'il ne reste plus d'Aran qu'un tas de membres mutilés sur la dalle de pierre. Son corps brisé gît, les membres affreusement tordus. Une argile difforme que j'ai modelée à ma guise et peinte avec du sang.

Je m'apprête à porter un nouveau coup quand une main agrippe mon épaule. Je me retourne, hargneuse, vers les yeux bruns humides qui me fixent. Il me faut un moment avant de réaliser qu'ils appartiennent à Père. Son regard est noyé de larmes et ma peau me démange inconfortablement.

« Amora. » Sa supplication désespérée me pénètre jusqu'aux os et éteint la magie ardente. Je titube, ma vision vacille, le brouillard se dissipe. « S'il te plaît, tu dois arrêter. »

La foule qui nous entoure rugit, pousse des clameurs inarticulées, et je sens mon cerveau comme pris dans un étau. Toute mon attention se focalise sur Père, présent telle une ancre pour me ramener à la réalité. La magie en moi émet des sifflements de protestation, découvrant ses crocs alors qu'elle se bat pour garder le contrôle. Je suffoque sous son emprise, l'air me manque tandis que je la repousse.

Père me serre fort, ses doigts vigoureux s'enfoncent dans ma peau avec de plus en plus de force jusqu'à ce que ma vision s'éclaircisse et que la puanteur du sang génère un haut-le-cœur. Un tremblement me saisit en voyant les taches sur mes paumes et mes doigts, la fumée me brûle les poumons. Les pierres oscillent sous mes pieds à cause du choc provoqué par ma prise de conscience : j'ai perdu le contrôle de ma magie.

Mon corps me trahit sous l'effet du vertige, et je m'effondre à genoux.

J'ai lâché la bête, elle m'a privée de mes sens puis entièrement possédée.

Aran est couché devant moi, mort. Il n'a plus rien d'humain, tout en chairs déchiquetées et en membres broyés. Mes mains se referment sur la terre. J'essaie de le reconnaître, mais en vain. Utilisée correctement, la magie est destinée à accorder une mort rapide. Sauf qu'il n'y avait rien de rapide là-dedans, Aran a été torturé et mutilé.

Et c'est moi qui l'ai fait.

J'appuie mon front contre la terre, mes yeux piquent au moment où je m'incline devant son corps. « Je suis désolée. Par les dieux, tellement désolée. »

Mais mes excuses ne servent à rien. En entendant les mots que le peuple de Visidia hurle, je sais que les dieux eux-mêmes ne peuvent plus m'aider.

« C'est la bête ! »

« Elle va tout détruire ! »

« C'est elle qu'on devrait exécuter ! Elle nous tuera tous ! »

Je repère le visage de Mère, devant la foule. Son corps se pétrifie, tandis que l'expression de tante Kalea se décompose. Yuriel se tient entre elles, sa main enserrant fermement le bras de sa mère. La panique donne à son visage, auparavant coloré par le vin, une couleur cendrée. Père me fait face, tournant le dos à Visidia afin que moi seule puisse constater la terreur dans ses yeux et son souffle saccadé. Il presse résolument ses mains contre ses flancs pour masquer leur tremblement. Les miennes sont couvertes de sang et je ne suis pas la seule à les fixer.

« Je ne peux pas te protéger contre ça », murmure Père d'une voix teintée d'urgence, comme s'il adressait à lui-même ces mots désespérés. Puis il les prononce plus fort, en un âpre chuchotement, d'un ton brisé. « Par les dieux, Amora, je ne peux pas te protéger contre ça ! »

Je n'ai pas le temps de me ressaisir que, déjà, des bras m'attrapent par-derrière. Deux gardes glissent leurs mains sous mes aisselles, évitant de justesse de se couper sur les os aiguisés de ma couronne et mes épaulettes tranchantes.

« Je suis désolée. » La poitrine de Père se soulève. « Je vais faire de mon mieux pour arranger ça. »

Le monde tourne. Tourne. Tourne. Un froid vicieux se répand au plus profond de mes os. Il part de mon estomac et envahit mes bras, puis descend dans mes jambes. Des aiguillons ténébreux troublent ma perception des choses et menacent de me submerger, alors que les contrecoups de l'excès de magie font leur chemin.

Sans les bras qui me soutiennent, je serais incapable de rester debout. Je dois tout faire pour retenir la bête qui est en moi. Pour la dompter.

Je tente de focaliser ma concentration sur Père, stabilisant assez ma vision pour découvrir son visage se détourner et ses yeux se fermer sous la déception. Ce spectacle me fend le cœur et me fait mal.

Des centaines de Visidiens braquent sur moi un regard impitoyable, et je ferme les paupières sous leurs vociférations, prête à laisser la magie me consumer entièrement.

Je parviens à grand-peine à entendre les mots de Père, tels des milliers de poignards.

« Conduisez-la à la prison. »

CHAPITRE CINQ

Je stabilise ma vision qui flotte en utilisant les barreaux de la cellule comme points de repère.

Les bras serrés autour de mes genoux, j'essaie de garder ma chaleur pour lutter contre le froid qui me coupe la peau. Bien que je sois déjà venue à maintes reprises dans ces prisons, je n'ai jamais connu cette situation : privée de mes armes et abandonnée dans une cellule.

J'avais 5 ans la première fois que Père m'y a emmenée, tard lors d'une nuit d'automne. Je peinais à garder les yeux ouverts en descendant le chemin en lacets, sous le seul regard des étoiles puisque le reste d'Arida dormait sans se douter de rien. Ce n'est qu'une fois que le clair de lune avait disparu derrière nous, forçant mes pupilles à s'accommoder à la faible lueur des torches de la prison, qu'il m'avait dit qu'il était temps de révéler ma magie.

J'étais excitée. Mais un frisson s'était répandu dans mes os à mesure que nous nous enfoncions dans la prison. J'avais l'impression que j'étais sur le point de réaliser une chose importante, sans vraiment comprendre ce que ça signifiait.

Des siècles auparavant, les Valukains avaient contribué à bâtir la prison au pied de la montagne et l'avaient excavée pour former trois longs tunnels dont chacun constitue une geôle distincte.

Le premier tunnel concerne les petits délits et les courtes peines. La sécurité dans ce secteur est minime, avec des gardes du palais postés devant l'entrée.

Le deuxième est réservé aux délits plus graves, comme les agressions, voire les meurtres dans certains cas. La surveillance y est renforcée. Tous les gardes sont des magiciens très entraînés en provenance des différentes îles.

Le troisième sert pour les criminels les plus dangereux, seulement ceux dont Père ou moi avons jugé l'âme nocive au plus haut point. Il renferme ceux qui ont tué à plusieurs reprises et pourraient recommencer cent fois. Les auteurs des violences les plus méprisables, dépourvus de remords. La sécurité y est l'une des plus efficaces de tout le royaume ; il n'y a pas de cellules, mais des pièces hermétiques, surveillées par des gardes que je ne voudrais affronter pour rien au monde.

Père et moi nous étions enfoncés profondément dans le troisième tunnel. L'anxiété m'enserrait la nuque et me hérissait les cheveux à mesure que les parois s'assombrissaient. À chaque pas, l'odeur métallique du sang s'intensifiait.

Nous ne nous étions pas arrêtés avant d'atteindre la pièce la plus éloignée où nous avions fait une pause, juste le temps qu'il fallait au garde pour utiliser trois clés différentes afin de nous laisser entrer.

Je ne me souviens pas précisément de ce qui est arrivé ensuite, mais je revois le visage de la captive, et ses chaînes. Il s'agissait d'une femme à peine plus âgée que moi aujourd'hui, aux cheveux blonds et aux yeux bleus affolés. Je me rappelle que je ne pouvais pas arrêter de les fixer, me demandant ce qu'elle avait fait pour mériter ce destin, tandis que Père plaçait un poignard dans mes mains, le même que j'utilise encore aujourd'hui.

« Cela doit se passer ainsi, Amora. » Père avait guidé ma main tremblante vers le bras de la femme, puis aidé à enfoncer ma lame dans sa peau.

La femme pleurait, mais au moment où son sang recouvrit l'acier, la bête en moi prit vie, et l'assistance de Père devint inutile. L'ombre des murs de la prison, les cris qu'ils répercutaient ne me paraissaient plus aussi accablants, tandis que je m'immergeais dans le pouvoir de la bête et l'autorisais à s'infiltrer en moi. Je le laissais se régaler du sang de la prisonnière jusqu'à ce qu'elle tombe à terre, sans vie. À cet instant seulement, une fois la bête satisfaite, je revins à moi.

Mais il était trop tard pour faire marche arrière.

Père m'avait serrée fort alors que la bête à l'intérieur de moi s'accrochait à mon âme. Depuis, elle n'avait jamais lâché prise.

Une saison suffit pour la mater et récupérer physiquement, mais les cauchemars durèrent des années. Depuis, j'ai visité la prison chaque année pour exercer ma magie et garder à l'écart la bête en moi.

Je n'ai jamais pris de *plaisir* aux exécutions, ni à regarder une âme glisser vers la mort à cause de moi. Cependant, j'ai compris que quelqu'un devait s'en charger pour la sécurité de Visidia, et les dieux m'avaient choisie.

Pourtant, je n'aime pas ces tunnels étouffants, et je donne un coup de pied dans les lourds barreaux en fer de ma cellule pour le montrer. Je siffle entre mes dents en constatant que cela ne produit aucun effet, à part un choc douloureux sur ma cheville, et je pose mon front sur mes genoux. Il faut que les gardiens se dépêchent de m'apporter à manger pour que je retrouve mon équilibre.

Comme ma magie est inopérante sans ma sacoche ou bien un feu, ils m'ont enfermée dans la première prison – un petit luxe, et peut-être un vague signe de respect dans la mesure où c'est la plus propre et la mieux entretenue. Hélas ! Aussi loin sous terre, la maigre ventilation ne suffit pas à atténuer la puanteur, un mélange de moisissure et d'excréments humains qui ne calme pas la nausée menaçant de me submerger.

« On dirait qu'on a une nouvelle prise », raille un prisonnier en face de moi, qui, les yeux plissés, scrute ma cellule à travers l'obsédante lueur rouge des flambeaux. Dans la pénombre, il fait partie des rares personnes visibles. « Je ne vous aurais jamais imaginée sous les verrous, Princesse. Que diriez-vous de nous offrir un petit spectacle ? » Il claque ses lèvres et une autre voix le rejoint, se complaisant à décrire avec force détails les différentes manières dont elle aimerait me découper avant d'offrir mon corps à la Lusque, une créature marine tirée des histoires d'horreur destinées à terroriser les enfants désobéissants.

« Essaie, pour voir », grondé-je. Mes mains me démangent, réclamant la sacoche et le poignard que l'on m'a retirés, regrettant de n'avoir aucun moyen approprié pour les faire taire.

Parce que même si je ne leur montre pas, leurs paroles m'écorchent vive.

Moi non plus, je ne me serais jamais imaginée finissant de ce côté-ci des barreaux. C'est pourtant la loi de Visidia : si un Montara n'est pas capable de contrôler sa magie et qu'il est jugé trop dangereux, on l'emprisonne jusqu'à ce qu'un procès scelle son sort ; au mieux une nouvelle chance, au pire une exécution. Considérant le nombre réduit des héritiers Montara possibles, je doute qu'ils me tueraient. J'ai une trop grande valeur. Mais je n'ai pas envie de courir le risque.

Je dois sortir d'ici. Manger. Reprendre des forces. Trouver un moyen d'arranger les choses.

Au lieu de cela, je suis coincée dans cette fichue cellule, mon destin à la merci de la capacité de Père à convaincre notre peuple que je mérite encore sa confiance et que je suis appelée à devenir la prochaine Animancière. Sa future reine.

Il *faut* qu'il réussisse, il n'y a pas d'autre option. Puisque tante Kalea pratique secrètement la magie des enchantements, elle mènerait le royaume à sa perte en tentant d'en apprendre une deuxième.

Tout ce que je veux, c'est protéger Visidia et prouver que je serai une souveraine fiable. Malheureusement, au moment de le prouver et après avoir consacré ma vie à m'entraîner, j'ai échoué.

Comment leur en vouloir de m'avoir mise derrière les barreaux, même si ce poids m'étouffe. Mon peuple avait le droit de m'enlever mes affaires, d'avoir peur de moi. La mort d'Aran relevait peut-être de la justice visidienne, mais *la façon* dont je l'ai tué était tout simplement monstrueuse.

Quand Père m'a fait conduire dans cette cellule, il n'a pas eu le choix. Il devait respecter la loi. Mais ça ne me fait pas moins mal pour autant.

Je prends ma tête entre mes mains et appuie sur mes yeux pour chasser l'image en boucle de la dépouille d'Aran.

Le grincement aigu des portes de la prison résonne à travers les tunnels et me vrille le crâne au point que je dois lutter contre une nouvelle nausée. Malgré ma vue brouillée, je me force à garder les yeux ouverts pour voir s'il s'agit de Père venu me dire que tout irait bien, que bien que j'aie tout gâché, mon peuple a décidé de m'accorder une nouvelle chance.

« Amora ? »

Mon estomac se contracte. Je reconnais sa voix avant même que Ferrick n'atteigne ma cellule, à pas lents et hésitants.

Baigné dans la faible lueur des torches, il ressemble à un renard effrayé avec sa peau claire, ses cheveux rouge orangé et ses pommettes saillantes, accentuées par l'ombre. Son nez est froncé, ses yeux verts écarquillés et anxieux, comme s'il s'attendait à tout moment à ce qu'un prisonnier passe à travers ces barreaux et l'attaque. Quand je remarque les trois plateaux chargés de nourriture qu'il porte en équilibre sur ses mains et ses avant-bras, je pousse un geignement et me traîne plus près des barreaux. Il se met à genoux avec précaution et dépose les plateaux par terre.

Il a tout apporté : des amabons cuits à la vapeur de pin, des petits pains farcis aux grosses crevettes épicées, du curry à la noix de coco et du riz au lait sucré, trois brochettes d'anguille d'eau douce, des gâteaux au lait curmanais caramélisés et plusieurs énormes portions de ginnada. Un autre plateau contient quatre bols de ragoût typiquement valukain : du gibier sauvage fumé sur des charbons volcaniques, avec des pommes de terre et des oignons qui fondent dans la bouche comme du sucre.

« J'avais autre chose en tête en apprenant que nous allions dîner ensemble ce soir. » Ferrick s'assied sur le sol en terre battue, tendu sous les quolibets et les sifflets équivoques des autres captifs, et pousse les plateaux vers ma cellule. « Tu vas bien ? Comment puis-je t'aider ?

— Où est mon père ? demandé-je, en glissant ma main à travers les barreaux pour saisir une part de ginnada. Il devrait être ici. » Je tente de repousser l'odeur environnante en introduisant la nourriture dans ma bouche. À l'instant où la pâte d'amande sucrée fond sur ma langue, ma vision dansante commence à se stabiliser. Je grogne de contentement, puis remarque le front et les yeux plissés de Ferrick.

« Il… essaie de limiter les dégâts. Je vais tenter de lui prêter main-forte, mais je voulais d'abord t'apporter à manger. Ces gardes allaient seulement te donner du pain. » Il plaisante d'un ton amer. « Je savais que tu aurais besoin de plus. »

En effet. La plupart des magies sont alimentées par une source vitale, c'est-à-dire que les corps peuvent atteindre un point où ils sont trop épuisés pour les pratiquer. Mais la magie aridienne a la particularité d'être liée à l'âme ; quand je l'utilise, c'est d'elle que provient ma source d'énergie. Et si je m'en sers trop, je ne risque pas seulement l'épuisement comme avec les autres magies, mais la mort.

Ferrick peut le comprendre dans une certaine mesure. Sa magie de Suntosan puise également l'énergie nécessaire dans son propre corps. Elle ne lui est certes pas aussi dangereusement attachée que la mienne, mais tous deux, nous avons besoin de nourriture comme carburant. Je mangerai ce qu'il m'a apporté, jusqu'à la dernière miette.

« Merci pour tout ça », dis-je entre deux bouchées de ragoût, et en attaquant le deuxième bol.

Ferrick hoche la tête avant de passer une main mal assurée à travers les barreaux, soucieux de ne toucher aucune saleté. Je m'interromps lorsqu'il l'appuie contre ma joue, peu sûre de ses intentions, jusqu'à ce que je sente sa peau tiédir contre la mienne, puis la piqûre aiguë provoquée par sa magie de guérison, la magie des Suntosans qu'il utilise pour se soigner lui-même et les autres. Je souffle de surprise et recule. Et quand je porte ma main à ma joue, je n'y trouve plus la griffure de ce matin.

Il sourit et se relève. « Je dois y aller, mais je reviendrai. Je vais voir si je peux trouver ton… »

Les portes grincent de nouveau. L'explosion d'énergie due à la nourriture me remet automatiquement debout. Je m'attends à l'arrivée de Père, mais c'est le conseiller valukain de tout à l'heure qui se dirige vers nous.

Ferrick tente de cacher le mouvement subtil de son torse qui se gonfle comme un poisson-globe. « Qui êtes-vous ? Qui vous a permis de descendre ici ? »

Le Valukain s'arrête en voyant Ferrick. Je le scrute, à la recherche d'armes, notant qu'il porte au côté une large épée dans son fourreau. Mais il la laisse en place et se redresse, le menton haut levé.

« Je m'appelle Bastian Bargas. Je suis le fils du baron Bargas et cette nuit je représente Valuka. J'ai besoin de parler à la princesse. »

Les mains de Ferrick tressautent. « Le baron Bargas est un ami de mon père, explique-t-il lentement. Je lui ai parlé à de nombreuses reprises, et il n'a jamais mentionné qu'il avait un fils. »

L'hésitation momentanée de Bastian se dissipe. Son sourire devient confiant, il tire de son manteau une feuille de papier pliée et la brandit. Le sceau en cire de la noblesse valukaine apparaît au coin de la page, similaire à l'emblème royal, avec une différence : deux squelettes d'anguille au lieu d'un seul entourent la couronne en os, enroulés autour d'un volcan fumant. C'est bien le sceau de la famille Bargas.

« Alors ? demande Bastian. Lorsque vous aurez acquis la même réputation que moi, vous constaterez que votre père néglige souvent de vous mentionner dans la conversation. »

Ferrick lui arrache la lettre des mains, puis la lit, l'air pincé. « Et pourquoi le baron n'a-t-il pas pu venir, exactement ? » Il passe son doigt sur l'emblème de cire comme pour en vérifier l'authenticité.

Imperturbable, le soi-disant fils du baron réplique : « Vous avez lu la missive. Je crains qu'il n'ait été infecté par un assez méchant virus gastrique. Disons simplement que mon père ne voulait pas risquer de se ridiculiser… par les deux bouts. » Il saisit la lettre des mains de Ferrick, la replie soigneusement et la remet dans la poche de son manteau avec une petite tape.

« Maintenant, si vous permettez ? »

Ferrick croise les bras. Il est plus mince que Bastian, longiligne là où le Valukain est large. Et avec seulement une rapière au côté, il ne gagnerait jamais le combat qu'il semble prêt à engager. « Toutes mes excuses, mais j'ai bien peur de ne pas y consentir. »

Je soupire, peu disposée à le voir perdre. « Tu n'as aucun grade ici, Ferrick. Retire-toi. » Quand il se tourne vers moi pour protester, je le fixe d'un œil menaçant. « Je suis peut-être derrière les barreaux, mais je continue à prendre les décisions. *Retire-toi.* »

Les ombres sur son visage s'accentuent tandis qu'il nous observe l'un après l'autre, moi puis le Valukain. « Je dois trouver le roi, de toute façon. Mais je reviendrai sous peu. » Il ne m'accorde plus un regard et pousse Bastian en passant. Celui-ci lève les sourcils avec curiosité.

« Aurais-je interrompu quelque chose ? » interroge-t-il, l'air songeur.

Je m'efforce de ne pas lever les yeux au ciel devant son attitude désinvolte. « Pourquoi êtes-*vous* ici ? »

Son amusement faiblit. Il saisit un objet accroché à sa hanche. Je m'écarte des barreaux, m'attendant à une arme. Je n'ai aucun moyen de me défendre, ici. La cellule est trop peu profonde pour s'y cacher et n'offre pour toute protection qu'un matelas et une bassine métallique.

Mes doigts me démangent d'utiliser ma magie, mais je n'ai rien pour l'invoquer. Chacun utilise sa magie un peu différemment, et pour que la mienne fonctionne, j'ai besoin de feu. Or, la torche se trouve trop loin pour que je puisse l'atteindre. Je suis sans défense.

Mais quand sa main réapparaît, ce n'est pas une arme qu'elle tient. C'est un grand jeu de clés en cuivre usé autour d'un anneau.

La peur irradie dans mon ventre. « Comment avez-vous eu ça ? »

Il en introduit une dans la serrure. « Quelle importance ? Écoutez-moi, Princesse, ils vont vous exécuter si vous restez ici. »

Sa conviction me fait remonter le cœur dans la gorge.

« Ils n'oseraient pas, protesté-je. Du moins pas avant un procès. » Ils voudront d'abord vérifier que Kalea est capable de maîtriser la magie des âmes. S'assurer d'avoir une autre option.

Quand le regard de Bastian rencontre le mien à la lumière du flambeau, mes certitudes commencent à fondre. Je porte à mon cou une main poisseuse de sueur malgré l'humidité oppressante de l'air froid. Parce que les yeux de Bastian n'expriment pas de colère ni de contrariété. Sa bouche reste une ligne dure mais ses yeux sont pleins de sympathie. Ils ne me lâchent pas, me glaçant les os.

« Bien sûr, ils organiseront un procès, sauf qu'il se présente mal pour vous. Souhaitez-vous vraiment courir ce risque ? » Il prononce ces mots dans un murmure bas et bienveillant. « Ils prévoient que votre tante emménage ici à la fin de l'été pour révéler sa magie et commencer son entraînement. Votre père s'efforce de les influencer, mais le peuple pense que vous représentez un trop lourd fardeau. Ils veulent vous garder sous les verrous. »

Bien que je refuse de l'admettre, quelle que soit mon envie de croire mes parents suffisamment aimés et influents pour arrêter cela, et Visidia peu enclin à se débarrasser d'une potentielle héritière sachant qu'il en reste trop peu, tout au fond de moi je m'y attendais.

Je ne pourrai jamais attendre des gens qu'ils oublient ce que j'ai fait. J'ai mutilé un homme juste sous leurs yeux, et avec le sourire.

Bastian empoigne fermement un barreau. « Vous êtes pour ainsi dire morte si vous restez ici. Mais si vous venez avec moi maintenant, je peux vous aider. Nous pouvons nous aider mutuellement. »

Je déteste ne pas porter d'arme. J'adorerais qu'il me répète cela si j'étais en mesure d'appuyer une lame sur sa gorge pour ce blasphème. « Vous voulez que j'abandonne Visidia ? » Au moment où je lui pose la question, un prisonnier en face de nous crie : « Qu'est-ce que tu dirais de m'emmener à sa place, mon beau ? »

Bastian lève les yeux au ciel et se penche plus près vers la cellule, baissant la voix pour que personne ne l'entende. « Écoutez-moi, je ne vous demande pas d'abandonner Visidia. » Il retire son manteau et je vois mon poignard et ma sacoche dissimulés dans sa ceinture. « Je veux que vous le sauviez. »

Avant que je puisse protester ou exiger de savoir comment il a mis la main sur mes objets, il les jette dans ma cellule. Je ne me fais pas prier pour les ramasser. Je me sens enfin entière dès que mes doigts effleurent le cuir bruni et se referment autour de la poignée usée de ma lame.

« Je ne suis pas venu pour me battre avec vous. » Le Valukain ouvre la porte. Je me prépare à frapper si nécessaire. Mais il n'approche pas plus.

« Qu'est-ce que vous entendez quand vous dites que vous voulez que je sauve Visidia ? » Ma voix sonne trop faiblement, mes pensées s'éparpillent sur des millions de chemins différents.

Ferrick peut revenir à tout moment avec les gardes du palais, ou même les soldats visidiens à sa suite. On pourrait de nouveau claquer la porte de ma cellule et jeter Bastian dans celle d'à côté. Et ensuite, que me resterait-il comme options ?

Je dois trouver un moyen de gagner le pardon de Visidia. De faire mes preuves devant mon peuple. Tout ce temps, tante Kalea représentait leur plan de sauvetage, mais désormais, ils n'ont plus que moi.

Soit j'attends en espérant que Père réussisse, soit je trouve une solution pour m'octroyer moi-même une seconde chance.

« Écoutez, j'ai volé ces clés. » Bastian désigne la porte en soufflant d'impatience devant mon hésitation. « On va dire qu'en ce moment les gardes font une petite sieste grâce à certaines des meilleures herbes curmanaises. Je les ai enfermés dans une cellule, ils devraient donc se sentir parfaitement à leur aise, mais ils ne resteront pas longtemps endormis et je suppose qu'il y aura du vacarme une fois qu'ils seront réveillés. Je vous expliquerai tout une fois sur mon bateau, mais je vous jure que si vous ne venez pas avec moi sur-le-champ, Visidia tel que nous le connaissons aura disparu à la fin de l'hiver. »

Le monde tourne autour de moi, pas à cause de la nausée cette fois. Je m'agrippe aux barreaux pour rester debout, en pleine réflexion.

Cet homme possède un bateau.

C'est une bonne chose. Un navire m'emmènera loin d'Arida et me donnera assez de temps pour montrer au peuple que ma tête mérite qu'on l'épargne. Que je suis capable de le gouverner. Il me donnera la chance de sauver non seulement tante Kalea, mais aussi tout Visidia.

Et si ce que Bastian raconte est vrai, si Visidia court effectivement un danger, alors quel autre choix me reste-t-il sinon lui apporter mon aide ? Pour faire mes preuves. Changer mon destin.

C'est comme si un courant dans mon dos me poussait vers le Valukain dont les yeux gardent la même gravité que lorsqu'il a essayé de parler à Père, plus tôt. Lorsqu'il a essayé de nous prévenir. Contre Kaven.

Bastian a des réponses. Il a un vaisseau et m'offre l'opportunité d'obtenir une rédemption que je ne peux prendre le risque d'abandonner au destin.

Quels que soient ses véritables motifs, il représente ma meilleure chance.

Je ne remets pas en question ce que me dit mon instinct. Sans prêter attention à mon pouls qui bat violemment, j'enlève la couronne et les fleurs tressées par Mère dans mes cheveux, puis j'ôte mes épaulettes et les laisse tomber dans la saleté, tels des trophées mis au rebut. Je défais le chignon lâche sur ma nuque et mes épaisses boucles retombent sur mes épaules. J'ai beau n'avoir rien souhaité plus ardemment qu'exhiber ces parures, sans elles, je me sens libre comme l'air.

« Vous avez vu ce que j'ai infligé à Aran, le mets-je en garde, le pouce sur le rebord de ma sacoche, réconfortée par les os cliquetant à l'intérieur. Un geste de travers, et vous subirez le même sort. »

Comme il ne discute pas, je me faufile derrière lui et me hâte vers la sortie. Maintenant qu'ils voient l'éclat de ma lame et entendent le cliquetis des os et des dents quand je marche, les prisonniers restent cois.

Je m'élance dans le tunnel, Bastian sur mes talons, je connais certainement mieux le chemin que lui. Nous nous trouvons dans la première galerie, à peu de distance de l'entrée. Pourtant, des fourmillements d'anxiété me parcourent tandis que le bruit de nos pas se répercute sur les murs. Chacun résonne comme un coup de canon, trop sonore, trop incongru. L'obscurité s'étire autour de nous, plus troublante que jamais sans le bavardage des gardes. Bastian indique une cellule du doigt, je ferme à moitié les paupières pour discerner des formes parmi les ombres. Je finis par ajuster ma vision et distingue trois larges silhouettes affalées.

« Les herbes curmanaises ? » Je lui lance un regard et il sourit.

« Oui. Puissantes quand on les inhale, mais moins quand on les avale. » Justement, un des gardes commence à remuer, marmonnant des paroles confuses. Je prends le Valukain par la main et le traîne en haut des escaliers jusqu'à la sortie.

À l'instant où l'air frais me gifle, je suis obligée de fermer les yeux, surprise par l'éclat soudain du clair de lune et de la flore luminescente illuminant notre chemin.

Comme les prisons ont été construites au pied des montagnes, nous sommes loin de la fête en ville. De rares voix arrivent de loin, pas assez cependant pour me sentir à l'aise. S'il y a bien une chose que je sais de Ferrick, c'est qu'il est intelligent. Il a probablement remarqué le manque de sécurité de la prison et doit être en train de revenir avec des renforts. Il faut nous dépêcher de gagner les quais.

« Quelle est votre affinité ? » Je jette un coup d'œil par-dessus la falaise : environ une quinzaine de mètres pour gagner les quais, et même si je connais assez bien la moindre parcelle de cette île pour y arriver rapidement, je doute que ce soit le cas de Bastian.

« La terre ? dit-il, mais cela s'apparente plus à une question qu'à une réponse.

— Parfait. Dépêchez-vous de fabriquer des marches sur la falaise. Nous les détruirons quand nous aurons atteint le sable. »

Mais au lieu d'adopter la bonne position ou de faire mine d'utiliser sa magie, il recule d'un pas. « Je pense que nous ferions mieux de marcher. Nous ne devons pas provoquer de vacarme. »

À la manière dont il serre les lèvres, je peux presque ressentir son anxiété. Je me retourne pour lui faire face et je regarde ses mains : calleuses, un peu sableuses, mais impeccables. Aucune saleté sous ses ongles manucurés. Et sa posture ne convient pas ; il paraît plus léger que n'importe quel Valukain en affinité avec la terre que j'aie jamais connu.

Je dégaine ma lame et, avant de lui laisser le temps de réagir, l'appuie fermement contre sa gorge.

« Tu n'es pas Bargas. » De ma main libre, j'attrape ses cheveux pour le maintenir. « Tu n'as aucune affinité, pas vrai ? »

Ses yeux se baissent sur mon couteau et il soupire. « Eh bien, voilà qui n'est guère poli de votre part. C'est moi qui vous ai rendu ça. » Je presse la lame plus fort. « Aïe ! Entendu, non, je ne suis pas valukain ! Je suis un marin. Maintenant, posez cette chose et je vous expliquerai… »

Je resserre ma prise sur ses cheveux et le tire au bord du vide. Le poignard lui entame la peau. Il s'agrippe à mes bras, le souffle précipité. Une poussée, et il est mort.

« Dis-moi ce que tu as fait au baron, le pressé-je. Tu as son sceau ! »

Ses yeux lorgnent vers le côté, il grimace à la vue du vide derrière lui. Constatant sa réticence, je le pousse plus près du gouffre, jusqu'à ce que ses genoux se mettent à s'entrechoquer.

« Il va bien ! Par les astres ! Je vous le promets, il va bien. Je suis monté en douce sur son bateau avant son départ de Valuka et j'ai versé un sachet d'herbes narcotiques dans les barriques de vin et d'eau. Il me restait seulement celles que j'ai utilisées pour les gardes. Voilà pourquoi ils se réveillent déjà. Le baron et son équipage, eux, en ont suffisamment avalé pour faire encore la sieste en pleine mer, je dirais à mi-chemin d'Arida. »

Je serre les dents. « Je sais qu'il ne faut pas faire confiance à un homme qui a volé non seulement ses vêtements mais aussi son nom. » Je me moque de lui. « Tu n'es rien qu'un pirate, un voleur. »

Bastian lève les mains pour se défendre. « Comme je l'ai dit, je préfère le terme "marin". Tout ça n'est vraiment qu'un gros malentendu. Alors, si vous déposez votre truc... »

Les voix tout à l'heure distantes se rapprochent, j'hésite à appuyer plus fort sur le couteau. Si je dois partir, c'est maintenant.

Je trouve ma magie en attente et m'en enveloppe momentanément, juste assez pour me réchauffer, avant de me concentrer sur l'âme de Bastian. Avec ma magie encore affaiblie par ma démonstration, il reste une partie que je ne peux lire. Je ne discerne qu'un voile brumeux, gris clair, et l'esprit d'aventure s'attardant dans son âme. Cela suffit à me faire comprendre qu'il n'est pas une menace, mais je ne lui montre pas encore que je suis au courant.

« Si tu n'es pas un Valukain, alors d'où viens-tu ? »

Bien que son visage s'assombrisse, son corps se détend et il relève le menton. « C'est la raison pour laquelle j'ai menti. » Ses mots sont calmes et confiants, me défiant de le mettre à l'épreuve. « Je viens de Zudoh, et mon peuple a besoin de votre aide. »

Je relâche aussitôt la pression sur sa gorge. Je baisse mon arme et recule rapidement.

« Explique-moi pourquoi je devrais aider une île bannie. » J'essaie de chasser la peur dans ma voix. S'il le remarque, il fait mine de rien.

« Parce cela ne concerne pas que Zudoh. Kaven veut détruire tout le royaume. Et si vous ne venez pas avec moi dès maintenant, il y arrivera. »

Encore ce nom. Kaven.

Il agit comme du feu dans ma gorge et du plomb dans mon estomac. Ce nom dont je sais, au plus profond de mes tripes, la méchanceté. Bastian a les réponses que Père ne me donnera pas. Des réponses dont j'aurai besoin si je dois gouverner correctement Visidia.

Bastian ne me dit peut-être pas toute la vérité, mais il ne ment pas à ce sujet. Et pour l'instant, avec les voix des gardes de plus en plus proches et l'avenir de Visidia en jeu, cela me suffit.

Je rengaine mon poignard et indique d'un signe de tête le sentier qui serpente jusqu'en bas. « Reste près de moi, et conduis-moi à ton navire. »

CHAPITRE SIX

Lorsque nous touchons le sable, essoufflés et en nage, aucun navire dans la baie ne paraît occupé. Je cherche l'équipage de Bastian, mais il a probablement reçu l'autorisation d'assister à ma prestation et de profiter des festivités : si son capitaine envisage de hisser les voiles, nous n'irons pas loin sans ses hommes. Et pourtant, il n'arrête pas de bouger. Une échelle de corde pend sur le côté d'un brigantin et Bastian s'y accroche et grimpe avec facilité.

Ce navire me laisse sans voix, plus petit que celui de Père, il n'a pourtant rien de sa sobriété. Tandis que nos bateaux sont en chêne, le bois de celui-ci revêt une splendide nuance blanche que je n'ai jamais vue auparavant (peut-être est-il fabriqué à partir de tremble ou de bouleau ?) et de riches ornements dorés. Plus ancien, il respire le charme et l'aventure.

À l'avant, une figure de proue éclatante qui représente un serpent de mer me regarde, sa langue fourchue sortie comme s'il sifflait. La moitié de sa tête et de ses moustaches est couverte de balanes qui donnent l'impression qu'il vient d'émerger des profondeurs de la mer. Mon cœur bat plus fort et le désir dilate ma gorge. Je n'ai jamais vu de si beau navire. Or, même si une partie de moi a conscience que je suis loin de ressentir ce que je devrais au moment où je fuis ma maison, je suis incapable de refréner l'enthousiasme brûlant qui s'empare de moi quand j'agrippe l'échelle effilochée pour suivre Bastian.

Au moment où j'enjambe le rebord, il s'est déjà retroussé les manches et mis à l'œuvre pour lever les ancres.

« Bienvenue à bord de la *Grande Cale* ! marmonne-t-il. Rendez-vous utile et aidez-moi à relever ce truc.

— À quoi bon, sans équipage ? »

Il lève les yeux au ciel. « J'ai bien peur que nous n'acceptions pas le pessimisme à bord, Princesse. Venez m'aider ! »

Je m'éponge le front et me mets en mouvement pour le rejoindre. J'aimerais que ma robe pèse moitié moins ou ne me serre pas autant lorsque je l'assiste pour lever les ancres, surprise par la facilité avec laquelle nous les manipulons, à deux seulement. Mais je suis un peu ailleurs, plissant les yeux pour aiguiser ma magie et cherchant quelles autres âmes elle détecte.

Même en dessous du pont, la seule que je perçoive appartient à Bastian. Je relâche d'un coup ma prise sur les ancres, sans tenir compte du soupir exaspéré du pirate.

« C'est qui “nous” ? m'inquiété-je. Nous ne sommes que tous les deux à bord, et nous ne serons jamais capables de naviguer dans ces conditions.

— Qu'ai-je dit à propos du pessimisme, déjà ? gronde-t-il. Si vous ne me faites pas confiance, n'hésitez pas à sauter tout de suite à l'eau et à retourner dans votre royaume à la nage.

— Ma foi, je n'aurais pas vraiment besoin de nager, n'est-ce pas ? Sachant que nous ne pouvons pas voguer. »

Ses lèvres se contractent alors qu'il termine de relever les ancres. « Ah oui ? Vous en êtes bien sûre ? »

Je suis son doigt pointé derrière moi et le vertige me reprend. Cela ne fait que deux minutes que je suis là, j'en jurerais, pourtant les rives d'Arida sont à déjà au moins à trois cents mètres. Quand je me retourne vers Bastian, il s'assied sur le pont et tape du pied devant lui.

« Avant d'entrer dans les détails, commence-t-il, j'ai besoin d'éclaircir une chose : n'aviez-vous vraiment aucune idée de ce qui se passait avec les Kers ? Pas même un soupçon ?

— Bien sûr que non ! » Je claque ma main sur le pont et il fronce un sourcil offensé. « Comment oses-tu seulement insinuer…

— Et pourquoi pas ? rétorque-t-il. La plus grande partie du royaume est au courant. »

Ses paroles m'écorchent l'âme, la déchirent en lambeaux. S'il dit la vérité, combien d'autres choses Père a-t-il réussi à me dissimuler ?

« Oui, eh bien, pas moi. Si j'avais été avisée de leur souffrance, je ne serais pas restée sans rien dire. J'aurais trouvé un moyen de les sortir de cette situation. » Ces mots prononcés d'une voix basse et triste me paraissent insuffisants mais c'est tout ce que j'ai à proposer. « Je le jure. »

Bastian me regarde fixement et je ne suis même pas sûre qu'il cligne des yeux. Il affiche une mine sévère et circonspecte, comme s'il attendait que je flanche sous la pression. Comme je ne le fais pas, il s'appuie en arrière sur ses paumes. Les lignes dures de son visage finissent par s'adoucir, il est convaincu.

« Le *roi* se comporte d'une façon insensée en ne prenant pas Kaven au sérieux. » Il prononce le titre de Père comme s'il le crachait. « Les Kers en ont assez de le supplier pour une aide qu'il leur refuse. Alors, ils se sont tournés vers Kaven, un Zudonais dans le même état d'esprit qui mène une rébellion avec des individus qui partagent les mêmes idées que lui et pensent tous qu'apprendre plusieurs magies est une nécessité pour Visidia. Le problème avec Kaven, c'est qu'il ne sait pas quand s'arrêter. En se forgeant un nom et en provoquant cette révolte, il a détruit Zudoh, il n'offre son soutien qu'à ceux qui se rangent de son côté et laisse croupir les autres. Maintenant, il s'est associé avec Kerost qui agit de la même façon. » La colère durcit son ton. « Je suis venu ici pour prévenir votre père que Kaven commençait à étendre son influence aux autres îles, même si j'aurais mieux fait de ne pas perdre mon temps. Je savais qu'il ne m'écouterait pas. »

Dans ma tête, l'incrédulité le dispute à l'inquiétude. Il ne s'est jamais rien passé avec Zudoh depuis mon enfance, alors pourquoi maintenant ?

« Quel est le but de cette rébellion, au juste ? » Je dois faire un effort pour retrouver ma voix. L'air salé la rend rauque, chaque mot me gratte la gorge.

Bastian répond sans hésiter, et mon univers se fige : « La fin des Montara. Ils souhaitent abolir la monarchie et pratiquer autant de magies qu'ils en ont envie. Y compris la magie des âmes. »

J'en ris presque, en dépit de ma peur. Impossible de dire si la moiteur de ma peau est due à l'océan ou à ma propre transpiration. « Ils nous demandent de les laisser anéantir Visidia ! »

Bastian se penche en avant et lance : « Oui, alors ne les laissons pas gagner. Kaven est le cerveau de cette rébellion. Si nous le neutralisons, tout le reste va s'effondrer. Il a besoin d'un plus grand soutien pour mener une véritable guerre. En ce moment, la division règne parmi les Kers. Une moitié seulement défend Kaven, les autres se consacrent à rebâtir leur île. Quant aux Zudonais… » Il réfléchit brièvement à ce qu'il va dire et sa figure s'assombrit. « La plupart désirent aussi qu'il s'en aille. Mais il faut l'atteindre avant que les autres îles ne se rallient à sa cause.

— Et tu t'attends à ce qu'on le fasse nous-mêmes ? insisté-je. À deux, face à une rébellion ? » Mille questions se bousculent dans mon esprit. Quelles sont les stratégies de Kaven ? Combien de temps avons-nous ? À combien s'élèvent les effectifs ? Ce bateau avance rapidement, et le temps presse pour effectuer mon choix : revenir en arrière en espérant que Père convainque Visidia de m'offrir une seconde chance, ou prendre mon destin en main et tenter ma chance.

« Je ne cherche pas à déclencher une guerre, rectifie-t-il. Je veux en finir avec cet homme et mettre un terme à tout ça. Vous disiez vouloir une opportunité d'aider votre royaume, la voilà. Allez-vous la saisir ? »

Ma poitrine se serre. Pas sous le coup de la défaite, mais parce que j'ai un but. Les effluves de l'océan me remettent d'aplomb tandis que j'appuie les poings sur mes genoux pour que Bastian ne s'aperçoive pas de l'impact de son discours. « Et quel rôle joues-tu là-dedans ? demandé-je, car je désire glaner la moindre information avant d'annoncer ma décision. Puis-je croire qu'un pirate n'a pas d'arrière-pensée et agit pour le bien du royaume ? »

L'océan frappe le navire, mais Bastian ne bronche pas. Il m'observe avec l'acuité d'un félin doté d'une intelligence supérieure. « Je veux revenir chez moi. Et tant que Kaven s'y trouvera, ce sera impossible. Voilà ma seule raison. Et avec mon bateau et votre magie, je crois que nous ferons la paire. Alors si vous et moi nous frappions un...

— Pour l'honneur d'Arida, je ne tolérerai pas cela ! » La voix provient de l'arrière.

Je tourne la tête et Ferrick apparaît sur le pont, trempé et dégoulinant. Le teint verdâtre. Il oscille légèrement, réussissant à peine à hisser sa rapière devant lui.

« Vous avez kidnappé la princesse Amora, lance-t-il, et je suis prêt à sacrifier ma vie pour la sauver. Je vous provoque en duel ! »

Il semble sur le point de vomir.

« Ferrick, grondé-je. Que fais-tu ici ? Ce n'est pas nécessaire. »

Mais Bastian a déjà sauté sur ses pieds. « Apprenez les règles, Princesse : si vous ne souhaitez pas de passagers clandestins, assurez-vous d'avoir remonté l'échelle une fois arrivée en haut. » Il soupire et traverse le pont, examinant l'accoutrement vert émeraude totalement incongru de Ferrick, avec une grimace parfaitement compréhensible. « Je présume que tu es un Suntosan ? »

Ferrick carre ses épaules et tente de rester digne, malgré le mal de mer qui verdit sa peau. « Je savais que quelque chose clochait chez toi. Grâce aux dieux, j'ai écouté mon intuition et j'ai fait demi-tour ; j'ai vu ce que tu as fait aux gardes, pirate. Laisse partir Amora. »

Bastian sort son épée de son fourreau et frappe la lame de son adversaire, comme un salut. « Ferrick, c'est ça ? Je suppose que ça fait trop longtemps que je n'avais pas eu un vrai duel. » Il y a des étoiles dans les yeux de Bastian et de l'amusement dans sa voix.

Ferrick lance sa rapière, mais l'autre la pare sans même regarder. Frimeur.

Le choc de l'acier résonne sur le pont avant que l'océan ne le dévore. La mer est moins calme que ce matin. En colère contre le navire venu la déranger, elle le secoue méchamment maintenant qu'il se risque dans les eaux plus profondes.

Bastian manie son épée comme une extension de son propre corps, impossible pour un Ferrick vacillant et en proie au mal de mer de rivaliser avec lui. Il se déplace sans effort, suivant le va-et-vient des vagues. À l'évidence, c'est un pirate expérimenté. Sa langue et sa verve ont un tranchant analogue à sa lame. Il sévit depuis de longues années, mais je n'ai jamais entendu parler d'un pirate qui parcourait les mers sans équipage.

« As-tu déjà perdu un bras au cours d'un duel, camarade ? » se moque-t-il en évitant facilement la nouvelle attaque de Ferrick. Sans lui laisser le temps de réfléchir, il exécute un demi-bond en avant et abat son épée sur son adversaire. Un hurlement de surprise remplit le ciel. Ferrick laisse choir sa rapière au sol, son avant-bras droit tombe à côté.

CHAPITRE SEPT

« Par les dieux ! » Ferrick fixe son bras, l'air plus agacé que souffrant, et Bastian regarde le sang qui couvre le pont avec la même expression. « Étiez-vous vraiment obligé ? »

Avec un mouchoir tiré de sa poche, Bastian essuie méticuleusement le sang sur son épée. Après l'avoir rengainée, il s'avance pour examiner le bras de Ferrick, sectionné juste en dessous du coude.

Son sang coagule déjà. Une nouvelle peau repousse autour de la plaie, formant un petit nœud de chair et de muscle. Bastian la tapote et Ferrick recule.

« Par les astres, quoi ? » maugrée mon futur fiancé. Sans arme et avec un bras inutilisable, il essaie encore de feindre la bravoure. Bien que j'aie l'habitude de sa magie, le voir aussi peu souffrir est toujours aussi effrayant.

Bouche bée, je ne quitte pas son bras des yeux. Son humiliation me noue les tripes. En toute honnêteté, c'est lui qui a provoqué Bastian, pourtant personne ne devrait subir une telle défaite.

« Un beau coup bas, commenté-je.

— Du calme, Princesse. Je savais que ça ne lui ferait aucun mal. Il s'est égratigné les mains en escaladant la *Grande Cale* et j'ai vu ses blessures se refermer. » Le regard qu'il me jette n'est qu'un bref mouvement des cils, il est réticent à interrompre son indiscutable plaisir. À la grande consternation de Ferrick, le pirate s'approche de nouveau et tapote les ligaments en train de repousser. « Vous êtes fabuleux, vous, les Suntosans ! J'ai toujours entendu dire que la magie de guérison était impressionnante, mais des personnes capables de se régénérer et de guérir les autres ? Je voulais voir ça de mes propres yeux.

— Ravi de satisfaire vos fantasmes, souffle Ferrick avec amertume. Je n'aurais jamais dû m'attendre à un combat régulier de la part d'un *pirate*. » Il prononce le mot comme s'il était empoisonné, pourtant même sous le faible éclairage de la lune, la rougeur qui s'est répandue sur ses joues pâles se distingue clairement. J'ai conscience que je devrais compatir, or chaque seconde que je suis forcée de passer en sa compagnie, sachant que nous serons à jamais liés, augmente ma frustration.

Quel dommage que nos magies s'assortissent si bien. Si j'ai besoin d'une dent, je peux lui en prendre une. Si c'est d'un bras, il peut partager. Il appartient à une catégorie rare chez les Suntosans : alors que la plupart d'entre eux ont la capacité soit de se régénérer, soit de guérir les autres, il maîtrise les deux. Avec lui à mes côtés, je pourrais devenir la plus forte des Animancières qu'Arida ait jamais connues.

« Assez de querelles. Rangez vos épées, les garçons. » Tous deux se tournent vers moi.

« Ne t'embarque pas avec lui, Amora. » Ferrick a le visage déformé par la fureur en regardant son bras. « Maudit pirate ! Ramène-nous immédiatement à Arida. »

Bastian l'ignore et se rapproche de moi, et je remarque pour la première fois sa haute taille. Son assurance, aussi. Mais c'est un imbécile. Lorsqu'il avance à nouveau d'un pas, je sors ma dague et en appuie la pointe sur son torse. Son sourire s'évanouit aussitôt, et l'offense lui arrache une moue.

« Vraiment ? Encore ? » Il lève les bras au ciel. À mes côtés, Ferrick pousse un soupir de soulagement.

J'appuie la lame contre sa peau, assez pour l'entamer. « Tu m'as fourni suffisamment d'informations. À présent, je suis capable de découvrir le reste toute seule. Donne-moi une seule raison de ne pas te jeter par-dessus bord et de faire le voyage par moi-même. »

À ma grande surprise, il se met à rire. Mais il s'arrête net en constatant que le couteau s'est enfoncé plus profondément dans sa poitrine. « Alors, c'est comme ça que vous me remerciez pour mon aide ? Par les astres, je ne vous aurais pas crue aussi charmante ! Jetez-moi à la mer si vous voulez, mais comme vous l'avez remarqué, je ne possède pas vraiment d'équipage que vous pourriez commander. Débarrassez-vous de moi et vous perdrez ce navire. Et puis vous n'êtes pas capitaine. Vous ne sauriez même pas comment naviguer.

— Zudoh se trouve tout droit au sud, objecté-je, mais Bastian se contente de battre des paupières et de sourire.

— Sans aucun doute. Mais je crains que ce ne soit un peu plus compliqué que ça, chérie. »

J'accentue la pression de la lame jusqu'à sentir ses muscles fléchir en dessous. « Et pourquoi cela ? »

Même s'il tente de conserver son sourire détendu, sa mâchoire se crispe. « Si c'est ce que j'obtiens pour partager gracieusement des informations, je suppose que vous devrez me garder à bord pour le découvrir. »

N'ayant jamais eu l'intention de le poignarder, je range mon couteau. C'était juste une bonne façon de m'assurer qu'il sait qui commande.

« Amora, je crois vraiment que nous devrions reconsidérer cette stratégie... »

Je coupe aussitôt la parole à Ferrick. « Il n'y a pas de *nous* ici. Je ne tiens pas conseil. »

Bastian s'époussette le torse comme si ma lame avait sali sa redingote. « Alors je suppose que vous êtes toujours partante ? » La mer essaie de voler son murmure mais je m'y accroche. En entendant ce qu'il vient de dire, la chaleur chasse le froid dans mon corps, et une tension étrange et mystérieuse m'électrise la peau et remplit l'espace entre nous. Les poils de mes bras se hérissent.

Mon cœur bat, je sais que je ne peux pas refuser. J'ai vu le rejet flagrant de Père face à la menace de Kaven et entendu les chuchotements. J'ai vu de mes yeux le regard changeant de Kalea, et j'ai conscience qu'elle ne pourra jamais porter la couronne.

Si Visidia court effectivement un danger, je n'abandonnerai pas son destin à la chance. Et je ne laisserai pas le mien dépendre de la persuasion de Père. Je vais le saisir à deux mains, et m'en servir comme d'une opportunité.

Je prends une inspiration et lève le menton vers Bastian. « Oui, je le suis, lui dis-je, suscitant l'indignation de Ferrick.

— Mais enfin, ils vont forcer Kalea à rentrer à Arida à la fin de l'été, objecte-t-il. Vous lui céderiez le trône aussi facilement ?

— Bien sûr que non. Je sais ce que je fais. » Je durcis suffisamment ma voix pour que les deux hommes se figent. Ma tante connaît les enjeux aussi bien que moi ; elle gagnera tout le temps qu'elle peut de son côté, et je le mettrai à profit pour arrêter Kaven et obtenir une nouvelle chance de devenir l'Animancière de mon peuple.

« Tu dis qu'ils veulent amener Kalea ici à la fin de l'été ? Alors nous serons de retour d'ici là. Et au cours du voyage, tu m'expliqueras tout sur ce navire, pirate. » Ce merveilleux bateau. Mon regard embrasse le pont. Comment vogue-t-il si facilement sans équipage ? « Et tu m'apprendras à le diriger. »

Là, Bastian montre sa contrariété. Il rentre à moitié sa lèvre inférieure et la mordille, la ronge comme pour remettre ses idées en place.

« Vous devez comprendre qu'un homme voit son bateau comme d'autres leur enfant. Laisser n'importe qui le piloter, c'est... délicat. »

Lui ou Père, tous les deux refusent à m'apprendre, j'en ai par-dessus la tête. « Si tu veux mon aide pour rentrer chez toi, tu m'apprendras à diriger la *Grande Cale*. »

Il se ragaillardit un peu, comme s'il était heureux que je n'aie pas oublié le nom du navire, puis il se mord le coin de la lèvre comme pour le dissimuler. « Bien, mais seulement quand vous aurez sympathisé avec elle. Faites sa connaissance, invitez-la à dîner. J'ai remarqué que les dames ne réagissent pas bien quand on essaie de les contrôler. » Il tapote le navire qui gémit à son contact, ses voiles gonflées nous propulsant de plus en plus loin en mer.

Je ravale mon sourire, je ne veux pas qu'il le voie. Quelque chose me dit qu'il connaît déjà, et comprend, ma fébrilité. Il se sent comme chez lui sur l'eau. Et bien que j'aime mon île et mon rôle, une part de moi envie sa liberté. Il n'a que lui sur qui veiller, quelle impression cela peut-il bien faire ?

« Parfait, approuvé-je. Bien qu'il nous reste encore une chose à évoquer. »

Il sait déjà. Bastian se tourne vers Ferrick qui recule, sur la défensive, et prépare sa rapière. Son bras droit tressaille et grandit un peu plus. Je m'efforce de détourner mon regard de sa chair en pleine recomposition, toujours déroutée par cette étrange magie.

« Je ne pars pas, dit-il fermement. Aussi longtemps qu'Amora demeurera avec vous, je l'accompagnerai. En qualité de fiancé, la protéger relève de mon devoir sacré. »

Bastian retrousse ses lèvres et lève un sourcil. « Fiancé, hein ? Excuse mon ignorance, je ne comprends pas comment j'ai pu passer à côté de l'alchimie qui existe entre vous. »

La poitrine de Ferrick bondit, il inspire profondément puis toise Bastian.

Le pirate a l'air parfaitement à l'aise. « Tu représentes quand même une bouche de plus à nourrir, et tu ne fais pas partie du marché. Explique-moi pourquoi je ne devrais pas te jeter tout de suite à la mer pour te laisser regagner Arida à la nage ? » Il prononce chaque mot sur un ton interrogatif et ouvertement curieux. Cependant, quelque chose dans sa prestance me déconcerte. Il possède la même étincelle de vie, la même connaissance du monde que Père. Parce que c'est un voyageur. La jalousie me gagne, elle étend ses racines.

« Tu sais bien pourquoi je dois rester. » Ferrick se redresse et s'efforce de ne pas regarder son bras tranché. Le pirate baisse les yeux avec indifférence, je me penche pour ramasser le membre et ce contact mou m'arrache une grimace. Ses doigts rejoindront ma sacoche une fois brisés ; le reste nourrira les poissons.

La majorité du corps de Ferrick est jetable sans douleur ; je n'ai aucun doute sur le pouvoir que j'en tirerais. Mais Ferrick se sous-estime. Il est aussi un guérisseur incroyablement doué. Et si nous devons combattre un homme dont les partisans souhaitent tous ma mort, l'avoir dans les parages ne serait pas une mauvaise idée.

Pourtant, s'il désire se joindre à nous, il faut en clarifier les conditions.

« Reste avec nous et prête-nous assistance, lui proposé-je. Mais si tu enfreins mes ordres ou agis de ton côté, si tu tentes quoi que ce soit derrière mon dos, on te jette par-dessus bord. Tout ça nous dépasse tous les deux, Ferrick. »

Il déglutit avec peine. Échange un regard avec l'arrogant pirate. Bastian désigne gaiement la planche de la *Grande Cale* et agite ses doigts dans l'air en imitant un bruit de chute.

Les joues de Ferrick rougissent et il s'incline. « Comme il te plaira, Princesse. »

Le nœud dans ma poitrine se dénoue, et une tension dont je n'avais pas conscience se libère. C'est vraiment en train d'arriver.

« Donc, c'est entendu ? » Bastian s'écarte du grand mât auquel il était adossé. « On a un accord ? »

J'échange un regard avec Ferrick, le mien le défie de refuser. Il finit par acquiescer, je tends alors la main à Bastian avec un sourire. Il l'accepte, ravi.

« Bienvenue dans l'équipage. » Une vague de chaleur m'envahit à ces mots que j'absorbe comme une éponge pour en nourrir mon âme affamée.

Je suis Amora Montara, princesse de Visidia, et je serai la future Haute Animancière.

Je suis le bon choix. Le *seul* choix. Et je protégerai mon royaume.

CHAPITRE HUIT

Bastian nous conduit à la cale, et même en sachant que nous sommes les seuls à bord, le fait de constater qu'il n'y a effectivement aucun équipage m'irrite. Il s'agit certes d'un petit navire, mais d'un navire tout de même, et je n'en ai jamais vu sans hommes à bord.

Qu'entendait-il en affirmant que sans lui, le bateau n'avancerait plus ? Étrangement, bien qu'il soit dépourvu de magie, il possède un vaisseau qui peut naviguer sous son seul commandement. Même si je sais qu'il ne m'avouera pas comment une telle chose est possible, j'ai bien l'intention de le découvrir au cours de notre voyage.

Au moins, l'absence d'équipage nous permet, à Ferrick et à moi, de dormir chacun dans notre propre cabine. Ce sont des pièces minuscules meublées d'un unique hamac suspendu au plafond, mais qu'importe ; entourée par la mer, je ne pense guère à dormir.

« As-tu un vêtement à me prêter pour la nuit ? demandé-je à Bastian qui fronce les sourcils, debout sur le seuil.

— Je n'ai pas l'habitude d'emmener des princesses à bord de la *Grande Cale.* » On ne peut pas vraiment dire qu'il s'excuse. « Ne pouvez-vous garder ce que vous portez ? »

Je hausse un sourcil. « C'est une tenue de cérémonie dans laquelle je viens de tuer un homme. Donc non, je ne la porterai pas pour dormir, merci. Sous cette robe, je n'ai que ma peau et je préfère la couvrir, étant donné que je me trouve sur le navire d'un pirate. »

Le teint pâle de Ferrick vire au cramoisi et Bastian feint une expression horrifiée.

« La *Grande Cale* a beau être féroce, elle reste une dame. Je ne me permettrais jamais de heurter sa sensibilité en vous laissant vous promener *nue.* » Le terme semble lui écorcher la langue mais de l'amusement perce dans son intonation. « Je vais vous trouver quelque chose de convenable pour le moment, ensuite vous pourrez récupérer une tenue plus appropriée quand nous atteindrons Ikae. C'est une île portuaire au large de Mornute.

— Je sais où elle se trouve. » Je m'efforce d'ignorer mon estomac qui palpite comme quand les chefs cuisiniers préparent de la ginnada fraîche au palais. Je ne suis évidemment jamais allée à Ikae, pourtant je sais tout sur cette ville grâce à Yuriel et à tante Kalea. Pays des bijoux et vêtements les plus raffinés, j'ai toujours souhaité visiter cette cité touristique. Ma tante m'en rapporte tous les ans des tuniques qui sont rapidement devenues mes préférées. On y fabrique des articles luxueux et magnifiques, même si l'île est réputée peu accessible.

Je jette un coup d'œil à Bastian : impeccable dans sa redingote écarlate au tissu plus épais que n'importe quel autre à Arida. D'une qualité plus fine encore que je ne l'aurais pensé au début, décoré de minces fils d'or cousus autour des poignets. Il a dû payer le tailleur d'un roi pour obtenir un manteau pareil, orné de motifs dorés et de l'emblème du royaume gravé sur les boutons de manchettes. Ou alors il l'a volé. Son pantalon beige présente lui aussi une coupe et des ourlets parfaits. Et bien que le pirate vive sur un bateau, il taille méticuleusement sa barbe. Pas étonnant qu'il ait réussi à se faire passer pour un conseiller – son apparence est digne d'éloges. Surtout comparée à celle de Ferrick, avec son blazer émeraude, sa chemise trop large, et son pantalon trop serré. Sa silhouette ressemble à un triangle pointé vers le bas. Ses vêtements ont l'air d'avoir été récupérés dans une épave.

Mais si agréable que soit l'idée de faire la tournée des magasins d'Ikae avec Bastian, l'air se rafraîchit déjà en cette fin d'été, signalant l'approche menaçante du changement de saison. Nous n'avons que jusqu'à la fin de celle-ci avant que tante Kalea ne revienne à Arida et n'accepte la magie des âmes.

« Nous devrions éviter de perdre du temps, dis-je. Allons directement à Zudoh. »

Appuyé contre la paroi, Bastian lève la main et l'agite en un geste théâtral. « Croyez-moi, Princesse, j'adorerais le faire. Seulement, vous vous rappelez que j'ai dit qu'il ne serait pas facile d'arriver là-bas ? Ils ont élevé une barricade autour de leur île après leur bannissement. Il faut d'abord trouver un moyen de la contourner. »

À côté de moi, Ferrick fait la moue. « Et nous le trouverons dans une ville réputée pour ses vêtements ?

— Vous seriez étonné. » La lueur dansant dans les yeux de Bastian est toujours aussi vive, et son sourire en biais est bien trop éclatant pour un pirate. « Chaque ville possède une face cachée. Il suffit de savoir où regarder. Maintenant, si vous voulez bien m'excuser un instant, je reviens tout de suite. »

Dès qu'il est parti, je sens la présence de Ferrick aussi lourde qu'une ancre. « Tu lui fais vraiment confiance ? » me demande-t-il.

Je grogne presque. « Bien sûr que non. C'est un pirate. » Je le contourne pour sortir de ma cabine, parcourant le couloir en quête d'un endroit où me laver, mais il m'emboîte le pas.

« Dans ce cas, pourquoi agir ainsi ? insiste-t-il dans un murmure. Il y a certainement un autre moyen. Nous pouvons retourner à Arida et dire à ton père…

— Je n'ai peut-être pas confiance en ce pirate, mais je n'ai jamais dit que je ne le croyais pas. » J'ai été témoin de ses efforts pour prévenir les autres de ce qui se tramait, en vain. Père pense protéger Visidia ; si je veux prendre mon destin en main et défendre le royaume, je vais devoir agir contre lui en me rendant à Zudoh et en trouvant Kaven par mes propres moyens.

Retourner à Arida maintenant, après m'être échappée de prison, me condamnerait à la peine de mort. Et pas seulement moi. Tandis que si je réussis, personne n'apprendra la trahison de tante Kalea.

Je suis contrainte de louvoyer dans les étroits quartiers de l'avant du navire pour atteindre l'unique cuvette. Bien que le bateau rongé par l'âge grince à chaque pas, Bastian a consacré du temps à l'entretenir : son bois d'un blanc éclatant luit sous une couche récente de vernis, les pièces sont soigneusement rangées et propres, comme si le pirate attendait des hôtes d'un moment à l'autre.

Je me penche sur la bassine et me lave la figure. L'eau se trouble de fard à joues et de crèmes, emportant les souvenirs de cette nuit. Ferrick reste là, debout, une expression amère sur le visage et les yeux remplis d'inquiétude. Finalement, quand son regard insistant devient trop pesant, il lance : « Tant pis pour nos fiançailles, hein ? »

Je me concentre sur la cuvette. « Ce n'est pas le moment.

— Et ce sera quand le bon moment ? J'essaie de t'en parler depuis des semaines.

— Il n'y a rien à dire.

— Si ! » Il est tellement exaspéré qu'il me prend par surprise. Ma bouche se ferme, tandis que son teint passe du blanc au rose et que ses joues s'enflamment. Il inspire profondément et reprend plus calmement : « Si. Je sais qu'aucun de nous ne l'a demandé, mais tu sais très bien ce que je ressens pour toi depuis des années, Amora. Je suis conscient que je n'ai jamais été plus qu'une pensée furtive pour toi, mais je crois vraiment que tu feras une bonne héritière pour Visidia et je ferai de mon mieux pour t'aider à faire de cela une réalité. Ensuite, une fois revenus chez nous... je voudrais que tu saches que j'ai l'intention de te soutenir. Je n'ai pas eu l'occasion de te le dire avant, mais je tiens à te l'assurer. »

L'intensité avec laquelle il me regarde suffirait à faire reculer la plupart des gens, mais pas moi. Je ne peux pas lui dire que je l'aime ou réagir comme si ses paroles me faisaient plaisir, car il connaît mes sentiments : il n'y aura jamais rien entre nous.

« Pour l'instant, j'ai besoin que tu consacres toute ton attention à la tâche qui nous attend. » J'ai conscience qu'il voudrait entendre autre chose, mais c'est tout ce que je suis en mesure de lui offrir. « Nous devons protéger Visidia. »

Il serre les lèvres et fait un petit signe de la tête.

Je suis soulagée quand j'entends les pas de Bastian résonner dans le couloir, empêchant la gêne de s'installer. Il porte dans les bras des vêtements soigneusement pliés et prend garde à ne pas en froisser l'étoffe.

Il nous interrompt : « Ceux-là ne me vont plus, mais il fallait tout de même que je les garde, parce que... Enfin, regardez. » Il dépose les habits dans mes bras. Je sens la douceur de la chemise en lin sur ma peau.

« Les broderies sur celui-ci sont exceptionnelles. » Je prends un manteau rouge rubis pour mieux l'admirer.

Bastian fait un bruit appréciateur. « N'est-ce pas ? Il a coûté deux perles noires et un sac plein de verre de mer, alors j'espère bien qu'il atteint la perfection.

— Je ne vois pas comment un pirate peut s'offrir ça », maugrée Ferrick.

Bastian lève un menton provocant. « La paie d'un pirate n'a que les limites qu'il lui fixe. Mais si vous tenez à le savoir, j'ai séduit une très belle fille pour l'avoir. La fille du meilleur tailleur de Mornute. » Il se rengorge avant de prendre la mesure de ce qu'il vient de dire. « À propos, nous devrons éviter cette échoppe…

— Tu es horrible. » Je serre les vêtements contre ma poitrine. Avant, je trouvais très belles ma tenue et mes parures. À présent, elles m'étouffent rien qu'en m'évoquant le souvenir de ma magie en train de me consumer. Rien ne me ferait plus de bien que de les arracher, passer des vêtements légers et me glisser dans le hamac.

J'effleure les deux hommes en passant et m'apprête à rejoindre ma cabine.

« Nous sommes prêts à faire voile vers Ikae ? demandé-je sans me retourner.

— Oui, affirme Bastian. Vu la rapidité de la *Grande Cale*, nous y serons demain avant le coucher du soleil. »

Je hoche la tête. « Répète-moi comment cette escale va nous aider à trouver Kaven ? »

La tête appuyée contre le mur, Bastian croise les bras sur son large torse. Un sourire indolent accompagne sa réponse : « Vous savez, Princesse, ce qu'il y a de formidable, c'est que je suis le propriétaire de ce navire et que vous avez besoin de l'emprunter, ce qui implique que c'est *moi* qui décide, ce dont vous n'avez certainement pas l'habitude ; je sais, c'est *affreux*. Donc nous ferons escale à Ikae afin de trouver des informations, c'est tout ce que vous avez besoin de savoir. »

La main sur la porte de ma cabine, je le fusille du regard. « Très bien, garde tes secrets. Mais souviens-toi que si tu tentes quoi que ce soit, je te poignarderai sans hésiter.

— Tenteriez-vous de me séduire ? C'est difficile à dire, vous êtes tellement terrifiante. »

Je lui tourne le dos, la nuque et les joues en feu, peu encline à lui montrer mon trouble. « Tu es insupportable. Une fois que nous aurons trouvé Kaven, sache que je projette de te jeter à la mer et de m'approprier ce bateau.

— Eh bien, on ne peut pas dire que vous manquiez de franchise. » À défaut de le voir rire, je l'entends en entrant dans ma cabine. « Reposez-vous bien, Princesse. »

Je claque la porte en soupirant. Quel horrible mufle arrogant ! Le jour où je réquisitionnerai ce vaisseau et le jetterai à la mer, ce sera vraiment fabuleux.

Résolue à ne plus penser à lui, je commence à me déshabiller. Je détache mon collier, le glisse dans ma cape et la dépose avec ma jolie robe bleu saphir dans un coin, par sécurité. Le froid saisit mon cou et ma nuque dénudés, débarrassés de leurs pesantes parures. Le bras de Ferrick empaqueté attire mon attention, mais je m'en occuperai demain.

Pour l'instant, j'enfile la chemise en lin et l'ample pantalon de coton, resserre ma sacoche autour de ma taille afin de la maintenir bien en place, puis grimpe dans le hamac.

Depuis la cale, le bruit des vagues qui battent les flancs de la *Grande Cale* est plus sauvage. Le bateau tangue doucement au gré de l'océan et son balancement régulier alourdit mes paupières. Malgré les craquements sourds du bois, les gémissements du vent et le roulis, je trouve facilement le sommeil.

Je suis plus à l'aise sur ce navire que je ne le devrais.

CHAPITRE NEUF

Je n'ai jamais aussi bien dormi que pendant cette première nuit sur l'océan. Je n'ai pas rêvé de mon exécution comme je le redoutais, ni de magie aridienne, ni des yeux changeants de tante Kalea. Pour la première fois, d'aussi loin que je m'en souvienne, je n'ai fait aucun rêve concernant mon pouvoir ou le règne de Visidia.

En fait, je n'ai pas rêvé du tout. J'ai dormi d'une traite, en dépit du hamac.

Ma cabine est sombre, dépourvue de fenêtres. Quand j'appuie ma main contre le bois, sa fraîcheur me mord la peau. Aucun moyen de savoir l'heure, mais je me sens reposée et mon esprit s'emballe déjà. Ce petit espace ne me réconforte plus, il m'oppresse. Je désire ardemment respirer l'air salin.

Je resserre la sacoche afin qu'elle retienne mon pantalon, saute dans mes bottes et m'emmitoufle dans le manteau écarlate de Bastian avant de monter les escaliers grinçants jusqu'au pont. Une excitation inexpliquée fait battre mon sang. Je devrais me concentrer sur le trajet vers Zudoh et la façon de trouver Kaven avant la fin de l'été. Pas me laisser distraire par la joie de me réveiller à bord d'un voilier.

L'air glacé emplit mes poumons au moment où je sors. Il s'accompagne d'un mince voile brumeux qui m'enveloppe et caresse doucement mon visage, me saluant tel un ami oublié. Les odeurs de sel et d'algues sont denses comme jamais. Elles m'indiquent que nous sommes plus loin d'Arida que je ne me suis jamais aventurée, et si je frissonne à cette idée, ce n'est pas de l'inquiétude.

Plutôt de l'exaltation. Une exaltation que j'aurais préféré éprouver dans des circonstances différentes, mais quand même. J'en avais envie depuis des années.

Je me dirige vers la proue, me penche par-dessus le bastingage et inspire à m'en faire éclater les poumons. Les goélands tournent dans le ciel et plongent dans l'eau en criant, ramassant des poissons qui frétillent dans leur bec et qu'ils avalent avant de se rejoindre. Le jour peine à percer la brume grise, et je sens les embruns encore froids sur ma joue.

Pourtant, une tranquille chaleur remplit ma poitrine et m'apaise.

« Bonjour, Princesse. » Bastian se tient derrière moi, une miche de pain dans la main. Il la brise en deux et m'en tend une part. « Il y a aussi de la viande séchée, mais je crains que la nourriture sur la *Grande Cale* n'ait rien d'aussi exquis que celle d'Arida. » Le bateau gémit dans sa lutte contre le courant. Bastian flatte gentiment le bastingage. « Désolé, ma chérie. Tu sais que c'est vrai. »

Je ne l'ai jamais vu en pleine lumière et je suis étonnée en constatant qu'il ressemble encore plus que Père à un voyageur chevronné. Le soleil a baigné sa peau et fait apparaître des reflets mordorés dans sa carnation d'un brun chaud, et seule la lueur des étoiles a pu rendre ses yeux aussi étincelants. Ils sont d'une couleur noisette frappante, parsemée de points d'or, avec quelques taches de rousseur en dessous. Il ne ressemble à personne que j'aie déjà vu – il est façonné par le vaste monde, les voyages, l'aventure. Il y a des histoires plein ses yeux, mais je ne craquerai pas si facilement.

Je prends le pain offert.

« Bonjour, pirate. » Je mords dans le pain, surprise de constater qu'il a gardé son moelleux. Comme s'il déchiffrait mon expression, Bastian prend un air contrit. Lentement, avec une gestuelle dramatique, il tire quelque chose de sa poche de poitrine. L'objet est enveloppé dans un mouchoir brodé d'un blason, et ma curiosité l'emporte sur mon amusement. En le tenant à plat sur sa paume, il se sert de l'autre main pour révéler ce qui se trouve à l'intérieur.

De la ginnada. Je salive.

« Tu as volé ça à Arida, déclaré-je, mi-affirmative, mi-interrogative.

— Je ne crois pas que ce soit du vol. » Il fait mine de remballer le dessert mais s'interrompt en riant devant mon regard figé. « Je me suis dépêché de ravitailler la *Grande Cale* avant qu'une princesse affamée et sa bouche à nourrir supplémentaire de fiancé ne me rejoignent. Vous avez de la chance que j'y aie songé. Sinon, nous mangerions du pain rassis et boirions du vin aigre jusqu'à ce que nous trouvions un endroit pour refaire des provisions. » Il passe une main dans ses cheveux châtain foncé, et je remarque qu'ils sont mouchetés de grains de sable blanchis par le soleil.

« Tu veux dire un endroit où escroquer des gens ? » demandé-je avec un sourire.

Il rit. « Prenez-le simplement. J'ai vu comment vous les engloutissiez la nuit dernière.

— Tu ne m'as pas perdue du regard de toute la nuit, alors ? »

Il lève les yeux au ciel. « Vous vous flattez, réplique-t-il, l'air goguenard. Avec votre couronne, plutôt difficile de vous manquer. » Ce pirate a une langue trop habile pour son propre bien. Je ne prends pas la peine de surenchérir. Je me contente de lui arracher la ginnada de la main et d'en prendre une bouchée, gémissant lorsque l'amande sucrée et la croûte au beurre fondent sur ma langue.

« Je suis heureux d'en avoir *stocké* d'autres. » Il rit tandis que je fourre le reste de ginnada dans ma bouche. « C'est rare de débarquer dans une fête géante où la nourriture est gratuite. Mieux vaut profiter de ces heureuses circonstances. »

Un autre goéland lance un cri avant de plonger à la recherche de sa pitance. Je l'observe tout en croquant dans la mienne. Appuyé contre le bastingage, Bastian a le regard perdu dans la mer. La lueur des étoiles le rendait séduisant, mais au soleil, il est radieux et agréable. Il connaît sans doute chaque centimètre de son voilier.

« La *Grande Cale* est un navire magique, avancé-je. N'est-ce pas ? »

Ses épaules se raidissent, il ne quitte pas les goélands des yeux. Deux d'entre eux se disputent un poisson au ras de l'eau, leurs ailes claquant avec rage contre les vagues. L'air est rempli de leurs cris.

« Je suppose qu'on peut dire ça, concède-t-il. Ce n'est pas le type de navire qui nécessite un équipage. »

De la magie, alors. Mais d'un type inédit pour moi. Même les Curmanais les plus doués se déplacent obligatoirement en groupe pour manœuvrer les lourds bateaux, et cela n'a rien à voir avec la magie des maléfices pratiquée par les Zudonais d'après ce qu'on m'a dit.

Je l'observe en coin, attendant la suite, qui ne vient pas. Il arrache un petit morceau de pain et le jette à la mer. Le plus gros poisson que j'aie jamais vu monte à la surface et l'avale avant que les mouettes ne puissent le lui voler.

Je prends une nouvelle bouchée. « Eh bien, puisque tu ne veux pas m'en dévoiler plus, vas-tu au moins me dire quels sont tes liens avec Kaven ? Si Zudoh s'est aussi hermétiquement barricadée, comment as-tu quitté l'île ? »

La tension noue ses épaules. Il jette un autre morceau de pain dans l'eau avant de manger le reste. « J'ai quitté mon île il y a une éternité, juste avant la barricade. J'ai connu Kaven à l'époque, quand les troubles commençaient juste. Il m'a volé ma magie et j'ai bien l'intention de la récupérer. »

Le brouillard a fini par s'infiltrer à travers mon manteau et me pénétrer jusqu'aux os. J'en ressens le froid au plus profond de moi.

« Comment ça, il t'a *volé* ta magie ? » J'enroule mes bras autour de mon corps, les mots me manquent. La magie fait partie intégrante de soi, tout le monde en possède une. Vous pouvez l'apprendre, l'étudier, grandir avec elle, mais il est impossible de la faire disparaître une fois qu'elle est en vous. Même si vous ne l'utilisez jamais, elle demeure là pour toujours. « On n'a jamais parlé de quelqu'un capable de faire ça. C'est impossible.

— Personne n'a jamais parlé non plus de l'existence d'un navire magique. Pourtant, en voilà un. » Il embrasse la *Grande Cale* d'un geste. « Le monde ne fonctionne pas qu'avec les yeux, Princesse. La vérité dépasse de loin ce que vous voyez. »

Je me tiens penchée par-dessus la *Grande Cale*. Le soleil perce lentement l'épaisse couche de nuages. Il me réchauffe les mains et je ferme les poings.

Après avoir aperçu en partie la pureté de son âme, la nuit dernière, mon instinct me souffle qu'il dit la vérité. D'ailleurs, pourquoi mentirait-il sur ce sujet très personnel ? Si j'ai appris une chose au cours de mes dix-huit années, c'est que je dois suivre mon intuition. Si ce que raconte Bastian est véridique, et que l'on peut vraiment voler une magie, alors Kaven constitue une menace plus grande encore que je ne l'aurais imaginé.

Pourquoi ne le savais-je pas ? Pourquoi personne ne le sait-il ?

« Comment te l'a-t-il volée ? Et si tu n'as aucun pouvoir, comment ce bateau peut-il voguer ? »

Il secoue la tête. « N'oubliez pas que je vous ai vue tuer un homme il y a peu. » Il prononce ces mots d'un ton plus détaché que froid. « En plus, vous avez menacé de me poignarder plusieurs fois, et de voler mon navire. Alors pardonnez-moi si ma méfiance à votre égard équivaut à la vôtre envers moi.

— Il est vraiment dangereux à ce point ? » lui demandé-je posément.

Une ombre passe sur son visage. « Connaissez-vous quelqu'un d'autre qui ait le pouvoir de voler la magie d'une personne ? »

Je secoue la tête. Je n'arrive même pas à imaginer ce que je ressentirais si quelqu'un volait ma magie. Ce serait une véritable invasion. Comme si l'on dérobait une partie de mon âme. Mais je me détends car je sais que ma magie n'est pas seulement liée à mon âme, mais aussi à ma lignée. Je doute qu'on puisse un jour me voler quelque chose comme ça.

Bastian lève les yeux sur Ferrick qui arrive avec les mêmes habits qu'hier soir. Son bras a encore un peu poussé pendant la nuit, mais une partie entière de l'avant-bras manque toujours.

« Bonjour, beau fiancé, braille Bastian, changeant vite de sujet. Il y a du pain et de la viande séchée dans la réserve si vous avez faim. »

À la mention de la nourriture, Ferrick pose la main sur son estomac et gémit. Son apparence est encore pire qu'hier soir. Son teint verdâtre rivalise avec la couleur de son blazer. Il s'éponge le front avec l'un des mouchoirs de Bastian étroitement roulé.

« Non merci. » Sa voix est pincée. « Je ne comprendrai jamais comment on peut vivre sur un bateau. J'ai eu l'impression d'être balancé par les flots toute la nuit.

— Parce que c'était le cas », dis-je.

Bastian rit et va donner une tape sur l'épaule de Ferrick, charmant et tout sourire une fois de plus. « Pas vraiment le pied marin, hein, mon gars ? Pas d'inquiétude, il faut du temps pour que certaines personnes s'habituent. Patience, ça viendra en un rien de temps. En attendant, si tu dois vomir, évite de le faire sur mon bateau. »

Ferrick vacille. Rendre le contenu de son estomac sur la *Grande Cale* semble précisément ce qu'il s'apprête à faire.

« Comment te sens-tu, Amora ? » s'enquiert-il en louchant sur mon pain. À ma dernière bouchée, il a l'air d'avoir encore plus mal au cœur.

« Cela ne me dérange pas », me contenté-je de répondre, car comment lui dire la vérité ? Comment avouer que je me sens parfaitement à l'aise sur ce navire ? Que lorsque je me suis réveillée ce matin, ce n'est pas mon exécution qui m'est d'abord venue à l'esprit mais l'excitation du voyage. La joie de naviguer.

Cela ne se passe pas comme je l'avais imaginé, mais mon rêve de toujours se réalise.

« Vous avez ça dans le sang ! déclare Bastian. Vous vous êtes même levée avec le soleil. » Je souris à ce compliment. Bien que des questions subsistent encore entre nous, je lâche prise pour le moment. Certains souvenirs sont peut-être trop douloureux à partager. « Dois-je comprendre que tu vas commencer à m'apprendre la navigation ?

— Bien tenté, mais à l'aise en mer ne veut pas dire à l'aise avec la *Grande Cale*. Votre enthousiasme est plaisant, quoiqu'un peu prématuré. » L'amusement dans sa voix ressemble à un gâteau au miel, doux et tiède. « À part ça, vous devriez peut-être faire quelque chose au sujet du petit cadeau amputé qui traîne dans votre chambre. Avant qu'il ne commence à pourrir, de préférence. »

Ferrick s'assied et pose la tête entre ses genoux. Il n'est pas trop malade pour grogner.

« Il va y avoir du sang », avertis-je Bastian qui tourne le nez. Le pont de la *Grande Cale* est impeccable, il a certainement passé des heures à nettoyer le désordre qu'il a mis la nuit passée.

« Videz-le dans l'océan et ensuite nous irons en bas. J'ai quelques toiles d'emballage sur lesquelles vous pourrez travailler. »

Je hoche la tête, une main instinctivement posée sur ma sacoche. Après tout ce que j'ai utilisé pour l'exécution, elle ne contient quasiment plus d'os. Je me sentirai mieux quand elle pèsera son poids habituel.

« Ça ne te dérange pas si je tache ces habits ? »

Bastian prend son temps pour réfléchir. Enfin, probablement parce qu'ils ne lui vont plus, il cède. « Seulement… enlevez le manteau, d'abord. » Il se tourne vers Ferrick. « Et toi, ça ira mieux si tu restes sur le pont. Va le moins possible en bas. Lève la tête et regarde l'horizon. D'accord, mon gars ? Toujours les yeux sur l'horizon. »

Ferrick relève lentement la tête, et plutôt que de l'enfouir de nouveau entre ses genoux, il y pose son menton, se force à regarder l'horizon, et gémit.

Bastian le prend comme une invitation à s'en aller. Il revient vers moi. « Et si vous me montriez ce que vous comptez faire de ce bras ? »

Mes doigts se crispent le long de mon corps, j'hésite en songeant à tous ces visages horrifiés, la nuit dernière. À mon peuple poussant des cris de terreur.

Même si ma magie était censée les impressionner, ma prestation n'a fait que renforcer leurs peurs.

Des années durant, j'ai accompli cette part de mon travail sans témoin, m'entraînant pour le jour où je serais capable de revendiquer mon titre d'héritière du trône. Maintenant, je n'ai plus aucun plaisir à exhiber ma magie. Mes nerfs se tendent à la pensée de Bastian assistant à ce spectacle.

Le trouvera-t-il trop laid ? Trop violent ? Ou bien comprendra-t-il que la survie de Visidia dépend de ma magie ?

Il m'accompagne jusqu'à ma cabine où je ramasse le bras sur le sol avant de revenir sur le pont afin de le désosser. L'odeur de viande avariée me fait plisser le nez, douceâtre, comme si l'on avait tenté de masquer la puanteur de la mort avec quelque horrible parfum. La peau a bleui depuis hier. C'est vulgaire, mais Bastian ne peut s'empêcher de regarder tandis que je sors ma dague.

J'ai déjà eu l'occasion de travailler sur des mains. Elles sont petites et faciles à dépecer. J'incise l'artère radiale, du sang à la consistance gélatineuse se fige en dessous de l'épiderme bleui. Pour éviter d'en répandre sur la *Grande Cale*, je procède avec précaution par-dessus le bastingage, recueillant le sang oxydé avec ma dague.

Là où tombent les taches rouges, l'eau prend une couleur violacée.

Quand nous finissons par redescendre, Bastian récupère deux sacs de jute dans la réserve.

« Aidez-moi à comprendre une chose à propos de votre magie, commence-t-il en les étendant sur le plancher en bois. Comment se fait-il que, même si vous utilisez les os de Ferrick ou bien, Dieu nous en garde, son bras entier, votre magie ne l'atteigne pas ? Pourquoi touche-t-elle quelqu'un d'autre à la place ?

— Bonne question. » Je m'accroupis au-dessus de la toile, puis me mets à genoux pour assurer ma stabilité. Si bas au-dessous du pont, les vagues attaquent et nous secouent. « Je *pourrais* blesser Ferrick, mais je choisis à qui je vais lier mon pouvoir, ce qui réclame un effort conscient. En premier lieu, je dois être tout près de la personne pour lire à l'intérieur de son âme. Utiliser les os de Ferrick comme un matériel, et non comme un lien, c'est un choix. » J'essaie de ne pas penser à la confiance que Ferrick a en moi pour me laisser garder son bras. Je dispose celui-ci sur la toile et entaille la paume de la main. Le sang apparaît à peine quand je détache la peau de la mince couche de graisse et tranche les muscles en dessous.

Bien que j'aie évacué le plus de sang possible, mes mains ressemblent bientôt à un magma de tissus. Bastian hoquette, à deux doigts de vomir.

Ce bruit me fige.

« C'est très… instructif », remarque-t-il, très tendu. Sourcils froncés, je lève les yeux juste à temps pour le voir jeter un coup d'œil au membre disséqué, s'évanouir et tomber sur le sol.

Une honte brûlante me submerge, sa chaleur envahit mon ventre, une décharge nerveuse rend mes gestes plus précis. Plus rapides. Je fais un mouvement pour recouvrir la main, mais la *Grande Cale* heurte un mur d'eau et tout tremble. Elle pousse un gémissement fantomatique, le bois craque et se fend, je tombe au sol. Je me rattrape à une lourde barrique de vin et j'attends que le navire se stabilise, puis remercie silencieusement Ferrick d'avoir sans doute pris la barre en vomissant tripes et boyaux.

Devant moi, Bastian remue le bout des doigts.

« Si vous avez l'estomac sensible, vous n'auriez pas dû demander à regarder ! » Mes paroles jaillissent, plus amères que je ne le voudrais, mais je me remémore chaque paire d'yeux remplie d'horreur et de dégoût.

C'est un travail salissant mais nécessaire pour utiliser ma magie, point. La nuit dernière, j'ai commis une erreur en me laissant submerger par Kaven, par tante Kalea et par les centaines de figures épouvantées. Mais je ne suis pas au service de ma magie. C'est à moi de la commander, et je veux que les autres le voient.

Tout en clignant des yeux pour s'éclaircir la vue, Bastian évite soigneusement de regarder le membre disséqué. Je le recouvre avec la toile.

D'un côté, je comprends sa réaction. La première fois que Père m'a montré comment procéder à une dissection, nous avons commencé par un pied, une partie pleine de tendons allant dans tous les sens, collants, impossibles à contourner, qui s'enroulaient autour des doigts. Les taches sur ma robe m'avaient beaucoup contrariée, ce jour-là. Mais posséder la magie ne signifie pas uniquement apprendre à vivre avec elle, il faut aussi l'accepter comme une partie de soi. Lorsque j'ai commencé à pratiquer la magie des âmes, la mort me paraissait tragique et malsaine. En tant que protectrice de Visidia, j'ai pourtant dû passer outre il y a bien longtemps. Alors, si Bastian compte nous utiliser, moi et ma magie, il a tout intérêt à comprendre de quoi il retourne.

« Je ne t'aurais jamais cru du genre à t'évanouir. » Je ne peux pas cacher l'amertume qui coule dans mes mots.

Il se masse la nuque. « Désolé. » Il le pense vraiment, en dépit de son ton tranchant. « C'est juste si...

— ... impressionnant ? » J'essaie d'ignorer la piqûre causée par sa réaction. Ma magie *est* étrange. Pourquoi les gens ne voient-ils pas ce qu'elle a aussi d'impressionnant ? « J'ai assumé cette magie pour servir Visidia et protéger mon peuple. *Impressionnant,* voilà le mot que tu cherches. »

Il fronce les sourcils comme s'il réfléchissait à quelque chose, et je n'aime pas ça.

« Tu devrais peut-être aller voir si Ferrick va bien. » Ce n'est pas vraiment une suggestion, mais Bastian le prend comme ça. Je le regarde avec méfiance se frotter le visage.

« Non, non. Désolé. Ce n'est pas le sang qui me dérange. C'est juste que je n'ai jamais été aussi *attentif* au corps d'une personne avant ça. Si je me sens de nouveau mal, je partirai. Promis. Mais c'est quelque chose que je veux voir. Vous avez raison, c'est... impressionnant. »

Je pince mes lèvres en retirant lentement le sac pour découvrir le bras. Il lutte pour rester imperturbable et redresse les épaules. Il respire à peine, les phalanges crispées sur ses genoux pour se stabiliser, mais il est clair qu'il souhaite rester.

Et comme je veux que quelqu'un comprenne ma magie, je le laisse faire.

CHAPITRE DIX

Quelques heures plus tard, nous avons fini de laver et sécher les os, pile au moment où les montagnes étagées d'Ikae commencent à se profiler. J'ai la bouche sèche en contemplant leur aspect extravagant, et je m'accroche au bastingage, prise de vertige.

Les terrasses ressemblent à des dizaines de marches géantes creusées dans les flancs blancs de la montagne, chacune accueillant un lac d'eau rosée entouré de maisons éblouissantes, aux styles et aux couleurs variés. Certaines sont enchanteresses, et une fumée violette s'échappe de leurs hautes cheminées vers le soleil couchant, d'autres ont l'air construites en verre poli. Des plants de vigne grimpent jusqu'au sommet de la montagne, là où l'astre du jour brille le plus fort. L'exportation d'alcool a toujours été la principale source de revenus de Mornute. Le simple fait de penser à tout le vin fabriqué là-bas me met l'eau à la bouche.

Une douce écume verte tourbillonne sur la baie azurée mais quand j'observe le fond de l'eau par-dessus le bastingage de la *Grande Cale*, je peux y voir l'arrogant récif de corail. Les bruyantes acclamations qui remplissent l'air ont fait fuir les poissons, mais la baie elle-même éclate de vie.

J'entends les habitants d'Ikae avant de les voir, massés sur un bateau fermement ancré, en train de lancer des encouragements en agitant des drapeaux roses.

Quelqu'un s'écrie : « Deux pièces d'or sur Romer ! », salué par un tonnerre de cris et d'applaudissements.

« Trois pièces d'or et une perle sur Keanu ! »

Je me penche un peu plus par-dessus le bastingage pour mieux voir, et suis attirée par les personnages farfelus qui paradent autour du bateau. Une seule journée s'est écoulée, pourtant les plumes ne paraissent plus d'actualité. En dépit de l'humidité pénétrante, les femmes portent d'épaisses robes pastel en écailles de poisson qui reflètent le soleil et m'aveuglent.

Les hommes sont tout aussi extravagants. La plupart sont vêtus de pantalons lumineux et de hauts légers, pastel également, garnis d'épaulettes faites d'écailles géantes. D'autres portent les écailles à même la peau, sur le cou et sous les yeux, et ont décoré leurs pantalons de bulles ou d'un tissu mouvant imitant les vagues.

Deux hommes se tiennent côte à côte sur une planche, en sous-vêtements. Leurs corps minces et musculeux luisent sous une couche d'huile.

« Qu'est-ce que c'est que ça ? » demandé-je à Bastian. Le pirate tourne la barre pour nous diriger à la droite de l'anse, hors du chemin de l'autre navire, puis me rejoint et se penche à son tour.

« Course de canon, répond-il. Également connue comme le sport le plus ridicule qu'on ait jamais inventé. Ohé ! » Il crie le dernier mot, assez fort pour attirer l'attention des occupants du navire voisin. Plusieurs personnes lui font un signe de reconnaissance.

« Bon coin ? » lance Bastian.

Les gens du bateau nous répondent en levant des coupes et en hochant la tête, puis ils retournent à leurs occupations.

Une femme au joli teint d'obsidienne et aux cheveux lilas parcourt le pont d'un pas dansant, tenant un petit sac en écailles de poisson. Elle le tend à tous les parieurs et ils y déposent leur argent sans hésiter.

« C'est la première fois que je vois une chose pareille. »

Bastian grogne. « Et vous ne verrez ça nulle part ailleurs. »

Les deux hommes se mettent en position accroupie. Ils s'agrippent à la planche. Derrière eux, une femme à la peau brunie par le soleil lève un drapeau rose. Elle le garde levé un instant, les tient en haleine, puis l'abaisse avec un rire aigu.

L'océan frémit, la *Grande Cale* tangue et je bondis en arrière. Le navire voisin crache un boulet de canon qui fonce par-dessus la baie désertée. Le bruit me déchire les tympans, cependant je ne peux pas détourner mon regard. Je me jette sur le bastingage et vois les deux hommes plonger depuis la planche dans l'eau claire.

Ils ont nagé à peine plus d'un mètre quand ils refont surface, lancent les bras en avant et se précipitent vers le boulet de canon en train de couler.

Ils font la course.

« C'est une blague ! »

L'un d'eux plonge à la suite du projectile et le rate de peu. L'autre, toujours derrière, tente de combler l'écart en agitant les bras. Pendant ce temps, les passagers du bateau applaudissent et agitent leurs drapeaux, tout en vidant leurs flasques et leurs coupes.

« Ils gaspillent de la poudre, constate Ferrick.

— Ils gaspillent *de l'argent* », rectifié-je, pressant le bout de mes doigts sur le bois de la *Grande Cale*. Un des deux hommes refait surface, tenant le boulet de canon, et les spectateurs se déchaînent. Ils lui hurlent de se dépêcher pour laisser la place aux suivants.

« Bien sûr, approuve Bastian, songeur. Que feriez-vous si vous disposiez d'une réserve d'or illimitée, sinon la dépenser en jeux inaccessibles aux simples citoyens ? »

Je perçois le sarcasme, mais cela me rappelle avec acuité ce qu'on m'a dit sur les souffrances de Kerost. Plusieurs idées me viennent sur la façon dont ils pourraient utiliser leur temps et leur menue monnaie.

Je détourne mon attention de la foule en liesse alors que Bastian accoste.

La différence entre Arida et Mornute ne s'arrête pas aux jeux qu'on y pratique. Ici, les constructions sont somptueuses et enchanteresses : façades d'une éclatante blancheur et fenêtres cristallines sur une boutique, flèches de lilas grimpant à une hauteur impensable sur une autre. Tout accroche le regard, y compris le sable couleur de pêche au-delà du rivage.

Toute la baie regorge de navires marchands et parfois, une caravelle itinérante y accoste. Comme tous les navires se fondent les uns dans les autres, on peut espérer que la *Grande Cale* ne jurera pas trop, avec son bois blanc et sa modeste charpente. Bien qu'elle passe difficilement inaperçue.

Sentir une surface stable sous mes pieds est une impression étrange. Quelques minutes seulement après avoir débarqué, le va-et-vient des vagues me manque déjà. Ferrick, quant à lui, est au comble du bonheur. Passé les premiers instants qu'il emploie à vider le contenu de son estomac sur un amas de rochers, il tapote le sol et pousse un soupir d'aise.

« J'avais presque oublié la sensation d'avoir le corps à un seul endroit, souffle-t-il.

— Ne prends pas trop tes aises. Une fois les renseignements obtenus, on repart. » Bastian nous contourne et prend la tête.

Les quais sont directement reliés au cœur de la ville, et le bois cède bientôt la place à d'élégantes rues qui paraissent faites de verre teinté. Sous le soleil, elles étincellent d'éblouissantes nuances pastel. Elles sont trop belles pour être piétinées mais, en marchant dessus, je réalise qu'il ne s'agit que d'un enchantement de plus en constatant qu'elles supportent facilement mon poids.

La ville autour de nous grouille de vie, embaumée du parfum des sucreries en train de cuire et bourdonnant de potins.

« CREVETTES ! »

Je manque de trébucher au passage d'un homme hurlant à pleins poumons.

« Deux perles les crevettes, quatre le vivaneau ! PAR ICI LES CREVETTES !

— Quatre perles le vivaneau ? m'exclamé-je. Personne ne paiera jamais un prix pareil. »

Ces mots sont à peine sortis de ma bouche que deux femmes abordent le marchand, traînant leurs garçons jumeaux derrière elles. Ces deux derniers sont tapageurs, se cognent et s'esquivent entre rires et quolibets. Ils attirent immédiatement notre attention et la lumière s'éteint dans les yeux de Bastian. Il les observe avec la mâchoire contractée et une expression indéchiffrable. Après avoir dévisagé leurs parents, il enfonce profondément ses mains dans ses poches et prend le chemin opposé. Les jumeaux sourient de toutes leurs dents en tirant une pièce d'or et plusieurs perles d'une petite bourse vert émeraude puis en les posant dans la main du vendeur. Le couple suntosan ne pense même pas à marchander et repart avec deux vivaneaux et des crevettes.

« J'espère au moins que ce seront les meilleures crevettes de leur vie », commenté-je.

Bastian se contente de grommeler et nous fait traverser la rue. Impossible d'enregistrer tout ce qui se passe autour de nous. Je me sens submergée par les hurlements constants et les bruyants appels des vendeurs qui proposent de tout, depuis des robes en mousseline jusqu'à du jus de litchi. Ils inondent les rues d'odeurs entêtantes de parfums et de pâtisseries, et font profiter de leurs produits des touristes pomponnés et des Ikéens aux poches bien remplies.

Contrairement à Arida, cet endroit ne possède pas une beauté ordinaire. J'en aime l'animation et l'excentricité. Mais on ne peut nier la frivolité de toute cette richesse.

« C'est si différent, constate Ferrick, contemplant les tuiles jaunes chatoyantes d'une chapellerie.

— Toi non plus, tu n'as jamais voyagé ? » interroge Bastian.

Ferrick secoue la tête. « Seulement jusqu'à Suntosu. Mon père est un guérisseur fortuné, il a la confiance des Montara. Il jouit des faveurs de la reine, c'est même lui qui a mis Amora au monde. Nous nous y rendions si souvent en visite qu'il a décidé de déménager à Arida quand j'avais 7 ans. Il est retourné sur notre île d'origine au moment de sa retraite, l'année dernière, et je viens le voir à l'occasion. Même si naviguer n'est pas franchement mon loisir préféré.

— Eh bien, les îles sont toutes très différentes, fait remarquer Bastian. Mornute a le plus grand nombre de touristes. On y accède facilement à partir de presque toutes les autres îles, et elle recèle suffisamment de beautés pour attirer les visiteurs. C'est une ville de riches. »

Derrière la vitrine d'une bijouterie, une aigue-marine claire et éclatante attire mon regard et suscite ma convoitise.

J'ai envie d'explorer la moindre boutique, mais les éclairages derrière les vitrines commencent à baisser à mesure que le marché se vide lentement. Quand monte la brise nocturne en provenance de la côte, hommes et femmes s'emmitouflent dans des manteaux brodés et des capes scintillant d'écailles.

Plus loin dans la rue, au bord des pavés, les voix résonnent plus fort et les tavernes se remplissent peu à peu.

Bastian suit mon regard.

« Envie d'un verre ? » demande-t-il, et tout d'abord, je n'arrive pas à déterminer s'il est sérieux. Mon cou et mes bras se couvrent de chair de poule quand il appuie doucement une main en bas de mon dos et nous pousse vers l'une des tavernes. Je vois à travers la fenêtre une foule d'hommes élégants, vêtus de costumes parfaitement ajustés et au maquillage éclatant, et de femmes saisissantes, portant des robes à écailles irisées et d'ahurissantes coiffes en tête de poisson pastel. Une d'elles arbore même ce qui ressemble à une véritable étoile de mer collée sur le côté gauche de son visage.

Je devrais dire non à Bastian. Lui rappeler qu'il nous faut nous hâter et continuer notre route, comme il l'a suggéré tout à l'heure. Mais les mots me font défaut et je constate que je me suis déjà mise en marche. « Tu es sûr que nous avons le temps ?

— Croyez-moi, c'est tout à fait l'endroit indiqué. » Il saisit la poignée de la porte et son sourire malicieux s'élargit. « Nous devons faire profil bas jusqu'à la fin de la soirée et en plus, je suis supposé voir quelqu'un ici. »

Je ravale mon sourire tandis que la porte s'ouvre. À l'intérieur règne une folle ambiance, les bavardages se mêlent à la musique.

Un foyer où dansent des flammes vertes occupe l'arrière-coin de la taverne, irradiant la chaleur d'un feu d'aubépines. Je me sens aspirée par le joyeux brouhaha et les rires sonores. Je me détends en dépit de la foule nombreuse, bercée par la mélodie jouée par un accordéon. Je n'en crois pas mes yeux en remarquant l'instrument sur un tabouret, qui joue tout seul. Pas l'ombre d'un musicien, ce qui n'empêche pas les clients de jeter généreusement des pièces d'or et des perles de couleur dans un gobelet en étain posé devant le tabouret.

Bastian cherche une table près du fond, puis nous fait signe de nous asseoir. Tandis que Ferrick se déplace lentement, essayant de dissimuler sous sa cape rouge rubis son bras en train de repousser, je me fraie rapidement un chemin à travers la multitude et prends place. Les nouvelles se propagent si vite chez les Curmanais que des gens me recherchent sûrement.

Heureusement, ils ne peuvent partager que des paroles et pas d'images, or peu de gens connaissent mon visage.

Le vacarme augmente au milieu des vapeurs d'alcool. En dépit des tenues excentriques que tous portent, personne ne se moque de moi ou de Ferrick. Trop de gens passent ici pour que les Ikéens se préoccupent de notre allure démodée.

Les clients se renversent sur leurs chaises pour avaler leurs boissons, se régalent de petits gâteaux pastel et s'esclaffent en écoutant les discussions et les blagues idiotes. Ils sont là uniquement pour passer un bon moment. Personne ne se méfie de nous.

Bastian sourit à une femme qui porte un plateau dans les mains, habillée plus simplement que les autres d'une robe unie de couleur lilas. Elle hoche la tête et nous indique qu'elle revient tout de suite.

Quand Ferrick s'installe, il désigne aussitôt les deux sorties du doigt. « Ce n'est pas une bonne idée. Amora est de sang *royal*. Elle n'a rien à faire dans un endroit aussi grossier que cette taverne. Et si quelqu'un la reconnaissait ?

— Pourquoi ne dis-tu pas encore plus fort le mot en R, pendant que tu y es ? bougonne Bastian.

— Cet établissement "grossier" accueille les personnes les plus extravagantes que j'aie jamais vues. » Je jette un bref coup d'œil à Ferrick qui ne me contredit pas. Mais son visage prend une expression très agacée, ses sourcils sont tellement froncés que de profonds sillons se creusent sur son front. Il va se rider avant l'heure s'il continue.

« Nous ne resterons pas longtemps, ajoute Bastian. Pour l'instant, fondez-vous dans le décor. »

La serveuse revient. Une mince pellicule de sueur fait luire son visage et sa poitrine, ses joues pâles rougissent sous l'effort. Elle reste tout de même polie.

« Qu'est-ce que vous désirez ? » Elle nous détaille l'un après l'autre et prend conscience de nos étranges tenues. Elle s'attarde plus longuement sur moi, et mon ventre se noue.

Elle ne peut pas me reconnaître. Pas encore. Pas alors que je viens juste de quitter Arida.

La serveuse ne bronche pas. Voyant sa main posée sur sa hanche, je réalise que je suis paranoïaque et que je ne devrais pas lui faire perdre son temps. Elle songe probablement aux cent autres choses qu'elle doit faire après avoir pris notre commande.

« Nous prendrons quelques-uns de ces gâteaux, deux bières… » Bastian s'interrompt et m'interroge du regard.

« De l'hydromel, indiqué-je.

— Et une coupe d'hydromel, transmet-il, légèrement étonné. Nous prendrons aussi du barracuda frais, si vous en avez. »

Mon estomac se tord à la perspective du poisson mélangé à de l'hydromel et des gâteaux, mais quelque chose dans les yeux de Bastian me dit que ce n'est pas un repas qu'il est en train de commander.

« Nous ne servons pas de ça ici », déclare dédaigneusement la femme, et son regard qui jauge Bastian s'assombrit. Il penche la tête en arrière et lui envoie un de ses sourires carnassiers, pour la séduire. Mais elle se contente de le fixer, imperturbable.

« Bien, où pourrais-je en trouver ? » Il allonge la main sur la table. Entre son majeur et son index, une petite pièce d'or jette un éclat.

La serveuse pose sa main devant Bastian qui lui glisse si vite la pièce dans la paume que la transaction m'est totalement invisible.

« J'ai entendu dire qu'il y en a parfois à côté du *Maribel's*. Le magasin avec les bulles roses. Faites-moi confiance, vous le reconnaîtrez quand vous le verrez. » Elle range la pièce dans son corsage. « Les barracudas sont plus faciles à attraper en fin de soirée, mais ils disparaissent vite. Vous en voudrez sûrement un avant le lever du soleil.

— Merci pour le tuyau, dit Bastian. C'est ce que je vais faire. »

La femme sourit en s'éloignant de la table. « Je reviens avec les consommations. »

Lorsqu'elle est hors de portée de voix, Ferrick se penche en avant. « C'était quelque chose… d'illégal ? » L'horreur transparaît dans sa voix.

Jamais personne n'a levé les yeux au ciel avec autant d'intensité dramatique que Bastian à ce moment. « Si tu ne te détends pas, mon gars, les autres vont sentir ta peur. Elle transpire de toi. Et commence par ôter cette sacrée capuche, d'accord ? Tu attires encore plus l'attention. »

Ferrick serre son unique poing sur ses genoux. « Parce que vous deux, vous ne vous inquiétez pas ? Techniquement, Amora, tout le monde te considère comme une fugitive. Avec tous les télépathes curmanais engagés par ta famille, les autres îles ont sûrement déjà été prévenues. »

Un verre claque sur la table. Nous nous taisons tous tandis que la serveuse pose les deux autres, suivis d'un plateau contenant des petites douceurs qui me font aussitôt saliver. Leur décoration m'émerveille : du fondant rose et lilas ou de minuscules fleurs en sucre saupoudrées de paillettes. La femme part sans rien ajouter et apporte le reste de son plateau à d'autres clients. Je me jette sans attendre sur un gâteau et l'engouffre dans ma bouche.

Bastian saisit sa bière et avale une longue gorgée du liquide doré avec un soupir de contentement. « Tu n'as donc pas le sens de l'aventure ? » Il regarde Ferrick par-dessus sa chope. « Pas du tout ? Ou alors il se nichait dans le petit doigt que j'ai tranché ? »

Ferrick prend une position hostile. Je pose une main sur son bras intact et saisis mon hydromel de l'autre : de l'or pailleté. Quand je l'approche de mon nez, je suis presque assommée. Le sucre masque à peine l'intensité de l'alcool.

« Ferrick a le droit de se sentir concerné. Tu disais qu'ici nous aurions des informations pour trouver un moyen de rallier Zudoh. Alors pourquoi tous ces mystères ? »

Le pirate passe un doigt tout autour du bord de sa chope avant de boire une nouvelle gorgée. « Nous *sommes* là pour ça. J'ai des amis qui peuvent nous fournir le renseignement voulu, mais on va dire qu'ils sont très recherchés et n'aiment pas rester longtemps au même endroit. Ces mystères, je les fais pour eux, pas pour vous. » Il porte de nouveau sa bière à ses lèvres, mais cette fois c'est vers moi que se lèvent ses yeux par-dessus son verre. « Je suis de votre côté, Princesse. Je n'ai aucune magie, vous vous rappelez ? J'ai parfaitement conscience que vous pourriez me tuer si vous changiez de plan, or je me préfère en vie. Tout ce que je veux, c'est que Kaven parte.

— Tu me l'as déjà dit. Ce que je ne comprends pas, c'est pour quelle raison le meneur d'une rébellion volerait ta magie. En quoi es-tu mêlé à tout ça ? »

Bastian repose sa chope sans la lâcher. Ses lèvres forment une mince ligne. « Si vous insinuez que je fais partie de cette révolte… »

À côté de moi, Ferrick se crispe, mais je secoue la tête. « Si les rebelles veulent mettre fin à la monarchie, alors ils veulent me voir morte. Tu aurais essayé de me tuer la nuit dernière, ou bien en prison, quand j'étais désarmée. Et tu ne m'aurais jamais avoué que tu venais de Zudoh. »

Ferrick semble aussi malade que sur la *Grande Cale*. À l'évidence, il digère les informations, le front plissé. « Je n'ai jamais rencontré de Zudonais jusqu'ici.

— Et moi, je n'ai jamais fait la connaissance de quelqu'un capable de régénérer un de ses membres sectionnés, plaisante Bastian. Hélas ! Nous existons tous les deux. »

Je me penche pour prendre un autre gâteau, ce qui détend l'atmosphère. « Je pensais que les Zudonais détestaient les Visidiens ? Mon père m'a raconté qu'ils contestaient le règne des Montara. »

Bastian secoue la tête. « Zudoh a été bannie à cause de Kaven. Parce que déjà, à l'époque, il voulait réduire le trône en cendres.

La plupart des gens de mon peuple n'ont rien à voir là-dedans. Ils craignent juste ce que Kaven leur fera s'ils s'inclinent devant la couronne.

— Cela les effraie plus que ce que mon père leur infligera s'ils s'abstiennent ? » demandé-je. Une ombre passe sur le visage de Bastian.

« Le roi Audric représente une menace floue, on entend parler de lui mais on le voit peu. C'est Kaven qui détient le véritable pouvoir à Zudoh. Il possède une magie aussi puissante que dangereuse, et il ne l'utilise pas dans un but de protection, comme le reste d'entre nous. Au contraire, il s'en sert comme d'une arme. J'ai fui l'île dès que j'en ai eu l'occasion, mais pas avant qu'il ne me vole mon pouvoir et prenne le contrôle de ma maison. Les gens ne voient que Kaven, donc c'est lui qu'ils craignent. Pas votre père. On ne peut même pas comparer les deux. »

Quand je l'avale, le gâteau est devenu comme un bout de métal ébréché et douloureux.

« Alors... Zudoh ne hait pas Visidia ? » Ferrick recule sur sa chaise, les bras croisés.

Bastian recule aussi et reprend une gorgée de bière. « Si elle le hait, c'est uniquement parce que Visidia n'est pas intervenu avant pour stopper Kaven. Sans lui, cette île prospérerait. C'est à cause de lui que nous ne pouvons plus commercer. Ni voyager. »

Leur colère se justifie parfaitement. La magie d'une personne fait partie intégrante d'elle. Si Père était vraiment au courant qu'un homme avait appris, d'une manière ou d'une autre, à s'en emparer, n'y aurait-il pas mis fin ? Pourquoi n'en a-t-il pas tenu compte ?

« Nous ne tarderons pas à l'arrêter, affirmé-je en prenant une grande lampée d'hydromel. Avant que son influence ne s'étende plus loin dans mon royaume. »

Bastian reste silencieux un moment, puis lève son verre. « Je trinque à cela. » Il fait un signe de tête à sa chope, puis à Ferrick.

Ferrick soupire et cède. Je ne l'ai jamais vu boire, il avale pourtant sa bière en deux gorgées puis la repose sur la table. « Je n'approuve pas, tient-il à souligner, mais je ferai ce que je peux pour vous aider.

— Bien. » Bastian sort une perle rose de sa poche et la lance dans le gobelet devant l'accordéon. L'instrument plonge en avant comme s'il s'inclinait, sans manquer une seule note. « Alors, trinquons ! Il nous reste au moins une heure à tuer, puis il sera temps d'attraper quelques barracudas. »

CHAPITRE ONZE

Durant le temps passé dans la taverne, j'ai expédié mon hydromel plus cinq gâteaux. Bastian a commandé pour moi sans compter, bien que je ne sois pas certaine qu'il puisse régler mon repas ni les six pintes englouties par lui et Ferrick.

Il est parti aux toilettes il y a quelques minutes et, à son retour, je remarque une petite pochette en cuir à sa ceinture. Elle tinte au rythme de ses pas.

« On y va. » Il laisse trois pièces d'argent sur la table. Il a beau feindre l'aisance, sa peau luit de sueur et ses doigts se contractent nerveusement. Cet argent ne lui appartient pas.

L'hilarité bruyante de Ferrick s'élève, sonore et alcoolisée, attirant l'attention de plusieurs personnes. Le rouge lui monte facilement aux joues en temps normal mais là, son teint rivalise avec ses mèches couleur de flamme. Ses yeux verts, brillants, sont injectés de sang et il pleure de rire bien qu'aucune histoire drôle n'ait été racontée.

« Encore une bière ! » Il essaie de ramener le pirate à bras-le-corps sur sa chaise, mais Bastian lui frappe les doigts. Ferrick regarde sa main en fronçant les sourcils.

« Une de plus et il faudra que je te fasse rouler pour sortir d'ici. » Les yeux de Bastian sont agités de mouvements convulsifs. « Et nous ne voulons pas abuser de l'accueil. » Il baisse les yeux sur sa pochette.

Ferrick y jette un œil et hoquette. « Vous avez volé ça ? » demande-t-il, trop fort.

Si les regards pouvaient tuer, Ferrick serait déjà mort. La salle se tait, et je suis certaine que Bastian perçoit comme moi l'intérêt des autres clients.

Ma peau se hérisse sous le va-et-vient de leur regard aiguisé par la curiosité. Bastian, qui lutte pour garder son calme, a les épaules qui tremblent, il se contente finalement d'attraper fermement Ferrick par le bras.

« Il faut y aller. » C'est l'évidence même, à en juger par l'urgence dans sa voix et l'attention des clients. Je m'éclaircis la gorge et rassemble mes affaires avant de quitter la table.

La douleur que suscite l'idée de partir est une surprise. J'aurais voulu avoir plus de temps pour nager dans une barrique d'hydromel et me gaver de cent autres merveilleux petits gâteaux. Pour bavarder avec les Ikéens à propos de sottises comme la mode et les tendances du moment.

Je serre les poings en me rappelant qu'un jour, j'aurai cette chance. À condition de continuer à avancer.

La chaleur des corps et des respirations a rendu l'air de la taverne étouffant. Tout le monde nous regarde. Je garde la tête baissée pour ne pas qu'on voie mon visage. Ferrick suit le mouvement à contrecœur, butant à chaque pas. Sa figure rougeaude se renfrogne, il a l'air de provoquer le pirate. Bastian arque les sourcils, mais s'abstient de dire quoi que ce soit pendant que nous nous faufilons à travers la foule pour sortir.

La brise fraîche et la brume nous accueillent. Elles s'infiltrent dans la chaleur qui me reste de la taverne et je regrette de ne pas avoir un manteau plus épais.

Le vacarme qui régnait il y a encore quelques heures dans les rues s'est transformé en un simple murmure, et je comprends maintenant pourquoi Bastian voulait que nous attendions. Aussi tard dans la soirée, chacun est chez soi ou dans l'une des tavernes, en train de profiter de la vie nocturne d'Ikae. L'obscurité règne dans les boutiques silencieuses, il n'y a personne pour nous voir nous faufiler. Bastian nous conduit à l'arrière du *Maribel's* que nous identifions immédiatement.

Le magasin a l'air fait de milliers de bulles roses scintillantes qui éclatent et se reforment à notre approche. Cette petite symphonie tranquille me rappelle le « pop pop pop » du vin mousseux.

Malgré son aspect fragile, l'échoppe résiste lorsque Bastian tente d'actionner la poignée. Puis elle cède.

Je sens des fourmillements dans les doigts quand je vois les magnifiques vêtements de luxe alignés le long des murs. Les bulles ont disparu et ont laissé place à des sols et des murs en marbre massif.

« Vous avez besoin de fournitures pour le voyage, prévient Bastian, alors servez-vous pendant que je cherche.

— Que tu cherches ? répété-je. Quoi donc ?

— Avez-vous déjà vu un barracuda ? Si vous trouvez ce symbole, dites-le-moi. » Il s'accroupit sur le pas de la porte. Il s'y adosse, comme s'il avait besoin du cadre pour le soutenir, et prend une inspiration tremblante. Si je le connaissais moins bien, je présumerais que le pirate est angoissé.

Il quitte lentement sa position et avance au milieu des habits. Je le laisse tranquille, ressentant dans ma gorge les battements d'un cœur alourdi par la convoitise.

L'intérieur du magasin est à couper le souffle. Tous les vêtements imaginables s'alignent au long des murs, des manteaux en écailles de poisson aux robes chics et cintrées. À Arida, mes tenues étaient toutes faites sur mesure ou importées. C'est une expérience inédite d'entrer dans une boutique et d'y choisir un article.

Je tombe amoureuse de cet endroit en une seconde.

Quelque part à côté de moi, Ferrick a un hoquet. « Tu me demandes de *voler* ? s'insurge-t-il, sa face rouge déformée par l'horreur. Je devrais… Je devrais te livrer aux autorités, sale pirate ! »

Je retire une veste de son cintre et la lui jette dans les bras. Il sursaute et environ trois secondes plus tard, la surprise lui fait faire un bond en arrière.

« Nous ne sommes pas en train de voler », le rassuré-je avec douceur, drapant une autre chemise dans ses bras. Il plisse le nez de dégoût. « Je t'ai acheté ce magasin comme cadeau de fiançailles. Je veux que tu prennes tout ce qui te fait envie. »

Son visage se détend, ses yeux s'illuminent d'une joie d'ivrogne. « Tu es si merveilleuse. C'est… – il hoquette – si gentil.

— Oui, Ferrick, c'est d'une incroyable gentillesse. » J'appuie doucement la main sur son épaule et le guide vers l'avant. « À présent, va te choisir quelques tenues. »

Il reste là un instant, regardant l'endroit où j'ai posé ma main avec un petit sourire. Je lève les yeux au ciel et me remets à l'ouvrage.

Une chemise de marin ajustée en lin attire mon regard. Je l'attrape et la suspends à mon bras, imaginant un instant que je suis sortie faire les boutiques avec des amis. Que nous avons parcouru tout ce chemin, non pas pour mater une rébellion mais juste pour le plaisir de voyager et de prendre du bon temps.

Cette soirée à la taverne avec Ferrick et Bastian m'a contaminée. Là-bas, il était presque facile d'imaginer que rien de tout cela n'était vraiment en train d'arriver. Que ma présentation de magie avait été parfaite, qu'elle m'avait finalement permis de me montrer assez forte pour mettre un terme à ma formation et partir naviguer à travers le royaume.

Mais la taverne n'était qu'un beau mensonge.

Mieux vaut me concentrer sur ce que je suis en train de faire. Je n'ai pas besoin de robes, mais de vêtements suffisamment amples pour bouger facilement, quoique pas trop non plus pour qu'ils ne s'accrochent pas au gréement de la *Grande Cale*.

Comme je n'ai jamais manqué de vêtements, les pantalons sont pour moi un mystère. Je les tiens devant ma taille et essaie de m'imaginer dedans. J'en prends quelques paires dans différents tons pastel d'Ikae pour faire bonne mesure. Aux manteaux maintenant. J'en choisis un, écarlate, qui ressemble à celui que j'ai emprunté à Bastian, et soudain mon cœur s'arrête de battre.

Sur le portant d'à côté repose un manteau aussi iridescent que l'opale.

Zudoh.

Je retire vivement ma main, comme si c'était du poison, et j'entends une bruyante inspiration derrière moi. Bastian regarde fixement le vêtement.

Bien que Kaven crée des remous, cela fait des années que Zudoh a été bannie du royaume. Alors pourquoi y a-t-il des habits zudonais dans cette boutique ?

Cela confirme les dires de Bastian : Kaven étend son influence. Nous devons nous hâter.

Quand je me tourne vers le pirate, son expression s'assombrit. Mais il ne manifeste aucune surprise. « Allons-y », se contente-t-il de lâcher avant de passer derrière le manteau pour sonder le mur.

Ferrick titube à travers la pièce en riant tout seul, il saisit tout ce qui lui tombe sous la main, sans se soucier de vérifier si cela lui va. Je soupire et empile quelques articles pour lui par-dessus le reste. Le poids de tout ce tissu me tire sur les bras, pourtant j'attrape encore deux capes épaisses, une pour moi, l'autre pour Ferrick, ainsi qu'un chapeau à large bord, simplement parce qu'il me plaît. Même si je possède déjà une paire de bottes, j'en prends une autre.

Je suis sûre de ne rien pouvoir emporter d'autre, même tout petit, quand j'aperçois un collier étincelant en morganite. J'esquisse un pas dans sa direction lorsque le sol se met à vibrer d'un bruit qui ressemble aux pas d'une douzaine de personnes.

« Silence ! » ordonne Bastian quelque part derrière moi. Il s'accroupit tandis que plusieurs ombres passent devant la fenêtre. Je me plaque contre le mur et observe, écarquillant les yeux pour reconnaître les couleurs que les nouveaux arrivants portent : des capes d'un profond bleu saphir, des ornements d'argent et un emblème royal qui captent la lumière d'une lampe à huile sur leur passage.

Des soldats visidiens.

« Que personne ne quitte cette île. Fouillez les navires ! » hurle l'un d'eux. Il fait signe au reste de ses hommes d'avancer, ne laissant que quatre soldats en faction sur les quais.

J'essaie de m'aplatir encore plus, mais c'est impossible, à moins de me fondre dans le mur. « Ils sauront que nous sommes ici dès qu'ils fouilleront la *Grande Cale*. » Je songe à la robe et aux bijoux en saphir dans ma cabine. Personne d'autre à Visidia ne possède de semblables pièces. Les yeux de Bastian s'étrécissent et se posent brièvement sur ma sacoche. Je la recouvre avec ma pile de vêtements. « Nous ne combattrons pas mes soldats.

— Dans ce cas, il faut nous cacher. » Il lance un regard vers le mur du fond, et je m'interroge sur ce qu'il peut bien chercher. Le temps manque pour le lui demander car Ferrick, toujours ivre et désorienté, fait mine de s'approcher d'un présentoir à chapeaux. Bastian lui saisit le pied en soufflant, et Ferrick sursaute.

La nervosité me pousse à fermer les yeux, mais je me force à les garder ouverts pour me préparer à fuir.

Quelqu'un s'approche de la vitre. La lampe éclaire sa mine sévère alors qu'il scrute l'intérieur du magasin.

C'est Casem. Je déglutis avec difficulté quand son regard rencontre le mien. Son visage se contracte, et si je ne le connaissais pas aussi bien, j'y discernerais de la peur plutôt que de la surprise.

Lorsqu'il fait mine d'ouvrir la bouche, je secoue rapidement la tête, lui intimant le silence. Ni Bastian ni Ferrick ne peuvent le voir, et je ne veux pas que cela change.

Ne dis rien, Casem. Un mot, et je suis morte.

« S'il te plaît. » Je mime ces mots avec mes lèvres, et quelque chose cède dans son expression. Il se passe la langue sur les lèvres, je secoue la tête à nouveau. Son indécision est visible à la façon dont ses mains s'agitent contre le verre.

« Quelqu'un à l'intérieur ? » crie un autre soldat, dehors. J'étouffe un bruit et ferme les yeux, attendant mon sort.

C'est la fin de mon voyage et je n'ai rien accompli. Visidia se retrouvera sans Animancier convenable. Tante Kalea prendra ma place et, à cause de sa double magie, le royaume tombera.

« Non », répond Casem. Je rouvre les yeux alors qu'il s'en va, me jetant un dernier regard avant de tourner la tête. « C'est vide.

— Dépêche-toi, alors ! le presse une voix inconnue. Nous devons retrouver la princesse avant qu'un autre ne le fasse. »

J'ébauche un sourire mais, sans regarder en arrière, Casem suit les autres soldats dans la rue pour fouiller chaque boutique et chaque taverne.

Une fois que le claquement de leurs bottes s'est évanoui, Bastian émet un soupir de soulagement. Il repousse un portant de pantalons et dévoile sur le mur un minuscule symbole, presque invisible : deux squelettes de poissons croisés.

« J'ai trouvé ! Par ici ! »

Je reprends ma pile de vêtements et, du coin de l'œil, aperçois une nouvelle fois le collier. Il n'est pas dans une vitrine. Rien ne le protège. Il est simplement posé là, scintillant, attirant et spectaculaire, et je tombe sous le charme. La plupart des bijoux que je possède à la maison sont des saphirs. Je n'ai jamais rien vu ayant cette douce et belle nuance de rose.

Je ne peux pas m'empêcher de le toucher.

Je suis sans doute ivre, car le monde se met à tanguer lorsque j'enroule mes doigts autour de la pierre. Je ne distingue plus mes pieds, je n'arrive plus à les bouger. Ils sont lourds comme du plomb et refusent de m'obéir. Les habits tombent de mes bras, des milliers de fourmis courent sur ma peau et dans mes cheveux. Entrent dans mes oreilles.

Je voudrais hurler mais je n'ose pas ouvrir la bouche car il y en a aussi sur mes lèvres et elles pourraient y entrer. Je tiens toujours le collier enroulé au bout de mes doigts et je le serre plus fort, mon corps se paralyse.

« Princesse ? »

Mes paupières refusent de se fermer. Les coins se remplissent d'ombre, les fourmis s'allongent pour se muer en gros cafards violets dont les ailes bourdonnent furieusement contre mon cou. Je veux les écraser, mais mes mains sont trop lourdes. Ont-elles été piquées ? Dévorées ?

« Par les astres ! » Bastian accourt. L'affolement se lit sur son visage, d'épaisses gouttes de sueur lui glissent dans le cou, trop brillantes pour ne manifester qu'une simple nervosité. Je le regarde, espérant qu'il remarque la panique dans mes yeux.

Yuriel n'a jamais mentionné une chose pareille au cours de nos conversations. La magie des enchantements est prévue pour s'amuser, enjoliver la réalité. Lorsque les cafards montent sur mon nez et s'introduisent dans mes poumons, ma poitrine est si contractée que je ne peux presque plus respirer.

Quand Ferrick fait un geste pour essayer de retirer le collier de ma main, Bastian le repousse. « N'y touche pas !

— Qu'est-ce qui se passe ? demande Ferrick, légèrement dégrisé. Qu'est-ce qui lui arrive ? » Le pirate ne répond pas, la mâchoire serrée, le regard fixé sur le collier. Il me prend par les épaules. Les blattes montent sur ses mains, mais il n'a pas l'air de s'en apercevoir. « Écoutez-moi, Princesse. Tout ce que vous voyez est le fruit de votre imagination. Cette magie se déclenche au toucher. Vous devez juste lâcher le collier et tout s'arrêtera.

— Prends-le-lui ! » objecte Ferrick qui, dans son ivresse, arrache une robe de son cintre pour y envelopper sa main. Bastian lève un bras pour l'en empêcher.

« Non. Laisse-la ressentir ça, dit-il. Elle a besoin de voir par elle-même comment on combat cette sorte de magie. »

J'essaie d'ouvrir les doigts mais les insectes bourdonnent avec colère et se transforment en araignées, des centaines d'espèces différentes qui rampent, creusent ma chair, cherchent à s'introduire dans ma bouche avant de renoncer et de s'attaquer à mes oreilles.

Mes genoux fléchissent, je parviens tout de même à rester debout. Je ne *veux pas* ressentir cela. Je veux qu'il se dépêche d'arracher ce maudit collier de mes mains.

« Amora. » Bastian appuie son front contre le mien et je ne distingue plus que lui. « Concentrez-vous. Vous êtes plus forte que cette magie. Ouvrez vos mains et lâchez ce collier ! »

Les araignées en moi rendent mon souffle irrégulier, mais je me concentre sur ma respiration et mes efforts pour garder les yeux fermés. Je n'ai aucune idée du temps que cela prendra pour que ces visions disparaissent, mais l'obscurité derrière mes paupières finit par m'apaiser.

À l'intérieur de moi, les araignées se calment.

« Bien. » La voix de Bastian me parvient comme un rêve lointain que je lutte désespérément pour atteindre. « Maintenant, lâchez-le... »

J'ai toujours les mains en plomb, mais je peux au moins me focaliser sur elles maintenant que mes yeux sont clos. Un par un, mes doigts se détachent du collier malgré les spasmes qui les agitent.

Après ce qui m'a semblé des heures, le collier tombe sur le sol dans un cliquetis et je me sens immédiatement envahie de chaleur. J'inspire un grand coup en recouvrant la conscience de mon corps. Tout le poids a disparu, je suis de nouveau légère, je reprends pied en me balançant. Plus d'insectes. Je peux de nouveau respirer librement.

« Ça va ? » Ferrick pose sa main dans mon dos pour essayer de me soutenir, mais c'est lui qui vacille le plus.

« J'ignorais que la magie des enchantements était comme ça. » Hors d'haleine, je me secoue, persuadée que quelque chose est resté dans mon oreille.

« Ce n'est pas le cas. » Bastian a une voix calme en regardant le collier tombé au sol. « Mais c'est peut-être la magie de Zudoh. Félicitations, Princesse. Je crois bien que vous venez de vivre votre première expérience de magie des maléfices. »

Ma poitrine se contracte. D'abord le manteau, et maintenant ça ?

« L'influence de Kaven se propage sans doute plus rapidement que nous le pensions. » Son ton est froid, mais ce n'est pas à moi que s'adresse son dépit. « Un vrai miracle que vous ayez pu rompre si vite le maléfice. J'ai cru que j'allais devoir vous arracher cette chose de force.

— Si *vite* ? grincé-je. Par les dieux, j'ai cru que ces milliers d'araignées allaient m'étouffer. »

Je sursaute en entendant des cris au-dehors. La voix paraît lointaine, mais il est clair que nous avons épuisé notre temps sur l'île. Avec les gardes du palais et les soldats royaux à notre recherche, il faut nous hâter et partir d'ici.

Du bout de sa botte, Bastian écarte le collier. « Continuons à avancer. » Ferrick acquiesce et le suit jusqu'au mur du fond. Je regarde par-dessus mon épaule, vérifiant qu'ils ne font pas attention, je cache ma main dans une de mes chemises, je ramasse le collier et le mets à l'abri dans une des bottes volées.

On m'a donné la chance d'étudier la magie zudonaise et je n'ai pas l'intention de la laisser filer.

Je rejoins les garçons au fond de la boutique. Le mur n'a pas l'air différent des autres, mis à part les minuscules marques d'os croisés. Bastian frappe une fois dessus. Puis deux, et soudain la paroi se fend en son milieu et s'ouvre comme une porte.

CHAPITRE DOUZE

Ferrick et moi marquons un mouvement de recul quand un homme d'une taille inquiétante repousse les cintres et jette un coup d'œil derrière. Il porte un luxueux costume lavande paru tout droit tombé d'une constellation. Une étoile filante vole sur ses jambes et sur sa veste, scintillante dans ce ciel qui clignote à chacun de ses pas.

« Bonsoir ! » lance-t-il plaisamment, comme s'il n'y avait rien d'étrange à se trouver au milieu de ce qui était encore un mur solide quelques secondes auparavant. Puis il dévisage Bastian et un sourire se dessine sur ses lèvres. « Allons bon ! Je ne pensais pas te revoir si tôt. » Il étend son long bras pour élargir l'ouverture dans le mur, comme s'il s'agissait d'une porte. De chaque côté, les pantalons glissent de biais sur leurs cintres. « Bienvenue, bienvenue. Entrez. »

En s'évasant, l'ouverture révèle une pièce multicolore, aux lumières tourbillonnantes. Lorsque l'homme recule, ces couleurs déposent sur sa peau sombre des nuances roses et orangées, puis une teinte rouge vif.

Je me crispe, pleine de doute, mais il est impossible d'ignorer le bruit des soldats dans les parages. Je me force à entrer à la suite de Bastian au cœur des étranges lumières, et Ferrick nous imite, le regard inquiet.

Le mur se referme en claquant derrière nous.

Une fumée de cigares piquante embrume l'air traversé de rires bruyants, impossibles à entendre il y a un instant. Mes yeux s'écarquillent lorsque je découvre l'intérieur enchanté. Le sol en marbre miroite, sa couleur turquoise s'assombrit et s'étire comme l'océan avant de se muer en un violet profond. Plus nous avançons, plus la musique d'un piano et de cuivres devient forte.

Hormis l'homme au costume étoilé, les seules personnes présentes dans cet étrange endroit sont des femmes qui ne sont pas vêtues dans le style particulier d'Ikae auquel j'ai toujours été habituée. Tout en conservant leurs douces nuances pastel, les robes sont plus courtes. Plus serrées et moins ornées. Deux femmes aux cheveux roses coupés au carré et aux robes en satin de couleur assortie tapent des pieds et dansent au rythme rapide de la musique, tout en portant à leurs lèvres des verres évasés remplis de vin pétillant. D'autres fument des cigares aux bouffées violettes en bavardant, d'autres encore remplissent les box du fond, trop serrées pour avoir seulement une conversation amicale. Certaines portent de ravissants costumes qui épousent parfaitement leurs formes, ce que je n'avais encore jamais vu porté par une femme à Ikae.

Derrière le piano, une paroi vitrée surplombe la baie. Nous pouvons voir passer les gens, mais eux n'ont pas l'air de nous apercevoir.

« C'est impossible, chuchoté-je, le souffle coupé. Comment n'avons-nous pas remarqué cet endroit avant ?

— Parce qu'il n'y était pas. » L'homme au costume étoilé rit. « Il était dissimulé par un enchantement. Pour autoriser l'entrée dans notre club, nous levons le voile. Et nous n'utilisons jamais la même entrée deux fois de suite. Maintenant, laissez-moi vous aider. » Il pose sa main sur ma pile de vêtements et le pantalon qui se trouve dessus s'envole dans les airs. Je retiens mon souffle lorsque les autres habits suivent le même chemin, se replient comme le pantalon et rétrécissent. Rétrécissent, encore et encore, jusqu'à ce que l'ensemble de la pile ne dépasse pas la taille de mon petit doigt. Il tire un petit ruban rose de sa poche et le noue rapidement autour de la pile miniature avant de me la tendre.

Je la range aussitôt dans ma sacoche. À mes côtés, Ferrick se frotte les yeux pour y croire.

« Dénouez-le simplement quand vous en aurez besoin, indique l'homme, se contentant de sourire en réaction à la mimique étrange que je dois sûrement afficher. Comment vous appelez-vous, ma jolie ?

— On n'est pas ici pour bavarder, Liam, le coupe Bastian. On est venus parler d'un travail pour Shanty.

— Shanty, hein ? » Liam réitère l'enchantement avec la pile de vêtements que tient Ferrick. « Laisse-moi deviner, ça a quelque chose à voir avec ces gardes qui courent dans tous les sens ? J'imagine qu'ils recherchent la Princesse Amora, tu ne crois pas ? J'ai entendu dire que sa cérémonie resterait dans les annales. Quel dommage que je l'aie manquée. » Son regard argenté cherche le mien, et son sourire s'élargit.

La magie me prend aux tripes lorsque je pose d'instinct une main sur le poignard dissimulé sous ma cape.

Liam secoue lentement la tête. « Pas besoin de ça. Nous ne portons aucun jugement au salon *Barracuda*. C'est un endroit riche de… possibilités.

— Le salon *Barracuda* ? » Je frissonne au souvenir de la conversation échangée entre Bastian et la serveuse à la taverne. « Mais où sommes-nous, exactement ? » Liam n'est plus le seul à nous manifester son attention. Derrière lui, des dizaines de femmes nous détaillent avec un vif intérêt.

« C'est ici qu'on vient quand on a besoin d'une aide ou d'un renseignement introuvables ailleurs. » C'est une jeune femme qui répond, une belle blonde aux formes généreuses. Elle porte une robe fourreau en satin rouge qui moule son corps et laisse peu de place à l'imagination. Ses yeux ont la même couleur, tout comme ses lèvres, qu'elle plisse en regardant Bastian.

« Tu me dois de l'argent, gronde-t-elle d'un coup, les bras croisés. Si tu penses que je vais t'aider encore une fois, tu es encore plus bête que je le croyais. »

Le visage de Liam continue de sourire. « C'est précisément ce qu'il demande, Shanty. »

Elle lève les yeux au ciel. « Évidemment. Alors tu paies, pirate. Tu sais que nous ne travaillons pas gratis. »

Malgré le sac rempli de pièces qu'il a dérobé et caché sous sa cape, Bastian grimace d'une façon convaincante. « Tu sais bien que je te paierais si je le pouvais. Le problème, c'est que dernièrement, je me suis essayé à un travail plus honnête. En ne prenant que ce dont j'ai besoin, tu vois ? J'ai bien peur que de garder les mains propres n'aide pas à se remplir les poches. »

Shanty lève une main dédaigneuse et s'apprête à lui tourner le dos. « Alors ce que tu as à dire ne m'intéresse pas. Sors de mon salon.

— Attends une seconde… » Bastian tente de saisir Shanty par le poignet et, d'un seul coup, une douzaine de barracudas se retrouvent derrière elle, brandissant des armes : couteaux, fouets à pointes et d'autres instruments plutôt créatifs que je n'ai jamais vus avant. Je déglutis avec peine et pose une main sur ma sacoche, tandis que leurs ricanements sournois forcent Bastian à relâcher tout de suite sa prise.

Le *Barracuda* porte bien son nom. Personne n'est installé au piano, ni ne joue du saxophone, mais inexplicablement le rythme ralentit alors que la tension monte.

Shanty reporte son attention sur moi, scrutant mon corps d'une façon qui me fait rougir. « La princesse peut rester, bien sûr. Mes barracudas et moi assurerons sa sécurité. »

Bien que je soupçonne Liam d'avoir tout de suite deviné qui j'étais, je chancelle lorsque Shanty annonce mon titre avec assurance, comme si elle m'avait reconnue dès l'instant où j'ai mis les pieds dans ce lieu étrange.

« Comment le sais-tu ? demandé-je, n'obtenant qu'un haussement de sourcils capricieux.

Je t'en prie. » Elle s'ébroue et ses cheveux blonds se transforment en vagues rose pâle qu'elle rabat derrière ses épaules. « Vous êtes peut-être enfermée dans votre île, mais cela ne veut pas dire que nous le sommes aussi. Connaître les visages, c'est mon affaire. »

Sa façon de le dire me donne des frissons dans le dos.

« Le pirate et moi devons nous occuper de quelque chose, l'informé-je après avoir humecté mes lèvres sèches, me tortillant sous son regard. Je crains de devoir rester avec lui pour l'instant. »

Shanty adresse un soupir mélodramatique à Bastian. « *Très bien*. J'écoute, alors. Dis-moi pourquoi je devrais continuer à aider quelqu'un qui a déjà des dettes envers moi.

— Parce que c'est à la future Haute Animancière de Visidia que tu prêteras assistance », répliqué-je à la place de Bastian, ignorant mon ventre de nouveau tordu de crampes. J'y pose la main pour calmer ma nervosité. « Et je pense que c'est une personne qu'il fait bon d'avoir à ses côtés.

— Amusant, car j'ai ouï dire que votre démonstration ne s'était pas passée comme prévu. » Elle hausse un sourcil.

« À la fin de la saison, cela ne comptera plus. » Je mets autant de conviction dans mes paroles que j'en suis capable. « J'ai un plan pour mériter mon titre.

— Mais nous avons besoin de ton aide », ajoute Bastian.

Cela éveille son intérêt. Elle s'arrête, la tête inclinée, avec un sourire pensif. « Vous êtes en train de me raconter que l'avenir du trône dépend de moi ? » Elle passe la langue sur ses lèvres. « Tu parles d'une position ! Mais c'est intéressant. J'ai reçu l'offre contraire concernant la même affaire, il y a quelques semaines. »

Mon corps s'engourdit, tandis que Bastian se tend à mes côtés. « Qu'est-ce que tu dis ?

— Ma tête et celles de mes barracudas sont mises à prix, vous savez. Et on nous a fait une offre intéressante pour régler le problème… à condition que nous aidions à faire disparaître la monarchie de Visidia. »

Ma magie se réveille, me chauffe la poitrine et gagne mes avant-bras. Je voudrais me laisser glisser dans sa rassurante protection, mais j'hésite.

« J'ai ouï dire que votre démonstration ne s'était pas passée comme prévu. »

Le souvenir du corps meurtri et sanguinolent d'Aran déchire ma mémoire. Plutôt que de saisir ma sacoche, je serre plus fermement le manche de mon poignard.

Je ne peux pas prendre le risque de laisser ma magie se manifester au milieu de tant de personnes. Pas avant d'avoir la certitude d'un combat inévitable.

Pas avant de savoir qui je devrai tuer.

Bastian m'imite, cherchant son épée. Mais avant qu'il ait pu dégainer, une jeune fille aux cheveux bleu clair appuie un poignard sur sa gorge.

« Par les astres, maugrée-t-il. Vous aimez vraiment ça, vous, les femmes. »

Ferrick lève les deux mains quand une des barracudas pointe sur lui un long couteau effilé. Il est capable de se régénérer, mais même le Suntosan le plus puissant ne peut pas réparer une blessure mortelle.

Je me raidis, m'attendant à sentir à mon tour un couteau sur ma gorge. Mais curieusement, les barracudas me laissent tranquille.

Shanty dévisage Bastian et arque un fin sourcil rose. Puis elle éclate d'un rire doux mais sombre. « Oh ! détends-toi, pirate.

Je n'accepterai jamais aucun marché avec Zudoh. Avec Kerost non plus, ils n'ont pas assez d'effectifs pour affronter Visidia. Je sais reconnaître une bataille sans espoir quand j'en vois une.

— Elle est peut-être sans espoir pour le moment, mais l'influence de Kaven grandit. » Je ne rengaine pas ma lame quand l'attention de Shanty revient sur moi. Elle penche la tête à la manière d'un chat. « Les boutiques d'ici proposent des vêtements qui viennent de Zudoh. J'ai même trouvé un collier possédé par un maléfice zudonais.

— Oh, vous avez dû bien vous amuser ! » ricane-t-elle.

Je lance un regard en coin à Bastian qui déglutit, la lame toujours posée en travers de sa gorge, avant de déclarer : « Si Kaven réussit à gagner une autre île, on ne peut pas prévoir comment les choses tourneraient pour Visidia. Il faut que je mate cette rébellion avant qu'elle ne se propage plus avant. »

Shanty penche la tête d'un côté puis de l'autre, comme si elle réfléchissait à ce qu'elle venait d'entendre. « Oui, mais je ne vois pas où j'interviens dans ce problème. Comme je l'ai dit, ma tête est mise à prix. Pourquoi viendrais-je prêter main-forte au royaume qui en est responsable ?

— Parce que je peux arranger ça, répliqué-je, et je constate dans les yeux de Shanty son intérêt croissant. Et parce que si Kaven prend le contrôle, on ne peut pas prédire ce qu'il adviendra de ton salon, surtout si tu lui as refusé ton aide. Il sait voler la magie des autres. »

Son sourire disparaît subitement. « Il en est capable, maintenant ? Eh bien, c'est un vrai problème. » Elle fait un signe de la main et les barracudas rangent leurs armes. « J'aimerais vous aider, Princesse, mais avant, mettons les choses au clair : vous êtes bien en train de me dire qu'en échange de mes services, vous lèverez la mise à prix sur ma tête et celles de toutes mes barracudas ?

— Considère que c'est une affaire réglée. » J'ignore ce qui leur a valu cette prime sur leurs têtes mais c'est moins important que de protéger Visidia. Sans compter que si la rébellion a déjà tenté une première fois de s'allier avec les barracudas, rien ne garantit qu'elle ne recommencera pas.

Et mon intuition me dit qu'il vaut mieux ne pas avoir Shanty comme ennemie.

Ferrick se renfrogne. « Ça ne me paraît pas être un bon plan… » Il s'interrompt en sentant mon coude s'enfoncer dans ses côtes.

« Parfait alors. En quoi puis-je vous être utile ? » Une lueur espiègle s'allume dans son regard rouge rubis. La musique reprend, le salon se remplit de nouveau de fumée et de discussions, chacune est retournée à ses occupations.

« Nous devons trouver un moyen d'arriver à Zudoh », déclare Bastian en se massant délicatement la gorge.

Shanty lui jette un regard en hochant la tête puis nous désigne deux banquettes en cuir dans le coin le plus reculé du salon. Assise en face de nous, elle croise les jambes et se renverse confortablement en arrière. Elle ne se préoccupe pas de sa robe généreusement fendue, qui dénude une cuisse lisse et ronde.

« L'eau qui entoure Zudoh a reçu un maléfice, annonce-t-elle sans ambages. À moins que l'on vous invite à entrer, il est quasiment impossible d'y mettre un pied sans l'activer. Des navires ont sombré dans ces eaux, avec tout leur équipage. J'ai entendu beaucoup d'histoires à propos de marins que leur curiosité a poussés à visiter l'île, et qui n'en sont jamais revenus. Et si le maléfice proprement dit ne vous tue pas, on rapporte que la puanteur de milliers de poissons en putréfaction s'en charge. »

Bastian serre les mâchoires, les rouages de son cerveau tournent manifestement. « Il doit bien y avoir une façon de contourner le maléfice ?

— Contourner ? » Elle rit. Un son doux, chaleureux et engageant, mais teinté d'une pointe qui me fait frémir. « Non. Mais il y a peut-être un moyen de le *franchir*. Vous aurez seulement besoin d'aide.

— La tienne ? demande Bastian. Amora possède des bijoux. Nous pouvons payer...

— Et toi, tu as un sac rempli de pièces volées ! » répliqué-je avec un regard noir. Il a au moins la décence d'avoir l'air légèrement embarrassé et se détourne.

Les yeux de Shanty détaillent Bastian avec curiosité, probablement à la recherche de ce sac si bien caché. « Ça ne me viendrait jamais à l'esprit de poser un pied sur ton bateau. Et de toute façon, ce n'est pas de mon aide qu'il s'agit. Si vous voulez parvenir jusqu'à Zudoh, vous allez devoir faire appel à une sirène. »

Mon sang ne fait qu'un tour. « Jamais de la vie ! Les lois antibraconnage sont en vigueur pour une bonne raison : leur population est en voie d'extinction... »

Shanty lève fièrement le menton. « Ah, mais il y a une lacune dans cette loi. Par braconnage, on entend seulement le fait de les déranger en mer. La loi ne dit rien à propos des sirènes terrestres. »

Je bous intérieurement. « Et alors, tu veux qu'on en kidnappe une ? En quoi une sirène pourrait-elle nous aider ? » Les sirènes ne sont pas des cibles faciles. La rumeur leur attribue une magie puissante qui s'exprime par le chant. Une magie capable de contrôler les courants à leur guise ou d'invoquer les créatures des abysses, et aussi de séduire tout être sensible au charme féminin et de le précipiter à l'eau, l'entraînant dans la mort. En échange de leur protection, elles ne sont plus autorisées à utiliser leur magie contre nous. Mais cela ne garantit aucunement qu'elles ne le *feront pas*.

« Les sirènes sont capables de détecter les magies, explique-t-elle. Notamment celles qui rendent les choses différentes de ce qu'elles sont habituellement, comme la magie zudonaise des maléfices et la magie mornute des enchantements. Une sirène serait capable de ressentir le maléfice qui isole Zudoh et de vous montrer comment ouvrir la voie à votre navire.

— Et comment est-on supposés en trouver une ? » Je serre les lèvres et recule sur mon siège.

« Le bruit court qu'il y en a une quelque part à Kerost. » Tout en parlant, Shanty passe en revue ses ongles dont la couleur va d'un rouge menaçant à un profond grenat. « Si vous ne reconnaissez pas une sirène à son visage, vous la repérerez à ses cicatrices. Une fois qu'elles abandonnent leur queue pour des jambes, on dit que les sirènes en gardent de longues marques. Sur l'ancien emplacement des branchies aussi. »

Je l'envisage un bref instant, car puis-je vraiment dire non s'il faut en arriver là pour sauver mon royaume ? Puis je repousse la tentation. Jamais je n'enlèverai une sirène.

« Soit elle viendra avec nous de son plein gré, soit pas du tout, marqué-je d'un ton sans réplique. Au besoin, nous trouverons un autre moyen d'arriver jusqu'à Kaven.

— Personne ne parle d'un enlèvement, précise Bastian. Essayons d'abord d'en trouver une, ensuite nous partirons d'ici. »

Ferrick fronce les sourcils et laisse aller sa tête contre le cuir. Mais il ne discute pas. Il semble n'avoir qu'une envie : piquer un somme assez long pour cuver sa bière.

« On dirait bien que vous êtes tous partis pour continuer l'aventure. » Les yeux de Shanty s'étrécissent comme ceux d'un chat qui aurait repéré une proie. « Mais avant tout, occupons-nous de votre apparence. Nous allons devoir vous faire passer les gardes si vous voulez retourner à votre navire. »

Elle se rapproche de moi et une magie inédite crépite sur ma peau tandis qu'elle effleure mes joues et mon front de son pouce, tournant mon visage sous tous les angles possibles pour me scruter. Elle fait la même chose avec Ferrick, dont le cou se tend tellement qu'il forme un double menton, pareillement indigné.

« Mon visage *m'appartient* ! proteste-t-il entre deux grimaces.

— Oui, chéri, et il t'appartiendra toujours. » Ses doigts sont chauds. « Cet enchantement ne dure qu'un temps, assez pour que vous puissiez regagner votre navire. »

Ma seule expérience de la magie d'Ikae remonte à mon enfance, quand Yuriel changeait la couleur de mes ongles, et je n'ai aucun souvenir de sa durée. Je brûle de curiosité.

« C'est douloureux ? »

Shanty s'empresse de secouer négativement la tête. « Ce n'est qu'un charme. Vous ne sentirez rien.

— Dans ce cas, faites ce que vous avez à faire. »

Ferrick ronchonne comme si je nous condamnais à un funeste destin, mais il s'en remettra.

Cette fois, quand elle applique ses doigts sur mes tempes, je crois sentir ma peau qui fond. Je sursaute, me dérobe par réflexe, mais la poigne de Shanty me maintient fermement.

L'enchantement ne fait pas mal. C'est une sensation singulière, inconnue. Angoissante au début, comme si ma peau fondait comme la cire d'une chandelle. Ensuite, étant donné que je ne lutte pas contre les transformations en cours, une agréable chaleur se propage dans mon corps. J'ai l'impression qu'on me dorlote.

Une des barracudas ressent probablement ma curiosité car elle m'apporte un petit miroir ouvragé. Je m'efforce de ne pas songer au nombre de fois où elles ont fait la même chose pour en avoir un ici en permanence. Je le prends et je regarde avec stupeur mes boucles châtain foncé s'éclaircir puis se parer d'une nuance lavande et raccourcir de plus en plus, jusqu'à m'arriver au-dessus des oreilles. Ma gorge se serre d'anxiété, je tends une main pour les toucher, en pleine panique. Et mes doigts rencontrent les mêmes boucles que d'habitude.

« Comme j'ai dit, s'amuse Shanty, ce n'est qu'un charme. Tâchez de ne pas toucher vos cheveux ; les autres vous verraient juste brasser de l'air. »

Elle promène ensuite ses doigts le long de ma mâchoire. Je prends une courte inspiration tandis qu'elle en élargit la structure et en affine les os. Elle consacre plusieurs minutes à modifier la couleur de mes iris avant de modeler mes sourcils en deux arcs rose poudré. Je me fais violence pour ne pas gratter la barbe qui orne mes joues, tentant de garder en tête que ma peau sera toujours aussi douce au toucher.

« Mettez un manteau pour cacher ça, me conseille-t-elle simplement en montrant ma poitrine. Personne ne devrait plus vous reconnaître. »

Je réussis tout juste à acquiescer, incapable de détacher les mains de mes joues. « J'étais loin d'imaginer que la magie des enchantements était capable de ça. »

Avec un petit sourire suffisant, Shanty se dirige vers Ferrick, raccourcit sa chevelure rouge ondulée et renforce sa mâchoire.

« La plupart des gens sont juste capables de tours de passe-passe, de choses simples comme changer la couleur de l'air ou des yeux, ou bien modifier le tissu de leurs vêtements. Je fais partie des rares façonneuses de visages. » Elle agrandit les yeux de Ferrick et les colore en bleu pastel, assorti à ses nouveaux cheveux. « Mais je m'entraîne pour devenir corporiste. Quand j'essaie de me transformer en quelqu'un d'autre, je ne vous raconte pas combien de fois tout ça a gêné mon déguisement. » Elle montre sa propre poitrine et souligne de la main sa taille et ses hanches généreuses. « Cela dit, oui, la magie des enchantements peut faire bien plus que ce qu'on pense, à condition de prendre le temps de la découvrir. Toutes les barracudas trouvent des façons de développer l'utilisation de notre magie prétendument futile, mais peu s'occupent des visages. »

J'aimerais me rassurer en me disant que seule Shanty est capable de se livrer à cette magie, mais mon regard dérive et je fais le compte des femmes présentes dans le salon. Elles sont au moins vingt barracudas, possédant chacune leur propre magie d'enchantement.

« Je ne peux pas rendre deux personnes parfaitement identiques, chuchote-t-elle, voyant mon malaise. Ni agir sur la taille ou les dimensions, comme Liam. Je ne peux pas non plus reproduire plusieurs fois les mêmes traits. Je fais plutôt un travail d'ajustement à partir des caractéristiques individuelles. Comme un déguisement provisoire. La magie d'enchantement n'est pas différente des autres : tout le monde la pratique d'une manière un peu différente et se sent plus à l'aise en l'utilisant à sa façon. »

Elle rayonne en s'écartant de Ferrick d'un air théâtral, fière de son ouvrage. Son apparence est assez différente pour qu'on ne puisse pas l'identifier de prime abord, pourtant en m'approchant, je reconnais ses yeux perpétuellement inquiets et la fine arête de son nez.

La magie de Shanty n'est pas un miracle, mais si mon apparence a autant changé que celle de Ferrick, cela suffira pour qu'on puisse s'enfuir.

« Au nom des dieux, qu'avez-vous fait à mon visage ? » Il tressaille en le touchant et fronce ses sourcils bleu pastel. « Je ne pourrai plus jamais me fier à un autre visage jusqu'à la fin de ma vie. »

Même dans son ivresse, il a raison ; si les façonneurs de visages existent, combien en ai-je croisé dans ma vie en les prenant pour quelqu'un qu'ils n'étaient pas ? Et bien que Shanty en soit l'une des rares, l'existence de cette magie est loin d'être rassurante.

« Vous êtes aussi beaux l'un que l'autre. » Les yeux de Bastian pétillent d'amusement mais quelque chose cloche. Ils sont alourdis de fatigue et sa peau grisâtre luit de sueur.

Je le repousse en me relevant et Shanty m'écarte rapidement. Elle dit quelque chose à l'une des barracudas, et toutes deux disparaissent un instant puis reviennent avec des vêtements ikéens : un pantalon blanc, une redingote et un veston rose pâle, ainsi qu'un manteau bien plus épais que la température ne l'exige pour cacher mes formes. Je les enfile sans tarder et j'ai un choc en examinant dans le miroir en pied ma mâchoire élargie et ma barbe naissante. Personne ne pourrait me reconnaître.

Mon visage n'est pas le mien.

Ferrick a revêtu la même tenue que moi et, lorsque Shanty nous passe une dernière fois en revue, elle s'illumine de fierté en admirant son travail.

« N'oubliez pas de remplir votre part du marché, ronronne-t-elle, montrant ses dents brillant d'un orgueil terrible. Sinon, je devrai rendre moi-même une petite visite au royaume. Et vous ne me verrez même pas venir. »

Mon souffle s'arrête, mais je me force au calme. « Je n'y pense même pas. »

Elle approuve de la tête et fait signe à Liam de la rejoindre. Il arrive en quelques secondes, ses yeux argentés passent de Ferrick à moi, heureux et amusés. Il a toujours la même expression, comme s'il était le seul dans cette pièce à être au courant de quelque chose.

« Merci d'escorter nos invités vers la sortie », demande-t-elle, et l'homme s'empresse d'incliner la tête avant de passer un bras autour des épaules de Bastian, le ramenant par le même chemin qu'à notre arrivée jusqu'à un mur noir et nu muni d'une petite poignée.

Il la tourne et ouvre la porte. « N'hésitez pas à repasser en cas de besoin. » Si amicales que soient ses paroles, il ne nous laisse pas le temps de répondre et nous dirige vers des rues pavées de verre poli situées dans une partie de la ville totalement différente de tout à l'heure. Son visage passe de nouveau du rose au rouge lorsque sa peau capte la lumière à moitié visible dans l'ombre du mur ouvert qui se referme brusquement dans un claquement.

J'ai vu de mes yeux Liam ouvrir la porte et pourtant, de ce côté-ci, le mur est complètement lisse. Aucune poignée, juste une minuscule pierre gravée d'os de poissons croisés, dans une allée où l'on nous a jetés au petit bonheur.

Durant un long moment, nous fixons tous les trois le mur solide, essayant de comprendre tout ce qui vient d'arriver dans l'étrange endroit d'où nous émergeons.

Finalement, Ferrick lâche un rire incrédule. « Je n'arrive pas à savoir si je suis soûl, ou si c'est la magie la plus bizarre que j'aie jamais vue.

— Les deux », rétorqué-je. Il ne proteste pas.

Je sens mon cœur battre plus fort. La seule existence d'un pareil endroit m'émerveille. Je passe un doigt léger sur la petite pierre gris clair, mais sa texture n'est pas différente de celle des autres.

C'est la magie du peuple visidien, mais utilisée selon d'étranges procédés qui m'étaient jusqu'alors inconnus. Des procédés que je n'aurais jamais soupçonnés sans les voir de mes propres yeux.

Quel endroit étrange et merveilleux.

« Nous ne sommes pas encore tirés d'affaire », dit Bastian, me ramenant à notre situation actuelle.

J'ai une rébellion à mater. Ce ne sont pas quelques malheureux soldats ou la menace d'une exécution qui m'en empêcheront.

« Tu as une idée en tête ? » lui demandé-je.

Un léger tic contracte sa mâchoire, il transpire encore plus que dans la chaleur du salon. « Tout ce que nous avons à faire, c'est de remonter sur le navire. » Ses mots sont lents, sa respiration laborieuse, essoufflée comme s'il respirait pour nous trois. Il doit vouloir nous cacher l'effet de l'alcool sur lui. J'espère seulement que la brise du large lui fera du bien.

« Et ensuite ? » interroge Ferrick. Il semble être en train de dessoûler mais il a le regard de quelqu'un qui couve une migraine après quelques verres de trop.

« Ensuite, nous profitons du fait que la *Grande Cale* soit magique et plus rapide sur l'eau que n'importe quoi d'autre. » Bastian a un sourire sévère et, par habitude, je passe le doigt sur le rabat de ma sacoche. Bien que je n'aie pas l'intention de me servir de ma magie envers les soldats, ce geste me réconforte.

Je redresse les épaules et inspire pour me donner de l'assurance.

« Allons-y. »

CHAPITRE TREIZE

À la différence des nuits d'Arida qui sont éclairées de mille feux par les torches et les étoiles, celles d'Ikae s'écoulent dans une brume multicolore. L'éclat des lampes à huile enchantées baigne les rues où règne la plus grande activité, mais les ruelles n'en bénéficient pas. Nous les traversons dans une semi-pénombre, en nous repérant aux beuglements des soldats qui explorent les quais.

La plupart ratissent la ville. Nous avons déjà pris soin d'éviter plusieurs petits groupes mais, cette fois, pas moyen de les contourner. Par chance, peu sont postés sur les quais, les autres fouillent les bateaux qui y sont amarrés. Apparemment, ils ne sont pas encore arrivés à la *Grande Cale*.

Je me passe une main sous le menton. J'espère que les os affinés et la barbe sont toujours là pour me camoufler.

« Reste naturel », conseillé-je à Ferrick. Je me mords les joues en voyant ses épaules crispées et son visage contracté par l'effort.

Parfaitement naturel, en effet.

Nous débouchons les uns derrière les autres dans les rues, et Bastian commence aussitôt à évoquer bien fort la partie passionnante de course aux boulets de ce matin. Je veux simuler un rire, mais j'interromps le bruit aussi vite qu'il a commencé.

Mon apparence est peut-être différente, mais ma voix est restée la même.

Nous attirons immédiatement l'attention de deux soldats en faction à l'entrée des quais, et je me paralyse en reconnaissant le premier : il s'agit d'un garde chevronné nommé Antoni, accompagné d'une débutante. Je ne me souviens d'aucune de leurs magies et, comme ils portent les uniformes bleu saphir des gardes et non la couleur de leur île natale, impossible de déterminer celle qu'ils pratiquent. Je détourne le regard, peu pressée de le découvrir.

« Halte-là ! crie Antoni d'une voix basse et gutturale. Les quais sont fermés pour la nuit. »

Bastian hésite, feignant d'être abasourdi. « Fermés ? » répète-t-il, comme s'il goûtait la saveur du mot. Puis il fronce les sourcils, décidant que non, ils ne lui plaisent pas. « Pourquoi personne n'en a-t-il fait état plus tôt ? Combien de temps avez-vous l'intention de les laisser fermés ? » Il commence à élever le ton, à la fois énervé et outragé par cette situation grotesque. Son attitude est impressionnante.

Le garde fronce les sourcils. « Fermeture d'urgence. Je crains que vous ne deviez partir. »

À mes côtés, Ferrick se pétrifie. Je prie silencieusement pour qu'il se taise.

« Vous ne comprenez pas, insiste Bastian. Mon frère se marie demain matin et nos tenues sont à bord de ce bateau. » Il désigne la *Grande Cale* et pousse le soupir exaspéré de celui qui vient de subir un affront. « Il épouse la baronne de Mornute, et si je ne vérifie pas que le fiancé a bien son costume…

— Et la bague, ajouté-je d'une voix de baryton.

— … son costume et la bague, oui. Si je reviens sans eux, elle aura ma tête. »

Le garde fronce les sourcils, ennuyé. Voulant probablement éviter l'avalanche de protestations qu'il pressent, il interroge Karin, la jeune soldate, du regard. Elle soupire ostensiblement.

« Je vais vous y escorter, maugrée-t-elle. Mais débrouillez-vous pour faire vite.

— Bien sûr », affirmé-je, et Ferrick secoue la tête, ce que j'interprète comme une tentative de manifester avec ferveur sa reconnaissance. La soldate le regarde bizarrement, mais se contente de lever les yeux au ciel. Elle suppose que nous ne sommes rien de plus qu'un trio de jeunes un peu fous.

Elle ne sait pas pour nos armes, ni pour nos faces mensongères.

Nous nous déplaçons avec rapidité à travers les quais, la *Grande Cale* est si proche que, mon cœur battant à se rompre, je crie déjà silencieusement victoire.

Mais ça ne dure pas longtemps. Casem et son unité ont fini de fouiller la ville, ils reviennent.

« Quelqu'un dit l'avoir vue, annonce un des soldats. Elle était accompagnée de deux hommes. Sans doute que la princesse et son fiancé se sont enfuis tous les deux et qu'un homme les aide à trouver un refuge. »

Je continue à marcher, tête baissée. Ferrick grimpe en premier à l'échelle de la *Grande Cale,* tentant désespérément de cacher qu'il est retardé par son membre manquant. Bastian le suit rapidement. Je ne me tiens qu'à quelques pas derrière eux.

Je prie en silence pour qu'ils ne regardent pas dans ma direction. Mais ce soir, je n'ai pas la faveur des dieux.

« Que croyez-vous être en train de faire ? » Je reconnais la voix de Casem.

Karin hésite, tandis qu'il réduit l'écart. L'angoisse me dévore toute crue, mon ventre se serre si fort que j'en grimace de douleur.

« Ne vous inquiétez pas, chef, le rassure Karin. Il n'y a pas d'équipage sur leur navire. Je les escortais pour qu'ils récupèrent leurs tenues pour le mariage de la baronne, demain. »

Les yeux de Casem s'étrécissent soudainement. « La baronne est toujours à Arida, pour l'anniversaire de la Princesse Amora », déclare-t-il, et je défaille.

Karin fait volte-face vers moi. Mais elle ne voit pas mon visage. Son regard erre sur mon pantalon blanc, et remarque ce dont je ne m'aperçois que trop tard.

Du sang.

Il suinte à l'entrejambe et la partie supérieure du pantalon, et je comprends que ce n'est pas l'inquiétude qui me serre le ventre depuis une heure.

Casem suit le regard de Karin et ses joues s'embrasent. « Toutes mes excuses, Monsieur. Si vos vêtements sont à bord de ce bateau, vous voudrez bien permettre à Karin de vous accompagner pour… » Il s'interrompt en regardant mon pantalon, et l'indécision lui ride le front, comme s'il avait aperçu quelque chose. Quand je baisse le regard pour trouver ce qui l'a frappé, tout mon corps se paralyse.

Ma sacoche.

Casem observe mon visage et réalise immédiatement qui je suis. « Amora ? »

Je ne réfléchis pas, n'attends pas non plus de découvrir si cette Karin possède une magie. Je la saisis par les épaules et utilise toute ma force et toute mon adrénaline pour la pousser du quai et la précipiter à l'eau.

« On y va ! » Bastian se hisse le long du cordage de la *Grande Cale*. « Dépêchez-vous et agrippez-vous ! »

Les quais ne sont plus que bruit et fureur. Bastian grimpe beaucoup plus vite que moi ; ses années d'expérience paient. Je parviens à saisir l'échelle, Casem sur les talons.

« Amora ! » Il attrape ma cheville gauche. Je tords mon pied et l'arrache de sa prise, prête à exiger qu'il me libère. Mais ce n'est pas de la détermination que je lis dans ses yeux : c'est de l'affolement.

« Poussez-moi à l'eau, murmure-t-il brusquement. Dites-moi où vous allez et après fichez-moi par terre.

— Mais pourquoi…

— Je pourrai leur raconter que vous allez à Valuka ! Je vais vous empoigner, il faudra me jeter à l'eau. »

Il s'exécute. Tend le bras pour me saisir de nouveau la jambe, feignant la brutalité. Je me dégage avec hargne et lui expédie un coup de botte en pleine face. Il pousse un cri, me lâche, glisse et tombe à l'eau. Avant cela, je sens une bouffée de sa magie valukaine qui me propulse discrètement vers le haut et accélère mon ascension. Je tressaille et lui adresse en esprit un remerciement.

Bastian et Ferrick se penchent pour me tirer jusqu'en haut. Une boule de feu apparaît dans la main d'un soldat, prête à être projetée sur les cordages. Plusieurs autres se jettent sur l'échelle que Bastian relève à toute vitesse, les empêchant d'agir.

Probablement persuadés que l'absence d'équipage nous empêchera de nous échapper, ils s'abstiennent de courir à leur navire. Erreur fatale.

Dès que je retrouve le pont, l'air frais de la nuit gonfle les voiles et une brise conséquente nous arrache aux quais. Bastian se rue pour hisser les ancres, je lui emboîte le pas pour l'aider, sans tenir compte du sang épais qui tache mes cuisses.

« Tous au bateau ! hurle Casem en contrebas, toussant et crachant. La Princesse s'enfuit à Valuka ! »

Même s'il y a à bord un Valukain qui a une affinité pour l'eau ou l'air, je doute qu'ils puissent nous rejoindre à temps. La *Grande Cale* file comme l'éclair vers le grand large, plus vite qu'aucun navire visidien.

Je me risque à regarder en arrière, vers la masse des soldats qui regagnent leur navire, mais ils ne sont déjà plus que des points au loin.

Mon adrénaline chute, je m'écroule sur le pont en tentant de reprendre mon souffle. « Nous devrons nous montrer plus prudents à l'avenir. »

Ferrick grommelle. « Il nous faudrait un autre bateau. Maintenant qu'ils ont identifié le nôtre, ils ne se gêneront pas pour faire rechercher le seul navire blanc du royaume. »

Les étoiles clignotent et se ternissent dans les yeux de Bastian, qui deviennent redoutables, aussi perçants que l'épée qu'il porte à la ceinture. « Nous ne pouvons pas abandonner la *Grande Cale.* » Son menton pointu se découpe sur la mer calme. « En plus, il faudrait non seulement trouver un autre vaisseau, mais aussi un équipage. Qui sait combien de temps ça prendra ? Comme l'a dit Amora, il faut juste nous montrer plus prudents à partir de maintenant. »

Ferrick fait la moue, mais ce raisonnement suffit à l'empêcher de protester.

Le brouillard tombe sur le pont et le froid avec lui. J'aurais bien besoin de la pelisse enchantée qui attend, miniaturisée, dans ma sacoche.

« Quelle distance jusqu'à Kerost ? » demandé-je, et à cet instant je remarque que les deux hommes détournent intentionnellement leur regard. À mon avis, ce n'est pas le froid qui colore les joues de Ferrick.

« Tu ne veux pas te changer ? » questionne-t-il gauchement, en se raclant la gorge.

J'examine le désastre sur mon pantalon blanc, imbibé d'eau salée et souillé de sang. Je ne m'y attendais pas car mes saignements, généralement irréguliers, n'ont lieu qu'une fois par saison tout au plus. Chaque fois, c'est comme si l'on avait saigné un petit animal sur mes genoux. Le ridicule de la situation suffit à me faire rire et provoque des grimaces de gêne chez Bastian et Ferrick.

« Vous devriez manger des aliments riches en fer, ce soir, propose Bastian qui fait un gros effort pour me regarder dans les yeux sans avoir l'air de rien. J'ai entendu dire que c'était indiqué pour celles qui sont… indisposées. »

Ferrick hoche vigoureusement la tête. « Je crois que le saumon est recommandé. Peut-être le thon, aussi ? Je peux en pêcher pour toi, si tu veux. » Il prend un air déterminé et je ris encore plus fort.

« On jurerait que vous n'avez jamais vu une femme saigner ! » Je me remets sur mes pieds, sors les habits miniatures de ma sacoche et les agite sous leur nez. « Bon, d'accord. Si vous tenez tant à ce que je me change, aidez-moi à m'organiser. Tu crois que tu peux supporter un peu de sang, Bastian ? » Je lui lance un sourire contrit en dénouant le ruban que Liam a enroulé autour des vêtements, les laisse se déployer et tomber sur ses genoux. « Je ne voudrais pas que tu t'évanouisses encore. »

CHAPITRE QUATORZE

Je refuse le thon préparé à mon intention lorsque je rejoins les garçons le lendemain matin. À la place, Bastian me regarde me régaler de ginnada desséchée et de gâteaux au miel rassis.

« Ne t'inquiète pas, le rassuré-je, je me suis occupée du sang. »

Il plisse le nez et je lui souris entre deux bouchées.

Le bras coupé de Ferrick a entièrement repoussé et, bien que le charme ne fasse plus effet, une très légère teinte bleue persiste dans ses cheveux roux. Il est assis en face de moi, les jambes repliées sur la poitrine, fixant l'horizon comme Bastian le lui a appris. Il met tellement de temps à s'habituer que je doute qu'il ait un jour le pied marin.

J'ai pitié de lui. Mornute et Kerost sont situées aux extrémités opposées du royaume ; le voyage dure au moins cinq jours, d'ordinaire. Grâce à la vitesse atteinte par la *Grande Cale*, nous pourrions y arriver en quatre jours, mais comme nous mettons le cap vers l'extrême sud-ouest de Visidia, la mer sera plus froide. Et les courants plus violents.

« Il faudra faire preuve de prudence, déclare Bastian en découpant le thon. Ça fait un bout de temps que je ne suis pas retourné à Kerost et je ne connais pas la situation actuelle, ni le nombre de personnes recrutées par Kaven. Je pense qu'il vaut mieux faire profil bas. » Mon estomac gargouille lorsqu'il prend une bouchée du poisson charnu, mais comme les garçons l'ont attrapé uniquement parce qu'ils me croyaient affaiblie par les saignements, je n'en mangerai pas.

« Je ne devrais pas avoir à me cacher devant mon peuple, lui dis-je en mordant avec colère dans un autre gâteau au miel. Je devrais pouvoir lui parler en personne. »

Bastian avale un autre morceau de poisson avant de secouer la tête. « Eh bien, c'est un merveilleux projet si vous avez l'intention de hâter votre exécution et de perdre toute occasion de contrer Kaven. » Il coupe quelques tranches supplémentaires et les pousse vers Ferrick qui se contente de gémir et de détourner les yeux, son teint virant au vert. « Une chose à la fois, Princesse. Dans l'immédiat, nous devons trouver une sirène pour nous dépêcher d'arriver jusqu'à Kaven. *Ensuite* vous pourrez aider Kerost. Portez une cape épaisse et des pantalons, et gardez la tête baissée afin que personne ne vous reconnaisse. Nous pourrions nous retrouver en infériorité numérique, en fonction de l'influence exercée par Kaven. »

Il crache ce nom chaque fois qu'il le prononce. Je peux presque sentir la rage qu'il tente de contenir, et je me demande encore : comment Bastian s'est-il fait dérober sa magie ? Que faisait-il avec Kaven ?

J'aimerais insister sur la question, mais pour l'instant, il vaut mieux que je reste sur mes gardes et continue à le laisser diriger. Après tout, il connaît bien mieux cette île que Ferrick ou moi-même, et nous avons besoin de lui pour atteindre Kaven.

« Je porterai une cape », finis-je par concéder.

Calmé, il hoche la tête. « Et maintenant, l'un de vous a-t-il des questions ? » Il est assis bien droit, son maintien est étrangement parfait. Il a de trop belles manières, il porte tous les jours une tenue différente, admirablement bien coupée, en tous points magnifique. Cependant, il ne nie pas être un pirate. Ses déplacements fluides sur la *Grande Cale* dénotent des années de pratique, tout comme sa façon de scruter l'océan, sa capacité à voir et reconnaître ce dont personne d'autre n'a conscience.

Je suis convaincue que je ne rencontrerai jamais d'homme aussi singulier. Ma curiosité envers lui augmente chaque jour.

« Quand pourrai-je apprendre à diriger la *Grande Cale* ? »

Il se mord l'intérieur des joues. « Avez-vous des questions à propos de *Kerost* ? » précise-t-il en arquant un sourcil entretenu avec soin. Je n'ose imaginer combien de temps il passe à faire sa toilette devant son miroir.

Je secoue la tête. « Garder les yeux au sol, ne laisser personne me voir, et poignarder le premier qui me veut du mal. Compris.

— Je n'ai jamais dit de poignarder...

— Bastian. » Allongée sur les coudes dans sa direction, je le rassure. « Je plaisante. Je sais me contrôler. Nous avons plusieurs jours avant d'arriver à Kerost. L'occasion rêvée de m'apprendre la navigation. »

Il ne fait pas un mouvement et se contente de me fixer, dépourvu d'expression.

« Vous savez que la *Grande Cale* est en partie menée par la magie. Elle n'a pas besoin qu'on la manœuvre vraiment.

— Mais tu ne saurais pas la diriger si la magie s'interrompait, pas vrai ? » m'obstiné-je, peu disposée à le laisser oublier sa part du marché.

Il fronce le nez avec dépit, puis finit par céder. « Bien, mais nous ne commencerons pas tout de suite. D'abord, nous allons vous familiariser avec le bateau. Vous pouvez grimper au gréement. »

L'excitation fait battre mon sang dans mes oreilles comme de puissantes vagues.

« Tu vas bien ? » demandé-je à Ferrick. Il marmonne des paroles incohérentes et me fait signe de suivre Bastian en direction des mâts. Les cordes se balancent au vent, mais elles paraissent stables. Si je ne perds pas mes appuis, ça devrait aller.

« Vous avez déjà fait de l'escalade ? » Le soleil lui fait plisser les yeux. Le vent charrie la fraîcheur mordante de l'océan, mais le ciel est clair et mon corps garde la chaleur des rayons matinaux. Une journée idéale pour naviguer et certainement aussi pour s'exercer à grimper à un gréement.

J'essuie mes mains sur mon pantalon. « Jamais. Mon père préférerait mourir que me laisser faire. Il trouve les bateaux trop dangereux pour moi. » Je grogne au souvenir des dix-huit ans qu'il m'a fallu pour qu'il me permette ne serait-ce que de toucher la barre.

Le simple fait de penser à lui et ma gorge se noue d'émotion. Si seulement il pouvait me voir en ce moment.

« Il n'y a rien pour vous retenir si vous tombez, avertit Bastian. Ça devrait bien se passer, soyez simplement prudente. C'est la première fois, alors allez-y doucement. Vous n'avez personne à impressionner. »

Je lève les yeux, à la recherche d'une possible cause d'accident. Mais la *Grande Cale* reste stable et le gréement paraît solide au toucher. Il semble même m'inviter.

J'ajuste mes bottes de façon appropriée et enroule mes doigts autour des cordages. Je lève péniblement un pied avant de regarder en bas. Mon cœur qui bat la chamade me joue des tours en m'indiquant que je suis déjà haut. En réalité, il suffirait d'un saut en arrière pour redescendre.

Ferrick m'observe d'en bas avec circonspection, les yeux rétrécis et remplis d'angoisse.

« Vous êtes sûre de vouloir le faire ? » s'esclaffe Bastian, montant à mes côtés avec un sourire idiot. Cela me donne envie de le faire tomber mais, en même temps, il me fait tellement chavirer qu'il serait plus judicieux de ne pas y penser. Un pirate ne devrait pas avoir le droit d'être aussi beau.

Je regarde de nouveau vers le haut, la peau brûlant de trac, et j'agrippe timidement un autre cordage. J'essaie de me dire que mon corps est fait pour ça. Que les muscles qui galbent mes bras et saillent sur mes cuisses, dus aux années passées à m'exercer à l'épée avec Casem et son père, ont été taillés pour ce moment précis. Ils ne me laisseront pas tomber.

Les cordages se balancent en dessous de moi tandis que je me hisse sur l'échelon suivant, un seul à la fois. Bastian grimpe à mes côtés, lentement, avec patience. Nous avons gravi la moitié du chemin lorsque, soudain, mon pied cède et je vacille, les doigts enfoncés dans le cordage. Je me retrouve suspendue, le souffle court.

En une seconde, Bastian plaque son corps contre le mien pour le protéger. Son torse chaud se presse contre mon dos, me stabilise, puis il positionne avec aisance son pied à côté du mien, qu'il replace dans la bonne position. Ma figure s'enflamme quand il pose une main sur mes hanches pour s'assurer que j'ai retrouvé mon équilibre.

« Détendez-vous. » Ses paroles se réduisent à un murmure, elles bourdonnent agréablement contre ma nuque, et le vent rabat des boucles légères sur mes yeux. « Nous sommes en train d'escalader le hauban, la température est clémente, et vous avez un pirate beau et expérimenté pour veiller sur vous. Vous pouvez y arriver. »

Je ferme les yeux et rassemble mon courage pour continuer à grimper.

Un échelon après l'autre, sans regarder en bas ni plus haut que nécessaire, nous poursuivons notre ascension.

Mes mains sont à vif à cause des cordages effilochés. Je souffre, mais chaque échelon me paraît plus facile que le précédent. Quand Bastian s'arrête, c'est à peine si je le remarque. Ses yeux se noient dans les miens, luisant d'un éclat diabolique au soleil. Il enroule un bras autour des cordes avant d'exécuter un demi-tour pour faire face à la mer. Il en fait autant avec son autre bras pour prévenir toute chute, puis m'adresse un clin d'œil.

« Vous voulez voir Visidia, n'est-ce pas ? Jetez un coup d'œil à votre royaume. »

Mon front est baigné de sueur. Mes membres ne m'obéissent plus.

Bastian reprend gentiment : « Ça en vaut la peine. Faites-moi confiance. Enroulez juste votre bras autour du cordage et tournez-vous. »

Plus facile à dire qu'à faire. Mon cœur bat si fort, j'ai peur qu'il brise mes côtes. Il n'y a qu'un moyen de régler cela.

Je ne regarde pas alors que j'enroule mon bras autour de la corde, comme j'ai vu Bastian le faire. Celle-ci supporte facilement mon poids, et bien que je sache que je ne serai pas précipitée en bas, un moment se passe avant que je sois capable de libérer ma main, de me fier au bateau et de tourner mon corps.

Lorsque j'ouvre les yeux, j'ai la certitude de n'avoir jamais rien contemplé d'aussi beau.

« Amora ! Comment te sens-tu ? » m'appelle Ferrick d'en bas.

Je ris.

Je vais bien.

Parfaitement bien.

L'océan scintille comme s'il était saupoudré de millions d'éclats de cristaux. Bastian et moi nous tenons côte à côte parmi les goélands, si proches de nous qu'en tendant la main, je pourrais attraper un poisson dans leur bec. Ils poussent des criaillements dans notre direction, soit pour nous souhaiter la bienvenue, soit pour nous montrer que notre présence les dérange. J'éclate de rire quand Bastian piaille en retour.

Par le sang de Cato, ce doit être ça, la liberté. Je n'avais jamais réalisé à quel point c'était formidable.

Je me tourne vers le pirate. Ses yeux reflètent l'océan scintillant alors qu'il regarde loin vers l'horizon. Sa poitrine se soulève à peine, il respire posément, tranquillement.

Je comprends pourquoi il a fait de l'océan sa maison. Fabuleux et sans limites. Entortillée dans les cordages et contemplant la mer et la figure de proue, je ne peux empêcher une part de moi de se demander ce que cela fait de vivre ainsi. D'aller où bon vous semble, jour après jour.

« Regardez », chuchote le pirate. Je ne comprends pas pourquoi il baisse la voix jusqu'à ce qu'il me désigne ce qu'il voit d'un geste de la tête.

Des dauphins. Tout un banc juste en dessous de la surface, colorant l'eau du même rose que leur peau. L'un d'eux saute, suivi d'un autre, et mon cœur se gonfle. C'est comme si nous étions au sommet du monde.

« Splendide. » Bastian a pris une expression douce et tendre. Il n'a rien en commun avec les dangereux pirates se livrant au pillage des histoires que l'on m'a racontées. « C'est magnifique, n'est-ce pas ?

— Je n'ai jamais rien vu d'aussi incroyable, soufflé-je. Tu as de la chance. Tu peux voir ce genre de choses tous les jours. »

Son sourire s'atténue et son regard devient distant, comme s'il était en train d'observer quelque chose de l'autre côté de l'océan. Les dauphins plongent et ondulent. Ils poussent des cris aigus et tournent autour de la *Grande Cale* comme s'ils la prenaient pour un jouet.

Bastian se penche en arrière. Il a entouré une partie de son corps avec des cordes, se reposant entièrement sur elles. « Depuis quand souhaitez-vous voyager ? » demande-t-il tranquillement. Quand c'est moi qui l'interroge, il se contente de rire. « Je le vois dans vos yeux. Un royaume, cela ne vous suffit pas, Princesse. Vous devriez régner sur toute la mer. Ce n'est pas donné à tout le monde de s'adapter si vite à la vie sur l'eau. Je veux dire... » D'un mouvement de tête, il désigne Ferrick assis sur le pont, le regard levé vers nous.

Je ne le nie pas. « Depuis que je suis petite. À 10 ans, je voulais naviguer jusqu'à Valuka pour traquer le serpent de feu qui vit, paraît-il, dans les volcans. J'ai essayé de constituer mon propre équipage, mais on ne m'a même pas accordé un regard.

— Je ne sais pas trop non plus comment je me sentirais avec une enfant pour capitaine », taquine Bastian en riant.

Je le détrompe. « Ça n'a jamais été une question d'âge. Mes parents ne pouvaient avoir qu'un enfant, l'un des deux seuls héritiers de la couronne. Mon père s'est toujours montré protecteur. Il a ordonné que je reste à Arida, et personne n'aurait osé braver ses consignes. Par la suite, j'ai essayé d'embarquer clandestinement à plusieurs reprises mais je me suis toujours fait attraper. Maintenant, ils fouillent tous les bateaux de fond en comble avant de les laisser prendre la mer. » Je ris à cette évocation, mais c'est pour dissimuler mon inconfort. Ce ne sont pas mes souvenirs les plus chers.

« Mon père avait toujours un millier de choses à raconter sur ses aventures, poursuis-je. Comme quand il a gravi les montagnes de Valuka sur le dos d'un kelpie sauvage, ou la nuit où il avait bu trop de vin à Curmana avant d'aller à la pêche en haute mer et avait remonté la tête d'une hydre. »

Même si mes souvenirs me font souffrir, je souris en me remémorant ces histoires. Lorsque j'étais enfant, j'aimais en entendre une chaque soir avant d'aller au lit. Mais en grandissant, j'ai cessé de m'en contenter. Je voulais les vivre.

J'ai toujours désiré parcourir Visidia avec Père. Je rêvais qu'ensemble, nous tombions sur la Lusque, ou même que nous faisions équipe pour trouver ce serpent de feu.

À présent, je me demande si ces rêves pourront un jour devenir réalité.

« Il ne vous a jamais emmenée ? demande Bastian. Pas même une fois ? »

Ses paroles réveillent en moi une étrange gêne. Son expression suffit à me faire comprendre qu'il veut plus de réponses que celle qu'il cherche à entendre.

« Non. C'était toujours une excuse après l'autre avec lui.

— Et vous n'avez jamais songé qu'il y avait peut-être autre chose ? » Il lève brusquement le menton. « Que peut-être, il cachait quelque chose ? Je conçois qu'il ne vous ait pas laissée partir toute seule, mais cela me paraît bizarre qu'il n'ait même pas voulu vous emmener avec lui. »

Je me tourne vers l'ouest, en direction de Kerost, et repense au collier caché dans ma botte sous un bas protecteur. Une magie, provenant d'un royaume prétendument banni, qui s'était retrouvée à Mornute. La menace d'un Zudonais nommé Kaven, en train de fomenter une rébellion contre Visidia dans un but qui pourrait signer la ruine du royaume : apprendre plusieurs magies. Exactement le même dessein que celui qui avait failli détruire le royaume par le passé, et pour lequel j'avais lutté si dur.

Il y a quelques jours seulement, j'allais réclamer mon titre d'héritière du trône, et pourtant je ne savais rien de tout cela. Cela cache certainement autre chose, que je ne vois pas. Père ne me dissimulerait pas un événement d'une telle importance… Ou bien si ?

Je ferme les yeux pour les protéger du rayonnement, et me laisse repousser par le vent contre le gréement. Il se passe un long silence avant que je ne ressente des fourmillements. J'ouvre un œil et vois Bastian en train de me regarder. Il a les yeux mi-clos et les lèvres affaissées, en accord avec les sillons sur son front.

« Pourquoi ne pas vous enfuir ? questionne-t-il, si bas que je croirais presque entendre des voix. Une seule erreur, et votre peuple s'est retourné contre vous. Vos propres *parents* se sont retournés contre vous. Alors pourquoi protéger un seul d'entre eux ? De toute évidence, vous aimez naviguer, dans ce cas pourquoi ne pas vous trouver un équipage et vous épargner ces tracas ? »

Cela ne m'était jamais venu à l'esprit.

« Dès le moment où j'ai eu l'âge de réaliser qui j'étais, j'ai su que j'étais faite pour régner un jour sur Visidia. » Mon regard embrasse les eaux de mon royaume et je ressens la réalité de ces mots jusque dans mes entrailles. « J'ai encore beaucoup à apprendre, je le sais, mais j'aime mon royaume plus que tout au monde, y compris moi-même. Je veux rendre Visidia aussi puissant que possible, et veiller à ce que mon peuple soit heureux et en sécurité. Mon sang et mon cœur appartiennent à Visidia, et lui appartiendront toujours. »

Un long moment s'écoule avant que Bastian ne s'enroule dans le cordage, se retournant une nouvelle fois. Son sourire ne ressemble pas à celui qu'il affiche d'ordinaire ; il est devenu tendre, doux, un peu triste.

« Continuons, alors, dit-il. J'ai quelque chose à vous apprendre concernant un mât. »

J'ai des papillons dans le ventre alors que je saisis les cordages d'une main et imite ses mouvements. C'est plus facile, cette fois. La *Grande Cale* se rend, et moi je suis Bastian avec une agilité insoupçonnée.

Je n'ai plus peur.

CHAPITRE QUINZE

Les restes des bâtiments en bois déchiquetés tremblent sous la brise coupante, menaçant de s'effondrer si un vent mauvais se levait.

L'air est vif et lourd à cause de la pluie imminente dans le ciel gris de Kerost. Je serre autour de moi une cape rubis, telle une armure, et me cache sous la capuche rabattue. Elle dissimule mes formes et je rentre mes cheveux pour faire bonne mesure.

Les épaules de Bastian tressaillent tandis que nous gravissons un chemin au-dessus du rivage sombre. J'ai du mal à avancer sur les galets humides, risquant de me déchausser. Je dois faire attention. Sous mes bas, enfoui dans ma botte gauche, le collier enchanté que j'ai dérobé à Mornute attend d'être utilisé si besoin. Je le tâte des orteils pour m'assurer qu'il est toujours à sa place.

Contrairement à Mornute, Kerost ouest est peu animée. Il n'y a pas de marchands, pas de rires dans les rues désertes.

On n'entend que des bruits de marteau.

Un petit groupe de personnes est éparpillé sur les pavés inégaux, gris et noirs. Elles nous jettent des regards hostiles et se remettent au travail après s'être épongé le front et le torse.

Des hommes, des femmes et aussi des enfants sont courbés sur des constructions et des structures déracinées, certains martèlent des planches de bois tandis que d'autres font passer le matériel autour d'eux. Ils ont des visages usés et les lèvres serrées. Ils travaillent en silence et vite. Un tourbillon de mains et de marteaux incroyablement rapide.

C'est la magie du temps. Je n'aurais jamais imaginé que la voir utilisée par tant de personnes serait aussi insolite. Elles n'ont pas le pouvoir de modifier le temps proprement dit, mais peuvent accélérer ou ralentir leurs mouvements, influençant la façon dont leur corps interagit avec celui-ci. Ceux qui sont devant moi déforment le temps pour hâter leurs mouvements, et leurs mains bougent dans un tel flou qu'on ne les voit presque plus car ils travaillent plus vite qu'aucun autre humain.

Je n'ose pas me figurer à quel point cela doit éprouver leurs corps.

Il ne s'agit pas de simples réparations, comme je l'espérais. L'île est sur le point de s'effondrer. Tous les Visidiens devraient venir à la rescousse, au lieu de gaspiller leur argent dans de stupides jeux nautiques ou de fastueuses fêtes d'anniversaire. Les Valukains en affinité avec la terre pourraient repaver et nettoyer les bâtiments détruits, en ériger de nouveaux pendant que les Curmanais évacueraient les gravats. Par les astres ! Même les gens de Mornute pourraient apporter leur contribution en les aidant à décorer une fois la reconstruction achevée. Pourtant, il n'y a ici que des Kers. Jamais on n'aurait dû faire partir les Valukains capables de manipuler l'eau : cet endroit est tombé en ruine.

Père aurait pu donner des consignes pour nettoyer l'île en seulement quelques jours. Pourquoi donc s'est-il abstenu ? Les Kers ont l'air de disposer de matériel, mais est-ce vraiment tout ce qu'il a offert ?

« La tempête a eu lieu il y a une saison. » Bastian arpente les rues avec une assurance feinte. « Elle a frappé l'île au début du printemps. » Il porte un manteau, comme la majorité des villageois. Les nôtres n'ont rien de glamour mais, comparés aux leurs, transformés en loques grises par la suie et l'usure, ils nous font paraître complètement déplacés.

Je garde ma cape rubis bien serrée et m'approche des Kers au travail.

Bastian expire bruyamment. « Que faites-vous ? Je doute que nous trouvions une sirène ici, il faut continuer notre route. »

Je l'ignore, m'accroupis entre un enfant d'environ 8 ans et une femme trop âgée pour être sa mère, et tends la main vers son marteau. « Tu devrais faire une pause. Laisse-moi t'aider. »

Le garçon aux joues crasseuses lève les yeux, observant d'abord mon visage, puis mes vêtements neufs. Le désir que j'y lis m'émeut.

La femme lui fait signe de me passer un marteau. Ses mains apparaissent et disparaissent rapidement. Ses yeux clignotent, comme si elle entrait et sortait du temps.

« Ce n'est pas tous les jours qu'on voit un nouveau visage, par ici. » Sa voix sonne comme du gravier qui glisse, rauque et grinçante. « Quelques tempêtes, et tout à coup les gens n'ont plus de temps à vous consacrer. »

Ma capuche glisse devant mes yeux, obscurcissant ma vision. Quelque part derrière moi, Bastian grogne quand je la repousse en arrière.

« Ce matériel vient-il du roi Audric ? » demandé-je.

Ses gestes ralentissent tandis que le temps se réajuste autour d'elle, revenant à un rythme que je peux suivre. Son regard vert rempli d'amertume se lève pour me détailler puis son rire hostile s'élève, semblable à un aboiement. « On n'a pas de roi, ici. C'est Blarthe qui nous le fournit. »

Le marteau pèse si lourd dans ma main que je peine à le soulever. Ma poitrine se serre mais je ne me retourne pas, même lorsque mes deux compagnons se rapprochent.

« Il ne vient pas de Kaven, alors ? » Ferrick garde une voix calme en jetant un regard circulaire sur l'ensemble des travailleurs. Trop d'entre eux sont encore des enfants.

Les maxillaires de la femme se contractent comme si elle tenait quelque chose entre ses dents. « Mieux vaut ne pas prononcer ce nom ici. On ne sait jamais qui peut écouter.

— Alors qu'en est-il de Blarthe ? » insiste Bastian. Il s'accroupit tout près d'elle, et elle lui colle fermement un marteau contre le torse, le visage sévère. Il grommelle, et le jeune garçon ricane à voix basse. Son mouvement a ralenti, puis s'est arrêté, et la sueur recouvre son front brûlé par le soleil.

« Pourquoi avez-vous les mains vides ? Elles me paraissent très agiles. Peut-être que si vous vous en serviez, je répondrais plus volontiers à vos questions. »

Bastian se renfrogne mais s'agenouille tout de même, et Ferrick finit par en faire autant.

La femme et l'enfant ne sont pas les seuls à s'intéresser à nous. Nous avons attiré l'attention de tous ceux qui travaillent à restaurer ce bâtiment, une petite boutique d'après son apparence. Je resserre ma prise sur le marteau. Leurs sourcils froncés de colère et leurs lèvres serrées me servent d'encouragement. Contre l'avis de Bastian, je me débarrasse de ma cape et enfonce mes genoux dans le sol pour plus de stabilité.

Je ne vais certes pas aussi vite que les Kers, mais une furieuse détermination m'anime et je tape de tout mon cœur sur les planches, encore et encore, jusqu'à ce que je sois inondée de sueur et que le souffle me manque.

Chaque coup de marteau fait écho à ma honte et ma rage. C'est pire que tout ce que j'avais imaginé. Comment Père a-t-il pu laisser cela arriver ? Notre peuple devrait être ici, au lieu de danser au son des tambours dans la lumière des torches, ou d'échanger des perles contre un vivaneau hors de prix, tandis qu'une partie du royaume souffre. Pourquoi ne leur envoie-t-il pas de fournitures ?

Bien que le jeune garçon ne se plaigne pas, la douleur lui déforme le visage. Des gerçures couvrent ses mains à la chair boursouflée. Je surprends Ferrick en train de le regarder.

« Hé, lui dit-il doucement pour attirer son attention. Comment t'appelles-tu ? »

Le garçon hésite, quête la permission de la femme. Comme elle ne dit rien, il se tourne vers Ferrick et répond : « Mon nom est Armin.

— Ces mains me paraissent mériter un peu de repos, Armin. » Il se rapproche de l'enfant, s'accroupit à sa hauteur. « Et si on les soignait ? Ça ne prendra qu'une minute. »

Armin regarde de nouveau en direction de la femme. Son petit signe de tête le décide à poser son marteau et à coller ses mains sur la poitrine de Ferrick, avec un sourire.

Il plisse le nez tandis que Ferrick travaille, les étranges sensations qui accompagnent la guérison le font grimacer : une brève douleur suivie d'une chaleur presque inquiétante.

Ferrick tente de dissimuler à quel point cette pratique l'épuise, mais la tension de son front et la fine ligne de ses lèvres sont révélatrices. La fatigue raidit ses mains d'où émane une légère lueur orange tandis qu'il guérit les blessures d'Armin.

« C'est incroyable ! » Le garçonnet contemple ses mains avec admiration, tandis que Ferrick retombe en arrière et s'éponge le front. Elles ont désormais l'air de vraies mains d'enfant, douces et sans crevasses.

Les gens commencent à jeter des coups d'œil à Ferrick et Armin par-dessus leur épaule, leur curiosité piquée.

« Je suis content que ça aille mieux. » Ferrick sourit en s'adressant à la femme à côté d'Armin. Il tend la main. « Je peux aussi m'occuper des vôtres, propose-t-il, mais elle le repousse d'un geste coléreux.

— J'ai mal pour une bonne raison, bougonne-t-elle. Et cette raison, je ne veux jamais l'oublier. Aidez plutôt ceux-là. » Elle montre du doigt un petit groupe rassemblé à l'arrière.

« J'ai une contracture à l'épaule », dit l'un, tandis qu'un autre demande s'il est possible de soulager sa nuque douloureuse.

Ferrick desserre ses lèvres en regardant ces visages pleins d'espoir. Il n'hésite pas. Il les invite à se mettre en ligne et tapote le sol devant lui. Le premier Ker s'assied, lui tend sa cheville gauche, et le guérisseur se met promptement à l'ouvrage.

Mon attention se relâche quand la femme à côté de nous appuie une main sur mon dos et que mon corps vacille. Je prends conscience de la vitesse de mes mouvements seulement lorsque mes mains deviennent floues. Le reste du monde n'a pas changé, pourtant je suis plus rapide que jamais, et l'accélération est si intense que je halète en essayant de m'adapter. Le mur que je construis monte vite, clou après clou, panneau après panneau, mais nous sommes si peu, cela prend encore trop de temps.

Bastian s'active en silence à mes côtés, clouant, soulevant, ahanant avec des gestes presque trop rapides pour qu'on puisse les distinguer. Je ne sais pas du tout depuis quand nous nous attelons à la tâche, mais aucun n'essaie d'arrêter l'autre. Nous sommes implicitement conscients que c'est le moins que nous puissions faire pour l'instant.

Une fois tout le monde soigné et le magasin sur lequel nous avons travaillé d'arrache-pied terminé, la femme essuie la sueur sur son front et se penche en arrière pour prendre plusieurs longues inspirations fatiguées. J'essaie de ne pas la regarder, si ridée et vieillie pour son âge. Elle pose une nouvelle fois sa main sur mon dos, et toute mon énergie semble s'évaporer.

Je m'étrangle en tentant de reprendre mon souffle et laisse tomber mon marteau pendant que mes mains ralentissent. Tout à ma besogne, je n'ai pas pris garde à mon épuisement. Il s'abat sur moi d'un coup, me renversant presque. Mes paumes sont calleuses comme après une semaine entière de travail. Je m'appuie sur le sol pour retrouver mon équilibre tandis que le temps me rattrape.

Cette magie est une chose étrange et dangereuse.

« Vous avez la même dureté sur le visage que votre père. » Sa voix est aussi froide que le vent.

Je lève brusquement la tête et vois les mèches de ses cheveux roux qui pâlissent et deviennent d'un blanc éclatant. Elle parle d'un ton si bas qu'au début, je crois entendre des voix. Elle reste concentrée sur son travail.

« Sauf que vos yeux sont différents. Les siens sourient en vous racontant des mensonges et brillent tellement que vous le croyez. Mais vous ? » Ses yeux verts se posent sur moi un bref instant puis elle se remet au travail avec acharnement. « Vous avez un regard furieux, comme si une chose n'allait pas et que vous étiez la seule à pouvoir la réparer. »

Ma langue est sèche et mon esprit engourdi. Je ne sais pas si je dois prendre ses répliques pour des louanges ou des reproches, mais elle ne me donne pas plus d'explications. Elle prend simplement une autre planche et se remet à l'ouvrage, tandis que d'autres placent des briques autour de la charpente. Tremblante, je ramasse mon outil et l'imite, plus lentement cette fois. Elle m'observe en coin.

« Kaven a surgi après la tempête », dit-elle au bout d'un moment. Ses paroles me glacent le sang si violemment que mon poignet retombe avant son prochain coup. « Après le départ des Valukains qui nous avaient aidés à dompter les marées. Il nous fallait cette aide ; nous aspirions au confort et à la sécurité pour nos familles. Kaven en a profité. Il nous a offert une chance de se rallier à lui pour mettre fin à la royauté, afin que nous apprenions à nous protéger et à protéger nos foyers avec la magie valukaine. Beaucoup ont accepté sa proposition car ils n'avaient pas de meilleur choix. Mais vous ne trouverez pas ces gens ici. Kaven les a installés à Enuda, à la limite sud de l'île, et personne n'en est revenu. » Elle détourne le visage, baisse le ton. Elle n'a pas besoin de dire à haute voix ce qu'elle pense, nous connaissons tous le danger des magies multiples. Leur façon de vous consumer lentement, puis tout entier.

« Blarthe est arrivé après Kaven pour s'en prendre aux retardataires, apportant trois navires remplis de nourriture et de matériel, poursuit-elle. C'est lui qui commande, maintenant. »

Mes mains tremblent si fort que je dois les serrer pour saisir le marteau et frapper de nouveau. « Et pourquoi n'avez-vous pas accepté son offre ? » demandé-je, car c'est ma dernière lueur d'espoir. Si ces gens ont rejeté Kaven parce qu'ils croient toujours en Visidia et en la monarchie des Montara, alors il est encore temps de renverser la vapeur.

La femme grince des dents comme si je l'avais giflée. « Personne ne me fera partir de chez moi. » Chaque mot résonne comme un coup de canon. « Blarthe n'est pas un saint. Certains diront même que c'est une option encore pire. Mais pour ceux d'entre nous qui veulent rester vivre dans leur pays d'origine, c'est le seul choix. Alors merci pour votre coup de main », murmure-t-elle finalement, bien que ses mots soient tout sauf doux. Ils mordent. « Mais si vous voulez vraiment nous aider, alors la prochaine fois que vous viendrez ici, il vaudrait mieux que vous soyez accompagnée d'une flotte entière. Et le plus tôt sera le mieux. »

Je baisse la tête et rabats ma capuche pour que personne ne puisse voir à quel point ses mots m'ont blessée, et la honte sur mon visage. Derrière moi, la foule rassemblée devant Ferrick s'est dispersée. Sa peau a pris une couleur de cendre et la sueur mouille sa chemise. Malgré cela, il pose une main sur mon épaule, offrant silencieusement de soigner mes mains.

Comme la femme tout à l'heure, je le repousse.

« Laisse-moi la ressentir, lui indiqué-je. Je veux me rappeler la raison de cette douleur, moi aussi. »

Dès lors, ne résonne plus que le bruit des marteaux jusqu'à l'aube.

Les adieux ne s'éternisent pas quand nous reprenons notre chemin quelques heures plus tard. Nous repartons avec le poids de nos consciences chargées, des mains et des épaules douloureuses, et des instructions pour retrouver un homme nommé Blarthe. En tant que chef de cette ville, il est le mieux placé pour savoir où nous pourrons trouver une sirène.

Éreintés par nos besognes, nous évitons les chênes tordus et pourris en traversant à pas lents des rues aux pavés fissurés. Même l'herbe est triste, ici. Dans la plupart des endroits, elle meurt, brune et cassante.

Les personnes que nous rencontrons sont rares et restent éloignées les unes des autres. Celles que nous voyons nous dépassent, charriant des matériaux de construction dans les rues sinueuses où d'autres donnent des coups de marteau à une cadence rapide. D'après ce que je peux constater, une grande partie du paysage de Kerost est plate. Il y a moins de montagnes que de collines à l'herbe jaunie par les inondations. De plus en plus de Kers grimpent sur ces montagnes pour bâtir des maisons sur les plus hauts sommets, pas assez hauts cependant pour se protéger des marées affamées.

Cette île est fragile, suintante de vie. Ses pulsations de survie obstinée résonnent en moi comme des battements de cœur.

Ce n'est pas le royaume que j'imaginais diriger, et je suis vivement, douloureusement consciente que c'est à cause du choix de mon père. Aucun oiseau ne parcourt le ciel et l'air n'est même pas traversé par des insectes. Des rochers retournés et une suie sombre recouvrent le sol gris. Kerost a besoin de plus qu'une poignée de personnes dotées de la magie du temps pour restaurer l'île. Elle a besoin du soutien de notre royaume.

Nous prenons une autre série de virages avant d'arriver à un petit groupe de bâtiments, tous construits de galets d'un gris terne. Certains sont ébréchés et percés de trous béants.

Des voix filtrent derrière une porte en dalles de pierre, sous un panneau d'une élégance trompeuse sur lequel on peut lire :

« Au VICE ». J'ajuste immédiatement ma cape autour de moi, la peau piquée par une nervosité que je ne peux pas vraiment expliquer. Cet endroit a quelque chose d'étrange.

Ferrick plisse les yeux pour lire l'écriteau. « Même s'il sait où nous pourrions trouver une sirène, comment comptes-tu t'y prendre pour qu'il te le dise ? »

Bastian tapote le bord de sa cape et fait tinter la bourse volée à Mornute. « Tout a un prix. »

Une poignée de fortune est fixée dans la pierre. Il la tourne sans plus attendre.

Je suis presque renversée par une odeur âcre quand l'air chaud nous accueille. Ferrick se met à tousser, mais s'arrête rapidement lorsque Bastian lui donne un coup de coude dans les côtes.

C'est un mélange de vomi, de corps graisseux et de ce qui ressemble à du fer, mais je suis suffisamment familiarisée avec l'odeur du sang pour la reconnaître. Pourtant, les panneaux de bois sombre sont impeccablement lustrés.

Il suffit de lever les yeux pour constater que l'endroit en lui-même ne correspond pas à l'atmosphère nauséabonde qui y règne. Les murs sont peints d'une belle couleur améthyste et décorés d'épaisses spirales d'argent et d'or qui jaillissent du lustre en cristal au plafond, en s'affinant vers le bas. Un bar en ivoire trône dans le coin. Élégant et lisse, il forme un contraste saisissant avec tout ce qui se trouve à l'extérieur.

Des dizaines de Kers sont assis sur de lourds tabourets de bar autour d'une roulette géante. Une petite boule tourbillonne, survole une série de carrés et de chiffres, tandis que la roulette tourne et tourne encore.

« Envie de tenter ta chance à la roulette ? demande à Ferrick une femme aux cheveux noir corbeau et aux yeux brillants de malice. La semaine dernière, un de mes amis a gagné *cinq* ans. Qu'en dis-tu, mon mignon ? Viens tenter ta chance ! »

Le visage de Ferrick devient rouge cramoisi. À côté de lui, Bastian ricane.

« Vos jeux truqués ne nous intéressent pas », dit-il. Les lèvres pleines et roses de la femme esquissent une moue, mais je n'y prête pas attention.

C'est comme si on m'avait frappée. Mes genoux fléchissent et j'inspire brutalement, tournée vers les Kers qui sont assis autour de la roulette. Ils ne jouent pas de l'argent, mais des années de leur vie. Ils font des échanges de temps, une pratique rare et interdite que seuls exécutent les Kers les plus entraînés capables de transférer le temps d'une personne à une autre.

Et ils n'ont même pas honte de ce qu'ils font. Ils agissent ouvertement, sans même essayer de cacher leurs crimes.

Kerost a vraiment été abandonnée.

Quelqu'un heurte mon épaule et me fait trébucher, me forçant à cracher des paroles acerbes. Mais l'homme qui m'a bousculée ne jette pas un regard en arrière. Il vacille en direction du fond de cet étrange local où se forme une autre file d'attente.

Tout sonne faux dans cet endroit. Mais l'odeur de fer s'estompe de plus en plus, cachée sous un chaud parfum de vanille, cannelle et muscade. La fragrance m'enveloppe, tentant de m'apaiser et de masquer la puanteur du sang.

Des femmes vêtues de soieries variées forment une ligne dans le fond. Certaines ont la tête haute et un air volontaire, d'autres paraissent timides et réservées. Cependant, toutes posent un regard froid et meurtrier sur la foule.

Un jeune homme est debout devant elles. Il a des cheveux blond sable, sa peau douce et laiteuse s'harmonise avec le sourire enjôleur qu'il adresse aux gens. Nous tombons au milieu du laïus sans doute bien rodé qu'il débite avec aisance.

« Alors, oublions tous nos problèmes, d'accord ? Ça en vaut la peine, après tout ! Une nuit, après tout ce dur labeur, pour être enfin traité comme un homme le mérite ! »

Des murmures approbateurs s'élèvent parmi les hommes qui regardent avec avidité les femmes devant eux. Ma colère enfle, je mobilise toute ma volonté pour garder la bouche fermée.

Je suppose que cet homme est Blarthe, bien qu'il semble trop jeune pour diriger cet endroit. Il a l'air d'avoir une petite trentaine d'années, mais sa peau dépourvue de la moindre ridule rend son âge difficile à déterminer. Il est en pleine forme, alors que les autres hommes tiennent à peine debout, accablés d'épuisement. Je doute fort qu'il ait participé à ce « dur labeur ».

Il fait signe à la première femme, une Kère à la peau lisse et pâle et aux cheveux roux ondulés. Blarthe ouvre la bouche pour parler, mais elle l'interrompt.

« Je demande cinq semaines », avance-t-elle avec hauteur, faisant lever les yeux au ciel à plusieurs des filles derrière elle.

L'agacement trouble le sourire de Blarthe, mais il se reprend avant de perdre son expression empreinte de bonhomie. « Elle veut dire deux semaines », corrige-t-il, découvrant des dents éclatantes.

Quelqu'un dans la petite foule lève la main et la fille descend pour la saisir avec un sourire. L'homme qui a acheté une de ses nuits salue la foule de la main puis disparaît avec elle dans une pièce privée, à l'arrière.

Une superbe Kère à la peau ambrée et aux soyeux cheveux noirs s'avance ensuite, souriant à la foule avide qu'elle a attirée.

Le même schéma se répète, les filles se suivent. Je cherche un signe de gêne sur leur visage, mais plus le temps qu'elles gagnent est élevé, plus leurs yeux brillent.

Ce n'est qu'une fois les enchères terminées que la foule se disperse. Blarthe sourit en donnant des bourrades à plusieurs hommes, les dirigeant vers la roulette ou des tables remplies de clients occupés à jouer aux cartes. Son rire gras ne convient pas à son jeune visage.

D'autres font la queue près de l'entrée en face de nous, la figure usée, les mains tendues. Quand elles atteignent le début de la file, elles se piquent le doigt avec une épingle et pressent leur pouce sanguinolent contre une feuille de papier.

« Une semaine », dit une jeune fille une fois l'opération terminée. L'employé responsable de cette zone hoche la tête, écrit une note, puis lui tend plusieurs piles de bois et un seau rempli de clous et de matériel.

Quand elle se tourne vers la porte, son visage a une couleur de cendre et ses yeux sont creusés.

Je ne détourne le regard que lorsque Blarthe passe derrière le bar en ivoire poli, et je rassemble mon courage. Nous avançons et prenons trois sièges, tout au bout.

Il nous jette un bref coup d'œil et fait glisser avec brusquerie trois verres de bière sur le comptoir. Un peu de liquide ambré et de mousse déborde et tombe sur ma cape.

Je me mords la langue. Je n'arriverai jamais à faire partir l'odeur du tissu.

« C'est rare de voir de nouveaux visages, déclare-t-il, l'air songeur. D'où venez-vous, les mômes ? » Il parle trop fort. Trop gaiement.

« Nous sommes valukains, introduis-je, en détachant chaque syllabe. Nous sommes en route pour Enuda, nous ne faisons que passer. » Je regarde la bière posée devant moi. Cela paraîtra suspect si je ne la bois pas, mais l'odeur qui s'en dégage est assez particulière, singulièrement douceâtre. Elle évoque une pomme pourrie, avec des relents immondes. Je saisis la pinte d'une main et presse prudemment mes lèvres contre le bord. Je fais semblant d'en prendre une minuscule gorgée.

Quand je lève le regard, Blarthe est en train de m'examiner. Une cicatrice barre son sourcil gauche, une autre un côté de sa lèvre, mais hormis cela, sa peau est parfaite. Pourtant, ses yeux verts perçants ont l'air vieux comparés à son physique d'une jeunesse troublante.

Ma magie se réveille, signe de danger. Je veux m'accrocher à cette pulsation, à ce frisson vorace dans mon sang, et les garder tout près de moi. Mes doigts effleurent ma sacoche pour me réconforter, mais je n'y trouve que de l'angoisse.

Il y a trop de monde, ici. À tel point que, si ma magie devenait de nouveau incontrôlable, ce serait un véritable bain de sang.

Jamais encore elle n'avait été une source d'anxiété. Pour l'instant, il faut que je la contienne. Je m'accorde seulement l'accès à son aspect inoffensif : lire dans les âmes.

C'est la première technique que j'aie apprise, de loin la plus simple. Elle est légère et pacifique, contrastant avec le reste, cruel, de la magie des âmes, et je la déploie autour de moi comme une seconde cape en attendant que mon regard rencontre celui de Blarthe.

Son âme ressemble à une algue. Visqueuse et collante, comme si elle essayait en permanence de piéger autrui. Elle est pourrie et ses bords s'écaillent, comme celle d'Aran, le prisonnier que j'ai exécuté à Arida. En dépit de son visage doux et chaleureux, quelques secondes me suffisent pour comprendre à quel point cet homme est violent et dangereux.

La bête s'agite à l'intérieur de moi, prête à dévorer cette âme qu'elle me sent sonder.

Ma contrariété monte. Lors de la mise à mort, j'ai perdu ma concentration et en ai payé le prix. Or, ce voyage est destiné à prouver que je suis la souveraine que mérite Visidia. Et une souveraine n'a pas à craindre sa propre magie ; elle doit la savourer.

C'est donc exactement ce que je vais faire. Mes erreurs passées ne m'ont pas rendue faible. Au contraire, je vais les utiliser pour devenir plus forte. Fini d'avoir peur de mon propre pouvoir.

Je m'immerge dans toute la force de ma magie. Elle embrase ma poitrine, me brûle le bout des doigts et calme la tension de mes épaules. Je me détends car, cette fois, je ne perdrai pas le contrôle.

À mes côtés, les garçons sont anxieux, mais Blarthe finit par s'occuper d'autre chose, essuyant une coupe en cristal avec un chiffon couleur améthyste. En le voyant se détendre, tout le *Vice* semble de nouveau respirer. Plusieurs hommes du bar, probablement plus que de simples clients, boivent ses paroles.

Derrière nous, la boule d'une roulette claque tranquillement. La femme qui vient de perdre jure.

« Pourquoi êtes-vous venus ici ? » Bien que Blarthe ne hausse pas la voix, elle est tranchante comme un couteau.

Bastian se penche en avant, ses doigts dansent le long du verre mais il ne boit pas ce qui s'y trouve. Il a une épée sous sa cape, et moi un poignard plus une sacoche pleine de dents et d'os sous la mienne. Si nous devons les utiliser, la dernière chose dont nous ayons besoin est de brouiller notre jugement.

« Nous cherchons une sirène », dit Bastian, sans perdre de temps.

Un sourire en biais apparaît sur les lèvres de Blarthe. Son rire sombre et grave ne va pas avec le reste de sa personne. « Tous les hommes recherchent une sirène, mon gars. Je ne vais pas te le reprocher. »

Ferrick s'empourpre, mais pour Bastian, il en faut plus que ce genre de commentaire pour le dissuader. « Trois pièces d'or pour toute information dont vous disposez. » Blarthe observe avec curiosité la main de Bastian d'où vient d'émerger entre deux doigts une pièce d'or qu'il fait rouler dans sa paume sous l'œil impassible du boutiquier.

« Tu viens me chercher parce que tu as besoin de mon aide, et tu crois que c'est intelligent de m'insulter ? » interroge-t-il, le regard tranchant. Je recule, dévorée d'angoisse. « Je ne fais pas affaire en échange d'une simple pièce de monnaie, mon petit.

— Je ne vous demande pas de me la fournir, je veux juste des informations. » Bastian fait rouler la pièce entre ses doigts et le long de sa manche.

« Si je vous disais où trouver une sirène échouée, ça équivaudrait à vous la fournir, déclare Blarthe. Et toutes les pièces du monde ne suffiraient pas à rendre cette transaction rentable. »

Ferrick commence à s'écarter du bar. « Nous devrions peut-être chercher ailleurs », suggère-t-il d'un ton un peu nerveux.

Bastian l'ignore, crispe les mâchoires. « Combien demandez-vous ?

— Je viens de te le dire, je ne fais pas d'affaires en échange de pièces. » Blarthe pose son verre, et la salle fait silence, quelques clients suspendus à ses lèvres. « Je me fais payer en temps. Six ans pour une information concernant les sirènes. »

Je m'adosse à mon siège, remarquant que ceux qui jouent à la roulette se taisent. À la table des cartes, toutes les têtes se tournent vers nous. À l'évidence, ce ne sont pas des clients ordinaires ; ils ne perdent pas une miette de ce que dit Blarthe, attendant ses ordres.

« Bien, à présent je crois vraiment que nous devrions partir », insiste Ferrick. Cette fois, j'approuve.

Des perles de sueur apparaissent sur le front de Bastian mais il n'a pas encore fait un geste en direction de son épée. Je perçois une nouvelle fois l'odeur métallique du sang sous les trompeuses senteurs épicées, et je prie pour que ce ne soit pas l'odeur de notre avenir.

La roulette cesse son claquement et devient silencieuse.

« Je crains de ne pas avoir le temps de négocier, déclare Bastian d'une voix toujours aussi ferme. Et il semble que je vous ai fait perdre le vôtre. »

Blarthe grogne. C'est un son profond, guttural, qui s'accorde mal avec ses lèvres rosées. Les lèvres d'un homme qui a volé sa jeunesse. Son visage balafré grimace et j'attends le premier signe de danger.

« Tu n'as peut-être pas le temps, indique-t-il, mais la princesse, si. »

Je dégaine mon poignard. La magie éclate en moi, chauffée à blanc et prête à agir.

« Par les astres, Princesse ! gronde Bastian dans sa barbe. Est-ce que tout le monde connaît votre visage dans ce maudit royaume ? »

Plusieurs clients se dressent sur leurs pieds tandis que Blarthe émet un profond rire de gorge. Il tire deux affiches de sous le bar, l'une est un portrait de Ferrick, l'autre de moi. Les mots « RECHERCHÉS : VIVANTS » sont écrits en grosses lettres tout en haut. Ferrick hoquette, je serre les lèvres en regardant l'image : ils m'ont dessinée avec une taille trop mince et un nez trop pointu. Et je n'ai sûrement pas l'air aussi boudeur que sur cette reproduction.

« Le Haut Animancier d'Arida a envoyé une flotte entière ce matin, informe Blarthe. Ils ont parcouru toute la ville, à la recherche d'une petite princesse perdue et de son fiancé. Ils ont dit qu'ils étaient des fugitifs. Ils sont probablement à Enuda, à l'heure qu'il est. » Il fait signe aux hommes qui nous entourent. N'ayant plus besoin de me cacher, j'abaisse complètement ma capuche pour regarder directement dans les yeux l'homme dont l'âme met ma magie en appétit.

« Combien offrent-ils contre des informations sur la princesse ? » Blarthe regarde l'affiche. « Ah, oui. Vingt pièces d'or pour un simple renseignement. » Il reporte son attention sur les hommes qui à présent l'entourent. « Attendez une saison, ce sera le triple. Et je suis sûr qu'on peut trouver un moyen pour que la princesse gagne de quoi vivre dans l'intervalle. »

Je crache aux pieds de Blarthe.

« Fuis, Amora ! » La main de Ferrick est dans mon dos. « Nous les retiendrons. »

Mais je ne fuirai pas. Bastian scrute la pièce, probablement à la recherche d'une façon intelligente de sortir de ce guêpier, et la sueur de plus en plus abondante sur son front et son cou m'indique qu'il a tiré la même conclusion que moi. Nous allons devoir nous battre.

Et s'il y a bien une chose que j'ai apprise au cours de mes années d'entraînement avec Casem et son père, c'est de ne jamais laisser l'adversaire frapper en premier.

Je resserre ma prise autour du manche de mon poignard et bondis sur le comptoir.

Le glissement des lames tirées à la hâte résonne dans mes oreilles, suivant le fracas du métal quand Bastian pare un coup rapide. La plupart des clients s'enfuient au premier signe de violence. Il ne reste qu'une poignée d'hommes à l'intérieur.

« Celui qui attrape la fille peut considérer que sa dette est payée ! » Le cri de Blarthe se répercute contre les murs et remplit la pièce.

J'enfonce mon épée dans son épaule et il gronde. Il parvient à saisir une poignée de mes cheveux et à me tirer vers le bas. Si je n'étais pas si vaniteuse, je pourrais envisager de les couper. Au lieu de cela, j'enfonce mes ongles dans son avant-bras, assez fort pour faire couler son sang. Je libère une main, saisis le manche de mon poignard, puis l'arrache de son épaule aussi sauvagement que possible. Le liquide visqueux se répand à travers sa chemise et trempe ma lame.

« Sale putain ! » Blarthe me frappe au visage et j'esquive tout juste l'attaque. Il se recule et me donne un coup de pied dans le ventre, si fort que je m'effondre sur le comptoir, le souffle coupé. Pendant un instant, je vois des étoiles. C'est la magie qui me ramène à la réalité, me berçant de douces promesses.

C'est comme si elle me chuchotait : *On peut sortir d'ici. Tout ce que nous avons à faire est de le tuer. Tu n'as pas faim, Amora ?*

Par les dieux, je meurs de faim.

Ferrick est de l'autre côté du comptoir. Il se penche et m'offre sa main gauche. Comme je n'ai pas le temps de fouiller dans ma sacoche pour trouver les os dont j'ai besoin, j'essuie ma lame sur le dos de ma main, pour conserver le sang de Blarthe, et coupe rapidement deux des doigts de Ferrick. Il grimace à peine avant que je ne lui crie d'aller aider Bastian, en train de combattre trois hommes à la fois.

À l'arrière de la boutique, un petit feu crépite, et maintenant j'ai tout ce qu'il me faut.

Je rengaine mon arme et plonge par-dessus le comptoir. Blarthe attrape mon pied à la dernière seconde et me tire en arrière. Mon visage heurte la pierre et ma bouche se remplit de sang. Je ne peux pas le recracher ; je ne peux pas mélanger mon sang à celui de Blarthe. Alors je l'avale.

Les doigts sectionnés de Ferrick devant moi, je saisis le bord opposé du comptoir et me penche en avant pour décocher à Blarthe un coup de pied dans la figure. Mon talon atteint son nez et je tombe sur le sol dans un nuage de poussière.

« Quoi que vous fassiez, ça vous dérangerait d'aller plus vite ? » Bastian lève sa lame devant lui à temps pour en repousser une autre. Un homme gît dans son sang et s'étouffe à côté de lui, tandis que Ferrick, au sommet d'une table de roulette tombée, s'occupe de deux autres. Il manie sa rapière avec habileté, mais ce n'est rien comparé aux épées et poignards acérés que les autres utilisent avec des intentions meurtrières.

L'un de nous mourra si je ne bouge pas rapidement.

Je me remets plus vite sur mes pieds que Blarthe, qui a du mal à s'extirper du comptoir. La magie fait s'entrechoquer mes os et vibre dans mes veines. Elle remplit la moindre parcelle de mon corps d'ombres qui murmurent de douces promesses, me disant que je peux faire tout ce dont je rêve.

Je me drape dans ces murmures et enduis mes doigts du sang de mon adversaire resté sur ma main. Ce n'est pas assez pour le tuer, mais ça l'est pour lier son âme au doigt que je jette dans les flammes.

À mi-chemin de moi, Blarthe trébuche et rugit de douleur. Il se tord et serre sa main gauche. Un de ses doigts est tombé, le prix de l'échange demandé par ma magie. Il repose sur le sol sale, une pile de cartes à jouer éparpillées autour de lui. Le sang qui jaillit du membre coupé calme la tension de ma magie. Maintenant *il y en a* assez pour le tuer, s'il fallait en arriver là.

« Rappelle tes hommes ! » Je fais glisser une dent de ma sacoche et m'accroupis pour l'agiter au-dessus des flammes affamées. Elles me brûlent les doigts, avides de quelque chose à dévorer. « Sinon, je vais te faire ravaler ton joli sourire. »

J'imagine l'étrange sensation qu'il est en train d'éprouver : un picotement, un engourdissement brûlant dans sa bouche.

Avec la flaque de son sang sur le sol, je peux lui faire tout ce que je veux. Il suffit juste que j'y accède.

Ce qu'il ignore, c'est que j'ai besoin de plus de sang pour le tuer, mais il ne le saura pas. J'ai le contrôle de ce combat et je souris quand je vois la peur s'allumer dans le regard de Blarthe.

« Rappelle tes hommes ! » répété-je en séparant chaque mot.

Cette fois, il écoute. Le fracas de l'acier se tait après un dernier claquement net.

Il y a trop de corps à terre pour que le silence règne. Quelqu'un s'étouffe dans un coin, crachant des gerbes de sang cramoisi. Un homme vient de réussir à coincer Bastian contre une table brisée et se penche sur lui avec une lame. Il semble ennuyé de ce soudain renversement de situation.

Bastian le repousse avec un grognement.

« Je suis Amora Montara, princesse de Visidia et future Haute Animancière ! » Je passe outre l'insulte lancée par un des hommes. « Vous nous avez blessés, mes hommes et moi. Selon la loi, je peux tuer chacun d'entre vous. Si vous pensez que j'en suis incapable, je vous mets au défi d'essayer. » Je serre étroitement la dent dans mon poing. Blarthe grimace.

Je conserve une expression neutre en regardant les hommes un par un, mémorisant leurs traits. L'atmosphère de la pièce change quand ils voient le sang couler de la main de Blarthe et former d'épaisses flaques sur le sol. Pour eux, je suis la gardienne de leur damnation. Et même si je ne veux pas blesser ces hommes car la plupart, j'en suis certaine, n'ont d'autre choix que de travailler pour Blarthe, j'ai besoin qu'ils le croient.

Bastian et Ferrick sont figés dans la même position. Comme le reste des hommes, ils sont surpris. Bastian réussit même à paraître impressionné.

« Nous cherchons une sirène, lancé-je à la cantonade. Et nous ne partirons pas d'ici avant de l'avoir trouvée. »

CHAPITRE SEIZE

La seule sirène de la ville est une jeune femme appelée Vataea, et les hommes finissent par nous avouer que Blarthe l'a emprisonnée. Le *Vice* est aussi la maison de Blarthe qui y cache Vataea dans une des arrière-salles et ne la fait sortir que pour des occasions « spéciales ».

Je serre les dents, ne voulant même pas imaginer en quoi consistent ces occasions.

Je demande à Ferrick d'aller la chercher. Je n'abandonnerai pour rien au monde ma place auprès du feu, et Bastian est plus utile avec une épée au cas où les hommes redeviendraient violents.

« Il met trop de temps. » Bastian vient à côté de moi, trempe son épée dans la flaque du sang de Blarthe sur les cartes éparpillées. Puis la tend vers moi de façon à me rendre le sang immédiatement accessible.

Blarthe est rouge de colère mais il s'est campé sur le sol et reste tranquille. Des chapelets de sueur dégouttent de son visage et rendent l'air encore plus âcre. Un geste de travers, et il sait que je jetterai la dent dans les flammes. Et que je recommencerai, encore et encore, jusqu'à ce qu'il n'ait même plus l'idée de se relever.

Ferrick met vraiment beaucoup de temps. Cela fait déjà un quart d'heure qu'il est parti.

Le magasin est sinistrement silencieux, au point que je songe à envoyer Bastian voir ce qu'il fabrique, quand un mouvement dans l'air se produit. Les hommes présents tournent la tête vers le couloir du fond où des pas se font entendre et je suis leur regard. Je *vois* Ferrick mais ne lui porte aucun intérêt. La femme qui se tient à ses côtés accapare toute mon attention.

Elle a l'air jeune, à peu près mon âge, pourtant quelque chose dans ses yeux dorés laisse entendre qu'elle est bien plus vieille. Sa peau veloutée et légèrement hâlée a un éclat cuivré, sans la moindre tache de rousseur. Sa chevelure brune lui descend jusqu'aux hanches, telle de la soie, son corps est gracile et délicat, mais une certaine violence transparaît dans ses mâchoires contractées. Méfiante, elle avance le menton et s'écarte d'un bond de Ferrick lorsqu'il tente de la guider.

La pauvre créature porte des guenilles crasseuses qui la couvrent à peine. Elles laissent voir la peau claire de son ventre et descendent juste en dessous des hanches. J'observe ses jambes minces, couturées de fines cicatrices rosâtres, comme celles que Shanty a décrites. Elles sillonnent ses jambes de l'intérieur des cuisses jusqu'à ses pieds nus.

La sirène est à couper le souffle. Si Bastian ne la regardait pas avant, c'est certainement le cas maintenant. Même les joues de Ferrick sont toutes rouges tandis qu'il l'accompagne, se forçant visiblement à ne pas la dévisager.

« Qu'attendez-vous de moi ? » Elle a une voix puissante et caressante à la fois, et je me dis que tous les mythes ne sont pas faux. Cinq mots dont elle se sert comme d'une arme. On dit qu'il suffit d'une chanson pour qu'une sirène attire les marins dans l'eau, et d'une autre pour qu'elle invoque l'océan et toutes ses créatures. Elle n'en a peut-être pas l'air, mais cette fille est dangereuse. Je le sens au plus profond de moi.

« Si tu me touches encore, prévient-elle, je t'arrache les mains et je t'ouvre la gorge avec les *dents*. »

Bastian va parler, mais je l'arrête. Je suppose que Vataea a eu affaire à suffisamment d'hommes pour toute sa vie.

« Nous voulons te faire sortir d'ici », lui dis-je.

Ses yeux durs comme l'acier, jusque-là rivés sur Blarthe, dévient sur moi. De profonds cernes les soulignent. Elle est assez maligne pour rassembler les pièces du puzzle, sans doute à cause de la peau moite de sueur de Blarthe et du sang qui forme une croûte autour de ses lèvres. Ses paroles glaciales démentent son mince sourire. « Pour m'emmener où ? Sur une autre île où l'on m'emprisonnera encore pour m'exploiter ?

— Nous n'avons pas l'intention de te kidnapper. » Je m'assure de capter son regard, bien que sa façon de me toiser soit un défi constant. Incertaine, j'ai les lèvres sèches. « Nous avons besoin de ton aide. »

Vataea renverse la tête en arrière et se met à rire. Un son charmant, plus doux que des gâteaux de miel. Une vague de chaleur réchauffe mes joues et s'installe dans mon ventre.

« Mon *aide* ? répète-t-elle. On n'a jamais appelé ça de cette façon jusqu'à maintenant ! »

J'ouvre la bouche, mais Bastian poursuit à ma place. « Nous voudrions emprunter ta magie. J'ai un bateau. En échange de ton assistance, nous te ferons sortir d'ici et nous te relâcherons lorsque nous n'aurons plus besoin de toi.

— Si je comprends bien, vous allez m'emmener et utiliser mes pouvoirs ? » Un nouveau sourire se forme sur ses lèvres, fin et meurtrier. « En quoi êtes-vous différents de Blarthe ? »

Elle n'a aucune raison de se fier à nous, et je ne lui en tiens pas rigueur. Tout ce qu'elle a traversé l'a rendue froide et dure. Pourtant une petite lueur d'espoir éclaire ses traits. Elle *veut* croire cette option meilleure et partir de Kerost le plus vite possible.

Sa question fait bafouiller Bastian, mais je veux que Vataea nous fasse confiance. « Tu seras largement dédommagée pour le temps que tu nous consacreras. Prête-nous ta magie, c'est tout. Pour une demi-saison tout au plus. Ensuite, nous te déposerons où tu le souhaiteras, et tu feras ce que bon te semble. Je te donne ma parole de princesse de Visidia. »

Elle se penche en arrière, me jauge. « Vous êtes la fille du Haut Animancier ?

— Oui. »

Blarthe l'interrompt. « La sirène m'appartient. » Sa voix, nette jusque-là, s'enroue de fureur. « Vous la voulez, vous l'achetez. »

Je plonge la main dans ma sacoche pour en extraire une poignée d'os et les passe sur le sang qui recouvre la pointe de l'épée de Bastian. Je réponds à Blarthe par un sourire. « Et toi, tu m'appartiens. Estime-toi heureux si tu obtiens la vie sauve en guise de paiement. »

Aussitôt, son visage en sueur rougit, ses poings se serrent à ses côtés et son regard passe de la sirène à moi. Les rides commencent à envahir la peau douce de son front sous les yeux des hommes autour de nous qui se demandent s'il va y avoir une nouvelle bagarre.

Bastian prépare son épée tandis que je m'approche des flammes, brandissant deux phalanges ensanglantées.

Blarthe détourne le regard, les épaules affaissées en signe de défaite.

Le sourire de Vataea ne pourrait être plus épanoui, à moins que Blarthe, à terre, ne rende son dernier souffle, ou peut-être que la ville ne soit détruite par le feu. Je n'ai pas la moindre idée de ce qu'elle a traversé, mais mon imagination me dit qu'elle a toutes les raisons de vouloir contempler cet homme mort. Je fais un geste à Ferrick pour qu'il la laisse s'approcher, et elle vient d'elle-même.

Elle me dépasse de quelques centimètres, et je peux quasiment sentir le défi qui se dégage d'elle lorsqu'elle s'avance.

De près, elle est encore plus belle. Ma gorge se serre et mes mains deviennent moites quand elle me toise.

« Qu'en dis-tu ? » Je dois faire un effort pour parler. « Affaire conclue ? »

Je lui tends la main et la sirène la saisit. Elle a la peau douce et les mains si délicates que les miennes paraissent tout abîmées.

« Votre père s'est montré bon envers mon peuple. Il l'a protégé alors que je ne le pouvais pas, dit-elle. J'accepte vos conditions. Une demi-saison. » Ses paroles sonnent comme une chanson que je pourrais passer la journée à écouter. Je prends sur moi, m'éclaircis la gorge et reviens à notre situation. Nous avons obtenu ce que nous étions venus chercher, il est temps de regagner la *Grande Cale* et de quitter l'île. Sans y laisser la vie, dans la mesure du possible.

Je m'adresse aux hommes de Blarthe. « Reculez au fond de la salle et attendez jusqu'à ce qu'on vous autorise à en sortir. »

Au moment où je m'éloignerai du foyer, nous perdrons notre moyen de pression. Je demande à Bastian de me rapporter un chiffon du bar et de l'imbiber de rhum. J'en entoure un tisonnier appuyé contre le foyer, le plonge dans le feu et laisse ma torche s'enflammer. S'ils me poursuivent, j'aurai ce qu'il faut pour ne pas tomber sans combattre.

Je me tourne vers Vataea et les autres. « Vous trois, dirigez-vous vers la porte. Et protégez Vataea, elle n'a pas d'arme. » Je montre la sortie du doigt. Les deux hommes m'observent comme si j'étais la troisième tête d'une hydre.

« Bastian peut l'emmener et moi rester avec toi. Nous partirons ensemble », tente Ferrick.

Il pense bien faire, mais il cède devant mon regard menaçant et se dirige vers la porte. À pas lents, brandissant ma torche improvisée, je me fraie un chemin à leur suite.

Derrière moi, contre le mur, les hommes s'agitent impatiemment. Ils échafaudent des plans en chuchotant, et j'essaie de ne pas écouter car je n'ai vraiment pas besoin que la peur me ralentisse. Je prends une rasade de rhum, sans l'avaler.

« Ramenez-moi cette sirène et je vous rendrai toutes vos années perdues, leur dit Blarthe, trop fort pour que je n'y prête pas attention. Ne les laissez pas s'enfuir ! »

Dès que j'ai atteint la porte, il bondit, suivi de ses hommes. J'aspire brièvement par le nez, recrache le rhum sur la flamme de mon flambeau et la dirige sur lui tel un dragon. Autour de lui, ses hommes titubent en reculant et s'éparpillent.

Je ne tuerai peut-être pas Blarthe ce soir, mais ça ne veut pas dire qu'il ne doive pas payer pour ses crimes.

Sa peau flambe, ses cris désespérés montent dans la nuit. Je jette la torche et me mets à courir.

CHAPITRE DIX-SEPT

Mes mollets me font souffrir tandis que mes pas claquent sur les pavés fissurés. Quand mes bottes heurtent une pierre et que je me tords la cheville, je passe outre la douleur fulgurante, reprends mon équilibre et m'élance à toute vitesse derrière les trois autres.

Vataea est particulièrement rapide. Elle et Ferrick ouvrent le chemin dans les ruelles tortueuses et inondées de boue. Bastian les suit de près. Il jette un regard vers moi par-dessus son épaule, puis derrière moi. Sa grimace m'indique que je dois accélérer.

Il tend la main derrière lui et je l'attrape. Il me tire d'un coup sec en maugréant. La douleur de ma cheville s'accentue. À chaque pas, des milliers d'aiguilles me transpercent la chair, mais les ecchymoses qui couvrent le dos de Vataea et les guenilles qu'elle porte confirment que notre seule possibilité est de courir.

Bastian doit sentir que quelque chose ne va pas car il resserre sa prise sur ma main. « Ne vous inquiétez pas, je ne permettrai pas qu'ils vous touchent. »

Je le crois. Ses paroles sonnent vrai, quelque chose me le dit. À son contact, des vagues électriques parcourent mon corps.

J'enroule étroitement mes doigts autour des siens et continue à courir.

Quelque chose *siffle* dans l'air et me pique l'oreille. Je halète, la cheville brûlante de douleur. Trois hommes se rapprochent de nous.

L'un d'eux ricane et jette une pierre dans ma direction. Je me baisse juste à temps, mais la suivante atteint Bastian à l'épaule. Il accuse le coup et étouffe un cri, mais nous ne pouvons rien faire. Si nous faisons volte-face et livrons combat, d'autres hommes les rejoindront en quelques minutes.

Le sol devient plus meuble sous mes pieds quand nous atteignons le sable humide du rivage, chaque pas est plus glissant et laborieux que le précédent. L'odeur soufrée du varech sature l'air humide.

Ferrick est déjà en train d'aider Vataea à monter dans un canot. Elle jette un regard en arrière dans notre direction, le visage convulsé, et crie des paroles inintelligibles à Ferrick en désignant les attaches qui retiennent notre embarcation. Il les détache, un pied dans le varech et l'autre dans la barque pour la maintenir en place.

Bastian me pousse vers l'avant et je tombe pratiquement la tête la première sur Ferrick qui me tire dans le canot ; il lui donne une grande poussée avant de tomber à côté de moi.

Bastian continue de courir. Un caillou heurte notre embarcation, un autre l'atteint à la tête. Il vacille et les hommes à sa poursuite tirent leurs épées.

« Bastian, cours ! » hurlé-je. Il avance le plus rapidement possible. L'eau lui arrive aux genoux quand il rejoint enfin la barque et se hisse dans l'espace étroit. L'embarcation tangue, menaçant de se retourner, et je supplie silencieusement l'océan de nous aider.

Pour une fois, il écoute.

Ferrick et moi nous dépêchons de saisir les rames, mais les hommes nous ont suivis jusque dans l'eau. Ils ont encore le temps de s'agripper au canot et de le ramener au rivage.

Je me tourne vers Vataea, qui rugit vers les hommes en train de s'approcher. Sa respiration courte ressemble à celle d'une bête sauvage.

« Fais quelque chose ! » crié-je, tout en ramant. J'utilise toute la force qu'il me reste pour nous propulser et échapper à nos poursuivants. Ferrick aussi, mais l'eau est si basse qu'il est difficile d'avancer. Nos ennemis essaient de s'accrocher au bord. « Tu as un chant qui permet de contrôler la mer, pas vrai ? Envoie-nous une vague, ou n'importe quoi ! »

Elle se concentre sur moi, puis ses yeux glissent en direction de l'eau. Ils sont remplis de nostalgie et sa respiration se stabilise.

Elle va nous quitter.

Je tente d'atteindre le collier magique caché dans ma botte pour l'utiliser contre l'un de nos poursuivants, mais je ne peux pas lâcher ma rame assez longtemps. En outre, il est inutile dans ce combat.

Un homme très maigre, avec une cicatrice au-dessus de l'œil, plonge en avant et s'agrippe solidement au bord. J'abats ma pagaie sur sa main de toutes mes forces. Il la repousse avec un grondement.

« S'il te plaît, supplié-je Vataea, les dents serrées. Tu ne te doutes pas combien le royaume a besoin de nous. Je t'en prie, aide-nous. »

Elle carre ses épaules et fronce les sourcils, toujours face à l'océan. Le cœur me manque lorsqu'elle saute par-dessus bord.

Au moment où elle touche l'eau, la mer scintille d'un or irisé. Nos poursuivants jurent. Tous, sauf un, s'écartent de la barque et regagnent précipitamment le rivage.

Je perçois l'éclat d'une queue sous les eaux d'un vert ténébreux tandis que l'éclat doré s'estompe. Elle est d'un rose doré saisissant. Ses extrémités luisent comme des joyaux, des babioles brillantes que j'ai envie d'attraper. Si je n'étais pas obligée de me défendre contre les assaillants restants, je plongerais peut-être pour suivre cette queue.

« Elle part ? demande Ferrick, le souffle court. Je croyais que nous avions un accord ! »

Tandis que je repousse les hommes, leur pluie de pierres et leurs mains affamées, il continue à manier l'autre rame avec ses dernières forces. En une seconde, l'eau devient plus profonde. Nous sommes sur le point de gagner notre liberté lorsque le maigrichon de tout à l'heure repart à l'assaut. Je frappe sa main de nouveau, mais cette fois, il se contente de grogner.

Il agrippe ma cape et essaie de nous faire tomber. J'attrape ma dague sur le côté, mais Bastian a déjà tiré son épée. Ferrick, nauséeux et verdâtre, fait de son mieux pour nous stabiliser avec sa rame.

« Lâche immédiatement ce canot et nous te laisserons la vie sauve, ânonne Bastian, et je me demande à quel point cette pierre l'a étourdi.

— Remettez-moi la princesse et j'épargnerai les vôtres », rétorque l'homme. Son regard dégouline d'excitation quand il tente de se jeter devant Bastian. Il pense vraiment nous avoir acculés, et il se peut qu'il ait raison. Les yeux de Bastian continuent de se croiser. L'homme arrive de nouveau à m'agripper et j'enfonce mes ongles dans sa peau, en essayant de lui faire perdre l'équilibre. Il faut que nous parvenions à lui faire quitter le canot. Il faut…

Quelqu'un est en train de chanter. Dans une langue que je ne comprends pas, et avec une voix différente de toutes celles que j'ai entendues jusqu'ici.

Mieux que du miel, cette voix n'est que douceur et soie. Nous nous calmons tous, captivés par la sirène qui se tient à quelques mètres. Elle nous regarde de ses yeux d'or au-dessus de la surface de la mer. Sa chevelure brune flotte tout autour d'elle comme une draperie. Sa bouche reste sous l'eau, pourtant son merveilleux chant nous appelle.

Vataea cligne rapidement des yeux dans ma direction. Un signal. Je me force à me détourner et regarde Ferrick et Bastian, leurs visages sont transfigurés. Ils fixent la sirène sans un clignement de paupières, en transe. Ferrick essaie de se lever, mais je le pousse pour le rasseoir sur le mince banc de bois. Lorsque Bastian essaie à son tour de se mettre debout, je soupire, me jette sur ses genoux et appuie en même temps mes pieds sur les cuisses de Ferrick afin de l'empêcher de bouger.

L'envoûtement de la sirène fonctionne *trop* bien. C'est tout ce que je peux faire pour les empêcher de se lancer à sa poursuite.

Elle sort ses lèvres de l'eau. Je m'efforce de ne pas regarder comme elles sont douces et pleines lorsqu'elle les ouvre pour chanter un nouveau couplet.

Le canot se balance quand l'homme filiforme le lâche et nage en direction de la sirène. Bastian et Ferrick voudraient en faire autant, mais je plante mes bottes de toutes mes forces sur le banc et je raidis les jambes pour maintenir Ferrick en place. Quant à Bastian, je prends son visage entre mes mains pour l'obliger à me regarder. Il résiste, mais je tiens bon. Son haleine chaude me caresse les lèvres, la surprise m'amollit suffisamment pour qu'il me renverse et se dresse. Je bondis sur mes pieds, faisant tanguer la barque, et me replace devant lui et Ferrick.

« Embrassez-les », me souffle le murmure enveloppant de la sirène. L'homme l'a déjà rejointe. Elle sourit en le prenant par les épaules, son corps pressé contre le sien. « C'est une chanson destinée à tous ceux qui peuvent succomber au charme féminin. Donc, le baiser d'une femme est la façon la plus rapide de rompre l'envoûtement. Regardez, je vais vous montrer. » Elle rapproche l'homme sous le charme et pose ses lèvres contre les siennes. Ses doigts s'enfoncent dans ses épaules nues, l'attirant contre elle. En l'espace d'une seconde, ses yeux s'ouvrent et il réalise ce qu'il se passe.

Il est déjà trop tard.

Il essaie de hurler mais les doigts de la sirène le saisissent et entraînent son corps sous l'eau.

J'ai entendu des histoires à propos de ce que font subir les sirènes à ceux qu'elles envoûtent. Certaines racontent qu'elles leur dévorent le cœur pour ne pas vieillir. D'autres qu'elles emprisonnent les marins chez elles, dans les profondeurs de l'océan. Et d'autres encore, qu'elles n'ont aucune raison précise, que c'est juste pour s'amuser.

Alors que Vataea disparaît, je me retrouve avec deux hommes prêts à se jeter à l'eau à sa suite si je n'agis pas rapidement.

Je soupire, regardant les lèvres de Ferrick. Il aurait fallu, de toute façon, que je l'embrasse un jour, mais ce moment est arrivé bien trop vite.

Il ne bronche pas quand je me penche et appuie mes lèvres sur les siennes. Elles ont le goût de la bière bue au *Vice*, et sont plus douces et pleines que je n'aurais pensé. Ses mains passent convulsivement le long de mes flancs et se posent sur mes hanches, dans un mouvement pour m'attirer à lui. Il saisit ma lèvre inférieure entre ses dents et la mordille doucement. Ce genre de chose devrait normalement embraser mon ventre, mais même si Ferrick embrasse bien, je ne ressens rien.

Lorsque je me détache de lui, il reprend son souffle, la face convulsée. Il m'observe, mais paraît si surpris que je doute qu'il réalise ce qu'il se passe. Puis je me tourne vers le pirate, sur les genoux duquel je suis assise.

Je prends son visage lisse dans mes mains en coupe, pour attirer de nouveau son attention vers moi. Il regarde l'eau d'un air de bête affamée qui me remplit d'anxiété. J'essaie d'ignorer cette sensation, m'approche et pose ma bouche sur la sienne.

Bastian réagit plus rapidement que Ferrick. Sa main glisse de ma cuisse à ma taille, puis remonte jusqu'à mon épaule. Il la saisit fermement et m'écrase contre lui. Tout mon corps se gonfle de chaleur et je me surprends à l'embrasser avec la même urgence. Il passe son autre main dans mon dos, sous ma chemise, et me caresse la peau. Sa langue m'effleure, me goûte, des frissons me parcourent comme des décharges électriques.

Voilà l'effet qu'un baiser est censé me faire.

Je dois me forcer pour reculer et prendre une profonde inspiration.

Bastian a les yeux grands ouverts. Il respire rapidement, bruyamment. Quand il réalise où se trouvent ses mains, il se racle la gorge et les ramène le long de son corps. « Excusez-moi », chuchote-t-il, hors d'haleine. Je m'apprête à lui dire que tout va bien, lorsque son regard se dirige une fois de plus vers l'eau. « Je vous ai prise pour…

— Vataea. » Je finis la phrase à sa place. Ses paroles me frappent comme un raz-de-marée. « Tu m'as prise pour la sirène. »

Il baisse la tête et ouvre la bouche pour parler, mais je l'en empêche. Je quitte ses genoux et saisis la rame, heureuse d'avoir un prétexte pour regarder ailleurs. Un sourire forcé sur les lèvres, je commence à ramer. « Elle m'a dit que c'était la façon la plus rapide de rompre l'envoûtement. La seule chose dont tu pourrais à la rigueur t'excuser, c'est d'être trop sensible au charme féminin. Ça vaut aussi pour toi, Ferrick. »

Je me tourne vers lui et son visage acéré se détourne de moi. Il rame, les épaules voûtées comme si une ancre le tirait vers la mer. Mon sourire s'efface.

« Vous étiez tous les deux sur le point de vous noyer en poursuivant une sirène, leur dis-je sur la défensive, d'une façon plus abrupte que je ne le voudrais. Il fallait que je vous embrasse *tous les deux*, Ferrick. »

Il serre les poings et les place sur sa taille. « Tous les deux. Bien sûr. »

Un mouvement dans l'eau, de mon côté, m'évite d'avoir à en dire plus. Je me penche pour chercher la sirène, dont les grands yeux d'or enchanteurs se lèvent vers moi. Un sang écarlate souille ses lèvres.

« Ça a marché ? » demande-t-elle.

Je ris presque, mais le son s'étrangle dans ma gorge. « Ça a marché.

— Bien. Alors aidez-moi à remonter. » Elle tend sa main vers le haut, et je me contracte en essayant de ne pas la fixer. Elle a égaré ses hardes quelque part dans l'océan. Je passe ma rame à Bastian et lui dis de se tourner, ainsi qu'à Ferrick, avant de tirer Vataea à l'intérieur du canot et de lui offrir ma cape. Sa queue perd ses écailles et se scinde en deux jambes, nues et couturées de cicatrices.

« Ça, dit-elle, c'est ce que j'ai fait de plus amusant depuis des années. »

CHAPITRE DIX-HUIT

Je n'ai jamais été aussi heureuse de voir la *Grande Cale*. Je me hisse à bord et m'effondre sur le pont. Je suffoque comme un poisson hors de l'eau, trempée et frissonnante, et je lutte pour reprendre ma respiration. Tous mes muscles m'élancent. Ma cheville est rouge et enflée, mes mains et mes biceps brûlent. J'ai fait abstraction de la douleur cuisante dans mes bras pour ramer, mais maintenant que je suis en sécurité à bord, je ressens *tout*.

Ferrick s'accroupit rapidement à côté de moi, enveloppe fermement ma cheville de ses mains chaudes. Je m'arc-boute lorsque la blessure s'embrase, seulement une seconde, avant de s'effacer, ne laissant qu'un picotement sur ma peau.

« Merci », lui dis-je, mais il se détourne sans me regarder dans les yeux.

Bien que Bastian chancelle en marchant, il se hâte de lever l'ancre et de mettre le bateau en mouvement. « Même si je suis heureux d'être en vie, on ne m'enlèvera pas de la tête que ça aurait pu se passer plus facilement. » Il enlève son manteau, tiquant sur le sang qui le macule, dont le sien. Pourtant Ferrick ne fait pas un geste pour le soigner. Sa voix est encore un peu pâteuse, mais Bastian a l'air de se stabiliser.

La mâchoire serrée, je me tourne pour observer la sirène, toujours enveloppée dans ma cape. Elle promène un regard ravi tout autour du navire. Elle en caresse le rebord et sourit à la sensation du bois sous ses doigts.

Bastian suit mon regard, et son expression s'assombrit, indéchiffrable. Il se racle la gorge pour attirer l'attention de Vataea, qui garde son sourire.

« Bienvenue à bord de la *Grande Cale*, déclare-t-il. Tu veux bien nous en dire un peu plus sur toi ? Ton âge ? D'où tu viens ? Pourquoi n'as-tu pas changé les courants pour que nous puissions quitter Kerost sans être obligés de tuer un homme ?

— Laisse tomber, bougonné-je, m'arrachant difficilement à ma position assise. Il y a une différence entre assassiner quelqu'un pour s'amuser et tuer pour se défendre, soi ou les autres. Tu n'as pas à lui parler comme ça. Si nous avons pu nous en sortir vivants, c'est grâce à elle. »

Bastian serre les lèvres et grimace. À l'évidence, sa colère ne l'a pas quitté, cela se voit à sa façon de remonter ses manches et de détacher les voiles pour qu'elles se déploient sous le vent. J'espère tout de même qu'au fond, il a conscience de ses torts. Je ne veux pas qu'on me prenne pour une tueuse de sang-froid, et Vataea non plus sans doute, en dépit des mots qu'elle a prononcés en sortant de l'eau. Elle resserre ma cape autour d'elle, impassible devant les regards courroucés de Bastian.

« Les sirènes sont censées disposer de tout un arsenal de chants, maintient-il. Elle aurait pu commander l'océan, ou modifier la marée pour nous faire avancer plus vite. Ou je ne sais pas, moi, convoquer une baleine géante pour se débarrasser d'eux ! Nous serions loin à présent.

— Et peut-être que tu aurais pu utiliser *ta* magie, grogné-je. Ah non, c'est vrai, tu n'en as pas. »

Vataea cesse de fixer Bastian lorsque Ferrick sort de sa cabine et lui tend des bras chargés de vêtements. Il a été si silencieux que je n'avais même pas remarqué son départ.

Elle prend la pile avec un hochement de tête synonyme de gratitude, puis enfile en se tortillant sous la cape un pantalon bien trop ample. Je note mentalement de récupérer quelques-uns de mes habits pour elle, à mon tour. Elle est plus grande et plus mince que moi, mais ils lui conviendront mieux que ceux-ci.

« La mer est une brute capricieuse, déclare-t-elle en boutonnant son pantalon. N'importe qui peut envoûter un homme qui pense avec autre chose que sa tête. Faire appel à la mer, par contre, c'est une chose que peu maîtrisent. »

J'ai failli me remettre à grogner, mais ce n'est pas le moment. Bastian frappe du poing contre le bastingage de la *Grande Cale* et le bateau gémit en signe de protestation. Alors il prend un air à moitié contrit.

« Formidable, marmonne-t-il, nous avons fait tout ce chemin pour trouver une sirène défectueuse. Comme si on avait du temps à perdre. »

Les yeux de Vataea se réduisent à deux fentes menaçantes, mais Ferrick la devance. Il s'avance et frappe Bastian à l'épaule, paume ouverte. Le pirate regarde l'endroit visé. Au bout d'un moment, sa colère se mue en sourire sarcastique.

« C'est quoi ton problème ?

— C'est quoi *ton* problème ? gronde Ferrick. Aux dernières nouvelles, tu ne sais rien faire tout seul. Tu es un pirate inutile, obligé d'emprunter la magie des autres parce que, quelque part, tu as été assez bête pour perdre la tienne. »

La main de Bastian vole vers le pommeau de son épée. « Répète ça ! »

Ferrick a un rire sombre, inhabituel chez lui. « Nous ne servons à rien sans ces deux filles. La magie de Vataea nous a *sauvés*. Tu n'as pas à la qualifier de défectueuse alors qu'elle a été retenue prisonnière on ne sait combien de temps. Excuse-toi. »

Vataea regarde Ferrick comme si elle le voyait pour la première fois. Je la comprends car c'est aussi mon cas. Je ne l'ai jamais vu si énervé.

Bastian ne répond pas tout de suite. Il desserre sa prise sur le pommeau de son épée, sans le lâcher tout à fait. Il ne dégainera pas, je le vois à sa position. Au *Vice*, il avait l'air d'un serpent enroulé sur lui-même, prêt à attaquer sans avertissement. À présent, il a une posture gauche, incertaine. Il ouvre la bouche pour parler, la referme, fronce les sourcils et refait une tentative.

« Je suis désolé d'avoir employé le terme "défectueuse". » Les mots sortent difficilement. « Je ne le pensais pas. Je suis juste nerveux. Nous ne pouvons pas nous permettre la moindre erreur, surtout maintenant. Nous avons besoin de quelqu'un qui ressente la magie zudonaise. Si nous fonçons tête baissée pour nous rendre compte que tu n'es pas capable de faire le travail, nous sommes morts tous les trois.

— Mon lien à la mer est peut-être faible mais *moi*, ça ne me rend pas faible », dit Vataea. Ses traits semblent détendus et insouciants, mais je me rappelle le sang sur ses lèvres et me demande jusqu'à quel point elle peut se montrer rancunière. « Je suis capable de sentir tes stupides maléfices, pirate. D'ailleurs, j'en ressens un en ce moment même. » Elle relève le menton, et Bastian se ratatine presque sous son regard. Il serre violemment les poings le long de son corps.

« Il y a un maléfice dans les parages ? » demandé-je. Elle reporte son attention sur moi, affichant un sourire amusé.

« Oui, mais il ne nous concerne pas. » Elle revient à Bastian. « J'aurais pu partir, tu sais, et continuer à nager. Mais j'ai conclu un marché avec toi, et les sirènes ont de l'honneur. Nous payons nos dettes et nous honorons nos accords. À moins que tu ne désires plus mon aide ? »

Il passe le doigt sur sa lèvre inférieure et la mord avec un soupir.

« Ferrick a raison, concède-t-il. Je n'ai aucune magie, mais vous trois, si. C'était stupide de ma part de supposer que tu étais faible alors que c'est de toi que nous avons le plus besoin. Je n'ai aucune intention de me retirer de notre accord, Vataea. »

Je laisse reposer ses excuses un instant, les assimilant peu à peu. La sirène met moins de temps. Elle esquisse un timide sourire.

« Alors je reste. Mais sache quand même que ce n'est pas pour toi. » Ses yeux s'illuminent en rencontrant ceux de Ferrick. Elle se campe, une main sur la hanche. « Toi, tu n'as pas l'air si mauvais que ça. Tu seras peut-être épargné.

— Qu'est-ce que tu veux dire par là ? interroge Ferrick, un soupçon d'inquiétude dans la voix.

— J'ai une liste d'hommes à qui je compte faire payer leur générosité envers moi. » Son sourire brille de cruauté. « Démembrement pour celui qui a essayé de me toucher. Langue arrachée pour les odieux parleurs. Et le cœur dévoré pour celui qui m'a un jour demandé de sourire. »

Silence de mort. Les seuls sons qu'on entende sur le navire sont ceux des voiles claquant au vent et le clapotis des vagues, de plus en plus intense au fur et à mesure que nous nous dirigeons vers le sud-est. Au bout d'un moment de gêne qui paraît durer une éternité, Ferrick saisit gentiment la main de Vataea, puis l'éloigne de lui. « Je suis flatté, mais je crains d'être déjà pris. Enfin, je le croyais. »

Ses paroles me déchirent comme un couteau rouillé. Ce n'est pas juste, je n'ai jamais demandé à être fiancée à lui.

« Ce n'était qu'un baiser, dis-je. Vous vous seriez noyés tous les deux si je n'avais rien fait. C'était le seul moyen de vous faire sortir de cette transe.

— Le moyen *le plus rapide,* rectifie Vataea.

— Juste un baiser... » Un ricanement déforme le visage de Ferrick. « C'est ça, oui. Quand tu nous as embrassés tous les deux, ce n'était *qu'un* baiser. Nous sommes fiancés, Amora !

Moi non plus, je n'ai rien demandé. Pourtant, par les dieux, ce serait la moindre des choses d'essayer de te comporter comme si je ne te répugnais pas. »

Je recule d'un pas.

« J'ai toujours pensé que tu étais trop bien pour moi, murmure-t-il en secouant la tête. Mais tu es la personne la plus naïve et la plus matérialiste que j'aie jamais rencontrée. Tu te crois très maligne. Née pour devenir la plus Haute Animancière de tous les temps, ou je ne sais quoi. Mais peut-être que tu n'es pas du tout ce dont le royaume a besoin, et tu ne le seras jamais. Redescends sur terre ! »

Mon cœur se serre, je ne sais pas si c'est de colère ou de douleur. Pour qui se prend-il ? Il ne connaît pas la vérité : que je suis la *seule*. Que si je ne parviens pas à convaincre mon peuple de m'accorder une seconde chance, Visidia finira par tomber.

Tante Kalea ne peut pas accepter la magie des âmes. Ça la tuerait. Et après ? Qui d'autre pourrait assumer la magie des Montara et tenir la bête en échec ? Père ne vivra pas éternellement, quelqu'un doit se tenir prêt à prendre sa place.

« Nous avons fait ce que qu'il fallait, point. » Bastian se place entre Ferrick et moi. « Si tu veux t'apitoyer sur toi-même, fais-le ailleurs. Nous devons nous occuper de choses plus importantes.

— Non, *tu* dois t'occuper de choses plus importantes. » Ferrick se rapproche du pirate. « Ma seule raison de venir ici était d'aider Amora, ma *fiancée*. Mais si tu veux prendre la relève, alors sois… »

La tension dans ma poitrine se relâche d'un coup. Je me place en face de Ferrick et le pousse loin de Bastian.

« Ça suffit ! » Mes paroles sont brutales, mais contrôlées. « J'en ai assez entendu. Pense ce que tu veux de moi, Ferrick. Tu es furieux parce que tu me crois redevable envers toi, mais ce n'est pas le cas. Trop de gens ont dirigé ma vie pour que j'y ajoute encore quelqu'un. »

Je ne m'arrête pas lorsqu'il se raidit et baisse le menton. Au contraire, j'insiste. « Quand nos parents ont arrangé notre mariage, ce n'était pas mon choix. Tu es possessif ! Tu te comportes comme si je t'appartenais, alors que nos seuls liens sont la magie et la politique. Et n'oublie pas que *mon rang est plus élevé que le tien,* alors ne t'avise pas de t'adresser à moi comme à une enfant écervelée. Crois-moi, je sais que Visidia mérite le meilleur, et je fais tout mon possible pour le représenter. » Je lui donne de nouveau un léger coup dans le torse, et il recule en chancelant.

« Jamais je ne t'aimerai. » Ces paroles sont cruelles, mais il faut qu'il les entende. « Pas comme ça. Pas comme tu le voudrais. Arrête d'agir comme si cela pouvait changer ou que je devrais te laisser une chance. Je ne te dois rien. »

Il n'a pas besoin de parler pour que je comprenne ce qui passe dans ses yeux. La colère, la douleur, la trahison. Tout.

« Crois-tu vraiment que j'aie envie de passer le reste de mon existence avec quelqu'un qui ne m'aimera jamais ? réplique-t-il calmement. Je n'ai rien demandé non plus. Je mérite tout autant que toi d'être heureux. Mais ce qui est arrivé, contrairement à toi, j'essaie d'en tirer le meilleur parti. »

Le battement des voiles s'arrête presque, leur silence est une trahison.

Je m'efforce de regarder au loin et de repousser la culpabilité qui plante ses crocs en moi et dévore ma fierté.

Ferrick me frôle en passant, avant de se diriger tout droit vers les cabines.

Je me précipite dans la direction opposée, murmurant des malédictions entre mes dents, et m'accroche au bastingage. Bastian me suit et me regarde paisiblement maîtriser ma fureur.

J'ai beau essayer d'oublier les paroles de Ferrick, elles me tordent le ventre. *Peut-être que tu n'es pas du tout ce dont le royaume a besoin.* Mais qu'en sait-il, de toute façon ? Une fois que nous atteindrons Zudoh, je mettrai fin aux agissements de Kaven et je trouverai un moyen de réintégrer l'île dans le royaume, puis j'enrôlerai toutes les autres pour aider Kerost. Notre économie se développera. Le bois de Zudoh permettra de construire davantage de bateaux. Davantage de maisons. Le commerce entre les Zudonais et leurs proches voisins améliorera de façon significative la situation économique de Kerost.

J'ai été entraînée dans ce voyage pour une bonne raison, et tout ce que peut dire Ferrick ne m'empêchera pas de le croire.

Mais même ainsi, sûre de ce que j'ai à faire, je ne peux pas m'empêcher de songer aux histoires qui se murmuraient la nuit à propos de Zudoh, ou encore à la façon dont on nous intimait le silence à la seule mention de l'île.

« Depuis quand n'es-tu pas allé à Zudoh, Bastian ? questionné-je d'une voix étranglée.

— Je vis sur la *Grande Cale* depuis que j'ai 10 ans. » Il avale ses mots, sautille nerveusement.

« Et tu n'as jamais pensé à y retourner avant ? »

Il fixe l'océan, ses phalanges blanchissent tant il serre le bastingage. Malgré le vent léger, le navire progresse lentement sur les eaux calmes, sans doute aussi hésitant que nous à poursuivre cette mission. Après un long moment de silence, Bastian lâche la rambarde et passe devant nous, ne s'arrêtant qu'après avoir atteint le sommet des escaliers qui mènent à ses quartiers.

« La journée a été longue, nous sommes tous fatigués », murmure-t-il, d'une voix à peine plus forte que le vent. Je veux protester, mais son visage m'en dissuade, il exprime une tristesse que je reconnais et qui suffit à bloquer les mots dans ma gorge. « Essayez de passer une bonne nuit. » Il descend les marches et nous laisse, Vataea et moi, sur le pont. Voyant que je ne fais aucun geste pour le suivre, elle se tourne vers moi, la tête penchée sur le côté.

« Tu as dit que tu avais senti un maléfice en montant à bord, chuchoté-je. De quoi parlais-tu précisément ?

— En fait, j'en ai senti trois, en tenant compte de celui qui était dans votre botte. » Elle sourit, découvrant des dents blanches comme des perles. Ce n'est que lorsque la lune s'y reflète que je remarque à quel point elles sont aiguisées. « Mais il n'y a pas de quoi s'inquiéter pour l'instant. » Elle me prend la main pour m'emmener avec douceur vers les cabines. « Maintenant, montrez-moi où je vais dormir, voulez-vous ? »

Elle ne paraît pas remarquer l'engourdissement de mon corps ni mon souffle rapide.

La magie de Bastian a été ravie par un maléfice, c'est un fait acquis. Et il y a le collier ensorcelé que j'ai caché dans ma botte.

Mais en suivant Vataea, je ne peux m'empêcher de me demander : quel est donc le troisième sortilège ?

CHAPITRE DIX-NEUF

Ma tête repose sur l'oreiller, mais chaque fois que je ferme les yeux, je ne peux m'empêcher de penser que la *Grande Cale* est trop silencieuse.

Elle avance avec anxiété, la même qui me grignote les nerfs. Et si elle est effrayée par notre destination, je devrais probablement l'être aussi. Il y a peut-être des gens en train de me chercher sur chaque île, mais Zudoh a été bannie de Visidia il y a onze ans et depuis se flétrit et pourrit à son rythme. Personne n'aura jamais l'idée d'y chercher une princesse perdue. S'il m'arrive quelque chose, mon peuple ne saura rien de mon sort.

Mais je me demande si Père m'a vraiment tenue à l'écart des autres îles parce qu'il craignait pour ma sécurité. M'a-t-il gardée à Arida afin de me laisser plus de temps pour apprendre à contrôler ma magie et m'éviter le chaos dans lequel je suis plongée ? Ou se pourrait-il qu'il y ait d'autres raisons ?

Qu'est-ce que Père peut bien cacher ?

Je suis fatiguée de me torturer pour trouver des réponses. L'angoisse rampe sur ma peau, et la cabine me semble tout à coup minuscule et étouffante. Par les dieux, j'ai besoin d'air.

Je me force à descendre du hamac, enfile mes bottes et ma cape, puis je monte les marches jusqu'au pont. L'air n'a plus rien d'estival, il est plus mordant. Il entre dans mon corps et me fait frissonner.

Cet air annonce la fin prochaine de l'été et me fait penser à tante Kalea et à ses yeux enchantés. Le sort de Visidia dépend des jours qui viennent.

Nous ne pouvons pas nous arrêter.

Le ciel est épaissi par la lumière des étoiles. Il recouvre la mer et dépose sur le pont de la *Grande Cale* une lueur argentée qui fait briller le navire. La grand-voile est comme sa propre lune, pleine et lumineuse alors qu'elle avance dans l'eau noire.

Je perçois le bruissement de vêtements flottant au vent, et je constate que je ne suis pas seule. Vataea est assise, jambes croisées, à côté de la figure de proue serpentine couverte de balanes, frôlant le danger car elle est incroyablement proche de l'eau. Son corps reste immobile quand j'approche, mais je sais qu'elle a conscience de ma présence puisqu'elle ne réagit pas lorsque je m'assieds derrière elle, mais plus près du bastingage.

« Ça t'ennuie si je me joins à toi ? »

Elle secoue la tête. « Je vous en prie. Cela fait une éternité que je n'ai pas eu l'occasion de parler avec une autre femme. »

Je croise les jambes à mon tour, regrettant de ne pas avoir la hardiesse de venir plus près. Elle a une vue parfaite sur l'eau, mais à la première grosse vague, elle tombera à la mer.

« L'océan m'a manqué », déclare-t-elle impulsivement. Elle se penche en avant et prend une grande goulée d'air iodé. « C'est bon d'être de retour. »

J'hésite sur la conduite à adopter. J'ai l'habitude de donner des ordres, mais pas d'offrir mon soutien. Je sais ce qu'on ressent quand on a besoin de partager avec quelqu'un des choses refoulées, mais en général, je ne me plaignais qu'à Mira, ou je gardais mes problèmes pour moi. Embarrassée, je pose une main sur son épaule et la serre doucement, une seule fois, comme le fait Père. C'est tout ce que j'ai à lui donner.

« Combien de temps es-tu restée prisonnière à Kerost ? »

Son rire est aussi doux que le silence régnant sur le navire l'exige, pourtant il me fait froid dans le dos. « À peu près deux saisons. Et avant cela, un an à Curmana. Blarthe voyage beaucoup ; il va là où il gagnera le plus d'argent. Il y a environ deux ans, il m'a emmenée avec lui, loin de l'eau. Il s'est servi de moi pour attirer les clients dans toutes les boutiques temporaires qu'il ouvrait. Un jour, un homme a même offert cinquante ans pour passer une nuit avec moi. Mais quand je lui ai arraché les yeux et déchiré les joues, Blarthe a commencé à me cacher. Après ça, je n'étais qu'un trophée, quelque chose à exhiber quand il avait besoin d'un coup de pouce. Un prix qu'il pensait avoir gagné en me capturant. »

Mon cœur se fend. Deux ans enfermée quelque part, à la merci de ce monstre, c'est très long. Je ne peux même pas imaginer les souffrances qu'elle a endurées. Je me demande à quoi peut bien ressembler une âme après avoir vécu ce genre d'expériences.

Lire dans les âmes est la partie inoffensive de ma magie, facile, toujours prête à être utilisée et sans conséquences. Si je glissais un rapide regard dans la sienne, elle ne s'en apercevrait même pas, mais cette idée me retourne l'estomac. Elle vient d'échapper à Blarthe, la moindre des choses, c'est de respecter l'intimité dont elle n'a pas dû souvent profiter.

« Tu comptes repartir dans la mer, alors ? » demandé-je, incapable de m'imaginer rentrant ailleurs que chez moi à sa place. Pourtant, elle secoue la tête.

« Je n'ai aucune intention d'y retourner avant longtemps, répond-elle. Durant des siècles, mon espèce a été chassée, et il ne reste plus beaucoup d'entre nous aujourd'hui. Peu importe ce que nous voulons pour nous-mêmes, on nous presse de créer une nouvelle population. » Son front se plisse légèrement, comme pour retrouver ses souvenirs.

« Je comprends que l'on ait besoin d'enfants, admet-elle. Nous devons nous assurer que les sirènes continuent d'exister durant les prochains siècles. Mais je n'aspire pas à cette vie. Ce que je veux, c'est voir comment est la vie sur terre. Les sirènes peuvent avoir des jambes, alors pourquoi ne m'en servirais-je pas ? » Vataea a beau faire frétiller ses orteils avec espièglerie, elle a un petit sourire triste.

« Après que votre père a décrété les lois pour protéger mon espèce, beaucoup d'entre nous ont été poussées à revenir sur le rivage et y concevoir un enfant avant de retourner dans l'eau, poursuit-elle. Quand je suis partie, je n'avais pas l'intention de revenir tout de suite. Depuis longtemps, j'avais envie d'observer comment vous êtes, vous les humains. Je veux passer du temps sur vos îles, goûter votre nourriture et voir tout ce que la terre a à offrir. J'aimerais sentir le soleil sur ma peau plus longtemps que quelques minutes. Découvrir mon nouveau corps. Je prends plaisir à la compagnie des femmes mais je me suis demandé aussi comment ce serait de passer du temps avec un homme. » Elle effleure sa cuisse, comme fascinée par la peau qui la recouvre, et pousse un soupir. « Malheureusement, cela n'a duré qu'une semaine avant qu'on ne me capture, donc il me reste encore beaucoup à découvrir. J'aimerais tout essayer. »

Vataea a l'esprit d'aventure. Elle souhaite explorer le monde. Découvrir tout ce qu'il peut lui offrir. Comme je comprends cette envie que je partage avec elle.

La honte m'écrase, elle mérite mieux que mon recul devant sa franchise. Mon royaume s'était-il tellement dégradé qu'elle n'ait pas pu voyager plus d'une semaine avant d'être attrapée, malgré les lois que Père a instaurées ?

« Je suis tellement désolée que tu aies traversé tout ça, lui dis-je. Tu devrais avoir la liberté de te rendre sans peur où tu le souhaites. Si cela t'intéresse d'explorer d'autres endroits du royaume, Bastian et moi t'emmènerons où bon te semble une fois tout ceci terminé. Je pourrais même t'accompagner moi-même à Arida, éventuellement. C'est magnifique, là-bas : des cascades, du sable rouge, presque toutes les plantes qui s'illuminent la nuit. Notre jardin est l'un des plus beaux endroits qu'on puisse voir… » Mes mots se tarissent quand mon esprit évoque Arida et tout ce qui s'y passe.

J'ai toujours voulu naviguer, et j'aime encore plus cela que je ne l'aurais pensé. Mais par les dieux, comme ma famille me manque !

Mes parents s'inquiètent-ils à mon sujet ? Comment Yuriel fait-il face à tout ça ? Et que pense mon peuple de moi en ce moment ? Me prend-il non seulement pour un monstre, mais aussi pour une traîtresse en fuite ?

Vataea se penche en arrière, en appui sur ses mains, arborant un doux sourire. « Vous n'êtes pas la première à me parler de sa splendeur. Dans la mesure où vous pouvez me promettre que je profiterai de tous les avantages de la royauté, j'imagine qu'un voyage à Arida ne m'ennuierait pas. Cela doit être l'endroit idéal puisqu'il vous manque tant. Vous devez me promettre de me le faire visiter.

— Avec plaisir », lui réponds-je, en essayant d'ignorer le poids de ses mots qui creuse ma peau. Toute ma vie, j'ai désiré voyager loin d'Arida. Et j'ai beau adorer l'océan, mes parents me manquent. Ma maison. Par les dieux, même mon lit.

« Arida est un endroit extraordinaire, concédé-je, ravalant ma mélancolie. Mais je ne peux pas y retourner pour l'instant. Kaven ne représente pas la seule menace pour Visidia. Si je ne trouve pas le moyen de regagner la confiance de mon peuple, il sera en danger.

— Donc vous avez conclu un marché avec un pirate en échange de son aide ? s'étonne-t-elle. Il a beau être charmant, vous ne me paraissez pas quelqu'un qui se laisse facilement leurrer.

— C'était la meilleure option, rétorqué-je, les lèvres crispées. Tu trouves vraiment Bastian charmant ?

— Bien sûr ! » Son rire me prend au dépourvu. Je m'immerge dans sa musique qui me réchauffe le cœur. Je ne me rappelle plus la dernière fois où j'ai eu l'occasion de m'asseoir avec une autre fille et de simplement bavarder. À Arida, mes amis les plus proches sont Casem et Mira. Bien que je me soucie profondément d'eux deux, je n'oublie pas que tous ceux qui vivent à Arida sont les employés de ma famille.

Je ne m'étais jamais rendu compte à quel point j'en avais envie, à quel point cela me manquait, jusqu'à aujourd'hui.

« Vous le trouvez sûrement charmant, vous aussi, me taquine Vataea. Sinon, vous l'auriez laissé se noyer, ce pauvre garçon. »

Je fais sûrement une drôle de tête. « De quoi parles-tu ?

— Vous pensez que l'envoûtement d'une sirène est vraiment si facile à briser ? » Elle s'incline vers moi, avec un ricanement. « Le baiser ne fonctionne que si la personne envoûtée ressent des sentiments amoureux envers celle qui l'embrasse. Je supposais que vous en sauveriez un des deux, avec un peu de chance. Vous êtes bien plus chanceuse que je ne pensais. »

Je me penche en arrière, appuyée sur mes mains. Après notre baiser, Bastian a affirmé qu'il avait pensé à Vataea, non à moi. Mais j'ai quand même mis fin à son envoûtement.

Ce pirate est un sale menteur.

« C'était un jeu, marmonné-je. Tu t'attendais à ce que l'un des deux te suive. »

Elle serre les lèvres, d'un air arrogant. J'avais raison de penser qu'elle était dangereuse.

« Je l'aurais ramené au navire ensuite, déclare-t-elle avec coquetterie. Ou j'aurais essayé. Appelez cela un risque calculé. » Elle est aussi confiante dans ses actions que je suis chanceuse.

C'est tellement facile d'aimer Vataea, mais si les légendes disent vrai, elle est la plus redoutable de tous sur ce navire. Il faudra que je m'en souvienne la prochaine fois que je déciderai de suivre aveuglément ses directives.

« Je veux que tu saches que j'apprécie vraiment ton aide », lui avoué-je, car en la voyant fixer la mer, je sens sa nostalgie, pure et tangible. Un bateau ne lui est pas nécessaire pour se déplacer ;

elle pourrait nager jusqu'à n'importe quelle île deux fois plus vite que sur la *Grande Cale*. Pourtant, elle reste là, acceptant de secourir ce peuple qui a anéanti sa maison et sa famille. « Je paierai autant que tu en auras besoin pour tes voyages, bien sûr, mais sache que nous t'aurions prêté assistance pour te sortir des griffes de Blarthe, quelle qu'aurait été ta décision. »

Un mince sourire passe sur ses lèvres. « On chasse mon espèce depuis bien avant ma naissance. Des braconniers ont tué ma mère, beaucoup de mes sœurs ont subi le même sort, capturées pour leurs écailles et leurs corps. Ce problème n'est pas nouveau, mais votre père a été le premier à nous reconnaître comme membres à part entière de Visidia. Il nous a accordé sa protection alors que personne ne semblait s'y intéresser. » Elle caresse l'une des balanes sur la figure de proue et un soupir enfle dans sa poitrine. « Ce n'est pas une question d'argent ; vous êtes sa fille et vous avez besoin d'une aide que moi seule peux vous apporter. Je connais ça. Mon peuple se souvient de ceux envers qui il a des dettes, et il les paie toujours. »

Ma poitrine se réchauffe en dépit de l'air froid sur ma peau. Je suis heureuse d'apprendre qu'au moins, Père a bien agi avec certaines personnes. Et qu'il reste ne serait-ce qu'un sujet qui aime encore son roi.

« Cela dit, poursuit-elle avec un sourire malicieux, je prendrai certainement l'argent. J'ai des endroits à visiter et pas mal de mets à goûter, après tout. »

Je me mets à rire, sur le point de la questionner sur sa maison et l'endroit qu'elle aimerait le plus visiter, lorsqu'un grand clapotement transperce soudain le silence et que quelque chose dans l'eau provoque une inclinaison violente du navire. Je me retiens au bastingage, mais Vataea n'a que la figure de proue à laquelle se cramponner. Elle halète, essaie de planter ses ongles dans les balanes rugueuses tandis que le bateau tangue de nouveau. Les mâts de la *Grande Cale* craquent, alors qu'elle lutte contre une mer encore parfaitement plane il y a un instant.

Un regard à l'horizon ne révèle que des eaux lisses, sauf sous le navire. Le bruit enfle, comme au bas d'une chute d'eau, violent et dévastateur. Mais il n'y a rien de tel en vue.

« Accroche-toi ! » hurlé-je à Vataea, qui a agrippé la figure de proue aussi solidement que possible, luttant pour ne pas glisser. Je me penche par-dessus la proue, tendant les bras jusqu'à en avoir mal, mais la distance est trop grande. Je ne peux l'attraper sans risquer de chuter.

Je vois alors la cause du bruit. Juste en bas, un tourbillon ronge la *Grande Cale*, enfonce avidement ses mâchoires dans le bois et tâche de l'engloutir tout entière. Il secoue le bateau qui tente de se libérer, ce qui déséquilibre encore plus Vataea. De l'eau jaillit sur le pont et sur ses doigts, les rendant plus glissants.

Une porte claque derrière moi, Ferrick en jaillit, ses yeux écarquillés fouillant les alentours. Quand il m'aperçoit à la proue, il se précipite, vraisemblablement prêt à me tirer de là, jusqu'à ce qu'il aperçoive Vataea luttant pour s'accrocher.

« Recule ! » D'un coup de coude, il me pousse sur le côté et allonge son corps, plus grand, par-dessus le bastingage, mais en vain. Vataea lâche prise quand la *Grande Cale* bascule, et se débat dans l'eau. Je me jette de nouveau vers elle mais ses doigts glissent dans les miens et sa tête cogne contre la figure de proue. Je sens son fantôme me frôler la peau alors que son corps heurte les vagues avec un bruit d'éclaboussure aussi affreux que le hurlement derrière nous.

Je trébuche en arrière, tremblante, et trouve Bastian figé derrière moi. Un autre cri jaillit, une sorte de gémissement déformé, et je suis son regard terrifié.

J'aimerais que mon cœur s'arrête. S'il le faisait maintenant, je n'aurais pas à vivre ce qui va suivre.

Je croyais que Zudoh serait la pire partie de mon voyage, mais je me trompais.

La Lusque est bien, bien pire.

CHAPITRE VINGT

La bête qui jaillit de l'eau a une couleur d'encre et de lune. Les étoiles se reflètent sur ses écailles et leur donnent une nuance argentée. Elle rugit. Je me courbe et me protège les oreilles de ce hurlement qui ressemble à deux pièces de métal frottées l'une contre l'autre. Même dans mon pire cauchemar, je n'aurais jamais pu concevoir un son aussi horrible.

La Lusque. Les légendes sur ce monstre se sont répandues de bouche à oreille, on les raconte pour faire peur aux enfants désobéissants. Mais personne n'a jamais réussi à prouver son existence.

Sans doute parce que personne n'a survécu pour narrer l'histoire.

La créature arbore huit tentacules d'un noir d'encre pourvus de crochets acérés et irréguliers. Son corps est celui d'une sangsue, gigantesque et circulaire, avec une gueule perpétuellement ouverte d'où s'échappe sa plainte, et est remplie de plusieurs rangées de dents couvertes de sang d'où pendent des lambeaux de poissons et de poulpes. Je suppose que, bientôt, ce sont nos corps qui pendront là.

« Où sont les autres ? » halète Bastian. La question s'étrangle dans sa gorge.

« Vataea est tombée à l'eau. » Le souvenir de l'affreux craquement de sa tête heurtant le mât fait trembler ma voix. Mais étant pourvue de branchies, ce n'est pas sa noyade que je crains. « Il faut la faire sortir avant que la Lusque ne la voie ! Ferrick et moi, on a essayé de... » Je fais un mouvement dans sa direction, mais il a disparu de mon champ de vision. Mon cœur bat trois fois plus fort et je cherche Ferrick dans toutes les directions. Il est parti. Ce n'est qu'en me penchant par-dessus la proue que j'aperçois ses cheveux roux dans la mer où il lutte pour échapper au tourbillon en train de se réduire.

« Quel idiot ! » sifflé-je en direction de l'eau.

Bastian porte la main à son cœur en regardant le monstre. Il chancelle, son corps titube quand la *Grande Cale* prend un dernier élan pour s'arracher à l'eau qui la retient prisonnière. Lorsqu'elle finit par se stabiliser, il inspire, soulagé, puis sort son épée. Face à cette bête géante, elle paraît dérisoire. Ridicule.

« Tu comptes la *combattre* ?

— Que voulez-vous faire d'autre ? demande-t-il d'une voix rauque. La *Grande Cale* est rapide mais elle n'a aucune chance de distancer cette... chose.

— La Lusque », dis-je. Je sens jusque dans mes os qu'il s'agit de la créature de la légende.

Son visage se durcit mais il ne me contredit pas. Tout le monde connaît cette histoire.

« Ferrick a sauté ? » demande-t-il.

J'acquiesce, la gorge serrée, quand j'entends les mots prononcés à voix haute. Ferrick est un crétin altruiste s'il a suivi Vataea, et un crétin égoïste s'il a pensé avoir le droit de mourir alors que les derniers mots que nous avons échangés ont été si cruels.

Je ne le laisserai pas mourir. Pas cette nuit.

« Si nous ne pouvons pas fuir, il faut jeter l'ancre pour qu'ils puissent remonter. » Le navire se balance trop violemment, ballotté comme s'il se trouvait dans l'œil d'une tempête. Il faut le stabiliser.

« Jetez-la, alors, ordonne Bastian. J'occuperai le monstre. »

Sans lui accorder un autre regard, je me précipite sur le cabestan. On n'a plus le temps de faire descendre les deux ancres de bossoir, et elles seraient trop longues à remonter s'il fallait fuir rapidement. À la place, je libère le bloqueur de chaîne et laisse filer la grande ancre. Je déroule l'échelle pour qu'ils grimpent, mais ni Ferrick ni Vataea ne sont en vue.

La Lusque pousse un cri strident qui me hérisse tous les poils du corps. Ses dix yeux rouges semblables à ceux d'une araignée et qui encerclent sa gueule démesurée nous fixent.

Elle repère Bastian lorsque son épée, reflétant la lune, lance un éclat de lumière. Le pirate la brandit, comme si une lame aussi mince pouvait faire quoi que ce soit contre un monstre marin.

La créature fouette l'air d'un de ses tentacules hérissés de crochets. Bastian se jette à terre pour l'éviter et brandit son épée juste à temps pour parer le coup. Il lui inflige une profonde entaille, la bête rugit et retire son énorme tentacule. Le son ébranle le bateau et je me bouche de nouveau les oreilles qui me brûlent comme si elles allaient saigner.

Quand la Lusque se retire, son tentacule heurte le gouvernail et en érafle le bois. Bastian aussi car il trébuche en arrière, comme s'il était frappé. Il se tient le ventre de sa main gauche et lutte pour respirer.

Je me rue à ses côtés et pose mes bras sur ses épaules pour le stabiliser. « Tu vas bien ? » Sa poitrine se soulève par à-coups, il recommence péniblement à respirer.

« Je vais bien, grommelle-t-il. Trouvez Ferrick et Vataea. Ramenez-les sur le ba... »

La Lusque ne nous regarde plus. Un par un, elle dirige ses yeux rouges et globuleux vers la gauche, et je cours vers la proue pour voir ce qu'elle a détecté.

Ferrick ne peut cacher ses cheveux roux dans l'eau argentée. On dirait une flamme au milieu de l'eau, et la queue rose et or scintillante de Vataea n'arrange rien.

La tête de la sirène pend, inerte, contre l'épaule gauche de Ferrick. Le tourbillon a beau avoir disparu, les vagues battent furieusement contre la *Grande Cale*, assez fort pour faire osciller le lourd navire. Elles ralentissent Ferrick, dont la tête apparaît puis disparaît dans l'eau, et qui lutte pour continuer à nager tout en tenant Vataea.

« J'ai déroulé l'échelle ! hurlé-je. Vite ! »

Mais la Lusque l'a repéré. Sa gorge s'ouvre et ses crocs se tortillent d'excitation, chacun suintant un poison noir à son extrémité pointue.

Quand elle projette ses tentacules vers Ferrick, j'appelle Bastian à grands cris. « Il faut faire quelque chose ! » Mais je n'ai pas la moindre idée de ce que ça pourrait être.

Ferrick serre Vataea contre lui et plonge avant l'attaque. La Lusque gronde et recule pour préparer un nouvel assaut.

Bastian court à pleine vitesse vers le bord le plus proche de la bête. Il brandit son épée au-dessus de sa tête et l'agite pour attirer son attention.

Ça marche. Ses dix yeux se braquent sur l'épée scintillante, puis sur l'homme qui la tient. Le visage de marbre, Bastian est prêt à recommencer.

« Je t'assure, j'ai meilleur goût que les guppys, lance-t-il d'une voix chevrotante. Viens goûter. »

Le monstre s'avance dans sa direction et Bastian le frappe de nouveau. Les tentacules sont épais et visqueux. La lame les touche mais ne peut pas les couper. Le sang noir coule et souille le visage et les mains de Bastian. Il retire son épée, mécontent de ne rien avoir pu faire.

Sauf que si, il m'a donné une idée.

J'ai besoin du sang de la Lusque. Ou encore mieux, de son tentacule.

« Que faites-vous ? s'écrie Bastian en me voyant courir vers la Lusque. Vous allez vous faire tuer !

— Fais diversion ! » Je m'accroche au gréement, me hisse sur le cordage glissant et grimpe vers le mât. Le monstre fixe toujours son attention sur Bastian. Il lève trois tentacules et les abat sur la *Grande Cale*.

Bastian est projeté en l'air, sa tête heurte le bois. Le navire gronde quand la Lusque enfonce ses tentacules dans le pont et l'entraîne en avant.

J'enroule la corde autour de mon poignet et pivote pour faire face à la bête. Je sors ma dague et la tiens serrée tandis que le bateau penche et que le gréement surplombe la Lusque.

C'est une créature prodigieuse, digne des légendes. Pour la battre, je vais devoir être prodigieuse, moi aussi.

Je prépare ma dague, adresse une brève prière aux dieux, et me jette du gréement. Je frappe la peau épaisse du monstre, le choc me coupe la respiration. Bastian hurle quelque chose derrière moi, mais je ne peux plus distinguer ses paroles.

La peau de la bête, semblable à celle d'une baleine, est glissante. Des entailles et des balafres surmontent son dos, là où d'autres créatures l'ont mordue. J'enfonce mon talon dans une de ces entailles pour m'équilibrer. La Lusque pousse un mugissement.

Ses yeux ne peuvent pas regarder vers le haut. Ils sont figés dans un cercle qui entoure sa gueule et elle ne peut pas me voir. Elle projette alors un tentacule vers moi et hurle en frappant son propre dos.

J'enfonce plus profondément mon talon et tombe à quatre pattes tandis qu'elle se débat. Mes ongles s'agrippent dans toutes les prises qu'ils trouvent, et je me démène pour plonger la main dans ma botte gauche. Du coin de l'œil, je perçois un éclair roux. Ferrick fait le tour du bateau en direction des cordages.

Bastian se tourne pour l'aider, mais la Lusque se ressaisit et lance deux tentacules gluants qui tombent avec fracas sur la *Grande Cale*. Leurs crochets déchirent le bois. À travers le brouillard, je vois Bastian qui se tient la poitrine. Son cri étranglé remplit l'air.

Lorsque la Lusque lève un autre tentacule, je plante ma dague dans son dos et réussis enfin à extraire mon pied de ma botte. Je me remets sur mes pieds, mais sans l'adhérence de mes semelles, la peau de la créature en train de se débattre glisse encore plus.

Je plante mes orteils là où je peux, désespérant d'attraper ce qui se trouve à l'intérieur de ma botte.

Sous mon bas, calé sous une fine couche de toile, se trouve le collier ensorcelé que j'ai volé à Mornute. J'ai fait attention à ce qu'il ne touche pas ma peau, sûre qu'il pourrait m'être utile.

Un seul frottement de ma peau contre le collier et nous sommes fichus. Mais si j'arrive à le poser sur la Lusque…

Un de ses tentacules finit par me trouver, et je perds l'équilibre ; je commence à glisser de son dos, puis je parviens à enfoncer ma lame dans la chair de son côté et à me suspendre au manche. La Lusque pousse des hurlements assourdissants.

Bastian se penche par-dessus le bord opposé et aide Ferrick et Vataea à monter à l'échelle. Il tourne le dos à la bête, comptant sur moi pour en venir seule à bout. Je n'ai pas le droit de les laisser tomber.

Je soulève ma botte et la tiens entre mes dents afin d'avoir les deux mains libres pour me hisser de nouveau sur le dos de la Lusque, contente cette fois de sa taille massive. À quatre pattes, je serre fort le manche de ma dague jusqu'à ce que je retrouve mon équilibre malgré la peau glissante. La bête essaie d'entraver mes mouvements, ses tentacules s'agitent. L'un de ses crochets recourbés m'atteint au dos et me transperce la peau. Je crie sous la brûlure fulgurante, des taches noires dansent devant mes yeux.

Mais je ne les laisse pas m'aveugler. J'arrache ma lame de la chair tandis qu'un autre tentacule se prépare à frapper. Je me relève, reprends la botte dans mes mains et tente en tremblant de m'immobiliser.

J'ai la poitrine oppressée, mes poumons sont en feu à chaque inspiration.

Du poison. Les tentacules acérés de la Lusque sécrètent du poison.

Mes mains ne m'appartiennent plus. Elles sont fantomatiques. Me semblent étrangères. Je les vois bouger quand je lève ma botte, mais le poison qui se répand en moi me donne l'impression qu'elles appartiennent à quelqu'un d'autre.

Je suis aspergée d'eau et, à travers le brouillard qui m'envahit, je lève lentement les yeux. Tous les tentacules de la Lusque sont tendus, recourbés et prêts à s'abattre sur son propre dos. Sur moi.

De mes mains mal assurées, je serre fermement ma botte, et bien que le monde se trouble et s'obscurcisse autour de moi, je chasse le brouillard qui brouille ma vision et j'attends. Je n'ai qu'une seule chance de faire ça bien.

J'attends jusqu'à ce que la Lusque gronde, si sûre d'elle qu'elle frappe de plein fouet.

J'attends jusqu'à ce qu'un tentacule atteigne de nouveau mon dos et qu'un autre me gifle presque en plein visage. Juste au moment où il s'abat, je fais abstraction de la douleur et élève mes mains, emprisonnant le tentacule dans ma botte.

La Lusque n'a pas le temps de reculer. À l'instant où elle est connectée au collier, elle se fige. Ses tentacules forment une caverne au-dessus de ma tête, et je trébuche en arrière alors que de l'eau ruisselle sur mon visage depuis ses membres tendus, désormais immobiles.

Des tremblements me traversent avec une telle force que je tombe presque à genoux. Je m'accroche à ce qu'il me reste de forces et avance péniblement en mettant un pied devant l'autre.

Chaque pas est insoutenable, je progresse sur le dos de la bête toujours inerte vers la pointe d'un des tentacules.

Le collier a totalement gelé la créature. Elle ne peut pas hurler quand je découpe son tentacule, mais je savoure le fait qu'elle sente chaque centimètre de ma lame. La chair est épaisse et la tailler demande bien plus d'énergie que je n'en dispose.

Mais je n'ai pas d'autre choix. J'enfonce les ongles d'une main pour me retenir et transperce sa chair de l'autre. Le poison qui s'infiltre en moi me fait haleter. J'arrache le reste du membre et un sang d'un noir d'encre recouvre mes mains.

Le sang de la Lusque irradie de pouvoir. Un pouvoir palpitant, sauvage et merveilleux. D'une force mystique comme je n'en ai jamais connu. J'ai arrêté la bête, mais je ne peux pas la laisser là, risquant que quelqu'un ne la découvre, ou que quelque chose ne lui enlève le collier avant qu'elle ne meure de faim. Il faut que je rapporte ce tentacule sur le bateau et que j'y mette le feu. Je dois *tuer* le monstre avec ma magie.

Je dois retourner sur la *Grande Cale*.

Je dois…

L'équilibre est devenu une chose lointaine que je ne maîtrise plus. Mon pied glisse sur le dos de la bête gelée et je m'accroche au tentacule sectionné comme s'il pouvait me sauver. Dix yeux rouges me regardent sans ciller. Je trébuche puis dévale le dos de la Lusque.

Mon corps ne m'obéit plus, je ne parviens pas à saisir ma dague pour ralentir ma chute en la plantant de nouveau dans la chair. Pourtant mes bras refusent de lâcher le tentacule.

Je ferme les yeux quand l'océan m'engloutit tout entière. L'eau s'infiltre dans mes poumons, et je m'étouffe dans l'élément que j'aime le plus.

La mer. Les eaux de mon royaume. Elles vont signer mon arrêt de mort.

CHAPITRE VINGT ET UN

Je me réveille dans une pièce inondée de chaleur. Le clair de lune se déverse entre les rideaux de velours ouverts, et une lampe à huile sur une table d'acajou à côté de moi diffuse une faible lumière.

Mon corps repose sur un matelas moelleux qui m'invite à me rendormir. Cela m'était égal de dormir sur un hamac, mais maintenant que je sais ce qui me manquait, je n'ai plus qu'une envie : m'enrouler dans ces luxueuses couvertures bleu marine et ne plus jamais en sortir. Je suis si épuisée que je pourrais dormir une bonne semaine.

Des cartes et des atlas recouvrent le sol et les murs. Dans la lumière tamisée, je discerne un mur où sont suspendus des vêtements, impeccables et triés par sortes et par couleurs. Les manteaux d'un côté, les chemises en lin de l'autre. Des chaussures d'homme s'alignent par terre. Je n'en ai jamais vu autant en un seul endroit.

Bastian est assis dans un fauteuil, recroquevillé contre le dossier. Il ne porte qu'une fine chemise de lin noir et des pantalons larges, plus décontractés que tout ce que je l'ai vu porter. Il examine quelque chose sur la table, et mon regard est attiré par le dessin de ses bras et de ses épaules. Son dos est plus large et plus musclé que je ne l'imaginais. La vitesse à laquelle il monte au gréement et manipule les ancres de la *Grande Cale* aurait dû me donner une idée de sa force.

Je ne m'attendais pas à être aussi sensible à l'effet produit par sa chemise noire sur sa peau d'un brun chaud, ni à penser à la sensation que j'éprouverais en caressant de mes doigts son dos et ses épaules, fermes et puissants.

Il s'écarte de son bureau en soupirant. Le tentacule de la Lusque est posé devant lui. Je me souviens avoir voulu le rapporter avec moi sur le bateau, mais je ne suis jamais arrivée jusque-là. Comment me suis-je retrouvée ici, avec ce tentacule ?

Il sursaute lorsqu'il me surprend à le regarder quand il se retourne. « Vous êtes réveillée. » Il me dévisage attentivement. « Comment vous sentez-vous ? Je suis navré pour vos vêtements. Vataea les a changés. Ferrick devait sonder la profondeur de votre blessure. »

Je sais que la Lusque m'a frappée, mais je n'arrive pas à me rappeler si la blessure était importante, ni s'il y avait du sang. Je n'ai que des souvenirs partiels de tentacules, d'eau et d'une paralysie totale.

Pour la première fois, je m'examine et, en bougeant, je constate la rigidité de mon corps.

« Doucement ! » Bastian s'approche du bord du lit. « Ferrick a réussi à vous stabiliser, mais nous avons dû vous retirer beaucoup de sang pour faire sortir le poison. Même un guérisseur suntosan ne peut ramener le sang perdu. » Il a le corps crispé et les deux sillons creusés entre ses sourcils lui donnent dix ans de plus. J'ai la tête qui tourne rien qu'en les regardant. J'essaie de parler, en vain.

Des visions fugaces d'eau sombre teintée de sang se mélangent derrière mes paupières. Le souvenir d'être en train de me noyer me revient. De m'étouffer dans la mer alors que je lutte pour revenir à la surface. Ma gorge me brûle comme si j'avais avalé des litres de rhum pur. Un moment s'écoule avant que je sois capable de parler au-delà de la douleur.

« C'était si terrible ? coassé-je. Combien de temps suis-je restée inconsciente ? »

Bastian lisse une boucle de cheveux échappée de ma nuque et la remet en place. Son contact est léger, comme si une pression trop appuyée pouvait me briser. « Deux jours. » Il lève la main en signe de protestation quand je tente de m'asseoir. « Du calme ! Si loin au sud, les eaux deviennent troubles à cause du froid. Même si la *Grande Cale* est rapide, le trajet vers Zudoh prendra trois jours. Vous avez besoin de repos. » Après un long soupir étouffé, il poursuit : « Vous avez sûrement des pulsions suicidaires, vous savez ? Sauter à l'eau avec un monstre marin ? Vous vous êtes presque fait tuer.

— Mais ça n'a pas été le cas. » Je tâche de sourire, mais le sel marin a gercé mes lèvres et je grimace. Je suis exténuée, à peine capable de bouger, pourtant je sens une indéniable poussée d'adrénaline. Elle bouillonne dans mon sang et accélère les battements de mon cœur comme jamais auparavant.

Est-ce ce que Père ressentait après ses aventures ? Après avoir dompté un kelpie et traqué le léviathan ?

Jusqu'à aujourd'hui, personne n'avait pu prouver l'existence de la Lusque.

« Ne sors plus jamais de ton lit, m'a dit Père un jour. *Sinon la Lusque viendra t'attraper ! Elle t'empoignera les chevilles avant de t'engloutir tout entière ! Son repas préféré, ce sont les os des enfants qui désobéissent, tu vois… »*

Dans certaines histoires, on raconte que le monstre a une tête de requin. Dans d'autres, trois têtes et des tentacules venimeux. Dans mes cauchemars, c'est une bête gigantesque pourvue de longs tentacules visqueux qui lui servent à arracher les ancres, et de dents longues comme des dagues qui mâchent les os des enfants. Mais comparée à la véritable Lusque, la mienne n'est guère plus qu'un chiot.

Je suis impatiente de rapporter à Père que non seulement j'ai fait face à la bête, mais que je l'ai vaincue. Je regrette qu'il n'ait pas été là pour le voir.

« Comment suis-je remontée sur le bateau ? » Je m'efforce d'humecter mes lèvres fissurées, sans résultat car j'ai la bouche trop sèche.

« J'ai sauté derrière vous. » Il le dit avec simplicité, comme si la réponse était évidente. « J'ai mis du temps à comprendre comment vous aviez fait, et j'avoue qu'immobiliser la Lusque était une idée géniale. Même si vous n'auriez pas dû risquer votre vie. »

Je repose ma tête sur l'oreiller et ferme les yeux pour lutter contre le vertige. « Si, c'est ce qu'il fallait faire. »

Pendant un moment, on n'entend plus que le silence. Aucune parole. Aucun bruit de pas. Peut-être même aucune respiration en dehors de la mienne. Lorsque Bastian parle de nouveau, ses paroles ont beau être calmes, elles tranchent comme des lames.

« Vous feriez vraiment tout pour votre peuple, n'est-ce pas ? »

Je veux ouvrir les yeux et lui rappeler que j'ai déjà donné ma réponse. Quand je le fais, il ne paraît pas arrogant, ni en colère. La lampe à huile projette des ombres sur son visage et fait ressortir sa forte mâchoire. Il remue imperceptiblement la tête, comme pour lui-même. « Vous êtes une Montara. Votre père a banni mon île du royaume. Il a détruit ma maison. J'ai essayé de ne pas me montrer hypocrite, car qui suis-je pour juger une personne selon sa famille ? Mais quand même, j'ai souhaité vous haïr. » Il serre et desserre les poings, les yeux rivés au sol comme s'il livrait une sorte de combat intérieur.

« Et c'est le cas ? » demandé-je.

Il secoue la tête. « Non, Amora. Je n'ai jamais réussi à vous détester depuis le premier jour où nous nous sommes parlé. »

J'ai du mal à déterminer si mon étourdissement est dû à mes blessures ou aux paroles de Bastian. La peau me brûle, mais je n'arrive pas à le regarder. Lentement, avec précaution, je prends sa main. Il commence par se tendre, puis ses épaules se relâchent lentement lorsque je lui fais signe de s'asseoir au bord du lit.

De la chaleur se répand dans ma poitrine tandis que je laisse une petite partie de ma magie progresser en moi. Je l'utilise pour fouiller son âme et confirmer le soupçon qui me serre l'estomac.

La première nuit où j'ai rencontré Bastian, j'ai cru que ma magie était trop fatiguée pour sonder son âme en entier. Pourtant, en la regardant maintenant, je perçois toujours la même brume gris clair dont les limites se fondent dans une fumée vaporeuse et qui m'interdit de voir le reste. Je n'ai accès qu'à une moitié de lui.

« Je t'ai observé pendant la bataille, Bastian, dis-je. Je t'ai entendu crier. »

Il s'immobilise, mais ne s'écarte pas.

« La première fois que la Lusque a attaqué, je ne l'ai pas vue t'atteindre, insisté-je. Elle a frappé la *Grande Cale*, et pourtant c'est *toi* qui as réagi. Comme si c'était toi qui souffrais. »

Ses yeux reflètent le clair de lune et paraissent un instant argentés et parsemés d'étoiles. Il s'appuie de tout son poids sur un de ses bras. « Où voulez-vous en venir ? »

Ces mots représentent un défi devant lequel je ne recule pas. En dépit de son air tendu, c'est comme si Bastian *voulait* que je sache. Je le sens dans sa façon de fermer à moitié sa main autour de la mienne, son pouce effleurant mon poignet, comme pour me demander de donner la réponse haut et fort et de le libérer de son secret. Je me demande depuis combien de temps il le garde.

« Avant, tu as affirmé que la *Grande Cale* était un navire magique. » Je lève le menton, captant son attention. « Et Vataea a dit qu'elle avait senti la magie des maléfices dès l'instant où elle était montée à bord de la *Grande Cale*. Maintenant que j'ai pu voir cette magie agir, je crois comprendre quel est l'un de ces maléfices. Chaque fois que le bateau a été frappé, tu as ressenti la douleur. La *Grande Cale* et toi êtes reliés par cette magie, n'est-ce pas ? »

Il serre le poing sous le drap. Jouant de la mâchoire, il regarde le noir de la mer par la fenêtre. « Et si nous l'étions ? Cela changerait-il votre opinion sur moi ?

— Non. Je voudrais seulement comprendre. »

Il fait crisser ses dents, hésitant, puis les mots arrivent rapidement. Comme s'il voulait désespérément les partager. « C'est de la magie zudonaise, comme vous l'aviez deviné.

— Comment ça ? questionné-je. La magie des maléfices reste enfermée, pas vrai ? Quand j'ai lâché le collier, le maléfice l'a suivi lui, pas moi. L'effet n'était pas permanent. »

Son soupir m'indique que les choses sont plus compliquées que cela. « Zudoh était autrefois l'île la plus populaire du royaume. Elle était souvent visitée par des touristes curieux et des gens à la recherche de potions et de maléfices de protection à rapporter dans leur propre île. Il y a environ treize ans, cela a commencé à changer.

« Une partie de Zudoh souhaitait devenir indépendante du royaume. Ceux-là voulaient étendre leur portée, leur pouvoir, et proposer plus que des babioles aux riches touristes. Ils y voyaient une manière d'accroître leur magie. Mais pour y arriver, ils avaient besoin de créer des maléfices permanents, en les liant à une âme.

— Ils ont appris la magie *des âmes* ? » Mes paumes sont moites de sueur et ma respiration rapide. Le roi Cato l'a circonscrite à la lignée des Montara, pour protéger notre peuple de la bête qu'il avait vaincue. « Mais les autres ne sont pas censés pouvoir l'apprendre. C'est aux Montara de porter ce fardeau.

— Et ceci ne peut changer, concède-t-il. C'est pourquoi Kaven devait créer quelque chose de nouveau. Il s'agit pour l'essentiel de la magie des âmes *ensorcelées*. On ne peut pas *détruire* l'âme de quelqu'un comme vous le faites avec la magie aridienne, mais on peut l'*ensorceler*. »

La température de la pièce chute de dix degrés. Même avec la chaleur que dégage sur ma peau la main de Bastian, je frissonne. « Comment sont-ils restés en vie ? » Les magies multiples brisent le corps et l'âme, jusqu'à les anéantir. C'est même pour protéger les gens de cela que ma magie s'est mise à exister.

« Je ne sais pas, admet-il, mais c'est la vérité. Ceux qui pratiquent cette magie peuvent voler une âme et en ensorceler la moitié. »

Comment une personne ensorcelée peut-elle continuer à vivre, amputée de la moitié d'elle-même ? Je traiterais Bastian de menteur si je n'avais pas vu personnellement son âme. « Comment fonctionne-t-elle ? »

Son visage s'assombrit. « D'abord, ils utilisent la magie des âmes pour atteindre celle de quelqu'un. Ensuite, en se servant du sang de leur victime, ils peuvent en lier une partie à n'importe quoi. Prenez ma relation avec la *Grande Cale,* par exemple. Kaven m'a asservi à ce bateau. Voilà pourquoi je suis obligé d'y rester et aussi pourquoi, plus j'en suis éloigné, plus je suis malade. Personne ne vit facilement avec seulement une moitié d'âme. »

Je repense à sa peau moite et à son souffle court lors de notre halte à Ikae. Nous n'avions quitté le bateau que quelques heures. « Que se passerait-il si la *Grande Cale* était détruite, tu mourrais ? »

Il secoue la tête. « Je survivrais, mais cette vie n'en serait pas une. Je deviendrais une coquille vide. Je n'aurais aucun autre désir que de retrouver mon âme brisée. »

J'ai un vertige en essayant d'assimiler ce qu'il vient de dire.

« Et qu'arriverait-il à la *Grande Cale* si tu mourais ?

— Aussi fort que je l'aime, ce bateau n'est rien d'autre qu'un bateau. La *Grande Cale* détient une part de mon âme, non le contraire. Si je perdais la vie, il redeviendrait un navire normal, il ne serait plus lié à qui que ce soit. Je ressens ce qu'elle ressent car mon âme est en elle. Ça ne fonctionne pas dans l'autre sens ; rien d'elle n'est en moi. Je peux utiliser notre lien pour la diriger, mais c'est là toute l'étendue de mon pouvoir sur elle. »

Une sueur froide m'inonde. « Est-ce que tous les Zudonais peuvent le faire ? » Parce que si oui, comment Bastian pense-t-il gagner cette bataille ? Une seule goutte de sang, et c'en sera terminé de nos âmes.

Il secoue la tête et prend un ton défensif. « Aux dernières nouvelles, seuls quelques-uns pratiquaient cette magie. Cela a commencé par un petit groupe, fondé sur l'île par le fils de l'ambassadeur : Kaven.

« Vous devez comprendre que notre magie n'est pas conçue ainsi, continue-t-il. Elle est destinée à protéger. À placer des barrières sur votre maison pour vous permettre de dormir tranquille, ou dissuader les enfants de toucher des objets trop dangereux. Des choses comme ça. Mais Kaven a rompu avec ce style de magie des maléfices pour créer quelque chose de sombre et de nouveau, et si vous n'êtes pas avec lui, vous êtes contre lui. » Quand Bastian évoque son île natale, ses mots sont passionnés. Pourtant une sueur froide descend dans mon cou et le long de mon corps malmené. Kaven n'est pas un simple adversaire. Il pratique une magie nouvelle, inconnue, ce qui le rend dangereux.

« Pourquoi ma famille ne fait-elle rien ? demandé-je. Mon père ne soutiendrait pas une magie aussi tordue.

— C'est votre père qui a prononcé le bannissement de Zudoh lorsque l'intention d'apprendre la magie des âmes est devenue claire. Il a fait partir de notre île les guérisseurs suntosans et nous a exclus du commerce. Il pensait sans doute que les Zudonais ne parviendraient jamais à l'apprendre, que cette pagaille s'arrangerait d'elle-même et qu'ils reviendraient en le suppliant de les réintégrer dans le royaume. Mais il se trompait. Cette magie a divisé Zudoh et l'île traverse une crise. C'est à cause des Montara que mon peuple se déchire. » Il laisse tomber le drap et s'écarte.

Le bateau bouge avec la même gêne que celle qui ne veut pas me lâcher, il avance difficilement même contre les petites vagues. Ce n'est pas le navire auquel je suis habituée, confiant et magique.

« Depuis combien de temps la moitié de ton âme est-elle liée à la *Grande Cale* ? »

Bastian tente d'afficher un sourire qui s'étiole rapidement sous le poids de la vérité. « Depuis que je suis enfant. Zudoh est une petite île, il était impossible de fuir Kaven. J'étais jeune quand il a essayé de me recruter, il promettait aux enfants qu'il leur apprendrait la magie comme s'il s'agissait d'un jouet flambant neuf. Mes parents ne l'auraient pas laissé me prendre, alors il les a fait assassiner et m'a emmené pour étudier la magie des âmes ensorcelées, comme il le faisait avec chaque enfant sur lequel il arrivait à mettre la main. Mais je ne l'ai jamais apprise. »

J'en frémis. Un tel degré de cruauté me dépasse. Meurtres, enfants volés, magie des âmes ensorcelées ? C'est à cela que Père a tourné le dos ?

Pourquoi ? Tout ce temps enfermés sur Arida, à nous exercer à notre magie, était-ce parce qu'il avait si peur de déclencher une guerre ?

« Avant d'être abattu, Père m'a appris à naviguer, et après une année passée à étudier de force avec Kaven, jour et nuit, j'ai su que son bateau était le seul moyen de m'enfuir. Pendant une semaine, j'ai dissimulé de la nourriture et du matériel à bord, puis une nuit, quand j'ai pensé que tout le monde dormait, je me suis échappé avec quelques amis. Sauf que Kaven devait se cacher quelque part, à attendre. Il a tué les autres et, pour montrer à tous de quoi il était capable s'ils désobéissaient, il m'a jeté un maléfice, m'a enlevé ma magie. Au moment où j'ai touché la barre, mon âme s'est séparée en deux et a été liée à la *Grande Cale*. Mais il a commis une erreur et n'a pas assez réfléchi aux conséquences. J'en ai pris le contrôle et me suis enfui avant qu'il ne puisse m'arrêter. »

Tout son corps bout de rage et d'énergie. Je tends la main et la pose sur son épaule. Il se raidit.

« Il y a sûrement un moyen de rompre ce maléfice ? »

Il grince des dents, ce qui fait saillir sa mâchoire. « Comme je l'ai dit, pour jeter un sort permanent sur l'âme d'une personne, son sang est nécessaire. Et plus Kaven en prend, plus il devient fort. Mais cette magie recèle une faiblesse. Pour en garder le contrôle, son créateur doit conserver le sang de la personne ensorcelée. » Bastian se penche vers l'avant. « Kaven est un homme vaniteux et orgueilleux. Il collectionne des bracelets de cuir trempés dans le sang de ceux qu'il a ensorcelés. Il porte ses préférés comme des trophées, et garde les autres près de lui à Zudoh. Pour s'assurer que ses sorts restent intacts, il traite ces bracelets comme vous votre sacoche, ne quittant que rarement Zudoh de façon à ne jamais trop s'éloigner d'eux. Mais si nous parvenons à les détruire, tous ses maléfices seront brisés, et il se retrouvera affaibli.

— Est-ce que tu penses que le tien fait partie de ceux qu'il garde sur lui ? le questionné-je. L'un de ses trophées préférés ? »

Bastian renifle. « Je sais que c'est le cas. »

Je ne parviens pas à déchiffrer son expression à la lumière de la lampe à huile qui vacille et faiblit, luttant pour se maintenir. Le lit se fond dans une vague lueur orange foncé. Des ombres dansent dans le creux des joues du pirate, s'étendent le long de sa nuque et disparaissent dans sa chemise.

Ces années passées à voyager en mer, à naviguer librement d'une île à l'autre, sans obligation, doivent l'avoir nourri de sagesse. J'ai toujours été jalouse de ceux qui voyageaient. Jalouse d'aventures et d'expériences que je ne pouvais qu'imaginer. Mais j'ai une famille et des amis qui s'inquiètent sûrement et attendent mon retour. Bastian, je le devine, n'en a pas. Sa famille n'est plus là, et son âme a été condamnée à une vie d'isolement. Ce n'est pas uniquement l'aventure qui a façonné ces étoiles dans ses yeux, mais des années de solitude, passées à regarder un ciel peuplé de rêves sans jamais vraiment pouvoir l'atteindre.

Il a l'air seul, tellement seul.

« Pourquoi ne me l'as-tu pas dit avant ? » Mon sang est brûlant, ma peau moite. « C'est bien pire qu'une simple rébellion à vaincre, Bastian. Je ne sais pas si je peux m'en occuper toute seule. »

Son visage et ses épaules s'affaissent sous l'effet de la honte. « Je n'ai jamais voulu revenir à Zudoh. Je comptais passer le reste de mon existence ainsi, lié à ce satané bateau et aussi loin que possible de Kaven. J'ai vécu des années dans la crainte, conscient que mon île était en péril, mais trop effrayé pour faire quoi que ce soit. Mais plus je m'efforçais à ne pas songer aux habitants sans doute encore dans la souffrance, plus cela m'obsédait. Je n'arrivais plus à me concentrer. À dormir. Puis j'ai entendu dire qu'Arida organisait une fête en l'honneur de sa princesse. »

Ce n'est pas le Bastian que je connais. Cette personne-ci est à vif. En colère et brutale.

« J'étais en train de visiter Valuka quand on m'a dit que votre démonstration allait avoir lieu, explique-t-il. Kaven a toujours désiré la magie aridienne et je savais que c'était la seule chose assez forte pour l'arrêter. J'ai imaginé que je pourrais au moins essayer de convaincre votre père des dangers qu'il ignorait. Je voulais qu'il sache que Kaven représente une véritable menace, même s'il était naïf de ma part de croire qu'il ferait quelque chose après tant d'années de déni. Et puis je vous ai vue. » Ses doigts hésitent au-dessus de mes phalanges. Il se passe un long moment avant qu'il ne les repose sur ma main, l'enveloppant entièrement. Je ne trouve pas la force de les repousser.

« Je vous le jure, c'était comme si les cieux s'ouvraient et me montraient une issue. Vous étiez là, en train d'interpeller votre père au sujet de celui-là même contre lequel je venais le prévenir. Quand vous avez eu besoin d'un moyen de fuir Arida afin de vous racheter, j'ai vraiment cru que les dieux m'avaient conduit jusqu'à vous pour une bonne raison. »

J'ai la tête qui tourne et une vague de nausée monte. Est-ce à cause du poison ou des secrets révélés les uns après les autres, je ne saurais le dire.

« Comprenez que j'ai passé des années à fuir, chuchote-t-il. Je suis fatigué. Chaque minute passée loin de la *Grande Cale* me rend de plus en plus malade. Je veux retrouver ma liberté. » Il ébauche une ombre de sourire avant de secouer la tête. « Mais le peuple de Zudoh est prisonnier, lui aussi, et je l'ai négligé trop longtemps. Vous m'avez demandé pourquoi je n'étais pas revenu avant, c'est parce que j'ai été lâche. Lorsque je me suis échappé, j'aurais pu essayer de trouver un moyen de l'aider, je ne l'ai pas fait. À présent, Kaven tente de détruire le reste du royaume, exactement comme il l'a fait avec mon foyer. J'ai hâte d'y mettre fin, avant qu'il ne frappe quelqu'un d'autre. Et après tout ce qui s'est passé, je pense sincèrement que nous sommes destinés à le faire ensemble. »

Il se sent un devoir envers les habitants de son île ; personne n'est mieux placé que moi pour le comprendre. Je resserre ma prise sur sa main rêche, mais chaude.

« Plus de secrets. » Je le scrute attentivement, jusqu'à ce qu'il se détende avec une longue expiration, prenant conscience que je pense vraiment ce que je dis. « Je comprends tes raisons, mais tout ça change la donne, Bastian. Il ne doit plus y avoir de secrets. »

Au bout d'un instant, il finit par répondre calmement : « Plus de secrets. Je le jure sur mon honneur de pirate.

— Tiens ! Je croyais que tu préférais le terme "marin" ? » J'essaie de le taquiner mais ma voix est faible et des vertiges m'obligent à reposer la tête sur l'oreiller. Mon combat contre la Lusque me rattrape.

Bastian rit doucement. C'est agaçant à quel point ce son me plaît.

« Laissons la sémantique à sa place. » Il serre ma main, une fois, puis se lève et réduit la lumière de la lampe à une simple étincelle. « Essayez de vous reposer. Il faut encore un jour avant d'arriver à Zudoh. Nous devrons être prêts. »

Et moi, j'aurai des préparatifs à faire.

À travers la faible lueur, je fixe mon regard sur le tentacule sectionné de la Lusque et sur l'épais crochet qui se recourbe à son extrémité. Je frémis en repensant à la rapidité avec laquelle son poison m'a rongée. M'a privée de la vue et livrée à la mer en furie.

Quelle arme magnifique cela pourrait faire…

CHAPITRE VINGT-DEUX

La chambre est vide quand je me réveille, le matin suivant. Je me lève, les jambes flageolantes, étire mes membres raidis et attrape un des manteaux de Bastian pour en recouvrir ma mince chemise en lin. En ouvrant la porte, je trouve Ferrick en train d'attendre. Il saute sur ses pieds et je suis étonnée de constater qu'il a retrouvé son teint habituel et la fluidité de ses mouvements. Finalement, il a réussi à s'habituer à la *Grande Cale*.

« Amora ! » Il manque de me renverser en jetant ses bras autour de moi. « Par les dieux, je suis tellement désolé. Comment te sens-tu ? Le temps que je réalise ce qu'il se passait, tu étais déjà dans l'eau. La Lusque, Amora ! Arrives-tu seulement à y croire ? Nous avons fait face à la *Lusque*. » Il ouvre de grands yeux et s'agite, à la fois soulagé et excité.

La dernière fois que nous nous sommes parlé, la conversation ne s'est pas vraiment bien déroulée. Mais lorsqu'il a plongé à la suite de Vataea, j'ai paniqué chaque fois que je ne voyais plus sa chevelure rousse flotter dans l'eau.

J'entoure sa taille de mes bras et me presse contre son torse, le serrant aussi fort que me le permet la faiblesse due à ma perte de sang. À la différence de Bastian, aux gestes tendres et délicats, il m'écrase presque contre lui. Je sens son soupir de soulagement sur ma nuque et son corps se détend.

Quand notre étreinte se relâche, Ferrick me regarde avec un doux sourire.

Jamais je ne l'aimerai comme il le voudrait, mais c'est un des hommes les plus dévoués que j'aie jamais rencontrés. Depuis qu'il s'est joint à moi pour ce voyage, il n'a rien fait pour lui-même, il est temps que je le reconnaisse. Je ne peux pas le haïr à cause d'une décision prise par mes parents.

« Je suis heureuse que tu sois sain et sauf, dis-je. Et je suis désolée pour l'autre fois. Tu ne méritais pas tant de cruauté. » Par les dieux, je ne me rappelle plus quand je me suis excusée pour la dernière fois. Mais il avait raison : il n'a pas plus voulu ce mariage que moi. « C'était incroyablement courageux de ta part de plonger derrière Vataea. Comment se porte-t-elle ? »

Il avale sa salive, reprend contenance. « Elle s'est cogné la tête en tombant et a perdu connaissance avant de toucher l'eau. Mais elle va bien maintenant, aucune blessure. Et moi aussi, je vais bien. Un peu fatigué, mais je survivrai. » Un sourire plisse le coin de ses yeux.

Je serre ses épaules. « Merci, Ferrick. Je sais que mes blessures étaient profondes. Et que cela a dû t'épuiser de les guérir, surtout après avoir sauvé Vataea et achevé la Lusque. »

Ses sourcils s'abaissent et il détourne le regard. « À propos de la Lusque… Nous lui avons coupé quelques autres tentacules pour rester en vie, mais elle demeure une créature légendaire, et Bastian et moi ne trouvions pas ça juste de la tuer. Le collier tombera bien assez tôt. Espérons qu'elle retournera dans la mer et que nous ne la verrons plus jamais. »

Je pince les lèvres. Leur décision a l'air noble, mais ce n'est pas celle que j'aurais prise. La Lusque est une légende, c'est vrai, mais aussi une menace. Si je n'avais pas perdu le contrôle de moi-même, sa mort était assurée.

Mais, après une pareille défaite, je doute qu'elle attaque un autre navire de sitôt.

Ce n'est qu'en atteignant le pont que je prends conscience de l'aspect lugubre du ciel. Nous sommes à l'est de Kerost, et allons en direction de l'extrême sud-est de Visidia, à travers une brume grise, froide et épaisse qui me transperce. À l'horizon, les eaux sombres et vertes sont loin du bleu cristallin auquel je suis habituée. Elles s'agitent rageusement. La *Grande Cale* progresse de nouveau avec assurance, mais cela n'empêche pas les flots de la cogner, comme s'ils la pressaient de faire demi-tour.

Aucun dauphin n'accompagne le bateau. Aucun goéland ne vole dans le ciel car, malgré les histoires que j'ai entendues à propos des bancs interminables de poissons rares occupant ces eaux, la mer à cet endroit paraît sombre et viciée. J'ai peur que ma chair ne se dissolve si je trempe la main dans ce vert foncé.

Il n'y a pas de vie ici. Tout est immobile et silencieux.

J'aperçois Bastian sur le gréement. Il est tout en haut, sur un côté des voiles, en train de raccommoder une pièce abîmée par la Lusque. Lorsqu'il surprend mon regard, il lève la tête comme s'il s'attendait à une question de ma part. Comme je n'en ai aucune, je me détourne rapidement.

« Regardez qui a fini par se réveiller ! » Vataea émerge de la cabine et me fait un signe, l'air ravie. Elle porte mes nouveaux vêtements et, bien qu'ils lui aillent parfaitement, ils ont presque l'air déplacés sur elle. On dirait que le tissu l'étrangle.

La culpabilité m'assaille. J'aurais dû m'évertuer à entraver sa chute. J'aurais dû la sauver.

« Il paraît que vous êtes la vedette du spectacle », se réjouit-elle. J'avais oublié combien sa voix est veloutée et accueillante, belle comme de la musique. Elle s'avance et dépose un baiser sur ma joue.

Ma gorge se serre et je lutte pour me rappeler comment on respire. Je pensais que cela relevait d'un instinct naturel mais apparemment, ce n'est plus le cas lorsqu'une sirène vous embrasse.

La peau claire de Ferrick, à côté de moi, le trahit de nouveau. Elle se colore d'un rouge ardent.

« C'est Ferrick qui t'a sauvée en réalité », avoué-je. L'expression de la sirène passe de l'enjouement à la surprise. Elle se tourne vers lui. Personne ne le lui a dit.

Ferrick devient encore plus rouge.

« C'est vrai ? » demande-t-elle.

Il lève les mains et tente d'éluder la question d'un geste. « Ce n'est pas grand-chose, parvient-il à bredouiller. Je voulais juste m'assurer que tu allais bien puisque… Puisque tu fais partie de l'équipage, à présent. » Il s'éclaircit la voix mais s'étrangle lorsque Vataea se hausse sur ses orteils et l'embrasse sur la joue.

On dirait qu'il va se trouver mal lorsqu'elle s'écarte de lui. Il me jette un regard coupable, mais je me contente de sourire.

Quand Bastian nous rejoint, la sueur de toute une matinée de travail luit sur sa peau et le vent a mis ses cheveux bruns en bataille. Les joues en feu, je regarde ailleurs.

« Content de voir tout le monde dans de bonnes dispositions, lance-t-il, suspendu au-dessus de Ferrick. À présent, il est temps de discuter de Zudoh.

— Que reste-t-il à dire ? » Vataea examine ses ongles. « Nous avons déjà un plan. Entrer, tuer cet homme, sortir. »

Bastian tique. « Nous n'avons jamais parlé de ce qui allait arriver une fois sur place. Certaines parties de l'île sont dangereuses. Ta magie de sirène ne fonctionne que si tu es dans l'eau, pas vrai ? Tu n'auras pas toujours de l'eau autour de toi pour te défendre. »

Elle cesse de s'occuper de ses ongles et ses yeux deviennent deux fentes menaçantes.

« Je veux parler des *armes*, déclare Bastian avant qu'elle ne puisse lui couper la parole. J'ai mon épée, Amora sa dague. Ferrick, tu as toujours ta rapière, n'est-ce pas ? »

Celui-ci acquiesce.

« Bien, poursuit Bastian. Alors il ne nous reste plus qu'à te trouver une arme, Vataea. Tu en as déjà utilisé une avant ?

— Des fragments de corail, ici et là. »

D'après sa grimace, ce n'est pas ce que Bastian avait en tête. Cependant, avant qu'il ne puisse dire quoi que ce soit, je tire ma dague de ma ceinture et l'offre à Vataea. Son regard passe de l'arme à moi.

« Prends-la. » Je la presse dans sa main hésitante. « C'est seulement un prêt, jusqu'à ce que nous quittions Zudoh. »

Bastian pousse un soupir théâtral qui creuse sa cage thoracique. « En quoi cela résout-il notre problème ? Maintenant, c'est vous qui n'avez pas d'arme, Amora.

— J'ai une idée, dis-je simplement. Ramène-moi à tes quartiers et je te ferai voir. »

Il hausse un sourcil. « Allons, allons, Princesse. Une telle franchise n'est pas nécessaire. Si vous souhaitez m'accompagner aux quartiers du capitaine, il vous suffit de le suggérer. »

Ferrick se détourne en secouant la tête, indigné.

Je l'ignore tout en donnant une tape sur l'épaule de Bastian et en levant les yeux au ciel. « Suivez-moi. »

Cette fois, en entendant son rire, je ne réprime pas le frisson qui me saisit jusqu'au cœur. Il se campe, une main sur la hanche, et tend le bras vers l'avant.

« Ouvrez la route. »

Quand je montre à Bastian ce que j'ai l'intention de faire avec le crochet empoisonné de la Lusque, il prétend s'y connaître en confection d'armes. Or lorsqu'il tourne autour de mon invention, curieux et ravi, mais sans donner le moindre conseil utile, je me rends compte que c'est un mensonge. Il n'est ici que pour le spectacle.

Dans des circonstances normales, je préfère travailler en privé. Il est extrêmement gratifiant de se livrer tout entière à un acte de création. C'est comme la magie. Cela demande de la concentration et nécessite que vous y mettiez un peu de votre âme.

C'est la deuxième fois que Bastian ruse pour que je lui permette de me voir à l'œuvre. Je l'autorise à rester pour une seule raison : j'aime la manière dont sa présence fait picoter ma peau, entre attente et vigilance. Et j'apprécie aussi les bruits de gorge satisfaits qu'il émet chaque fois que je réalise quelque chose de particulièrement ingénieux.

Le temps de trouver le matériel pour fabriquer un manche correct, l'arme que j'ai créée est assez fruste. Le crochet géant, large et effilé, ressemble à une lame. J'ai passé les cinq ou six dernières heures à le modeler méticuleusement en forme de dague, au moyen des atlas éparpillés et de l'angle du lit de Bastian, tout ce qu'il y a d'assez massif pour en travailler la matière épaisse. L'arme est à présent solide, pointue, et son tranchant s'incurve à son extrémité. Sa dangerosité réside dans ses bords dentelés et le poison qui s'y dissimule. On ne peut pas faire d'essai, mais ce poison devrait infecter n'importe qui dont elle fera couler le sang.

Pour l'instant, j'ai entouré la base avec de la corde très serrée afin de faire un manche. La dague n'a certes pas l'air très puissante, et sa portée est limitée, mais je l'ai cognée contre suffisamment de surfaces pour tester sa force et sa résistance.

Je suppose qu'elle transpercera la peau comme du beurre.

« Vous avez à l'évidence l'esprit créatif, je l'admets. » Bastian se penche au-dessus de moi pour voir le bureau. Il est suffisamment proche pour que son torse appuie sur mon dos quand il respire, et que la chaleur de son souffle me chatouille la nuque. « À ce propos, où en avez-vous appris autant sur les armes ?

— J'avais un garde du nom de Casem à Arida, dis-je en passant le doigt le long de ma nouvelle dague, attentive à ne pas me blesser. Son père était un maître d'armes qui avait la charge d'instruire nos soldats. Il fait aussi partie des amis les plus proches de mon père. Casem et moi nous entraînions sous sa direction lorsque nous étions enfants, et quelquefois il nous emmenait à la forge pour que nous puissions regarder comment on fabrique les armes.

— Et vous pensez que celle-ci va vraiment fonctionner ? »

J'acquiesce. La blessure que m'a infligée la Lusque était petite, mais profonde, et elle a suffi à m'assommer. Si j'attaque quelqu'un avec ça, je ne me contenterai pas d'une modeste blessure. Ce sera pour tuer.

« Bien sûr. » Je la tiens contre la fenêtre, dans le peu de lumière qui a réussi à filtrer à travers l'épaisse brume extérieure. La lame est d'une profonde teinte bleu marine, avec des grains turquoise et argent iridescents en suspension. Vue de côté, c'est comme s'il y avait un mouvement à l'intérieur, celui de sangsues microscopiques assoiffées de sang.

Je n'ai aucun doute. Cette arme est une partie de la Lusque, après tout.

« J'ai créé une arme de légende. Je suis certaine qu'elle sera encore plus efficace que prévu. » Je la pose sur la table, à côté de mon fourreau. Il faudra que je fasse beaucoup plus attention qu'avec ma vraie dague.

« Si c'est une arme de légende, fait observer Bastian, elle mérite aussi un nom de légende. »

Il se tient si près qu'on dirait qu'il me provoque. Mon cœur s'affole lorsqu'il se rapproche petit à petit.

Il a raison, mais je n'ai encore jamais donné de nom à une lame. L'arme que j'ai assemblée est véritablement unique en son genre. Magique. « Tu as une suggestion ? »

Il rit et secoue la tête. « Ça ne marche pas comme ça, Princesse. C'est à celui qui a créé l'arme de la baptiser. Je suppose quand même qu'elle mérite un nom menaçant.

— Je vais y réfléchir. » Je serre les lèvres et essaie de faire abstraction de son bras passé autour de ma chaise tandis qu'il se place à côté de moi, préservant notre mince écart. Nous avons toute une pièce à notre disposition, pourtant il est presque collé à moi.

Il dégage un parfum de mer et de soleil. D'aventure. L'odeur traîne sur sa chemise et imprègne ses cheveux. J'ai envie d'y passer les doigts pour en chasser les minuscules grains de sable.

Durant une fraction de seconde, l'air se modifie. Je me tourne pour surprendre son regard sur moi, et alors que je m'attends à ce qu'il le détourne, il n'en fait rien. Il serre seulement la chaise plus fort, et je repense à la sensation de ses mains en train de tenir mes hanches contre lui. Au contact de ses lèvres contre les miennes lorsque nous nous sommes embrassés. Je ne voulais pas que cela se termine.

Peut-être désirons-nous tous les deux la même chose.

Je passe ma langue sur mes lèvres, goûtant la saveur des mots fébriles que je vais prononcer. « Tu te rappelles, quand je t'ai sorti de la transe causée par Vataea ? »

Il redresse la tête. Je ne sais pas s'il est déconcerté ou s'il revient à la réalité, mais il s'exécute tout de même. « Bien sûr. »

Ses paroles exhalent un parfum de défi. Je mords à l'hameçon. « Eh bien, elle m'a dit quelque chose d'amusant à ce propos. »

Il a posé sa main droite sur la table. Je dirige lentement mes doigts vers elle, l'un d'eux en effleure doucement le dos. Il ne bouge pas, se contentant de mordiller sa lèvre inférieure. « Qu'est-ce que c'était ?

— Il se trouve, susurré-je, qu'il est impossible de sortir quelqu'un de sa transe à moins qu'il n'ait des sentiments pour vous.

— Des sentiments ? répète-t-il, bougeant sa main de façon à entremêler ses doigts aux miens. Vous voulez dire comme ceci ? »

Il attire fermement mon corps contre le sien et m'embrasse. Ses lèvres ne sont pas douces, mais rêches et implorantes. Il reprend là où nous en étions restés. J'avale son goût de sel, entoure sa nuque de mes bras, passe ma main dans ses cheveux, autour de ses épaules. Il met son bras dans mon dos et me soulève de ma chaise avec un grognement sourd. Quelques secondes plus tard, mon dos est appuyé contre le mur, sa main est dans mes cheveux et ses lèvres explorent mon cou. Mon corps brûle tellement que j'ai l'impression de fondre tout contre son torse.

Je saisis son menton et ramène ses lèvres contre les miennes, savourant leur sel, leur soleil, tout. Toute sa *personne*. J'ai embrassé plusieurs garçons auparavant, mais aucun ne m'a fait cet effet. Aucun d'entre eux ne m'a fait craindre que mon cœur n'explose.

Je ne veux pas qu'il me lâche. J'aimerais m'enfouir dans sa chaleur et m'imprégner de cette sensation.

Il s'arrête trop tôt. Lorsqu'il s'écarte, je ne suis pas seulement hors d'haleine, mais *affamée*. J'en veux encore.

Le même appétit se lit dans ses yeux qui errent sur mon corps, dans sa respiration tremblante qui fait monter et descendre précipitamment sa poitrine. Quand ses yeux rencontrent les miens, le désir y afflue mais il s'efforce de le refouler et plaque un sourire sur son visage.

« Vous trouvez cette réponse suffisamment honnête ? » Sa voix rauque ne fait qu'augmenter mon appétit.

« Je n'en suis pas sûre. » Je lui prends la main, le ramène contre moi. « Montre-moi encore. »

Cette fois, nous ne nous arrêtons pas.

CHAPITRE VINGT-TROIS

Le goût du sel s'attarde sur mes lèvres lorsque Bastian et moi finissons par retourner sur le pont. Ma peau brûle toujours au souvenir de ses mains sur ma taille, de ses doigts ondulant sur moi.

Je me sens comme si je m'étais enfuie en emportant quelque chose quand je mets le pied dehors, surprise par l'air glacial.

Je m'entoure de mes bras, envisageant de redescendre chercher mon manteau.

« Nous approchons », déclare Bastian, scrutant l'horizon. Ses muscles se tendent.

Ferrick et Vataea ont pris leurs aises sur le pont. Il y a une petite pile de nourriture entre leurs corps un peu trop proches, et une flamme confiante dans les yeux de la sirène. On dirait que Bastian et moi ne sommes pas les seuls à avoir approfondi nos relations.

Ferrick s'éclaircit la gorge et se met debout à notre arrivée, comme pour s'éloigner de Vataea. « Alors, comment allons-nous nous y prendre ?

— Nous devons faire profil bas, réplique immédiatement Bastian. Il ne faut pas les alerter. Je jetterai l'ancre à distance de l'île et nous prendrons le canot. J'espère que le brouillard pourra nous cacher. Vataea ?

— Oui, Cap'taine ? demande-t-elle, enjouée.

— Vous devrez nous précéder pour nous indiquer un chemin sûr. Si vous pouvez, piquez vers le versant sud, nous y serons plus en sécurité. »

Aussi loin au sud, l'eau est sûrement trop froide pour un humain ordinaire, mais Vataea n'hésite pas. À en juger par la vitesse à laquelle elle parcourt le pont et se jette dans la mer, il est clair que l'océan lui manquait. Lorsque je regarde par-dessus bord, l'extrémité rose doré scintillante de sa queue disparaît sous la surface. Il ne reste qu'une légère flaque de rose iridescent qui se mélange à l'eau trouble et finit par s'évanouir.

Derrière moi, Bastian se racle la gorge. « Vous savez, je préfère qu'on m'appelle *capitaine*. Je pense que je devrais rendre ce titre obligatoire. Comme celui de *princesse* pour Amora. »

Les sourcils de Ferrick s'arquent tandis qu'un sourire perplexe apparaît sur ses lèvres. « Bon courage. » Il claque au passage l'épaule de Bastian en me rejoignant à tribord. Il parcourt des yeux la surface sombre, à l'affût d'une trace de Vataea. Mais elle n'est nulle part en vue. Il tambourine un rythme répétitif contre le bois. Ses doigts s'arrêtent lorsque l'eau s'agite.

Vataea surgit soudainement, prête à s'étouffer au beau milieu de la mer.

« Cette eau est *dégoûtante* ! gronde-t-elle avec un regard écœuré. Que des poissons morts et des algues, j'ai encore des écailles sur les lèvres !

— Vous arrivez à sentir le maléfice ? la presse Bastian, ce qui la fait souffler d'agacement.

— Il est plus loin devant. Mais plus je progresse, pire c'est. » Sa bouche forme une grimace. « Tu m'en dois une pour ça, pirate. » À contrecœur, elle redescend sous l'eau verte. De temps en temps, elle fait émerger sa queue et la rabat doucement, traçant un chemin pour la *Grande Cale*.

Le bateau n'hésite plus à avancer. Il est agile et impatient, modifiant avec facilité sa route en direction du sud. L'air stagnant offre peu de vent et pourtant, il navigue avec toute la célérité dont il est capable.

Bastian se place au point le plus haut du navire. Il presse si étroitement le bastingage que les muscles de son bras saillent en se contractant. C'est lui qui aiguillonne le bateau. Sa mâchoire serrée et sa prise résolue signalent sa détermination.

Il ressemble à un homme prêt à affronter le monde.

Vataea nous guide vers une petite grotte formée de rochers déchiquetés par les éléments. L'endroit est enveloppé de ce même brouillard qui rend difficile de voir à plus de cent mètres devant nous. Il devrait parfaitement dissimuler la *Grande Cale*.

Je m'avance à la barre lorsque nous nous apprêtons à jeter l'ancre. Elle est lisse sous mes paumes.

Je me souviens de la dernière fois que j'ai piloté *La Duchesse* avec Père, et cela me remplit de nostalgie.

Ils me manquent. Père, Mère, et tous ceux d'Arida. Je me demande ce qui s'est passé après mon départ. J'imagine Yuriel pleurant déjà ma perte et tante Kalea en train de faire ses paquets pour déménager à Arida. Je vois mes parents criant aux soldats visidiens de se dépêcher de me retrouver. Le front de Père, plissé comme quand il est inquiet. Mère affaissée dans son fauteuil, mordillant les petites peaux autour de ses ongles tandis qu'il fait les cent pas autour d'elle.

Ces pensées déclenchent une poussée de rage inattendue. Avant de les revoir, je dois remédier aux erreurs de Père.

Je n'ai pas le droit d'échouer à Zudoh.

Maintenant, l'angoisse me serre la poitrine, comprime chacune de mes respirations, comme si j'étais de nouveau sous l'eau avec la Lusque, en train de suffoquer. J'appuie la main sur ma nouvelle arme, puis sur ma sacoche, et je me prépare.

Une main se pose délicatement sur mon épaule. Mon imagination me joue des tours et je crois d'abord que c'est Père. Mais quand je me retourne, il s'agit de Bastian.

Il se tient tout près, prend mes mains dans les siennes et les replace en bonne position sur la barre.

« Que fais-tu ? » demandé-je, en passant mes ongles sur le bois lisse. Je la voudrais plus rugueuse. Usée. Il ne s'en sert que pour sauver les apparences.

Malgré tout, le désir me chauffe les mains et diffuse une chaleur bienvenue dans ma poitrine. La chute de la température n'est plus qu'un petit désagrément.

« Vous allez nous conduire dans cette grotte. » Il pointe le doigt vers l'avant. Les rochers paraissent plus gros qu'avant, pernicieux et menaçants, avec des sommets irréguliers prêts à déchirer le bois d'un navire maladroitement dirigé.

« Nous devrions peut-être essayer dans un endroit plus ouvert ? » Je commence à m'écarter, mais Bastian m'en empêche.

« Je vous fais confiance. » Ses paroles font l'effet de minuscules brûlures sur ma peau. « Vous savez ce que ce bateau représente pour moi, et je vous fais confiance pour le piloter. Vous aussi, vous devriez croire en vous. » Il est encourageant. Insouciant. « Je vais arrêter de contrôler la *Grande Cale*, juste un moment. Si quelque chose tourne mal, je reprendrai la main. Il n'y a pas de meilleur navire pour vous entraîner à naviguer, Princesse. »

Il ôte ses mains des miennes et recule à une distance suffisante pour ne pas avoir l'air réticent.

Je lève les yeux vers l'horizon. Les rochers paraissent à la fois terriblement proches et étrangement lointains. Ma gorge se noue mais, derrière moi, je vois Bastian sourire. Même Ferrick regarde, un petit rictus aux lèvres.

« Serrez votre prise, mais ne doutez jamais de votre intuition, murmure Bastian, me faisant signe de me retourner. La clé pour être un bon capitaine, c'est de toujours se faire confiance. »

J'emplis mes poumons de brume et expire en affermissant ma prise sur la barre. Je la tourne à gauche, légèrement, et la *Grande Cale* obéit. Elle ne prend pas l'autre direction, ni ne lutte contre moi. Elle ne se moque pas de mes ordres. Elle cherche un meneur et écoute, respectueuse.

J'appuie le bout de mes doigts contre le bois, me laisse aller dans l'instant. L'univers s'obscurcit autour de moi. Tout ce que je vois, c'est la grotte en forme de crête, le danger imminent, et la *Grande Cale*.

Le monde bouge plus vite. Je modifie ma prise sur la barre pour rediriger le navire. Il obéit avec un gémissement de satisfaction ; les voiles s'emparent d'un discret souffle de vent et s'incurvent selon mon bon vouloir. Mon cœur bat à tout rompre au fur et à mesure que nous approchons et, tout bas, je répète une litanie de prières jusqu'à ce que le bateau tangue et ralentisse tandis que nous longeons l'entrée de la grotte.

Hors d'haleine, je me tourne vers Bastian dont le sourire niais reflète le mien. Il a déjà stoppé le navire et jette l'ancre pour le maintenir en place.

Mes mains tremblent sur la barre tandis que je fixe la grotte. Ma poitrine se gonfle d'une fierté qui m'ôte le souffle. Les rochers n'ont plus l'air déchiquetés, ils sont polis par la mer. Peut-être ai-je été trompée par un effet de lumière ? Ou la nervosité m'a-t-elle fait imaginer une menace plus grande que la réalité ?

« Alors, la navigation vous plaît ? » demande Bastian avec suffisance.

Je lui donne une légère tape sur l'épaule avant de l'étreindre fortement, en riant car je n'arrive pas à reprendre mon souffle et que les mots ne suffisent pas. Rien de ce que je pourrais dire ne traduirait l'immense bonheur tourbillonnant en moi, ni le plaisir de sentir le sel sur mon visage et l'air marin dans mes poumons.

Bastian le sait. Il n'a pas besoin de parler car il connaît bien cette sensation, comme le signale son sourire en biais.

Nous avons partagé une expérience que peu de gens peuvent comprendre, et elle a marqué nos esprits. La mer est une bête encore plus redoutable que la Lusque.

Il n'est cependant pas nécessaire de la diriger. Il suffit qu'elle nous fasse confiance. Qu'elle collabore avec nous, en partenaire.

J'ai fini par me faire accepter.

Ce moment est hélas de courte durée.

« N'approchez pas plus ! » Vataea sort de l'eau en haletant et se tient aux rochers. Elle tremble de tout son corps et a les yeux vitreux, comme si elle était malade. Je me précipite vers le bastingage, prête à lui jeter l'échelle.

« Que s'est-il passé ? veut savoir Ferrick, qui a accouru à côté de moi. Qu'est-ce qui ne va pas ? »

Vataea attend un moment pour reprendre son souffle, et bien qu'elle parvienne à garder son équilibre, son tremblement ne cesse pas tout à fait. « Ce n'est pas un maléfice. De l'autre côté de la grotte, il y a un fléau. » Elle se cramponne aux rochers comme à une planche de salut. Je jette un coup d'œil à Bastian, qui lance un regard furieux à l'eau, la mâchoire crispée.

Notre instant de grâce n'est déjà plus qu'un lointain souvenir.

« Est-ce qu'on peut traverser ? demandé-je à Vataea, qui me répond par un bref grognement.

— Aucune chance. C'est plus fort que tout ce que j'ai eu l'occasion de sentir avant. »

L'exaltation qui m'a envahie il y a quelques instants s'envole rapidement. Nous n'avons pas le temps de rebrousser chemin et de reconsidérer nos options. C'est maintenant ou jamais.

Je m'écroule contre le bastingage, sous le choc. Zudoh est une tache dans le lointain. Pas question d'abandonner maintenant. Pas après être allés si loin. L'air d'ici est froid, annonçant le commencement de l'automne. D'ici peu, on exigera de tante Kalea qu'elle accepte la magie des âmes. Si elle avoue la vérité, elle sera exécutée pour la trahison qu'elle a commise en apprenant la magie des enchantements. Mais si elle ment pour se protéger, elle mourra de sa double magie, et la bête exercera sa vengeance sur tout Visidia. Je dois parvenir à rejoindre Arida avant.

Vataea a réussi à se reprendre. Les lèvres serrées avec détermination, elle se coule de nouveau dans l'eau. Je me redresse en la voyant disparaître, les garçons se tendent, comme s'ils craignaient qu'elle ne s'évanouisse complètement.

Mais pas moi. Je ne m'en fais pas quand elle s'en va pour une minute, ou même cinq.

Sa queue abandonne un scintillement juste avant qu'elle n'émerge de nouveau devant les rochers de la grotte, les yeux mi-clos. Farouches.

« On ne peut pas traverser la barrière. » Elle enfonce ses ongles dans la roche comme des serres. Lorsqu'elle lève le regard vers nous, elle arbore un grand sourire. « Mais on peut passer dessous. »

CHAPITRE VINGT-QUATRE

« Tu es sûre que ça va marcher ? » Je m'attarde au bout du cordage de la *Grande Cale,* attendant avant de sauter à l'eau avec les autres. Nous avons dissimulé le bateau devant la grotte nimbée d'une épaisse nappe de brouillard gris dont l'aspect sinistre correspond en tout point à notre situation.

Le front de Ferrick se plisse d'inquiétude. « Et dire que je suis vraiment en train de vivre ça. » Il soupire, passe une main humide dans ses cheveux ondulés et les aplatit.

« La plupart des hommes donneraient leur vie pour avoir cette chance. » Vataea lève un menton provocateur.

Son rire nerveux et aigu se mêle au bougonnement de Ferrick. « La plupart des hommes *meurent* d'avoir cette chance. »

Vataea plisse pensivement les lèvres mais n'en disconvient pas, et ma respiration se bloque. Elle repousse nos craintes d'un geste théâtral de la main. « Ça marchera si nous faisons vite. Les sirènes entraînent des humains sous l'eau avec elles depuis des siècles.

— Oui, pour les tuer », marmonne Bastian. Vataea feint de ne pas entendre.

Il est inquiétant, et même plus, de lui permettre d'exercer sa magie sur nous, mais nous n'avons plus le choix.

Je repousse le cordage, et la chaleur provoquée par la poussée d'adrénaline disparaît dès que je m'enfonce dans l'eau glaciale. Il s'en faut de peu que je m'asphyxie tandis que je lutte, haletante, contre l'envie de remonter sur le bateau. Bastian et Ferrick, cramponnés aux rochers glissants de la grotte, me tendent tous les deux les mains pour m'aider à me rapprocher d'eux.

Par le sang de Cato, si l'eau est déjà aussi froide en surface, je n'ose même pas imaginer ce que ce sera quand nous aurons plongé.

« Faudra-t-il aller très bas ? demandé-je en me mordant la joue pour atténuer mes claquements de dents.

— Oui, reconnaît Vataea. La frontière du maléfice est proche, et il est profond. Nous devons nous assurer de passer en dessous à bonne distance, donc tenez-vous près de moi. Il devrait y avoir une faille dans le maléfice au bord de la rive, sans doute à l'endroit d'où il a été lancé. Mais nous n'aurons pas beaucoup de temps pour l'atteindre. »

Bastian grimace, certainement animé d'une pensée identique à la mienne : même en nageant aussi vite que possible, nous n'avons aucune certitude d'atteindre la côte à temps.

« Il n'y a vraiment pas d'autre choix ? Pas d'autre pouvoir sur la mer que tu puisses utiliser ? » questionné-je. Vataea secoue la tête.

« Rien que je maîtrise assez bien. Si à un moment je sens une ouverture, je vous ferai remonter et vous donnerai davantage d'air. Sinon, il faudra continuer à avancer. »

Ferrick fronce le nez. « Et qu'arrivera-t-il si nous avons besoin de remonter à la surface avant d'arriver au rivage ? »

C'est Bastian qui répond, le regard fixé sur les eaux troubles. « Tu seras pris dans le maléfice, et je vois mal qui d'entre nous pourra te sauver. »

Les souvenirs de mon expérience précédente avec la magie des maléfices provoquent une nouvelle vague de frissons. Les insectes grouillant autour de moi semblaient réels. Si Bastian n'avait pas été là pour me sortir de cette illusion en me parlant, je ne sais pas combien de temps je serais restée là, les membres engourdis et l'esprit paralysé par la peur.

Les paroles de Bastian ne sont rien d'autre qu'une façon de dire que si cela devait nous arriver au milieu de l'océan, nous nous noierons.

« Alors c'est tout. » Je m'efforce de me calmer pour avoir l'air de croire en notre plan. « Aucune raison de rester ici à débattre. Nous devons continuer.

— Oui, approuve Vataea. Tout ce que vous avez à faire, c'est de penser à retenir votre respiration. Quand nous atteindrons un endroit sûr, vous pourrez commencer à respirer normalement et vous vous stabiliserez. Tout le monde est prêt ? » Elle s'apprête à saisir mon épaule, mais Ferrick s'interpose.

« J'y vais en premier, dit-il d'un ton sans réplique. Juste pour m'assurer que c'est sans danger. »

Même si Vataea lève les yeux au ciel, elle n'hésite pas. Elle agrippe fermement l'épaule de Ferrick et appuie ses lèvres contre les siennes. Elle insuffle de l'air dans ses poumons et s'enfonce de plus en plus profondément dans l'eau en l'entraînant, leurs bouches toujours jointes.

Mon ventre se serre quand Vataea émerge seule.

« S'il sort, il faudra recommencer à zéro », déclare-t-elle.

Je perçois un éclair roux juste sous la surface. L'eau est trop trouble pour voir Ferrick en entier, mais lorsqu'il me touche la hanche pour montrer qu'il est là, j'ai un hoquet et enlève vivement sa main.

« Ça marche, soufflé-je en chassant Ferrick. Bastian pousse tout bas un soupir de soulagement.

— Bien. Il va bientôt commencer à descendre, indique-t-elle. Le temps joue contre nous, il faut nous dépêcher. »

Bastian s'efforce de rester calme en me regardant, mais ses dents claquent et il a les yeux plissés d'anxiété.

« On se revoit de l'autre côté, j'imagine, lance-t-il, en prenant une inspiration. Et si ce n'est pas le cas… ma foi, ce fut un plaisir de naviguer avec vous tous. Et vous Vataea, essayez de garder la *Grande Cale* plus propre que votre cabine. » Il s'abandonne à la sirène, les maxillaires contractés. Elle me jette un coup d'œil en coin et hésite l'espace d'un instant, mais je hoche doucement la tête.

Quand elle presse ses lèvres sur celles de Bastian, je suis tout de même alarmée par la douleur aiguë qui me traverse. Brutale, elle me prend tellement au dépourvu que je me détourne. Ma jalousie est beaucoup plus forte que je ne m'y serais attendue. Ce baiser n'est pas un plaisir, mais une nécessité. J'en suis consciente.

Mais par les dieux, je n'avais pas anticipé à quel point je détesterais cela.

Heureusement, Vataea agit rapidement. Lorsqu'elle refait surface devant moi, elle me saisit par les deux épaules et me fait quitter la sécurité de la grotte. Je laisse échapper un souffle en sentant ses doigts froids sur mon cou.

« Détendez-vous, m'enjoint-elle en relâchant sa prise. Plus vous respirerez calmement, plus vous tiendrez longtemps en bas. »

J'acquiesce, et sans me laisser une seconde de plus pour me préparer, elle pose ses lèvres sur les miennes. La mer les a mouillées et le sel les a rendues granuleuses, mais elles restent d'une invraisemblable douceur. Un vertige me saisit alors qu'elle m'entraîne sous l'eau, nos bouches toujours scellées l'une à l'autre, avant que je ne puisse reprendre mes esprits.

Je n'ai plus froid ; mon corps est inondé de chaleur, un peu comme si elle m'avait insufflé de la vie.

Je retiens ma respiration en fermant les paupières de toutes mes forces tandis que nous nous enfonçons toujours plus bas.

Je ne respire que quand ses mains quittent mes épaules, et je m'équilibre. Bien que cela pique un peu, j'ouvre les yeux et je trouve l'eau bien plus claire qu'elle ne devrait l'être. C'en est même inquiétant. Vataea ne nous a pas seulement donné une respiration ; elle nous offre un aperçu du monde dans lequel elle vit.

Ça ne ressemble à rien de ce que j'ai pu voir auparavant. Loin en dessous de moi, des anguilles vert fluorescent se camouflent entre des rochers dentelés, prêtes à attaquer. Des petits bancs d'étranges poissons plats nagent au loin en direction de l'est. Quelque chose d'une taille monstrueuse se tapit au plus profond des ombres, et mon instinct me dit de ne pas m'aventurer à proximité. La Lusque n'est pas le seul monstre à habiter ces eaux.

Bien que ces créatures présentent des couleurs plus vives et des contours plus nets, je ne fais pas que les voir : je les *sens*, comme si j'étais l'océan lui-même.

Je tourbillonne jusqu'à Vataea qui tend sa main vers moi. Elle affiche un sourire entendu, comme si elle comprenait parfaitement mon émerveillement. Je me demande si c'est ce qu'elle a ressenti la première fois qu'elle a posé le pied sur terre ; la sensation de se retrouver dans un autre monde. De comprendre soudainement qu'il y a tellement plus de choses à l'extérieur que nous ne le pensions.

Je prends sa main et me laisse entraîner, consciente que ce n'est pas le moment d'être distraite, mais regrettant de ne pas avoir tout mon temps pour simplement explorer.

Vataea va trois fois plus vite que nous. Je nage aussi rapidement que possible derrière elle, mais d'après son front plissé et les battements contrariés de sa queue, il est clair que nous n'avançons pas aussi vite qu'elle le voudrait. Chaque coup de queue la propulse en avant d'un mètre alors que nous autres n'avons que nos pieds.

Même si j'ai toujours pensé être une bonne nageuse, on ne peut pas comparer le barbotage d'Arida à cette plongée sous-marine. Alors que Vataea n'a que sa queue, nous sommes habillés et armés, ce qui nous ralentit.

Je ne sais pas du tout à quelle profondeur nous nous trouvons, mais d'après les pulsations qui martèlent mes oreilles et mon crâne, il vaut sans doute mieux ne pas trop se poser la question.

À mon grand étonnement, Ferrick est le plus rapide de nous trois. Même avec le poids supplémentaire des vêtements pour Vataea qu'il a attachés à sa ceinture, il ralentit de toute évidence ses mouvements pour demeurer tout près de moi. Et, alors que je m'attendais à ce que Bastian soit bien plus vif, on voit qu'il passe plus de temps au-dessus de l'océan que dedans. Il se démène manifestement autant que moi, les biceps gonflés par l'effort qu'il fournit pour accélérer.

Bien que les premiers signes d'épuisement commencent déjà à se manifester, j'en fais autant et utilise plutôt mes jambes que mes bras. Mais lorsqu'une ombre passe et qu'une eau froide me frôle le dos, je me jette contre Bastian et essaie d'attraper ma dague. Surpris, il me saisit par la taille, et nous levons tous les deux les yeux.

Au-dessus de nous ondule une colonie de raies zapa géantes. Si je ne retenais pas déjà mon souffle, cette vue me l'aurait ôté.

Elles se déplacent avec une grâce inimitable, leurs nageoires ressemblent à de délicates ailes qui fendent l'eau comme si elles planaient. Chacune mesure au moins trois fois ma taille. Imposants et magnifiques, leurs corps soulignés d'un bleu éclatant étincellent quand elles nagent et donnent l'impression qu'elles sont parcourues d'électricité, alors qu'en réalité, elles font partie des créatures marines les plus pacifiques.

Devant nous, Vataea attend, visiblement soucieuse. Nous devons aller plus vite, mais jamais Bastian et moi ne serons assez rapides. Du moins pas ainsi.

J'attrape le poignet de Bastian et le tire vers le haut. Il proteste en secouant la tête, le front plissé, mais ce n'est pas le moment de discuter. Je le tire de nouveau, jusqu'à ce qu'il me suive à contrecœur.

Quelle que soit la force de mes impulsions, mes pieds n'auront jamais la puissance d'une nageoire. Si nous voulons traverser, il va falloir en emprunter une.

Les raies zapa ne manifestent aucune peur. Mieux, certaines s'approchent plus près, s'inclinent et nous entourent avec curiosité. Je pose doucement mes mains sur l'une d'elles, les doigts à plat sur son dos caoutchouteux.

Sans crainte, elle reste.

Quand Bastian comprend ce que je suis en train de faire, ses yeux s'écarquillent de surprise. Il ralentit pour se diriger vers celle qui se trouve derrière moi, se place le plus près possible au-dessus d'elle jusqu'à ce qu'il puisse la saisir doucement. Leurs corps sont si glissants qu'il faut un bon moment pour trouver comment s'accrocher en toute sécurité.

Je me penche sur ma monture, caressant sa peau.

D'en bas, Vataea sourit. Elle pousse Ferrick vers le haut pour qu'il nous rejoigne, puis se positionne de face devant les raies zapa. Ses yeux ressemblent à de l'or en fusion tandis qu'elle ouvre ses lèvres.

Elle chante cette fois une chanson douce, tendre et légère. Les raies y répondent par un lent bruissement de nageoires. Elle se dirige vers la droite, lentement tout d'abord, et elles la suivent.

Ce ne sont sans doute pas les animaux marins les plus rapides, mais chargés de vêtements en excédent et de lourdes armes comme nous le sommes, elles vont plus vite que nous ne le pourrons jamais. Et, par la lame de Cato, elles sont splendides.

Coincée toutes ces années à Arida, voilà ce qui m'a manqué.

Nous n'avons pas l'impression de nager mais de voler. De planer à travers l'eau, légers comme l'air. Chaque mètre parcouru nous offre une vague de couleurs nouvelles. L'intuition que des créatures inconnues se trouvent là, tout près. Une bouffée d'aventure.

Vataea conduit la colonie avec une subtilité que je ne peux m'empêcher d'envier. Volumineuses comme elles le sont, et nageant à une vitesse deux fois plus importante que je ne pourrais le faire, la distance est rapidement couverte. Nous approchons manifestement de Zudoh : l'eau prend une teinte bleu marine, sombre et trouble, des paquets de varech me giflent le visage et cherchent à s'enrouler autour de mes poignets et de mes chevilles. Nous heurtons ce qui ressemble à un mur de poissons morts : certains remontent à la surface tandis que d'autres demeurent sous l'eau, leur peau se détachant peu à peu. Vataea cesse son chant. Les raies zapa s'arrêtent, elles ondulent comme dans une danse synchronisée. Je quitte le dos de la mienne et passe la main le long de son doux flanc, un remerciement silencieux. L'une de ses imposantes nageoires m'effleure la joue, et les voilà parties vers l'est dans la direction de Suntosu.

Cette eau répugnante me pique les yeux et j'ai du mal à distinguer les autres. Je sens une main entourer la mienne, large et calleuse. Bastian.

Du plomb me coule dans le ventre, refroidit mon corps et accentue le besoin de respirer. Je tiens solidement la main de Bastian, car si je ressens déjà ce besoin, il doit être encore plus pressant chez lui.

Notre temps est presque écoulé.

Bastian me pousse en avant, détachant nos mains. La terreur me serre la gorge et rend mes mouvements frénétiques. Désespérés.

Je nage aussi vite que je le peux, battant des jambes si fort qu'elles me brûlent et forçant tellement sur mes bras qu'ils ne bougent plus que par automatisme, totalement engourdis. J'ai la gorge en feu, les sens émoussés ; autour de moi l'eau s'assombrit. Des algues me lèchent les talons et du varech comprime mes membres, essayant de les ralentir.

J'ignore totalement si Bastian est toujours derrière moi, et où sont Ferrick et Vataea, mais je ne m'arrête pas. Je force, car à présent que je me bats pour atteindre la surface, mes poumons réclament impérativement de l'air. Mais au moment où du sable m'érafle les genoux et que nous pensons être au bout de nos peines, Vataea attrape ma main. Elle me tire en arrière, la bouche ouverte et les yeux agrandis par la panique.

Ferrick est derrière elle, sa respiration déclinante fait battre ses paupières. Bastian me saisit la main et tente de la dégager de celle de Vataea, mais la sirène secoue farouchement la tête et nous désigne le rivage.

Mon cœur bascule quand je commence à comprendre : la barrière est continue. Ils l'ont attachée à leur rivage. Nous ne nous y attendions pas car cela signifie que les Zudonais, eux aussi, subissent ce maléfice. Ils n'ont même pas accès à leur propre mer.

Si nous émergeons maintenant, même arrivés au bord, nous serons piégés.

Vataea tourne la tête, fouillant les alentours de ses yeux dorés remplis de terreur. Tremblante, elle lève les mains et de ses lèvres sort ce qui ressemble tout d'abord à une chanson, mais se transforme rapidement en quelque chose de brutal et menaçant. Elle psalmodie, le temps qu'une mince perle d'eau tournoie dans sa paume, essayant d'invoquer la mer. Mais celle-ci ne l'écoute pas.

Quand Ferrick ouvre la bouche, et que de l'air sort en bouillonnant, l'épouvante me saisit et tout espoir me quitte. Ma gorge se serre.

Se serre.

Se serre.

L'océan a déjà essayé une fois de me réclamer et je lui ai échappé. Cette fois, je n'aurai pas cette chance. Des taches sombres envahissent mon champ de vision tandis que l'eau m'entre dans le nez et la gorge. D'instinct, j'ouvre la bouche, je m'étrangle.

La dernière chose que je vois est le visage horrifié de Vataea et l'eau qui tournoie dans ses mains. Elle chante plus fort, et on dirait qu'elle crie sur la mer elle-même, mais l'eau avale et déforme le son sur lequel j'essaie de me concentrer.

J'ai de l'eau plein les yeux. Le nez. La gorge et les poumons.

Puis soudain... plus du tout.

L'air qui m'entoure, tant attendu, me fait suffoquer, et pas seulement moi. En crachant de l'eau, je cligne des paupières et ouvre les yeux. Je vois Ferrick et Bastian faire de même. Ils décompressent leurs poitrines et leurs gorges à vif, les yeux striés de sang.

Je voudrais me poser sur le sable pour sécher mon corps gelé, mais nous sommes toujours dans l'eau, dans la bulle d'air qui s'est formée autour de nous. Je secoue la tête et les bras pour me débarrasser du varech tandis que Vataea nous pousse vers l'avant en psalmodiant tout bas des paroles tranchantes comme une dague.

Un sang abondant coule de son nez mais elle continue de pousser jusqu'à ce que nous sentions le sable sous nos pieds et que nous soyons remontés à la surface, protégés par l'étrange poche d'air qu'elle a créée dans l'océan.

Nous tombons sur la plage. J'atterris les genoux en avant et l'impact brutal remonte le long de ma colonne vertébrale. Je ravale une plainte et enfonce mes poings dans le sable. Vataea est face à moi, des jambes ont remplacé sa queue. Ferrick détache de sa ceinture une tunique détrempée et la lance dans sa direction.

Il récite tout bas des prières d'une voix entrecoupée, tandis que Bastian se jette sur le sable.

« Je croyais que votre pouvoir sur la mer était rouillé, dit-il d'une voix éraillée entre deux respirations irrégulières, le corps secoué de spasmes.

— Il l'est. » Les mains de Vataea tremblent tandis qu'elle essuie le sang sous son nez et l'examine en grimaçant.

J'éprouve un élan de gratitude envers elle. Il aurait été tellement plus simple de nous abandonner dans l'eau. Sans son aide, nous serions sûrement morts. Mais après le combat contre la Lusque, quelque chose a changé entre nous quatre. Je crois en eux, et j'ai l'impression qu'ils commencent à se faire confiance aussi.

C'est comme si nous devenions un véritable équipage.

« Quand nous arriverons à Arida, lui annoncé-je en me laissant tomber sur le dos, aspirant l'air comme si j'allais en manquer, j'organiserai un buffet en ton honneur. Tu auras autant d'or et de mets qu'il te plaira. Merci. »

Des grognements approbateurs suivent mes paroles, et je regarde Vataea à la dérobée. Elle a tourné son visage vers le ciel gris et pousse un soupir de soulagement. L'amorce minuscule d'un authentique sourire danse sur ses lèvres.

Une fois de plus, je ne peux m'empêcher d'être reconnaissante de l'avoir à nos côtés.

CHAPITRE VINGT-CINQ

Alors que les rues d'Ikae sont pavées de verre et que celles de Kerost se composent de ciment fissuré et de cailloux, nous sommes accueillis sur Zudoh par d'imposantes montagnes grises et des grottes de calcaire qui s'étirent le long de la plage et loin dans les terres. Par chance, l'endroit semble déserté depuis longtemps, il n'y a donc personne pour assister à notre arrivée. Pas même un oiseau dans le ciel pour nous saluer.

Je serre étroitement les bras autour de moi pendant que nous marchons le long du rivage, après nous être arrêtés pour reprendre notre souffle. Un air glacé et humide mord ma peau couverte de mes vêtements encore détrempés, et je frissonne. À quelques mètres devant nous se dresse une bâtisse recouverte de verre réfléchissant qui me fait un clin d'œil dans la lumière du soleil à mesure que la brume grise se disperse. Je jette un coup d'œil à mon reflet. Le bâtiment, le plus grand que j'aie jamais vu, est blanc et élégant, avec d'étranges panneaux au-dessus du toit.

Il a dû être beau un jour, mais ses poutres blanches sont maintenant recouvertes d'une couche gris clair et de traces de brûlures. Plusieurs fenêtres brisées ne révèlent qu'une pénombre vide à l'intérieur. Sur le toit, presque tous les panneaux sont tordus et menacent de tomber sous peu, tandis que la porte d'entrée calcinée penche sur ses gonds.

« Quel est cet endroit ? » demandé-je. Mon souffle s'est transformé en vapeur dans l'air glacé. Par le sang de Cato, il fait froid comme en plein hiver, ici.

Bastian regarde d'abord le bâtiment, puis l'étendue infinie de sable qui nous entoure. D'épais sillons d'inquiétude creusent son front.

« C'était un atelier, dit-il d'une voix fêlée qui tient plus du murmure. Nous fabriquions des médicaments et des charmes de protection, et nous concevions de nouveaux matériaux avec le bois de nos arbres… » Il fait le geste de nous les montrer, mais ses paroles meurent rapidement. Il n'y a presque aucun arbre, et les rares qui restent sont à moitié carbonisés.

Il dirige son regard de l'autre côté, vers des quais vides. Les planches de bois qui ont échappé au feu pourrissent dans l'eau, déformées pour la plupart. À chaque rafale, le bois grince avec un désespoir que Bastian partage.

« Ça ne devrait pas être comme ça. »

Le sable de Zudoh n'a pas une couleur blanche ou dorée, mais grise. Plus il avance vers l'eau et plus il devient sombre. La mer a formé un mince anneau semblable à du goudron près de la limite de marée basse, et des algues pourries s'accrochent au rivage, vertes et croûteuses comme du sang séché. Je grimace en pensant que nous y avons nagé et que c'est ce qui alourdit mes cheveux et mes vêtements.

J'essaie de ne pas regarder l'amas d'ossements éparpillés sur le sol, trop gros pour appartenir à un animal, quel qu'il soit. Aucune trace de peau ou de muscles ; il y a belle lurette que vers et charognards ont nettoyé les os, il est juste parsemé de bouts de corde effilochés et de copeaux.

« Comment était-ce, avant ? » questionné-je, toujours à voix basse. L'endroit est silencieux, mais cela ne signifie pas qu'il soit sûr.

« C'était magnifique, affirme-t-il. Un sable blanc et brillant. Aussi éclatant qu'à Ikae. Les gens étaient heureux. Il y avait des arbres partout, même sur le sable. »

En examinant le sol gris, je réalise que ce n'est pas uniquement sur du sable que nous marchons, mais aussi de la cendre.

Cette partie de Zudoh a été entièrement brûlée.

Bastian s'accroupit, en ramasse une pleine poignée, l'étudie, referme le poing autour. Je comprends ce qu'il ressent. Il est né ici, et bien qu'il soit parti il y a bien des années, il se sent encore chez lui à Zudoh. S'il arrivait quelque chose à Arida pendant mon absence, je ne me le pardonnerais jamais.

Même l'océan fait silence, à peine plus qu'un murmure à mes oreilles. Ce qui d'habitude me rassure, ici, me glace les sangs, me hérisse les poils de la nuque et me rend paranoïaque.

Où sont les gens ? Les animaux ? La *vie* ?

« Il n'y avait presque aucun poisson vivant dans l'eau », dit Vataea. Je frémis à l'évocation des écailles gluantes et des poissons en décomposition à travers lesquels nous avons nagé. « C'est probablement pour cette raison que la Lusque a attaqué. Les légendes ont toujours raconté qu'elle aimait rôder dans les eaux froides près de Zudoh, mais si elle n'y trouve plus rien à manger…

— Alors elle commence à chercher ailleurs. » Bastian soupire. « Il n'est pas question que mon peuple vive éternellement ainsi. Nous devons régler ça.

— Et nous allons le faire, affirmé-je, sans ressentir le besoin de toucher la terre pour savoir ce qu'elle a enduré. Tu disais qu'il y avait des arbres, avant ?

— Des centaines, confirme Bastian. Seulement ils ont… tous brûlé.

— Pas tous. » Ferrick s'avance et indique le côté sud de l'île. Je regarde dans cette direction, clignant plusieurs fois des yeux pour m'assurer que je ne suis pas victime d'une hallucination. À deux kilomètres d'ici environ, une ligne d'étonnants bouleaux blancs s'étire à travers l'île comme un mur.

« C'est dangereux par là, prévient Vataea. Je sens davantage de maléfices.

— Alors c'est bien le chemin qui mène à Kaven. » Bastian se raidit, la détermination durcit son regard. « Nous devrions nous mettre en route. »

Quelque chose dans cette forêt éveille ma magie et la rend curieuse. Elle me presse d'avancer, me murmure de me diriger vers les arbres. Mais Vataea ne bouge pas. Au lieu de cela, elle tourne un visage impassible vers les montagnes de calcaire escarpées en face de nous, où une caverne polie par la mer s'est formée au bord de la plage.

Elle incline la tête de côté, me demandant silencieusement de la suivre tandis qu'elle commence à marcher dans cette direction. Ses yeux perçants scrutent l'espace. Or, il n'y a rien de plus que quelques rochers à flanc de montagne.

Je jette un regard en arrière. Le soleil a tout de même fini par faire son apparition, mais nous sommes déjà en fin d'après-midi. Nous n'avons pas la moindre idée d'où se trouve Kaven, ni du temps que va nous prendre notre voyage à travers Zudoh, et nous déplacer de nuit en territoire inconnu est la dernière chose dont nous ayons besoin. Surtout en étant mouillés, frigorifiés et accompagnés d'un pirate qui se sent de plus en plus malade lorsqu'il est loin de son bateau.

« Nous devrions continuer. » Je prends doucement le bras de Vataea.

Elle hésite l'espace d'un instant, le regard toujours fixé sur la cavité, puis finit par céder. Alors que nous effectuons un demi-tour pour partir, un étrange piaillement retentit derrière nous. Je chancelle, dague en main, mais je ne vois rien, hormis des graviers et des pierres géantes.

« Il y a quelqu'un ? » crié-je, en essayant de voir derrière les pierres et dans la montagne.

Après le *Barracuda,* plus rien ne pourrait me surprendre.

Zudoh répond par un silence troublant, comme si elle retenait son souffle et attendait notre départ. Une sensation de malaise m'envahit, mes bras se couvrent de chair de poule.

Comme le bruit ne se reproduit pas, je risque un regard vers les bois, persuadée de n'avoir affaire qu'à un oiseau inconnu. Je tiens tout de même ma dague prête.

Alors que nous nous éloignons, le piaillement se fait de nouveau entendre. Sauf qu'en réalité, il s'agit d'étranges paroles confuses.

« N'entrez pas ! articule quelqu'un, puis les mots sont tout de suite étouffés, une fois de plus.

— Tais-toi, espèce de cervelle d'oiseau ! » La voix est incontestablement féminine.

Cela attire mon attention vers le coin de la caverne où de minces colonnes de calcaire constituent une paroi. Derrière elles, caché dans le coin le plus éloigné, presque invisible au-delà des stalagmites et d'une formation rocheuse, un jeune garçon pointe son nez hors de la pierre. Il se tient là, mais à peine une seconde plus tard, une main pâle lui baisse la tête.

« Je t'ai vu ! » dis-je. Une fois encore, seul le silence me répond.

Près de moi, Vataea lève les yeux au ciel. Elle ne perd pas de temps pour réduire la distance qui nous sépare des enfants, rampe sur les pierres humides et, à plat ventre, jette un regard scrutateur entre les stalagmites.

« Où est ton village ? » demande-t-elle.

Découverte, la jeune fille dissimulée derrière les rochers se met sur ses pieds pour regarder Vataea bien en face. Malgré son jeune âge, dans les 13 ans à peu près, son visage pâle constellé de taches de rousseur est déjà endurci et ses yeux farouches.

« Pourquoi tu veux le savoir ? » Des paroles éruptives, tranchantes, implacables. « Pour tout brûler ? »

Le visage de Vataea se crispe et elle se contorsionne pour sortir des rochers. Je ne sais comment elle arrive à le faire de façon élégante. « Le feu n'est pas précisément ma méthode préférée pour détruire des villages. Mais si tu veux entendre une chanson... »

L'enfant serre ses poings tremblants. À côté d'elle, un garçon encore plus jeune qu'elle se lève. Il a des cheveux si clairs qu'ils paraissent presque blancs et détonnent avec sa peau olive. Il courbe un peu les épaules en la regardant, hésitant à parler.

« Je crois qu'ils ne sont pas là pour nous faire du mal, Raya... »

Celle-ci tourne la tête et retrousse des lèvres moqueuses, mais il ne recule pas.

« Ils ne sont que quatre, insiste-t-il. S'ils nous voulaient du mal, ils auraient une flotte avec eux. Et clairement, ils nc font pas partie des troupes de Kaven. »

Raya pince les lèvres, comme pour évaluer la justesse de ses dires. Même si cela ne l'apaise pas vraiment, ses poings se relâchent et l'hostilité de sa voix s'atténue. Ses yeux passent de Vataea à moi, nous jaugeant.

« Qui êtes-vous ? demande-t-elle. Et que faites-vous ici ? »

L'île n'est plus silencieuse. Des pas font jaillir du sable derrière moi, Bastian et Ferrick s'avancent avec un regard d'avertissement, les mains serrées sur leurs armes, prêts à réagir.

Les enfants reculent imperceptiblement à leur approche, et Raya pousse le garçonnet derrière elle. Tous les deux fixent Bastian bouche bée, les yeux démesurément agrandis, comme s'il les avait menacés. Le visage de Bastian se crispe. Il fait un rapide pas en arrière et enlève la main de sa lame.

« Nous ne sommes pas là pour vous combattre, les rassuré-je. Je suis Amora Montara, la princesse de Visidia. »

Bien que Raya blêmisse, elle ne fait pas mine de se détendre ou de nous livrer ses pensées. Mais le petit garçon ne montre pas la même réticence. Il porte ses mains à sa bouche avec un hoquet et donne à Raya un coup de coude. Elle repousse sa main, sans tenir compte de lui.

« Vous n'avez pas dit ce que vous êtes venus faire ici. » Raya respire avec peine en s'efforçant de bomber le torse et de feindre le calme. Mais elle ne cille pas et sa poitrine palpite.

Je rengaine mon arme et me rapproche pour ne laisser que les rochers entre nous.

« Nous sommes venus pour vous aider, lui dis-je. Pour stopper Kaven. »

Le garçon ôte ses mains de devant sa bouche et amorce un demi-tour.

« Ari... », gronde Raya en signe de protestation, se livrant toujours du coin de l'œil à un examen minutieux de Bastian. Ari repousse la main que Raya a posée sur son épaule puis s'accroupit.

« Ce n'est pas sûr pour vous, ici, déclare-t-il. Même pour parler. Kaven a des yeux partout ; il sait sûrement déjà que vous êtes là. Vous n'auriez pas dû être capables de franchir la barrière. » Il nous fait signe d'avancer, comme s'il attendait de nous que nous grimpions plus haut dans les rochers et que nous nous faufilions entre les stalagmites pour les rejoindre, lui et Raya, dans leur petite crevasse.

« Ne touchez pas à celle-ci. » De la tête, il nous désigne précisément la pierre contre laquelle il appuie ses petites mains. « Zale lui a jeté un maléfice pour être sûre que personne ne trouverait l'entrée. Si vous ne savez pas à quel endroit il faut le toucher, vous serez pris au piège jusqu'à ce que vous ayez oublié ce que vous êtes en train de faire. »

Il glisse ses doigts dans une fente minuscule et pousse la pierre de côté, révélant une mince ouverture qu'il nous invite à emprunter.

« On va vous conduire à notre camp, poursuit-il, la voix basse et pressante. Vous pourrez parler à Zale. »

Ferrick me jette un regard, attendant ma décision. Les doigts de Bastian martèlent sa cuisse à un rythme rapide et nerveux. Mais je ne partage pas leur réticence flagrante. Même s'il est possible que nous nous dirigions vers un piège, je me fie à l'urgence dans le ton du garçon et à la contrariété manifeste de Raya qui attend que j'avance, en désaccord avec ce qui se passe, mais l'acceptant par nécessité.

Sa prudence rageuse suffit à me convaincre. J'escalade les rochers, me mets à quatre pattes et rampe dans l'obscurité.

L'air est stagnant et humide, presque suffocant dans cet espace étroit. Il me comprime les poumons, le sol froid me déchire les paumes et les genoux. Les autres se trouvent juste derrière moi.

« Tout le monde va bien ? » m'enquiers-je.

Bastian répond par un rire voilé. « Tout va pour le mieux. J'ai une belle vue d'ici. »

Il ne peut pas le remarquer, mais mes yeux me sortent presque de la tête tant mes joues sont brûlantes. S'il y avait un peu plus de place, je me serais retournée pour lui mettre une tape sur l'épaule.

« Profites-en pendant que tu peux, pirate. »

Heureusement, au bout de quelques minutes les parois s'écartent et l'espace s'élargit. Nous montons vers les profondeurs de la caverne et désormais, nous pouvons nous tenir debout. De précaires stalactites pendent de la voûte.

Sous la surface de l'eau autour de nous, des créatures lumineuses semblables à des méduses circulent. Elles brillent à travers le courant sombre dont la lueur verte éclaire les murs de pierre.

« Quel est cet endroit ? » J'ai le souffle coupé en admirant les petites créatures. À mes pieds, une minuscule salamandre pourvue de longues ouïes sur le cou s'enfuit de sa cachette et plonge loin de nous, vers le coin opposé de la caverne.

À la dérobée, je scrute attentivement Bastian dont la poitrine monte et s'abaisse sur un rythme saccadé. Il inspecte la grotte, les lèvres serrées et les yeux brillants. Le rivage de Zudoh tient du désert calciné, mais cette caverne est l'image même de la beauté préservée. Un petit aperçu de son foyer tel qu'il se le remémore.

« C'est magnifique », lui dis-je.

Il cligne rapidement des yeux et opine, la gorge frémissante.

« Je croyais connaître chaque centimètre carré de cette île, murmure-t-il, la voix assourdie. Mais les dieux en soient loués, je me trompais. »

Je lui donne une claque sur l'épaule et la serre, juste une fois, sûre que nous y voyons le même signe : certes, Zudoh souffre, mais cette île a encore de l'avenir. Si un endroit tel que celui-là existe, il y a de l'espoir.

Mais en dépit de cet espoir, chaque pas que fait Bastian lui courbe un peu plus les épaules. Pendant que les autres poursuivent leur marche, j'y pose une main. « C'est ce que tu voulais, n'est-ce pas ? Nous y sommes enfin. »

Son regard rencontre le mien pendant une fraction de seconde, et il esquisse un petit hochement de tête contraint. « Ça fait longtemps maintenant. Je ne suis… pas sûr que quelqu'un me reconnaisse. Ou qu'il reste quelqu'un que *je* pourrais reconnaître. J'étais si jeune.

— Pour l'instant, tout ce qui compte est de tirer le meilleur parti du temps que nous passons ici. » Je souris, attendant qu'il fasse de même, mais sa mâchoire est crispée et ses épaules raides.

« Amora, il faut que tu saches…

— Par là ! » crie Ari en se précipitant vers nous. Nous sursautons tous les deux. Je me retourne vers le pirate pour qu'il finisse sa phrase, mais il a fermé hermétiquement la bouche et me fait signe d'avancer.

« Il faut continuer. » Avant que je puisse l'en empêcher, il accélère pour rattraper les autres.

J'aimerais insister mais je décide de lui laisser le temps de trouver comment formuler ce qu'il veut dire, quoi que cela puisse être. De retour chez lui pour la première fois depuis des années, je n'ose même pas imaginer par quelles émotions il passe.

« Notre village a été détruit, m'informe Ari tandis que je les rejoins, essayant de passer outre la volonté manifeste de m'ignorer qu'exprime Bastian. Mais certains d'entre nous ont pu monter un nouveau campement. Il est secret, et nous ne sommes pas censés le quitter, mais… » Sa voix s'étrangle.

« Mais Ari et moi, nous nous glissons dehors, des fois, pour aller en reconnaissance », complète Raya. Elle montre le flanc d'Ari d'un signe de tête, et celui-ci soulève son manteau, révélant un minuscule télescope argenté. « Nous avons vu votre bateau. Il n'y a que sur Zudoh qu'on trouve un bois pareil. Si ce navire avait appartenu à Kaven, nous voulions prévenir nos familles. Et puis nous vous avons vu jeter l'ancre, très loin. Des Visidiens qui s'échouent sur le rivage, c'était la dernière chose à laquelle on s'attendait. »

Ses yeux se plissent de colère. Chaque fois qu'elle me regarde, c'est comme si elle examinait mon âme et n'approuvait pas ce qu'elle y voyait. Elle n'a pas un visage doux, il est crispé autour de sa mâchoire saillante. Toute jeune qu'elle soit, le monde l'a endurcie.

Cela n'aurait jamais dû arriver.

« Est-ce que Zale est la responsable ici ? » demandé-je, le ton toujours bas. Cet endroit semble presque sacré, un havre de paix destiné à demeurer paisible.

Ari se tord les lèvres et réfléchit à la question, le front barré d'une douzaine de plis. Il finit par soupirer. « De ce côté, oui. Mais l'autre appartient à Kaven. Comme je le disais, on n'est pas supposés y aller. »

Du coin de l'œil, je vois Bastian serrer les poings. Ils tremblent.

« Il faut dire à Zale que vous allez nous aider, déclare impérieusement Ari. Vite ! Elle va être tellement contente… Allez ! »

Il bondit en avant, vers la sortie de la caverne, comme l'indique la lumière du soleil. Tout ce que je parviens à apercevoir, c'est l'eau qui alimente des rivages herbeux vert émeraude, et si je plisse les yeux, de vagues silhouettes en mouvement.

« Restez sur vos gardes », conseille Ferrick, bien que je ne détecte aucun danger. Je me sens sereine mais je vérifie tout de même que ma sacoche est bien attachée sur ma hanche.

Une douzaine de personnes se précipitent dans ma direction quand nous sortons de la caverne. Contrairement à moi, elles n'hésitent pas à sortir leurs armes.

CHAPITRE VINGT-SIX

Je résiste de toutes mes forces pour ne pas dégainer ma nouvelle dague. La sueur perle sur mon front à la vue de douzaines de visages effrayés, mais déterminés.

Les villageois qui me font face brandissent des armes inconnues : des haches doubles reliées par une chaîne noire, des bâtons blancs lisses, et même d'étranges tubes dégageant une fumée qu'il vaut apparemment mieux ne pas inhaler.

Ari et Raya se mettent devant moi.

En voyant les enfants, un éclair d'inquiétude et de colère passe dans le regard d'une femme.

« Qu'est-ce qui vous a pris d'amener des gens ici ? » gronde-t-elle. Les coins de ses yeux se plissent en nous détaillant, elle s'attarde sur les armes que nous portons à la hanche. Ce qu'elle voit ne semble pas l'inquiéter.

Bien que cette femme paraisse seulement âgée d'environ 10 ans de plus que moi, elle a la peau blafarde et flétrie. Une longue tresse de cheveux noirs lui descend sur l'épaule jusque sous la poitrine. Ses yeux tombants, d'une couleur ambrée, se rétrécissent et se livrent à un examen minutieux.

Elle tient sa hache d'une poigne ferme, sans trembler.

« Ils vont nous aider », déclare Ari d'un ton pressant, en faisant signe aux autres de baisser leurs armes. Ils l'ignorent.

« Nous ne sommes pas là pour faire du mal à qui que ce soit », dis-je tandis que Vataea, Bastian et Ferrick se déploient autour de moi. Tous ici parlent en murmurant et je m'applique à faire comme eux afin de ne pas les énerver davantage. « Nos armes, tout comme les vôtres, servent à nous défendre. Nous ne les sortirons que si on nous y oblige, mais j'espère sincèrement que nous n'en arriverons pas là. »

La femme inspecte Ferrick et Vataea en plissant encore plus les yeux. Ils se tiennent près l'un de l'autre, les mains levées en signe d'apaisement. Ensuite c'est au tour de Bastian, et un éclair de surprise passe dans son regard. Elle tressaille et il en fait autant, rentrant les épaules comme pour disparaître en lui-même.

« Je te reconnais, chuchote-t-elle. N'est-ce pas ? Par les dieux, tu ressembles à...

— Je vivais ici avant, la coupe-t-il rapidement. Mais c'était il y a bien longtemps. » Ses mains se remettent à trembler et il incline la tête vers moi, détournant rapidement l'attention de lui. « Nous sommes tous venus pour tenter de vous aider. Voici la princesse de Visidia, Amora Montara. Elle ne savait absolument rien de l'état de Zudoh jusqu'à maintenant. »

L'incrédulité se peint sur leurs traits. « Comment la princesse pourrait-elle ne pas savoir ce qui se passe à Zudoh ?

— Je me pose la même question, riposté-je. Mes parents ont réussi à cacher à tout le monde le sort de Zudoh, et pas seulement à moi. Si vous baissez vos armes, je vous dirai tout. Nous voulons vous prêter main-forte. » Je fais attention à ne pas paraître autoritaire, consciente qu'énerver quelqu'un qui pointe une arme sur moi ne serait pas très judicieux. « Nous sommes ici pour discuter du retour de Zudoh au sein du royaume.

— On les a trouvés sur le rivage, précise Raya, ignorant le regard de la femme aux cheveux noirs. Ils allaient entrer dans la forêt.

— Comment avez-vous fait pour pénétrer sur Zudoh, d'abord ? nous interpelle Zale. Personne ne peut entrer sans que Kaven ne le permette. »

Je montre mes cheveux gluants d'algues et de matière organique. « Si nous étions invités, je vous assure que nous serions un peu plus présentables. Prenez la peine de regarder mes cheveux. Ma tenue. Nous avons traversé à la nage un mur de poissons morts pour arriver jusqu'ici. »

Zale a un moment d'hésitation, même si ses épaules se relâchent un peu en me voyant enlever un œil de poisson de mes boucles aplaties. Elle fronce le nez puis fait signe à ceux qui se trouvent derrière elle de se détendre.

Quand ils baissent leurs armes, Ferrick pousse un soupir exprimant tant de soulagement que la femme semble légèrement moins crispée. Elle me tend la main.

Je m'empresse de la saisir. Rêche et abîmée, elle me fait prendre conscience de la douceur de la mienne.

« Vous pouvez m'appeler Zale », propose-t-elle en me faisant signe de la suivre en direction du camp. Bien qu'Ari essaie de ralentir son allure pour rester en arrière, Zale le trouve tout de même et lui jette un regard si dur que le garçon tressaille.

« Même si c'était un dieu que tu trouvais en train d'errer sur le rivage, je m'en moque, le réprimande-t-elle. Ne t'avise plus d'amener quelqu'un ici. »

Ari me jette un coup d'œil et je m'excuse d'un bref haussement d'épaules.

Le camp est plus grand que je ne m'y attendais, et nettement plus prospère. De l'autre côté de la caverne, l'aspect de Zudoh telle que nous l'avons découverte à notre arrivée faisait l'effet d'une cruelle tromperie.

Ici, le sable est d'un blanc brillant, l'herbe verte et luxuriante, et des rangées entières de grands arbres se dressent. Ils ont la même couleur que des bouleaux mais sont bien plus massifs, et leurs épaisses racines sillonnent la terre, tels d'énormes vers. Dans toutes les directions, une chaîne de montagnes rocheuses s'élève dans le ciel, protégeant le camp. Un judicieux choix de cachette.

Les maisons, petites mais solides, sont faites du même bois blanc que les arbres. Comme le bâtiment que nous avons vu sur le rivage, d'étranges panneaux métalliques, plus modestes et moins lisses, couvrent le faîte des toits.

« Ils nous permettent de capter l'énergie du soleil pour que les habitations restent chaudes, explique Zale en surprenant mon regard. Ils emmagasinent la chaleur pendant la journée et la restituent la nuit. »

Nous passons devant un groupe de Zudonais installés autour de rochers étrangement disposés : un grand derrière, plusieurs plus petits autour du centre, et rien devant. Entre les pierres se trouve une sorte de tunnel, et au milieu brûle un feu ardent.

Mais la fumée ne monte pas dans l'air. Elle filtre à travers les pierres avant de s'engouffrer dans le tunnel en direction de la caverne où plusieurs personnes sont rassemblées. Elles posent des bidons sur leurs genoux, les remplissent d'eau, puis les rapportent près du feu où quelqu'un attend avec une série de récipients. L'eau y entre sale et en ressort claire.

Ils travaillent d'une manière bien rodée : ils vont chercher l'eau, la filtrent, la font bouillir, remplissent les bidons, puis les mettent de côté pour les laisser refroidir.

Je réalise que j'ai toujours tenu pour acquis de disposer d'eau de source. J'essaie de ne pas les fixer en passant, fascinée par leur travail efficace.

« Cela la rend potable ? demandé-je, et Zale acquiesce en retroussant légèrement les lèvres.

— L'eau n'a jamais rendu une seule personne malade, affirme-t-elle en se rengorgeant. Et même si ça avait été le cas, ce n'est pas un problème. »

Je suis la direction de son doigt qui indique l'un des bâtiments que nous longeons. Il est plus vaste que les autres ; par la porte ouverte, je vois deux enfants assis dans des fauteuils : un garçon qui paraît sur le point de vomir, et une fille au genou écorché. Deux Zudonais se tiennent devant eux, vêtus de longues tuniques qui ont dû un jour être couleur d'opale brillante, mais que la saleté a rendues grises. L'un d'eux pose une main sur le genou de la petite fille, l'autre sur l'estomac du garçon. Je manque de m'étrangler voyant le halo orange qui entoure leurs paumes, tout comme celles de Ferrick.

« C'est de la magie de guérison, constate-t-il. Ils utilisent la magie suntosane. »

Mais cela va plus loin : ils se servent de multiples magies.

Je ne prends pas la peine de cacher mon étonnement, auquel s'attendait Zale.

« Rappelez-vous que nous ne sommes pas soumis aux lois de Visidia, dit-elle dans un murmure brutal. Votre père a chassé les guérisseurs de l'île quand il nous a bannis. Il a laissé souffrir notre peuple. Qu'y avait-il d'autre à faire ?

— Mais il n'est pas question que de Visidia ! » J'ai la gorge si sèche que parler me fait presque mal. « L'excès de magie est mortel. Exercer de multiples magies est...

— Nécessaire, complète-t-elle. Et regardez autour de vous ; nous allons tous parfaitement bien, nous pratiquons depuis des années, depuis qu'on nous a bannis. Contrairement à ce que prétend le royaume, il n'est rien arrivé à ceux qui ont choisi de maîtriser plus d'une forme de magie. Si nous voulions survivre, c'était indispensable. »

J'arrache la peau autour de mes ongles tandis que mon regard saute d'un visage à l'autre, enregistrant toutes les magies que je n'avais pas encore remarquées. Ces mains qui transforment l'eau et construisent sous terre. Qui allument des flammes et guérissent les malades.

En aucune façon cela ne peut être *bien* ; c'est notre loi depuis des siècles. Si le danger des magies multiples était un mensonge, alors comment nous, Montara, pourrions-nous avoir reçu notre magie des âmes ? Comment le roi Cato aurait-il constitué Visidia ?

Je ne veux pas y croire, mais lorsque la petite fille saute de son fauteuil, le genou guéri, et que le garçon reprend des couleurs, l'affirmation de Zale paraît pourtant incontestable.

Ils savent manier plusieurs magies. Et leurs sourires n'ont rien de corrompu quand ils font prendre le même chemin à leurs enfants. Ils ne souffrent pas et ne contraignent pas leurs corps en supportant trop de magie. Leurs âmes ne disparaissent pas.

Ils vont bien.

Des dizaines d'yeux se posent sur nous tandis que nous traversons les lieux, la plupart curieux, d'autres sur la défensive. Ils essaient de rencontrer le regard de Zale ; ce dernier les écarte en secouant la tête doucement.

« Tout ira bien », les rassure-t-elle, et une minuscule flamme luit dans sa paume, indiquant qu'elle est prête à se battre avec une magie qu'elle ne devrait même pas posséder.

Je tente de ne plus me focaliser sur les magies multiples, sinon je vais me sentir mal.

À la place, je me concentre sur le camp. Bien que cet endroit soit densément peuplé, il manque de bruit. Même un groupe de Zudonais occupés à escalader une falaise équipée de prises taillées par la magie valukaine ne fait pas plus de bruit en bougeant ou en bavardant que s'ils chantaient une douce berceuse. Jusqu'aux enfants qui ne crient pas en se pourchassant dans le camp.

« Ils vont de l'autre côté de la montagne pour chercher à manger, explique Zale avant que nous ne posions la question, et nos visages admiratifs paraissent lui redonner de la fierté. Nous avons jeté un maléfice pour fourvoyer les autres ; c'est notre seul endroit sûr, mais ça fait un bon bout de chemin. » Ses paroles et ses yeux plissés cachent autre chose, mais elle n'en dit rien.

« Pourquoi est-ce que tout le monde chuchote ? » Vataea fronce les sourcils. Je suis heureuse de ne pas être la seule que cela déstabilise.

Le regard aiguisé de Zale dérive sur elle. « Parce que si Kaven trouve notre camp, nous sommes fichus. »

Les doigts de Vataea se pressent contre ses hanches. Elle a l'air mal à l'aise et gratte son pantalon avec ses ongles. « Comment avez-vous réussi à survivre ici si longtemps ? S'il n'y a même pas de poisson, vous avez sans doute du mal à vous approvisionner ? » demande-t-elle, pendant que Zale nous fait signe d'avancer et d'entrer dans ce que je suppose être sa maison. L'endroit est à peine meublé : une petite table, un lit suspendu fabriqué avec des cordes, et quelques babioles ; toutefois nous sommes à l'abri du froid mordant de l'extérieur et cela calme mes nerfs. D'un geste, elle nous invite à nous asseoir sur le plancher en bouleau blanc lissé. Vataea s'allonge, coudes en arrière, mais Bastian se tient raide, très concentré.

« Ce fut difficile. Notre lac commence à s'assécher, alors nous avons essayé de développer de nouvelles cultures de l'autre côté de la montagne, explique Zale tout en se baissant pour prendre place parmi nous sur le sol. Hélas, la terre n'est pas très fertile. J'avoue que c'est un véritable combat, mais si nous nous aventurons plus loin, nous risquons de nous faire capturer. » Elle regarde en direction de la porte, les épaules affaissées. « Ma mère faisait partie des meilleurs scientifiques de Zudoh. Elle étudiait les plantes et cherchait comment augmenter leur taille ou les faire pousser plus vite. C'est elle qui a fondé ce camp et elle y menait la plupart de ses expériences.

« Kaven l'a tuée il y a des années, alors qu'elle essayait secrètement d'amener d'autres gens au camp, reprend-elle après une pause. Les arbres qu'elle a conçus poussent en abondance ici. Leur bois est léger et flexible, et ils repoussent en quelques mois après avoir été coupés. Elle rêvait de s'en servir pour assembler de nouveaux navires, plus rapides. Et nous avons essayé de faire la même chose. »

Je jette un regard furtif à Bastian en pensant à la *Grande Cale*, mais il maintient résolument son attention. En dépit de l'air froid, il transpire.

« Essayé ? » répété-je, me détournant des mains tremblantes du pirate pour revenir à Zale. Sa mâchoire se contracte tandis que ses yeux me transpercent.

« Le roi a brûlé nos navires, déclare-t-elle d'une voix minérale qui me traverse de part en part, comme de l'acier poli, et me coupe la respiration. Il nous a empêchés de voyager pendant des années. Zudoh n'a que récemment produit assez de bois pour fabriquer de nouveau des bateaux, c'est ainsi que Kaven a pu accroître son armée. Pour nous, c'est allé plus lentement car nous avons très peu de monde pour la construction. » Ses mots sont lourds de douleur et d'épuisement.

Je repense à toutes mes connaissances à propos des habitants de Zudoh. Au fait qu'ils ont été bannis. Qu'ils se sont retournés contre Père qui a été blessé dans un combat.

Mais ils n'ont pas seulement été *bannis*. On les a emprisonnés, on a brûlé leurs navires, pour finir par les laisser à la merci de Kaven. Tout ça, toute cette souffrance et cette peur, c'est à cause de lui.

Aucun mot ne peut suffire, mais la gorge comme remplie de coton, je lui dis quand même que je suis désolée.

Si c'est la vérité, une partie de moi veut croire que Père devait sûrement avoir une bonne raison. Mais laquelle pourrait justifier de verrouiller une île entière ?

« Nous en aurons achevé un d'ici une ou deux saisons, continue Zale. Comme nous étions peu à travailler dessus, avec toutes nos autres tâches, ça nous a pris des années. Mais il est presque fini.

— Cela ne semble pas vous faire aussi plaisir que je l'aurais pensé, constate Vataea.

— Ça vous ferait plaisir d'avoir à choisir entre votre famille et votre liberté ? » Bien que Zale m'ait semblé puissante, je remarque pour la première fois comme elle a de petites mains en la voyant serrer les poings sur ses genoux. « Nous construisons le bateau de l'autre côté de la montagne, de façon à pouvoir le mettre à l'eau quand nous aurons fait des provisions et que nous serons prêts à essayer de briser la barrière. Même si nous avons créé de quoi rendre possible l'escalade, j'ai bien peur que les nôtres ne soient pas tous aptes à faire le trajet. Si nous partons, il faudra en laisser certains derrière nous.

— Que penseriez-vous d'utiliser la magie curmanaise ? » demandé-je, bien que le fait de suggérer de se servir d'une autre magie m'écorche les lèvres.

Zale sourit tristement. « Notre camp est petit. Quelques-uns ont tenté de la pratiquer, mais la lévitation est une compétence de haut niveau. Aucun d'entre nous n'a réussi à la maîtriser et nous n'avons pas le temps d'essayer encore. Cela prendrait des années, or nous ne les avons pas. Nous avons aussi songé à utiliser la magie valukaine pour creuser un passage à travers la montagne, seulement, le faire progressivement durerait trop longtemps, et aller vite serait trop bruyant. Une fois passés de l'autre côté, il nous faudra être rapides pour tenter ensemble de briser le maléfice. Aussitôt qu'il sera tombé, Kaven s'en rendra compte, donc nous ne pourrons pas nous attarder. Grimper est la seule possibilité. »

Je hoche la tête avec lenteur en intégrant ses paroles. Je ne peux pas laisser cela arriver.

« Pourquoi a-t-il une telle emprise sur l'île ? » questionne Ferrick. J'essuie mes mains moites sur mon pantalon, essayant de me calmer suffisamment pour me concentrer sur la réponse de Zale.

« Kaven croit que chacun doit apprendre la magie qu'il veut, nous explique celle-ci. Et il pense que la magie des Montara, c'est-à-dire votre magie, devrait être largement exercée. Mais il *refuse* de croire que certains se satisfont parfaitement d'une seule magie. Que nous n'avons pas tous envie de passer notre vie à expérimenter toutes les sortes de magies qui existent.

— À quel point le nombre de ceux qui le suivent a-t-il augmenté ? » demande Bastian d'une voix si basse que ses mots sont presque inaudibles.

Zale étrécit ses yeux et l'examine de nouveau. Ses joues se creusent comme si elle les mordait. Elle paraît le considérer comme un mystère.

Il essaie de ne pas la regarder droit dans les yeux.

« Pas autant que cela devrait, étant donné qu'il tente d'obliger les gens à apprendre une magie que beaucoup d'entre eux sont incapables de pratiquer, finit-elle par répondre, mettant fin à son examen. Mais il y a probablement la moitié de Zudoh et de Kerost qui le suit. Je ne crois pas qu'il ait beaucoup d'influence sur les autres îles. S'il y a des sympathisants, ils ne sont qu'une poignée. Ce n'est pas le fait d'utiliser plusieurs magies qui rend les gens malades, vous savez. Ça n'arrive que lorsqu'ils essaient d'apprendre la magie aridienne. »

Ferrick paraît vaguement souffrant. « Que voulez-vous dire par là ? Personne ne peut apprendre cette magie, s'il n'est pas aridien. » Il se tourne vers moi pour regarder si je partage sa surprise, et je me recroqueville. « Est-ce que tu le savais ?

— Je ne voulais même pas le croire, lui dis-je à voix basse. Pas avant de l'avoir vu. »

Naturellement, cette réponse ne lui plaît pas. Il se rassied sur ses mains et secoue la tête tandis que Zale explique. Vataea, installée à côté de lui, écoute attentivement.

« C'est loin d'être de la vraie magie aridienne, précise-t-elle. Kaven a créé une version qui n'est pas tout à fait juste. Il kidnappait les gens et les forçait à l'apprendre. Maintenant qu'il a des adeptes, il la partage avec eux. Mais la plupart de ceux qui tentent de l'acquérir souffrent et meurent tout de suite. Les survivants deviennent mauvais et se corrompent, comme lui. C'est certainement cette magie qui l'a rendu si ignoble. »

Même si je le savais déjà, l'entendre encore me fait frémir. Bastian baisse la tête, accablé, et Ferrick mâchonne anxieusement sa lèvre inférieure. Vataea plisse le front en regardant Zale, attendant qu'elle en dise davantage.

« Chacun devrait avoir la liberté de pratiquer la magie qu'il souhaite, déclare celle-ci hardiment. Sur ça, je suis d'accord avec Kaven. Mais le roi nous la cache et Kaven nous l'impose. Il a ravagé Zudoh et, à présent, il a des vues sur les autres îles. Bientôt il frappera aux portes du palais. » Elle me fixe, guettant ma réaction, mais je ne ressens aucune colère envers elle. Seulement du désarroi.

Toute ma vie, l'interdiction des magies multiples a été la loi la plus importante de Visidia. Père disait toujours que c'était pour nous protéger, et je le croyais sur parole. Voilà pourquoi j'ai accepté ma magie. Enfoncé ma lame dans le bras de la première prisonnière et mis fin à tant de vies.

Je prends ma tête entre mes mains. *Tout* ça n'était-il qu'un mensonge ?

« Si nous vous promettions de nous occuper de Kaven et de restaurer la paix sur l'île, envisageriez-vous de rejoindre Visidia ? »

Elle redresse la tête, les yeux débordants d'espoir. Tout de suite, elle acquiesce et affirme « Tout à fait ! », comme si cette réponse était la seule vérité qu'elle connaisse. Comme une prière qu'elle murmurerait chaque nuit. « Nous nous intéressons peu aux rois et à la politique. Tout ce que nous voulons, c'est une chance de vivre de nouveau tranquilles, que ce soit sur cette île ou sur une autre, sans nous inquiéter de savoir si quelqu'un va kidnapper nos enfants ou nous forcer à apprendre une magie dont nous ne voulons pas entendre parler. » Elle retrousse les lèvres, et la chaleur envahit ma poitrine, enflammant mon cœur battant.

« Vous ne laisserez personne derrière vous. » Je me remets promptement sur mes pieds, Bastian et Vataea suivent le mouvement sans poser de question. Ferrick met plus de temps à se lever. Il plisse les yeux vers Zale, avec une expression sévère. « Où pouvons-nous trouver Kaven ? »

Elle se raidit, redresse le dos et les épaules. Elle nous considère, les lèvres réduites à une mince ligne. Son regard s'attarde plus longuement sur Bastian, et l'espace d'un instant, je crains qu'elle ne refuse notre soutien. Qu'elle n'appelle les autres pour nous éliminer. Mais elle se lève aussi et dit : « Il est dans les bois. Mais les nuits sont terriblement froides à Zudoh. Vous allez geler dans ces vêtements. Notre salle de soins est vide, vous devriez passer la nuit ici, tous les quatre. Nous n'avons certes pas grand-chose à offrir, mais puisque vous allez nous aider, laissez-nous en faire autant. »

Bien que Ferrick ait l'air méfiant et que Bastian n'arrive pas à regarder Zale dans les yeux, mes habits sont toujours mouillés et mes cheveux couverts d'algues ne sécheront pas. Nous serions bien avancés, égarés dans le noir ou gelés dans la forêt.

Alors j'accepte la proposition de Zale, qui nous indique la sortie.

À l'extérieur, quelques dizaines de Zudonais nous attendent sans prendre la peine de cacher qu'ils ont écouté aux portes. Bien qu'ils ne nous quittent pas des yeux tandis que nous retournons au petit bâtiment où nous avons vu les enfants se faire soigner, ils baissent légèrement la tête sur notre passage en signe de timide remerciement.

Cette confiance a beau être modeste, elle n'en reste pas moins celle de mon peuple. La fierté me réchauffe les joues et rend mes pas plus rapides. J'incline la tête vers eux avant qu'on nous conduise, Vataea et moi, dans une bâtisse différente de celle de Ferrick et Bastian.

Cela ne semble peut-être pas beaucoup pour mes compagnons, mais en ce qui me concerne, leur foi en moi me servira d'armure, et la destinée de mon royaume sera ma force.

À l'avenir, Kaven ne représentera plus une menace, et je restaurerai ce royaume.

CHAPITRE VINGT-SEPT

J'avais espéré me sentir plus propre après un bain. Mais tandis que mes cheveux dégoulinent sur mes mains tendues, je ne vois que le sang qui les a souillées à jamais.

Je pratique la magie des âmes depuis que je suis enfant. Les nuits passées dans la prison avec Père constituent certains de mes plus anciens souvenirs. À l'époque, je crois qu'il m'a dit : « Nous faisons cela pour protéger le royaume. Le bien-être de tous importe plus qu'une seule âme corrompue qu'on élimine. »

Une fois de plus, je songe à la première fois que j'ai participé à une exécution. Pendant des années, cela m'a peu préoccupée, mais j'y ai beaucoup pensé depuis ma démonstration ratée. Quand je ferme les yeux, je me revois à l'âge de 5 ans, debout dans la cellule à côté de mon père. Je revois le sang de cette femme se répandre sur mes doigts après que je lui ai enfoncé une lame dans le bras et la façon dont la magie a basculé en moi à ce moment-là. Une bête ténébreuse qui s'est tout de suite accrochée à mon âme. J'ai ensuite souffert pendant des semaines pour la réprimer et l'obliger à se lier à mon âme sans me dominer.

J'étais certaine que ce que je faisais était bien. J'ai serré les dents pour éviter à mon royaume de souffrir.

Or c'était faux. Tout ce que Père a pu me raconter à propos de cette magie et de notre devoir était un *mensonge*. Et je l'ai cru car je lui faisais confiance plus qu'à quiconque. Il n'était pas uniquement mon père mais aussi mon modèle. Le genre de souverain auquel j'aspirais à ressembler, aimé et respecté par notre peuple.

Mais ma vue sur le monde, biaisée et limitée, lui permettait plus facilement de me faire avaler ces mensonges avec une cuillère d'argent.

Des sanglots me soulèvent la poitrine et les larmes inondent mes joues. Je ne me donne pas la peine de les retenir.

En dehors de ces murs se trouvent des Zudonais qui pratiquent plus que leur propre magie. Leurs âmes restent intactes. Leurs corps ne sont pas éreintés. Ils vont parfaitement bien.

J'essuie une larme, qui coule sur mes doigts, mais ce n'est pas cela que je vois. Elle se teinte du sang de la première femme que j'ai exécutée et descend le long de mon doigt tel un serpent.

Si ce n'était pas pour protéger Visidia, alors à quoi a servi sa mort ?

Au bruit de ma porte qui s'ouvre en grinçant, je m'essuie rapidement les yeux et sèche mes mains sur mes sous-vêtements. Je m'attendais à ce que ce soit Vataea, fraîchement lavée ; or c'est Bastian qui entre sans toquer, une flasque à la main. En me voyant, son visage s'affaisse. « Vous pleurez ? » demande-t-il d'une voix légèrement pâteuse.

Je détourne la tête pour ne pas qu'il voie mes yeux injectés de sang et enfouis mes mains tremblantes dans ma couverture. « Par les dieux, qu'est-ce que tu fais ? Sors ! Ce n'est pas le moment de s'amuser.

— Je ne suis pas en train de m'amuser. » Lorsque je désigne sa flasque, il fronce les sourcils et son visage a l'air de fondre. « Ça ? C'est du courage. Et je vous en ai apporté un peu. »

Alors que je me tourne pour le disputer encore, ma bouche devient sèche quand je remarque que ses yeux sont la réplique des miens. Et je vois tout de suite que ce n'est pas à cause de l'alcool.

Lentement, je prends la flasque tendue et retire le bouchon. La fausse douceur du rhum se répand dans ma gorge.

« Où as-tu trouvé ça ? » questionné-je, la bouche en feu après une rasade. Je lui repasse le flacon.

« Je suis un pirate, répond-il, crachant ses mots avec amertume. Tous les pirates ont une flasque. »

Il boit une gorgée, puis c'est de nouveau mon tour. Cette fois je m'accorde de plus grandes lampées.

« Si tu es venu ici dans l'espoir de poursuivre ce que nous avons commencé sur la *Grande Cale*, tu as choisi la mauvaise nuit. »

Il fronce le nez. « Je ne suis pas venu pour prendre du bon temps. Il y a quelque chose… » Ses paroles s'arrêtent sur un sifflement aigu. Il appuie une main sur son front, la douleur lui ferme les yeux. Des gouttes de sueur perlent sur ses joues et sa lèvre supérieure et il s'écroule, essayant d'inspirer à fond entre ses dents.

Je jette le flacon sur la couchette et saisis ses épaules pour le maintenir en place. « Bastian ? Respire ! Que se passe-t-il ? »

Il se crispe sous ma main et reste un long moment dans cette position, jusqu'à ce que sa respiration redevienne normale et que ses muscles commencent à se détendre. Quand il se redresse, ses yeux sont remplis de larmes et sa voix fêlée. « Ce qui se passe, c'est que je ne devrais pas être ici. Je n'aurais jamais dû revenir. »

Je l'aide à se relever et lui tends la flasque sans parler. Il la vide et en sort une autre de la poche intérieure de son manteau.

« Du courage, répète-t-il, et un remède quand je m'aventure trop loin de mon maléfice. »

Bien que je le plaigne pour les souffrances qu'il doit endurer, je ne le laisse pas boire la seconde flasque. Je la rabaisse quand il la porte à ses lèvres.

« Nous avons besoin de toi en pleine forme, demain. » Je prends une voix sévère. « Je suis désolée que tu aies mal, vraiment. Mais tu dois tenir, rien que pour cette dernière nuit. »

Il ne discute pas, affiche un air décomposé et me lance le flacon dans les mains, le souffle tremblant. Il reste silencieux un long moment, le regard fixé droit devant lui sur la porte, comme s'il voulait la brûler avec ses yeux. Puis ses épaules s'effondrent.

« Avez-vous vu comment Zale me regardait ? » Il s'étrangle presque, enfouit son visage dans ses mains et respire profondément. « Par les astres, elle me regardait comme si j'étais *lui*. Comme si c'était moi qui leur avais fait subir tout ça. Ils vont tous me regarder comme ça, Amora. Et je le mérite. Je mérite de souffrir. Je mérite ce fichu maléfice. Voyez ! Je vous ai surprise en train de pleurer et je ne vous ai même pas demandé ce qui n'allait pas. » Le regard baissé sur ses mains, il soupire et ajoute à voix basse : « Je déteste vous voir souffrir. »

J'ai terriblement envie d'ouvrir la seconde flasque et d'avaler une autre gorgée, de sentir la brûlure du liquide atténuer ma souffrance. Mais comme je l'ai dit à Bastian : nous devons rester une journée de plus en pleine possession de nos moyens. « Je pleure parce que je réalise la vérité, lui avoué-je tout bas, avec toute la conviction qui m'anime. Je ne vaux pas mieux que Kaven. J'ai pris autant de vies que lui, sinon plus.

— Ne dites pas ça. » Son ton est si acerbe que je sursaute. « Il a tué sans raison. Il a piégé Zale et les siens ici, sur cette petite bande de terre, et les a obligés à se débrouiller pour survivre. Il les a forcés à adopter une magie dont ils ne veulent pas, juste pour obtenir le pouvoir. Vous avez enlevé des vies, Amora, mais jamais comme ça. »

Je me concentre sur mes mains serrées sur ma cuisse. « Peu importe. J'ai tout de même tué. Je l'ai choisi.

— Vous pensiez protéger Visidia. » Il me prend une main et la pose lentement sur ses genoux. « Ce n'est pas votre faute si on vous a menti. »

Je ne veux pas croire à ces paroles. Parce que comme le disait Zale, je suis la princesse de Visidia. Comment pouvais-je ne pas connaître la vérité ?

« Et ce n'est pas la tienne si on t'a ensorcelé », ajouté-je. Mais Bastian refuse, comme moi, toute bienveillance.

Il se couvre de nouveau le visage de ses mains. Passe ses doigts dans ses cheveux. S'agite en soupirant jusqu'à ce qu'il ait utilisé tous les moyens de diversion. « J'ai quelque chose à vous dire. »

Je reste silencieuse. Il me regarde droit dans les yeux, sa poitrine ne tremble plus et il parle d'une voix ferme et déterminée. Ce qu'il dit me prend au dépourvu.

« Je n'ai pas été honnête avec vous, et je m'en excuse. Je suis désolé de ne pas vous l'avoir dit plus tôt, mais je ne savais pas comment faire. » Il s'interrompt pour se passer la langue sur les lèvres et enfonce sa main entre ses cuisses, comme pour se préparer à prononcer ce qui suit. « Vous devez savoir que Kaven n'est pas juste une connaissance. Vous avez toujours voulu en savoir plus à son sujet, mais je ne pouvais pas me résoudre à parler de lui.

« C'est parce qu'il est mon frère, Amora. » Sa voix devient tremblante. « Parce que même si je sais que je vais devoir l'affronter, je suis terrifié. Il était ma responsabilité. Mon sang. J'aurais dû l'arrêter des années auparavant, mais au lieu de cela, je me suis enfui. »

Ma poitrine se serre à m'étouffer. J'enlève ma main de son épaule. « Tu connaissais la vérité à propos de la magie multiple ? Tu savais que c'était un mensonge ? »

Il secoue farouchement la tête. « Je vous jure que non. Kaven a presque 10 ans de plus que moi ; j'étais encore un enfant quand il s'est mis à former chacun à la magie des âmes ensorcelées. Il prétendait que la magie multiple n'était pas dangereuse, mais je refusais d'apprendre. Je… Je pensais qu'il mentait. Trop de gens mouraient en essayant. Maintenant, je me rends compte que cela n'arrivait que quand ils se risquaient à s'initier à la magie aridienne. »

Je me prends la tête entre les mains. « Pourquoi ne pas me l'avoir dit avant ? Tu avais l'occasion de tout révéler quand tu m'as dit la vérité à propos de toi et de la *Grande Cale.* »

Il se ferme. « Je suis un pirate, déclare-t-il dans un murmure, comme si les mots représentaient un redoutable maléfice. Toute ma vie, j'ai dû jouer ce rôle pour simplement survivre, et la frontière est devenue de plus en plus floue entre ce personnage et *qui* j'étais vraiment. Je n'avais jamais eu à me préoccuper de quelqu'un d'autre avant, et je présume que… je dois encore m'y habituer. J'ai supposé que vous me haïriez si je vous dévoilais tout, vu ce qu'a fait Kaven. » Il désigne la pièce d'un geste circulaire, puis le camp, comme si cela constituait une réponse suffisante.

« Ces gens ont tellement peur qu'ils n'osent même pas parler normalement, rappelle-t-il. Les enfants ne sont pas libres de crier et de jouer comme ils veulent. Ils sont terrorisés à l'idée d'être tués par mon *frère*. Je ne pouvais pas risquer que vous le découvriez, parce que…

— Parce que tu avais besoin de moi, dis-je à sa place, en retirant ma main de la sienne. Tu m'utilisais. »

Il regarde ailleurs, sans le nier. « Seulement au début. J'avais besoin de vous pour votre magie, c'est vrai, mais je vous ai dit la vérité sur la *Grande Cale,* Amora. Je souhaitais que vous restiez. Je ne me soucie de personne dans ma vie, du moins pas vraiment. Et je me suis aperçu que je voulais que vous en fassiez partie. Je refusais le risque de vous perdre en vous parlant de

Kaven. Avec le recul, je sais que je me suis montré égoïste, et j'en suis navré. » Il se passe les doigts dans les cheveux. « Je voulais vous dire la vérité maintenant, pour vous laisser le temps de faire un choix.

— Quel choix ? m'exclamé-je d'un ton mordant, incapable de dissimuler ma peine.

— Je comprendrais que vous vouliez partir. » Il ferme les mains. « Je peux combattre Kaven seul, comme j'aurais dû le faire il y a longtemps. »

Je me hérisse : pour qui se prend-il ? Peu importe à quels mensonges j'ai cru toute ma vie, il y a une vérité dont je n'ai jamais douté : je suis faite pour protéger Visidia.

Je songe au regard de Zale quand je lui ai juré de l'aider. Je me souviens de la chaleur dans ma poitrine lorsque les Zudonais ont incliné la tête pour me remercier.

À présent, je réalise que si j'ai été trompée sur ma magie, cela a peu d'importance, car j'ai toujours la possibilité d'accomplir la mission que je lui attribuais. Je ferai tout ce qui est en mon pouvoir pour protéger et restaurer Visidia.

« Pour rien au monde je n'abandonnerais ce combat, dis-je en y mettant toute ma conviction. Mais c'est ton *frère*. Es-tu venu ici dans l'intention de le tuer, ou non ? Parce que s'il refuse de s'arrêter, il ne sera plus temps d'hésiter.

— L'homme que nous affronterons demain n'est plus mon frère. » Ses yeux se creusent de tristesse. « Il a ruiné la vie de trop de gens. Je suis capable de l'affronter. C'est de faire face à n'importe qui d'autre qui m'inquiète. »

Quelque chose se casse en moi car en considérant Bastian effondré, brisé et réussissant à peine à tenir le coup, je le comprends mieux que jamais. Je lui tapote doucement le menton pour qu'il me regarde dans les yeux. Sa barbe me râpe les doigts. « Crois-moi quand je te dis que je réalise la difficulté de la situation et que j'ai peur aussi. Regarde de quelle façon Visidia a dépéri sous le règne de mon père. Je conçois que tu aies honte de ce que ta famille a fait, mais tu n'es pas ton frère, tout comme je ne suis pas mon père. Est-ce que tu comprends ça ? » Le fait de prononcer ces mots à voix haute m'ôte un poids des épaules.

Il n'est pas trop tard pour nous, les erreurs de nos familles ne sont pas les nôtres. Nous avons une occasion de rendre Visidia meilleur.

« Vous, vous ne saviez pas, chuchote-t-il. Le roi vous a enfermée à Arida. Moi, je connaissais les intentions de Kaven toutes ces années, et je n'ai rien fait.

— Mais nous sommes là, maintenant. *Tu* es là. Ces gens-là, dehors – je montre la porte tout en ne le quittant pas des yeux –, ils comptent sur nous. Ne t'avise pas de prétendre que toi ou moi ne devrions pas être ici ; nous sommes précisément à notre place.

— J'aurais dû vous dire la vérité plus tôt. » Quand il ferme les yeux, je lâche son menton.

« Tu aurais dû, oui. » Je ressens des picotements de chaleur dans les tripes tandis que j'essaie de rassembler tous les éléments. Bastian *aurait dû* me parler ; nous nous étions promis qu'il n'y aurait plus de secrets entre nous. Mais je peux concevoir pour quelle raison il a continué à se taire. Devant l'état de Zudoh, je peux comprendre son désespoir et sa peur. Dans sa situation, aurais-je agi différemment ? Maintenant encore, même en regardant la vérité en face, je veux toujours croire que Père n'aurait jamais été capable de rester les bras croisés et de permettre que notre royaume subisse tout cela. Je veux toujours croire qu'il m'a gardée enfermée à Arida pour me protéger, et non pour me cacher ses erreurs. Qu'il fera mieux que ça, qu'il arrivera d'une minute à l'autre pour sauver Visidia et prouvera que tout cela n'était qu'un gros malentendu.

Bastian désire probablement la même chose. Les personnes que nous devons affronter sont celles qui peuvent nous faire le plus de mal ; elles sont notre sang. Quand Bastian s'est échappé, il avait sûrement l'espoir que son frère stopperait ses agissements, et que tous deux finiraient par parvenir à un accord pacifique.

Pourtant même nos idoles peuvent nous décevoir, même celles en qui nous voudrions, plus que tout, placer notre amour et notre confiance. Il est temps que nous l'acceptions et que nous affrontions la réalité.

« Je te pardonne, déclaré-je, après avoir retenu mes paroles pendant un moment pour m'assurer de leur parfaite sincérité. Mais seulement si tu te bats à mes côtés demain. Je te soutiendrai quand tu affronteras Kaven, et tu feras de même quand je ferai face au roi. La peur fait partie de la vie ; ce qui importe, c'est ce que nous en faisons. Pense aux gens qui comptent sur nous. Nous avons une chance de réparer tout ça. »

Vu ses lèvres serrées et sa tête baissée, je sais qu'il réfléchit à mes paroles empreintes de gravité. À voix basse, il confirme : « Je serai à vos côtés.

— Alors, demain matin nous allons traverser ces bois et trouver Kaven. Toi et moi, nous sommes plus que notre sang. Tout ce qui compte désormais, c'est de faire du mieux que nous le pouvons. » Ces mots me donnent du courage et je m'y accroche pour effacer le désespoir dans lequel je me noyais quelques instants auparavant.

« Je ne mérite pas votre pardon, lâche-t-il. Je ne mérite celui de personne.

— Bien sûr que si. » Je ressens le même chagrin. « Si je ne suis pas capable d'admettre une unique erreur, comment attendre des Visidiens qu'ils pardonnent aux Montara qui leur ont menti toute leur vie ? Accepte-le, et sache qu'à partir de maintenant, nous partageons le même destin. Je comprends ton choix, Bastian, mieux que personne. »

Je pose mes lèvres sur les siennes. Nous nous embrassons d'abord tendrement, mais ses joues commencent à se couvrir de larmes, et notre baiser devient plus profond et passionné. Presque désespéré.

Une décharge électrique me traverse au moment où il passe ses doigts sous mes boucles. Je frissonne chaque fois que son pouce m'effleure la nuque.

Je me renverse sur la couchette, j'agrippe sa chemise et attire son corps sur le mien. Ses lèvres ont la saveur sucrée du rhum, et quand ses doigts hésitent sur le bord de ma tunique, je lui fais signe de poursuivre. Tout mon corps s'enflamme lorsqu'il plonge son regard noisette dans le mien.

Il glisse ses mains chaudes et rugueuses sous ma tunique, ses doigts se promènent sur mon ventre, explorent la courbe de mes hanches.

Je ferme les yeux en sentant ses lèvres sur mon cou. Il alterne tendres baisers et légères morsures. Je le serre contre moi, une main caresse son dos et l'autre saisit ses cheveux châtains.

J'en ai envie.

J'ai envie de *lui*.

La chaleur dans mon ventre me pousse à continuer, mes doigts se posent sur les boutons de sa chemise. Il ne proteste pas quand je les défais maladroitement. Une fois sa chemise ôtée, sa bouche descend jusqu'à mes hanches. Je dois me tenir à la couchette lorsque ses lèvres descendent de plus en plus bas et embrassent mes cuisses.

Ses doigts s'immiscent sous le tissu de mes sous-vêtements et je me tends. Et remarque que pendant tout ce temps j'ai à peine respiré.

Bastian s'immobilise immédiatement, son regard chaleureux plongé dans le mien, il se redresse et m'embrasse sur les lèvres avec tendresse. C'est leur goût de rhum qui me ramène à la réalité. Je me recule rapidement, en inspirant profondément. Mon corps est trop sensible à son contact, chaque endroit qu'il a touché brûle de désir.

« Ça va ? demande-t-il tout de suite, en replaçant derrière mon oreille une boucle égarée. Nous ne sommes pas obligés, Amora. Nous pouvons arrêter.

— Je ne veux pas arrêter. » Je saisis sa main et dépose un baiser sur sa paume. Sur ses doigts. Sur ses phalanges. « Mais il le faut. Tu es ivre, Bastian.

— C'était juste quelques gorgées, proteste-t-il, relâchant sa prise pour m'embrasser à nouveau sur la nuque. Je vais bien. »

Bien que j'en aie terriblement envie, j'appuie mes mains sur son torse et le repousse. « Nous aurons d'autres occasions, lui dis-je calmement. Et beaucoup, j'espère. Mais pas ce soir. »

Il ouvre la bouche comme pour ajouter quelque chose, et la referme sur un soupir silencieux. Il se détache doucement de moi et se retrouve à genoux sur le bord de la couchette. Le poids de son corps me manque douloureusement. Je me sens trop légère. J'ai froid.

Je pose une main sur sa cuisse. Il la saisit en souriant.

« Je ne pourrais rien faire de tout cela sans vous, vous savez. » Il repose délicatement ma main. « Je veux que vous sachiez que je remercie le destin de vous avoir envoyée. À demain matin.

— Tu es un pirate, Bastian Bargas. » Je souris en voyant ses lèvres s'entrouvrir à ce nom. « Tu aurais trouvé un autre moyen. »

Il libère ses doigts et me prend tendrement dans ses bras avant de se détacher au bout d'un court instant. Il ne me regarde pas avant d'avoir posé sa main sur la poignée de la porte. « C'est Altair, à propos. Bastian Altair. » Puis son rire s'élève, doux et calme. « Par les astres, cela fait des siècles que je n'ai pas prononcé ce nom. Ça… fait du bien. »

La porte se referme derrière lui et, sur ma couchette, je souris.

CHAPITRE VINGT-HUIT

Zale est la seule à nous voir partir discrètement, tôt le lendemain matin, et quand le soleil se lève, nous nous sommes déjà enfoncés profondément dans les bois. Au cours de l'heure précédente, cette forêt nous a littéralement engloutis.

Les bouleaux blancs suintent de la brume matinale venue du rivage. Plus nous progressons, plus vite ils absorbent cette humidité. Des racines démesurées s'accrochent à mes pieds, meurtrissent et écorchent mes chevilles, essayant de m'attirer sous terre. Le sol est recouvert d'une suie qui macule de noir mes bottes.

Mon arme n'est d'aucune utilité ici. Son poison est bien trop puissant pour le gaspiller sur des arbres malveillants. Une brise souffle à travers leurs branches et ils bruissent, comme pour se moquer de moi.

« J'essaie de t'*aider* », grogné-je à l'intention de l'île, me prenant les pieds dans des ronces séchées et des branches cassées. Les bouleaux sont les mêmes que ceux du camp de Zale, en plus minces. Plus frêles. Normaux.

Vataea me suit prudemment, en imitant mes mouvements pour ne pas se blesser, tandis que Ferrick, grimaçant et grommelant, écarte les branches pointues.

« Ferrick, Amora, attendez. »

Je trébuche dans la suie en me retournant vers Vataea, et me rattrape avec peine à une souche.

En face de moi, un petit renard noir sort sa tête de derrière un arbre. C'est le premier signe de vie que je vois de ce côté de l'île, depuis que nous sommes arrivés dans les bois il y a environ une heure. Je m'arrête et regarde l'animal quitter lentement le couvert de l'arbre. Ses yeux dorés, remplis de curiosité, ne lâchent pas les miens. Des ombres se déploient autour de ses pattes et s'enroulent autour de lui. Le souffle court, je recule d'un pas en les voyant.

« Bastian ? appelé-je, me risquant à détourner le regard le temps de vérifier par-dessus mon épaule. Vataea ? »

Il n'y a personne.

Je titube en arrière tandis que l'espace bascule dans l'obscurité et m'entraîne avec lui. Les arbres sont à au moins deux kilomètres, à présent. Des silhouettes y entrent et en sortent en criant mon nom.

Mais les voix sont des échos voilés qui me hérissent la nuque et m'obligent à respirer par à-coups.

« Amoraaa… » Ils m'appellent et c'est à la fois un cri et un murmure. « Amoraaa ? »

À force de vaciller, je me retrouve à genoux et je m'efforce de redresser mon corps tremblant. Mais au moment où je me remets debout, je regrette que la terre ne m'ait pas totalement engloutie, comme elle l'a fait avec les arbres.

Le renard, debout sur ses pattes arrière, me dépasse, énorme. Il arbore une face pointue, ses oreilles noires sortent de sa capuche surmontant une cape bleu saphir. Son regard doré erre sur mon corps, et quand il revient sur mon visage et commence à me parler, une rangée de dents tranchantes apparaît.

« Tu es perdue ? demande-t-il, et son haleine fétide effleure mes joues. Et si je t'aidais à retrouver ton chemin ? »

Il bondit, et bien que j'aie conscience de devoir bouger, je me contente de regarder le corps du renard qui se déforme. Sa gueule s'ouvre grand, toujours plus grand.

Et il m'avale tout entière.

L'obscurité se métamorphose en une lumière, d'un blanc aveuglant. Je me relève d'un bond en cherchant désespérément de l'air.

Je ne suis plus entourée d'arbres ; il n'y a rien d'autre que le magnifique sable rouge d'Arida, et une silhouette qui m'attend sur la plage.

Bien qu'elle me tourne le dos, je reconnais Père à sa couronne, le squelette de la légendaire anguille Valuna, avec ses rangées de dents acérées qui surmontent son front et encadrent sa mâchoire, tandis que ses arêtes incrustées de pierres précieuses descendent le long de son dos.

« Père ? » J'essaie d'articuler, mais les mots me brûlent la gorge au fur et à mesure qu'elle se remplit de sable. J'étouffe. Il sort par mon nez, par mes yeux. Je tombe à genoux, suppliant Père en silence de se tourner vers moi.

Regarde-moi. S'il te plaît. Il faut que tu m'aides.

Ma vue se brouille. Je saisis ma langue, pensant que je vais arriver à la débarrasser du sable. Mais je ne parviens pas à contrôler ma main. Secouée de spasmes, je la vois d'abord à côté de moi, puis sur ma gorge. Et sur ma langue de nouveau.

Je tente de hurler, et bien qu'aucun son ne sorte de ma gorge, Père se tourne lentement vers moi.

Mais en vrai, Père n'a pas d'yeux dorés ni de rangées de dents ensanglantées.

C'est le renard qui porte sa couronne. Sa cape. Et il me sourit en marchant, les yeux brillants, en doublant de taille à chaque pas.

Il se fige au moment où quelque chose me frappe au visage. Il tourne la tête de côté et pousse un grognement.

Je ne vois pas ce qui m'a frappée, pourtant le coup m'a fait reculer d'un pas. Le renard geint et il rétrécit de moitié.

Amora !

Le sable ne me brûle plus les yeux. Il sort de ma gorge, et je peux enfin respirer.

Le renard cligne des yeux vers moi. « Je ne peux pas t'aider à moins que tu ne me le permettes », murmure-t-il en essayant de s'approcher plus près. Mais je finis par retrouver mes jambes et d'une impulsion du pied, je me retourne sur le sable.

Concentrez-vous, Amora ! Il faut vous concentrer !

Je ferme les yeux et j'aperçois Bastian et Ferrick debout au-dessus de moi.

Quand je les rouvre, c'est le renard que je vois. Le souffle chaud qui émane de sa gueule béante se projette directement sur mon visage.

Concentrez-vous !

J'enfonce mes poings dans le sable, prends une inspiration, et ferme hermétiquement mes paupières, tandis que le renard s'avance de nouveau vers moi.

Le monde tourne. Tout redevient visible et des milliers d'arbres bourgeonnent autour de moi. J'inspire désespérément, tremblant, essayant de retrouver ma concentration. Les arbres s'étirent incroyablement haut, occultant le ciel de leurs branches minces mais abondantes. C'est tout ce que je vois, pourtant des mains me caressent le front.

« Elle va bien ? » J'identifie cette voix désespérée : c'est Ferrick. Il est quelque part à côté de moi.

« Ça ne saurait tarder, répond Bastian, plus proche. Par les astres, Princesse. On dirait presque que vous *aimez* les maléfices. »

Je déglutis, les battements de mon cœur ralentissent sous l'effet des doigts délicats qui caressent mes cheveux. Quand je parviens à ajuster ma vision et que je penche la tête en arrière, je constate qu'ils appartiennent à Vataea. Elle fronce les sourcils en me regardant.

« Désolée, s'excuse-t-elle. Cet endroit est infesté de maléfices. J'ai stoppé Ferrick, mais pour vous, je n'ai pas réussi à temps. » Elle m'aide à me relever. Bastian et Ferrick se tiennent tous les deux en face de moi, les mains tendues, prêts à me rattraper.

« Je hais ces bois », maugréé-je, et ma déclaration semble détendre tout le monde en dépit de son amertume. Les rides d'inquiétude s'aplanissent sur le front de Ferrick, et bien que Bastian dégouline de sueur, il paraît mieux tenir debout.

« Toi aussi, il t'a attrapé ? demandé-je tandis qu'il s'éponge le front. On dirait que tu vas tomber.

— Non, je suis seulement fatigué. » Il n'a pas besoin de développer ni de préciser que c'est à cause de l'éloignement avec la *Grande Cale*. Il s'évente en tirant par à-coups sur sa chemise. Même maintenant, alors que le danger nous guette, je sens la chaleur qui monte en moi et je m'efforce de détourner mon regard, tout en me rappelant la sensation de sa peau sous mes doigts, la nuit dernière. « Qu'est-ce que vous avez vu ? »

Je repense au renard dressé au-dessus de moi, portant la couronne et la cape de Père, et je frémis. « Un renard », me contenté-je de répondre. Je n'ai pas envie de me souvenir des détails.

Bastian hoche la tête et la tension quitte sa mâchoire. « Les renards sont des filous. Cela ressemble à un sortilège complexe conçu pour exploiter les plus grandes peurs de la victime. Honnêtement, je suis surpris que vous en ayez réchappé. Et si rapidement... » Il me regarde de côté et sa voix s'éteint.

Contrairement à lui, je suis moins préoccupée par la façon dont je me suis débarrassée du maléfice que par ce que j'ai vu : Père, un monstre déguisé. Je déglutis avec peine.

Nous repartons, et tandis que nous nous enfonçons toujours plus profondément dans les bois, un petit groupe d'habitations apparaît devant nous : de minuscules cabanes environnées d'arbres morts. Bien que l'endroit semble désert, de la fumée s'élève d'un foyer entre deux cabanes. Le feu a été éteint, mais les braises restent vives.

À l'évidence, ce territoire a été beau, autrefois ; il se trouve au pied d'une montagne, et le bruit d'une cascade apaise l'atmosphère. Les constructions ressemblent à celles du grand rivage : blanches et brillantes, pourvues de grandes baies vitrées. La moitié a été incendiée, l'autre est en ruine. Les fenêtres sont brisées et le bois en train de pourrir. Je me dirige vers l'une d'elles et perçois un mouvement furtif dans son périmètre.

« Est-ce que quelqu'un a vu ça ? » interrogé-je, baissant la voix.

Bien que personne ne réponde, ils me croient. Bastian balaie le site du regard, et un doute me saisit à l'idée que le maléfice provoque peut-être encore des hallucinations. Mais un nouveau mouvement traverse les arbres.

Bastian sursaute, cette fois, il l'a vu. Il agrippe ma chemise et me tire contre lui au moment où quelque chose de chaud et d'effilé me siffle aux oreilles, avant d'aller frapper le bois d'une maison derrière nous.

C'est un couteau enduit d'une sève épaisse et gluante qui se répand sur le bois.

Du poison.

Je tends ma dague à Vataea, manche en avant. Elle la saisit, et je dégaine ma nouvelle lame, *Rukan*. Un nom inspiré par la méduse dont le venin, semble-t-il, cause la pire douleur qu'on puisse endurer.

Je fais taire mon affolement lorsque cinq silhouettes surgissent. Deux sautent des toits, les autres nous encerclent. Leurs yeux étincellent, leurs corps sont musculeux. Ils brandissent de solides armes : des couteaux, des épées et une dague qui paraît faite d'os.

Je tiens fermement ma lame empoisonnée, prête à frapper.

Une blonde agile, celle qui tient la dague en os, dirige un regard avide vers moi.

Je lève mon arme vers elle pour la mettre en garde, elle observe son insolite couleur bleue. À sa place, cela m'inquiéterait. Si elle est intelligente, elle reculera.

Mais ce n'est pas le cas.

Je jette un coup d'œil à Ferrick alors que le groupe nous entoure. Lui et Vataea se tiennent dos à dos, lui avec sa rapière, elle avec la dague.

« Nous sommes venus parler à Kaven, dit Vataea. Laissez-nous passer. » Ses paroles sont tout de suite accueillies par les railleries de ceux qui nous encerclent. Vataea est hors de son élément, elle n'a pour arme qu'une lame au lieu de sa voix, et elle en a conscience.

« Vous laisser passer ? » Un des hommes s'esclaffe. Il n'a même pas 20 ans, pourtant il a une voix cassée. « Après ce que le roi de Visidia a fait à notre île ? Je ne pense pas.

— Justement, nous voulons contribuer au retour de Zudoh dans le royaume, affirmé-je sans quitter des yeux celle dont l'arme est levée devant moi. Mais pour réussir, nous avons besoin de votre collaboration. »

La blonde agile fait un mouvement de la main. Je diffuse ma magie et vois tout de suite la vengeance qu'elle désire de toute son âme. Percevant un danger, elle se ramasse et se prépare à sauter.

« Nous ne voulons pas de votre aide », grogne-t-elle avec détermination. Autour d'elle, les autres lèvent bien haut le menton en signe d'approbation.

« Jetez vos armes et marchez. Nous allons voir si Kaven a le temps de bavarder. » Elle ment. Au moment même où elle décide de me tuer, je le sens à la couleur foncée, d'un rouge épais, qu'a prise son âme : la même que celle du sang coagulé. Ses bords se craquellent, sur le point de se décoller.

Dans ma tête, je vois le sang de mon premier meurtre couler du bout de mes doigts. Je me rappelle la bête à l'intérieur de moi, en train de prendre vie pour la première fois. Pendant un moment, j'hésite.

Peut-être que je suis devenue un monstre en les tuant, elle et tous les autres.

Mais tout ce que j'ai fait, c'était dans le but de protéger Visidia. Et je ne veux plus avoir à m'en excuser.

Et d'ailleurs, si un monstre était précisément ce dont le royaume a besoin ?

Cette fille a pris sa décision, et je ne vais pas attendre qu'elle frappe la première.

Rukan serrée dans ma main, je me jette en avant et lui plante profondément ma lame dans le ventre. Ses yeux s'agrandissent et elle vacille, le sang jaillit, rougissant sa chemise. La blessure est mortelle, poison ou pas. Ses yeux verts luisent, le sang dégouline de sa bouche jusqu'à son menton, puis elle titube, suffoquant. L'instant d'après, elle tombe, le corps agité de spasmes.

Les quatre autres la regardent, sidérés. Je m'empare de sa dague en os tombée au sol, puis l'essuie sur mon pantalon. Je ne voulais pas que cela se passe ainsi, mais les visages des Zudonais rencontrés la veille occupent la première place dans mon esprit. J'ai fait la promesse de les protéger et j'ai bien l'intention de la tenir.

L'un des plus jeunes garçons court vers ma victime et tombe à genoux. Son corps s'affaisse, comme si on lui avait arraché toute volonté. Ses mains hâlées rougissent quand il les presse sur sa poitrine, tentant d'arrêter le saignement.

Je regrette que cela se soit passé ainsi, mais ils nous ont clairement signalé qu'ils ne seraient jamais de notre côté. Je fais taire ma compassion. Si le fait de les vaincre me rapproche de mon but, c'est-à-dire restaurer l'équilibre de Visidia, alors je n'ai aucune intention de perdre le combat qu'ils ont engagé.

Il plaque ses mains sur elle en tremblant. Mais c'est peine perdue : elle est déjà morte.

« Amora, marmonne Bastian en essayant de reculer. Il faut partir. »

Impossible. Les deux autres garçons et la femme qui reste préparent leurs lames et chargent.

Une arme dans chaque main et leur mort dans ma sacoche, je suis parée.

Rukan frappe de nouveau. La pointe de ma dague rencontre une résistance en labourant et arrachant de la peau. Un homme hurle de rage. Il trébuche à quelques pas de moi, serrant son arme. Je devrais me focaliser sur les autres, mais je suis médusée par les minuscules lignes bleues qui envahissent sa peau en s'entrecroisant.

Le poison fonctionne.

Les années d'escrime de Ferrick lui permettent de parer de sa rapière le coup porté par son adversaire. L'épée de celui-ci est plus massive et plus menaçante, mais Ferrick est avantagé par sa rapidité. Il recule son arme puis pique violemment la poitrine de l'homme qui tombe en arrière, portant la main à son torse. Sa chemise est souillée de sang. Sa blessure n'est pas mortelle, mais douloureuse.

Mon propre adversaire est longiligne, osseux et galvanisé par la rage. La main dans laquelle il tient son épée tremble, le sang de la seconde se répand sur le sol. Il ne sait plus quoi faire. Ma magie hurle presque pour que je l'utilise, je ne peux l'ignorer ou la réprimer plus longtemps. Une seule goutte de ce sang me suffit.

Les braises du foyer refroidissent à proximité, j'espère qu'elles sont encore assez chaudes pour brûler.

À la surprise du blessé, je m'accroupis rapidement et passe ma nouvelle dague en os dans la mare de sang qui continue à grandir sous sa main. Il esquisse des mouvements lents et déséquilibrés ; s'il veut survivre, il doit se dépêcher de bander son bras. Pourtant, il ne bouge pas. Ses yeux se posent sur la dague, puis sur le sol où gît le cadavre de celle à qui elle appartenait. Il me saute enfin dessus en grondant.

Je chute violemment sur le sol. Mon épaule heurte un rocher pointu et une douleur aiguë m'envahit. Je déteste crier, mais la souffrance me prend par surprise.

« Amora ! Relevez-vous ! » hurle Vataea. Puis elle se met à haleter. Celle qui lui fait face la frappe à la joue de la pointe de son épée. Elle ne crie pas, mais gronde. Je suis clouée au sol en dessous de l'homme, mais elle ne peut pas m'aider. Personne ne le peut.

« Tu l'as tuée ! » L'homme souffle une haleine aigre et il empeste le sang. Sa peau devient encore plus terreuse. Il lutte pour s'asseoir sur moi et garder les yeux ouverts, puis raffermit sa prise sur sa dague. Il la brandit au-dessus de sa tête et la pointe sur ma poitrine.

Il fait deux fois ma taille, et son poids m'empêche de le renverser, mais il est hors de question de perdre.

C'est lui ou moi, or je refuse de mourir sur cette île.

Je rassemble toute mon énergie pour soulever mes hanches afin de lui faire perdre l'équilibre. Il bascule sur la gauche et j'en profite pour lui planter mes deux lames dans les cuisses.

Il ne hurle pas. Il pousse un sanglot étranglé et ce son me trouble. Ses mains laissent échapper sa lame alors que je me remets debout.

Ma magie palpite et s'enflamme, son cri de douleur se grave dans ma mémoire. Je suis certaine qu'il attendra que je ferme les yeux cette nuit pour revenir me hanter. Mais ma démonstration à Arida m'a enseigné une chose : je ne peux pas me permettre de me laisser distraire quand j'utilise ma magie.

Le poison et le sang perdu ont mis mon attaquant hors de combat. Ferrick, Bastian et Vataea tiennent les autres en respect. J'accours vers Bastian en premier. Il a des coupures à l'épaule et au torse, mais ses blessures ne sont pas profondes. Il presse quelque chose dans ma paume au passage ; c'est presque une pleine poignée de cheveux. Je les serre dans mon poing et accueille la magie vibrante qui s'éveille et me réchauffe.

L'homme que Bastian combat me regarde avec méfiance alors que je me dirige vers le foyer. Bastian profite de sa distraction pour le mettre au sol et se jeter sur lui.

« Dernière occasion de sauver ta vie. Où est Kaven ? » Il appuie la pointe de sa lame contre la nuque épaisse du jeune homme.

Celui-ci crache un caillot de sang sur le côté. « Tu crois vraiment que tu me fais peur ? »

Bastian accentue sa pression. « Peut-être pas, mais d'elle, tu devrais te méfier. » Il me désigne, debout à quelques mètres, à l'extrémité du foyer.

L'homme à la nuque épaisse me fixe, puis voit ses cheveux que je tiens dans ma main. Il écarquille les yeux en comprenant. « Ce n'est pas possible. Hors de question.

— Oh, il y a un moyen. » J'ouvre ma sacoche et en sors quelques dents, autour desquelles j'enroule les cheveux, avant de tenir le tout juste au-dessus des braises encore chaudes. Son front se couvre de sueur.

Les autres ralentissent leurs mouvements, probablement pour essayer de comprendre la raison de sa colère.

Ferrick saisit l'occasion et sa rapière traverse la cuisse de son adversaire qui tombe au sol. De son côté, Vataea se rue sur la fille et empoigne ses cheveux sombres. D'un coup de lame, elle en tranche une mèche sur le côté. Puis elle recule vers moi et me la tend avec un ricanement diabolique. Je la prends, mais je ne m'en servirai pas tout de suite.

« Je suis Amora Montara, leur annoncé-je, tandis que les braises commencent à me brûler le dos de la main. Arida vous salue. Je suis la princesse du royaume de Visidia, future Haute Animancière. Et que vous choisissiez ou non de vous mettre en travers de mon chemin, je rendrai cette île au royaume. »

Je ne pense pas au cadavre de la fille sur le sol, ni au cri du garçon aux cheveux blonds quand je lui ai porté le coup fatal. Je n'y songe pas du tout. Je contrôle absolument tout quand j'ouvre la main et laisse tomber les cheveux de l'homme avec une poignée de dents sur les charbons ardents.

Coincé sous Bastian, il hurle de douleur. Il se plie en deux et essaie d'arracher ses dents devenues brûlantes. Les braises rougeoient encore, mais sans feu, elles se consument lentement au lieu de flamber d'un coup.

« *Ceci*, c'est la magie des âmes », déclaré-je tandis que l'homme tremble violemment et crache. Sa bouche saigne tellement il la serre fort. J'ai plus de sang qu'il ne m'en faut pour mettre fin à sa vie, mais il est trop occupé par ses gencives en feu pour encore représenter une menace.

À présent, il ne reste plus qu'un ennemi : la fille dont je tiens les cheveux. Elle regarde hurler l'homme devant elle avec des yeux ronds, remplis de crainte.

« C'est un petit, *tout petit* aperçu de ce que je peux faire, l'avertis-je. Je peux faire fondre tes os, briser tes doigts un par un, faire pourrir tes dents, tes yeux, ta langue. Je suis un monstre, et si tu me fais obstacle, je te détruirai. » Je pense chaque mot qui franchit mes lèvres, et elle le sait.

« Je ne te le demanderai qu'une fois, continué-je. Où est Kaven ? »

Elle ouvre la bouche pour parler, mais n'a pas le temps de répondre. Un bruissement se fait entendre dans les arbres, puis des bottes font craquer les brindilles.

Bastian serre son épée plus fort. Il raidit les épaules quand l'homme apparaît. L'air quitte mes poumons. Quelque part à côté, Vataea et Ferrick ont un hoquet de surprise.

Nous l'identifions tous immédiatement, car il ressemble à une version plus âgée de son frère. Cependant, là où le teint de Bastian respire le soleil, celui de Kaven tient du clair de lune.

Il est exactement comme je l'imaginais, et en même temps totalement différent. Son visage ressemble à celui de Bastian, mais il est plus grand et son corps svelte n'a rien à voir avec celui, plus large, de son frère. Il n'a pas l'apparence d'un aventurier, ni les muscles saillants qui confèrent à Bastian sa force lors des combats à l'épée. Il tient son menton fièrement levé et je dirais presque qu'il ressemble à un noble si je ne savais pas qui il était. Tout en lui est intimidant.

Des mèches grises strient ses cheveux d'un noir d'encre, et ses pommettes ressortent sur son visage maigre, aiguisées à couper du verre. Lorsque ses yeux rencontrent les miens, je me pétrifie tant leur froideur me terrifie. Je peux presque voir dans son regard gris acier les calculs auxquels il se livre, et tout à coup je comprends qu'il ne compte pas sur les armes pour remporter ses batailles. Il se fie à son intelligence.

Il rectifie sa coiffure de ses longs doigts osseux, des dizaines de fins bracelets en cuir, souillés de traces marron, ceignent son poignet. Je me rappelle l'histoire racontée par Bastian : c'est là qu'il garde le sang de ceux qu'il a ensorcelés, comme un trophée. Là qu'il porte non seulement son pouvoir, mais aussi le maléfice de son frère.

L'occasion de briser sa connexion avec la *Grande Cale* se trouve juste là, à portée de main. Elle nous nargue.

Une vague froide me traverse et m'engourdit le bout des doigts.

« Quatre intrus, lâche Kaven d'une voix étonnamment calme, et vous n'avez pas pu vous en occuper ? »

Sa présence glaçante suffit pour que l'homme en dessous de Bastian arrête de crier, et que la fille aux cheveux sombres tombe à genoux en signe de déférence, se laissant distraire en dépit du danger imminent. Bastian saisit l'opportunité et lui assène un coup derrière la tête avec le pommeau de son épée. Elle pousse un cri étranglé, s'écroule au sol, sans connaissance et les yeux révulsés.

Bastian ne perd pas une minute. Il me contourne en se baissant, sa poitrine se soulève tandis qu'il décrit un arc de cercle avec sa lame et l'approche de la gorge de Kaven. Toute sa rage est concentrée dans sa machoire, ses épaules, et son souffle. Il pose la main sur le ceinturon de Kaven et lui enlève sa dague avant de la jeter au sol.

Si la lame posée sur sa gorge l'ennuie, Kaven n'en montre rien. Il affiche un petit sourire moqueur. « Bienvenue à la maison, mon frère. Jamais je n'aurais imaginé que tu reviendrais ici, surtout avec la princesse dans ton sillage. » Sa voix est celle d'un prédateur, pourtant Bastian ne faiblit pas.

« Frère ? répète Ferrick dans un murmure, les yeux pleins de colère. Tu ne m'as jamais dit que Kaven était son…

— Je viens de l'apprendre, chuchoté-je. Et là, ce n'est pas le moment. C'était un secret, je ne pouvais pas le partager. »

Bastian entaille la gorge de Kaven en signe d'avertissement. Aucun de nous ne fait mine d'attaquer, lui accordant ce moment avec son frère pour voir ce qui va arriver.

Un frisson dans la voix, Bastian lance : « Zudoh n'est plus ma maison depuis longtemps. Tu t'en es bien assuré. Regarde ce que tu as fait à notre île. À notre peuple. Cela doit cesser. Romps mon maléfice et renonce, sinon je te tue. »

Kaven lève encore plus le menton, et la lame de Bastian entaille la peau plus profondément. Chacun de ses mouvements semble précisément calculé, comme si son esprit avait trois longueurs d'avance sur ses paroles. « Tu veux récupérer ta magie ? Après toutes ces années, tu ne saurais même pas quoi en faire. Elle te dévorerait vivant.

— C'est possible, concède Bastian en regardant avec convoitise les dizaines de bracelets de cuir autour des poignets de son frère. Mais il est temps que je reprenne ce qui m'appartient. »

Kaven relève le coin droit de sa lèvre avec encore plus de mépris. J'ai vu la même expression chez Bastian. Mais ce qui est charmant chez l'un est menaçant chez l'autre. « Et comment comptes-tu t'y prendre ?

— Zudoh reviendra au sein de Visidia. » Je lève haut la tête, d'un air plus assuré que je ne le suis en réalité. « Rends sa magie à Bastian, romps son maléfice, et abandonne ta fonction de dirigeant. Cette île se meurt. Si tu ne nous laisses pas intervenir dès maintenant, bientôt il sera trop tard. »

Kaven ricane, doucement, mais des frissons me parcourent l'échine. « Je suis plus Animancier que tu ne le seras jamais. Vous, les Montara, vous prétendez maîtres des âmes, pourtant vous ne comprenez même pas votre propre magie. Vous ne vous demandez pas pourquoi elle vous défie constamment ? Pourquoi elle essaie de vous consumer ?

— Je sais pourquoi, protesté-je. Je sais tout de la bête que le roi Cato a domptée. »

Il prononce les paroles suivantes avec désinvolture. Avec tant d'assurance et de confiance en lui qu'elles me glacent. « En êtes-vous sûre ? » Il étrécit ses yeux pour me scruter. Lentement, comme pour ne pas effrayer Bastian et l'inciter à faire usage de sa lame, il fait un signe derrière lui en direction d'une imposante chute d'eau que je distingue à peine à cette distance. « Tout ce que vous avez besoin de savoir au sujet de votre famille, c'est-à-dire la vérité qui se cache derrière votre magie, ce qu'ils ont fait à cette île et à Visidia, tout se trouve ici. »

Bastian me met en garde en secouant la tête, mais la magie s'agite avidement en moi à l'invitation de Kaven.

« C'est pour cela que vous êtes venue, n'est-ce pas ? insiste-t-il. Pour trouver des réponses ? Laissez-moi vous montrer la vérité. Inutile de faire de moi le méchant de l'histoire. Prenez vos armes si vous le souhaitez, il n'y aura que nous cinq. Quant à vous autres… » Il les observe – perdant leur sang sur le sol pour la plupart, ou déjà morts – et il pousse un soupir las. Du sang coule de sa gorge, là où Bastian continue d'appuyer. « Vous ne m'êtes plus d'aucune utilité. »

Son âme est un tourbillon d'ombres et de violet profond en train de s'écorner. Certaines parties ont commencé à se morceler et à s'effacer, ce qui m'indique de ne pas lui accorder la moindre confiance. Mais il a raison sur un point : je suis lasse de me démener pour trouver les réponses dont j'ai besoin. Je me suis lancée dans ce voyage pour prouver à mon peuple qu'il a besoin de moi comme souveraine. Cependant, si la vérité concernant Visidia et sa magie m'échappe, ce ne sera jamais possible.

Je m'approche de Bastian et saisis son avant-bras. « Lâche ton arme, lui intimé-je. Je dois le voir par moi-même. »

Constatant son hésitation, je repousse son bras en arrière jusqu'à ce qu'il baisse son arme et la ramène à son côté. « Ne faites pas ça, Amora, gronde-t-il tandis que Kaven s'essuie le cou et recule à une distance prudente. Vous vous jetez dans la gueule du loup.

— Tant mieux, rétorqué-je, songeant à la bête qui se tapit en moi dans l'ombre, attendant pour attaquer. Je sais comment la gérer. »

Kaven sourit à son frère. « Dans ce cas, suivez-moi. »

Le territoire a brûlé tant de fois qu'il ne nous faut pas longtemps pour traverser le terrain plat et boisé. Un air froid me mord la peau, et Bastian frissonne. Bien qu'il souffre de plus en plus, il reste à mes côtés lorsque nous approchons de la chute d'eau, les mouvements raides. Sa main ne quitte à aucun moment le pommeau de son épée.

Une petite grotte se cache derrière l'eau grondante, invisible pour qui ne la cherche pas.

En la voyant, Ferrick hésite. Les rochers ne laissent qu'une mince ouverture. Aucun moyen de savoir de quel espace nous disposerons, ni ce qui nous attend à l'intérieur.

« Nous avons peut-être des avis opposés, mais je ne suis pas inflexible, déclare Kaven. Si ce sont des réponses que vous voulez, vous n'avez qu'à entrer. Et peut-être qu'en sortant, vous aurez compris ce que je souhaite pour ce royaume. Mais il n'y a de place que pour une seule personne, Princesse. Je vous assure que les autres seront en sécurité dehors. »

Je m'étouffe presque. La *sécurité* n'est pas un concept que j'associe à cet homme.

« Comment savoir s'il ne s'agit pas d'un piège ? demande Bastian. Si quelqu'un ne l'attend pas à l'intérieur ? »

Kaven fait un geste vers moi, arquant un sourcil entendu.

Je secoue la tête. « Je ne sens aucune autre âme, le rassuré-je en retour à sa question silencieuse. Il n'y a que nous. »

Mais est-ce vraiment le cas ? Ma magie est bien réveillée, elle se tortille avec impatience, me poussant vers la cavité avec une force que je ne lui connaissais pas. À l'intérieur se trouve quelque chose que ma magie désire plus que tout.

« Soyez prudente, me met en garde Vataea. Les ténèbres se cachent là-dedans. » Elle caresse la pointe de sa dague sans perdre Kaven de vue. Il lève un sourcil, mais elle ne détourne pas le regard. Kaven est seul ; à nous quatre, le maîtriser devrait être facile. Mais il ne semble pas préoccupé. Il a les bras croisés et affiche une posture nonchalante.

« Ça ira ? m'inquiété-je en voyant l'anxiété qui creuse le front de Bastian.

— Ça ira, répond-il avec brusquerie. C'est pour vous que je me fais du souci.

— Tout se passera bien. » Je prends une inspiration et redresse le menton. Bien que les autres n'aient pas l'air convaincus, je détourne mon attention d'eux et avance. « S'il arrive quoi que ce soit, appelez-moi. »

Le rire de Kaven ne déplace que légèrement l'air. « Rien n'arrivera d'ici votre retour, vous avez ma parole. »

À l'entrée de la grotte, je me retourne pour leur jeter un dernier regard. « Comme je l'ai dit, criez mon nom. »

CHAPITRE VINGT-NEUF

L'obscurité de la caverne dresse un voile opaque devant mes yeux. L'air qui empeste le moisi est si épais que je suffoque.

Bien qu'une seule personne puisse franchir l'entrée, celle-ci s'élargit au fur et à mesure, formant un passage circulaire tout juste suffisant pour me permettre d'étendre les bras. On n'entend que le bruit discret des gouttelettes d'eau qui éclatent sur le sol. La seule source de lumière provient d'insolites insectes bleus cachés dans le plafond irrégulier au fin fond de la grotte. Chacun émet une lueur trouble qui éclaire suffisamment pour me permettre d'entrevoir le fond de la caverne.

Des plaques de bois recouvrent une petite partie du sol. Des couvertures en fourrure s'y entassent, luisantes d'eau. En m'approchant, je constate que les relents de moisissure se dégagent d'elles, et je fronce le nez mais ne fais pas demi-tour.

Je m'accroupis pour examiner le bois attaqué par les insectes et jonché d'éléments étranges. Des morceaux de métal aiguisés et des couteaux rudimentaires empilés sous une mince couche de terre.

Je m'intéresse plus particulièrement à l'un d'eux, rouillé par le sang et le temps, et le désir agite ma magie bestiale. J'essaie de l'ignorer tandis qu'elle me ronge le bout des doigts et me pousse à m'en rapprocher encore. Je sais très bien ce que c'est.

C'est une lame de légende. Qui a sauvé Visidia ; qui l'a créé.

J'ai prêté maintes fois serment sur ce poignard et son propriétaire : le couteau à dépecer de Cato.

Je ne sais plus comment respirer. Comment tenir debout. Je tombe à genoux et pose la main dessus.

« Je n'y arrive pas ! » se plaint l'homme d'un ton sec.

Je n'ai jamais vu le premier roi, pas même en portrait.

Le roi Cato régnait il y a des siècles, et même si tout ce que nous avons à retenir de lui provient des histoires transmises depuis qu'il a établi la monarchie, je suis absolument certaine qu'il se trouve devant moi.

Il a une carnation légèrement olive et une carrure beaucoup plus mince que celle que je prêtais à ce personnage important. Il se tient assis en face de moi, jambes croisées, sauf que mon corps n'est en fait pas le mien. Sa peau est bien plus claire que la mienne, comme celle de Cato, et il a une petite taille. Je suis l'Amora que je connais, mais également cette jeune femme restée vivante en pensées et en souvenirs. Mes abondantes boucles sombres sont rassemblées en une élégante natte, bien que quelques mèches folles se nichent derrière mes oreilles ou tombent sur mon front et mes joues.

Je m'immerge de plus en plus profondément dans l'esprit de cette femme, jusqu'à ce que ses pensées deviennent les miennes.

« Il faut que tu te détendes », lui soufflé-je. Les paroles qui franchissent mes lèvres sont apaisantes, je ne les contrôle toutefois aucunement. « La magie des maléfices n'est pas aussi difficile que tu le crois, je te le promets. Donne-moi juste ta main. »

Cato hoche la tête en s'exécutant, mais de profondes rides d'angoisse se creusent entre ses sourcils.

Je place sa main entre mes genoux. « Songe à ce que tu veux que les autres voient. Penses-y fort, comme s'il s'agissait d'un souvenir. » J'enfonce une aiguille dans son doigt. Une petite bulle de sang apparaît, et je retourne sa main pour tamponner son doigt sanglant contre un caillou placé devant nous sur le sol pierreux.

Cato ferme les yeux en se concentrant et ôte sa main après un moment d'hésitation.

« Qu'as-tu senti ? demandé-je, et ses lèvres esquissent une petite moue.

— Rien. » Il regarde le caillou avec méfiance. « Ça a marché ? »

Je touche la pierre en attendant, pour voir si un maléfice m'entoure. Comme rien ne se passe, je prends une expression chaleureuse et lui offre un léger sourire, même si mes épaules s'affaissent, car je sais que cela va le contrarier.

Je n'ai pas besoin de parler pour que Cato comprenne. Il grogne, passe ses doigts dans ses cheveux châtains, puis sur son visage, se remet sur ses pieds.

« Il n'y a pas de quoi s'énerver ! insisté-je. Des tas de gens ne possèdent qu'une seule magie, ne sois pas frustré. » Or, en vérité, je ne comprendrai jamais son mécontentement.

Quand j'étais jeune, j'ai découvert que j'avais la capacité de lire les âmes, une magie que personne n'avait encore découverte. Et j'ai appris que j'avais aussi des affinités avec d'autres magies, comme celle des maléfices et celle de la guérison.

Pendant des semaines, j'ai essayé d'inculquer à Cato la magie des maléfices, mais la seule qu'il ait été capable d'utiliser, c'est celle que je lui ai apprise alors que nous étions enfants : la magie des âmes. À cette époque, nous avons gardé cette magie pour nous, comme un lien entre meilleurs amis. Il adorait l'idée que nous soyons les seuls à la pratiquer, et me supplia de ne jamais l'enseigner à quelqu'un d'autre. Mais depuis quelques mois, elle ne lui suffit plus. À présent, il en veut plus.

Je tente de poser mes mains sur son bras, mais il les repousse en grommelant.

« … Me dit celle qui possède de la magie en abondance, raille-t-il. Si une femme peut en maîtriser plus d'une, c'est absurde que moi je ne le puisse pas. »

Désemparée, je recule comme si un coup m'avait atteinte.

« Tu prononces *femme* comme si c'était un gros mot, lui fais-je sèchement remarquer. Rappelle-toi que c'est moi qui t'ai appris la magie des âmes, Cato. Je suis celle qui l'a découverte. »

Il me regarde et ses épaules fléchissent. Il s'avance, prend mon visage dans ses paumes en coupe et m'embrasse sur le front. La douceur de ses lèvres me réchauffe la peau, et je me laisse aller contre lui.

« Je suis désolé, Sira. » Sa voix s'adoucit considérablement lorsqu'il appuie son front contre le mien. « Tu sais que ce n'est pas ce que je voulais dire. Je veux juste que les choses s'améliorent pour nous.

— Nous sommes bien comme ça. Nous n'avons pas besoin d'une abondance de magie pour avoir une belle vie », murmuré-je doucement.

Bien que je pense chaque mot de ce que je viens de dire, sa mâchoire se crispe. « La magie, c'est le pouvoir, Sira. Le respect. Puis-je t'offrir une belle vie sans cela ? »

Je lève les mains vers ses joues, et mon pouce caresse délicatement sa barbe. « Tu te fais trop de souci, mon amour. » Je lui donne un tendre baiser avant de m'éloigner en direction d'une porte, consciente qu'il a besoin de rester seul pour atténuer sa frustration. « Aujourd'hui tout va bien pour nous, et ensemble nous ne ferons que devenir plus grands. Ça ne sert à rien de s'attarder sur ce que nous ne pouvons pas contrôler. »

Je le dis gentiment, et Cato ne sait pas que je peux toujours l'entendre en sortant.

« Pas contrôler, marmonne-t-il dans sa barbe. C'est ce que nous allons voir. »

Les rives grouillent de monde ; certains pêchent, d'autres grimpent à d'immenses arbres en riant. Mon cœur bondit lorsqu'un jeune garçon monte sur l'un des plus hauts pour se jeter aussitôt des branches. Mais avant d'atteindre le sol, il souffle un grand coup vers le sable ; l'air semble se densifier en dessous de lui et former un coussin, qui bouge à toute vitesse pour le réceptionner et le faire remonter de quelques mètres. Là, le garçon ralentit son corps avec la magie du temps. Il rit, fait des pirouettes en l'air en bougeant si lentement qu'il paraît flotter.

Son corps luit de sueur sous le soleil. Quand il finit par atterrir, il court de nouveau à l'arbre. En dessous de lui, une toute petite fille blonde tente de l'imiter en soufflant sur le sol. Elle ne décolle pas de plus d'un mètre.

Je tisse de jolies pierres et de beaux coquillages autour de petites pièces en cuir pendant que les enfants jouent. Je me pique le doigt avec une aiguille, enduis le cuir de sang en y liant un maléfice et le laisse sécher. Je fabrique ces colliers pour les filles d'ici, afin de les protéger des personnes malintentionnées. Tandis que je suis penchée sur mon ouvrage, trois enfants viennent m'entourer, un garçon roux et des jumelles à la peau brune et aux boucles serrées : les filles de Lani et le fils de Markus. Ils ont coloré leurs yeux en rose, violet et jaune d'or éclatants et recouvrent mes cheveux d'une belle nuance lilas. Je les laisse s'amuser, riant lorsqu'ils plaisantent à propos de la teinte qu'ils essaieront ensuite. L'un de leurs parents pourra plus tard rectifier la couleur pour moi.

Sur l'herbe, face à moi, Cato découpe un poisson dont les écailles luisent encore d'eau de mer. Il est mal luné aujourd'hui, donc je m'efforce de ne pas lui prêter trop d'attention. Lui, par contre, me garde continuellement dans sa ligne de mire et ses gestes de plus en plus coléreux me déconcentrent tellement que je suis obligée de m'intéresser à lui.

Il me jette alors un regard noir. « Est-ce que tu essaies de me mettre mal à l'aise ? »

Je m'immobilise, ainsi que les enfants placés derrière moi. Doucement, j'appuie sur l'épaule d'une des deux filles pour les faire partir, en leur promettant de jouer avec eux plus tard.

« Bien sûr que non. » Je lui lance un regard assuré. « Comment peux-tu penser ça ? »

Cato essuie la sueur ruisselant sur sa nuque. « Parce que toi, tu peux vendre tes petits porte-bonheur et maléfices de protection, alors que moi, tout ce que je sais faire, c'est pêcher. Je sais déjà que tu es capable de plus de choses que moi, alors pourquoi tu en rajoutes ? »

Je serre les lèvres et lâche un soupir silencieux. « Ce n'est pas un concours. Ce ne sont que des petites breloques de protection. C'est toi qui nous nourris, et tes poissons rapportent plus. Presque personne ne s'intéresse à mes stupides petits maléfices. »

Mon ventre se noue à la vue de mes colliers et bracelets en cours de fabrication. Les coquillages qui recouvrent le sol sont magnifiques et n'attendent plus que de recevoir leur maléfice. J'avais prévu d'en faire des dizaines, et à présent j'ai du mal à les regarder sachant combien ils l'irritent.

Il ne dit rien. Il continue à me fixer un moment avant de se remettre au travail. Je m'applique à mon maléfice, passant le doigt sur le cuir et réfléchissant à ce que j'ai dit.

« Est-ce qu'il s'est passé quoi que ce soit ? » Je prends une voix tendre, comme il aime. « Ai-je fait quelque chose ? Je ne veux pas insister, mais tu semblais sur les nerfs ces derniers temps, et quand j'ai aperçu par hasard ton âme… »

Cato se fige. Il lève brusquement la tête, les yeux comme deux dagues vertes menaçantes. Je recule d'un pas.

« Nous étions d'accord pour ne jamais lire l'âme de l'autre. » Il détache tous ses mots desquels suinte un redoutable poison.

Une femme pâle, à la peau brûlée par le soleil, qui utilise la magie pour faire flotter un filet au-dessus de sa tête, pivote pour regarder Cato. Elle ne m'évoque rien, bien que je reconnaisse l'un des hommes qui, lui, remarque quelque chose et s'avance.

« Tout va bien, Sira ? » Sa voix apaisante de baryton est pleine d'une sollicitude paternelle. Basil évalue la situation. Des rides plissent ses yeux chaleureux, couleur d'ambre, qui se fondent dans son teint basané, et je brûle de honte.

« Tout va bien, Basil, grogne Cato. Tu n'as pas de copines à guérir ? »

Je serre les poings, détestant sa façon grossière de s'adresser à quelqu'un qui compte pour moi.

Basil passe outre le commentaire sarcastique et me regarde d'un air interrogateur.

« Ça va, m'empressé-je de murmurer pour ne pas risquer d'énerver davantage mon compagnon. Cato est juste un peu tendu. »

Basil ne semble pas convaincu, mais acquiesce tout de même. « Heureux de l'entendre. Pourquoi ne pas le laisser se calmer un peu ? Si tu songes toujours à t'essayer à la guérison, tu pourrais venir t'asseoir avec nous pour le reste de la journée. »

Un rictus tord les lèvres de Cato qui toutefois ne quitte pas des yeux son poisson. Je rassemble mes affaires avec un rapide hochement de tête. « Je doute que ça serve à quelque chose, mais ça vaut la peine d'essayer. »

Ces mots ne s'adressent qu'à Cato, afin qu'il ne se sente pas encore plus mal vis-à-vis de son incapacité à apprendre d'autres magies. Mais la vérité, c'est qu'en me proposant cela, Basil a suscité en moi une profonde envie.

Toute ma vie, la magie m'a appelée sous toutes ses formes et s'est prêtée à mes explorations. Bien que je sois parvenue à apprendre la magie des âmes à Cato, il n'a aucune idée de l'étendue de mes connaissances en la matière, ni des magies que je compte apprendre.

Et comme je l'aime, je ne le lui dirai jamais.

Basil sourit et me conduit vers le chemin qui monte vers la capitale d'Arida.

« Tu sais que tu n'es pas obligée de supporter cet homme, chuchote-t-il après un long moment de silence. Tu mérites mieux.

— Tout va bien, assuré-je, comme si le répéter encore et encore en faisait une vérité. Vraiment. Cato traverse seulement une mauvaise passe. Depuis que nous avons commencé à parler mariage, il ne pense plus qu'à la manière de nous assurer un meilleur avenir. Il estime que les gens le respecteront davantage s'il a plus de magie. Il pense encore que sa magie des âmes ne suffit pas. Je crains de lui avoir mis trop de pression. »

Basil pince sa lèvre inférieure, surpris. « Il n'y a aucune honte à savoir lire les âmes. Tu as été la première à découvrir cette magie, Sira. Tu devrais en être fière. »

J'incline la tête avec un discret signe d'approbation. « Je le suis, je te le promets. Cato était obsédé par l'idée d'acquérir une nouvelle compétence, mais rien ne fonctionne. Ça l'a dévasté, et il s'est éloigné de moi. Cela fait des semaines que je m'inquiète pour lui alors, l'autre nuit, j'ai jeté un coup d'œil dans son âme… »

Basil s'immobilise. « Tu as vu quelque chose ? »

Je serre étroitement mes bras autour de mon corps, regrettant d'avoir à me rappeler ces images. Des frissons me remontent le long de la colonne vertébrale et ma peau se couvre d'un voile de sueur.

« Elle est en train de pourrir », murmuré-je à grand-peine. Ces mots brûlants me tombent dans l'estomac. « Et c'est pire de jour en jour. Des morceaux se détachent, comme si elle disparaissait. Je n'ai jamais rien vu de tel. »

Basil tend sa main ridée pour prendre la mienne.

« Sois prudente avec ça, m'avertit-il. J'ai peur qu'il n'en sorte rien de bon. »

Un soir tard, je m'éveille et constate que Cato n'est pas endormi à côté de moi, et que la porte qui mène à une pièce vide est entrebâillée. Je la touche des orteils, faisant en sorte d'agrandir l'ouverture en silence, avant de m'accroupir pour regarder à l'intérieur.

L'espace devant moi est obscur, pas la moindre lampe à huile ou fenêtre ouverte qui laisserait entrer la lumière de la lune.

Une fois mes yeux habitués, je distingue une forme aux larges épaules : Cato, assis sur le sol. Il me tourne le dos, et alors que j'ouvre un peu plus la porte, la petite créature qui se trouve en face de lui apparaît clairement. Un lapin.

Il tremble de tout son corps dans sa cage et se réfugie dans un coin quand Cato introduit sa main à l'intérieur. Il tient le petit couteau qu'il utilisait avant pour peler le poisson. Le lapin pousse des couinements perçants lorsque Cato l'appuie sur sa patte et recueille du sang, avant d'arracher des brins de sa fourrure.

Je me couvre la bouche, pour m'empêcher de crier ou de vomir, ou les deux.

Cato enduit la fourrure du sang prélevé, la lève, puis la jette dans un ramequin d'eau à côté de lui.

Jamais encore je n'avais entendu un cri semblable à celui du lapin. Les gargouillis étranglés d'une créature qui lutte pour respirer, essayant de comprendre pourquoi elle se noie alors qu'elle n'est entourée que d'air. Il pousse une plainte désespérée, presque comme celle d'un enfant, qui fait trembler mes mains.

J'ouvre la porte d'un grand coup et mon pied expédie le ramequin d'eau à travers la pièce ; Cato saute sur ses pieds, abasourdi. Le lapin prend une inspiration, tousse et tremble tandis que je me précipite vers la cage et la prends dans mes bras.

« Les dieux ne nous donnent pas ces animaux pour qu'on les torture ! » Je respire rapidement et intensément, incapable de m'arrêter de trembler. « Qu'est-ce que tu croyais ? » Je recule d'un pas vers la porte, la peur le disputant à la rage dans ma poitrine.

Cato affiche un sourire. C'est une des expressions les plus joyeuses que j'aie jamais vues, et elle ne lui va pas. Jusqu'alors, je n'avais pas remarqué à quel point la vie s'était retirée de lui ; il a la peau blême, terne et il dépérit, ce qui lui donne un visage rude et décharné. Au cours de combien de nuits s'est-il glissé dans cette pièce, isolé dans la pénombre ?

« C'est de la magie », déclare-t-il, presque étourdi. Je fais quelques pas de plus vers la porte. Le malheureux lapin tremble toujours dans sa cage.

« Quelle magie ? » Mon instinct me crie de m'enfuir, cependant l'amour que je porte à cet homme que je connais depuis l'enfance m'en empêche.

Je dois au moins écouter ses explications.

« La magie des âmes, chuchote-t-il. Ma magie. J'ai décidé que, puisque je ne pouvais pas en apprendre plus, je n'avais qu'à changer ce que je possédais déjà. »

Je diffuse ma propre magie des âmes autour de moi, réconfortée par sa chaleur. Sa légèreté. Elle m'accueille, et l'âme de Cato s'ouvre à moi, d'une blancheur éclatante. J'en ai le souffle coupé : il ne reste quasiment aucune couleur, ni indice montrant qu'une âme s'est un jour trouvée là.

« Que t'est-il arrivé ? » Ma voix se brise. Je serre la cage plus fort contre moi, comme si elle pouvait m'aider à tenir debout.

Quand Cato comble la distance qui nous sépare, je fais tout ce que je peux pour empêcher mes jambes de fléchir. « Je l'ai fait pour nous, déclare-t-il. Pour toi, pour ne pas te faire honte. Pour que nous ayons une vie meilleure ensemble. »

Je secoue la tête et quelques mèches s'échappent de ma natte serrée. « Je n'ai jamais eu honte de toi, pas même un peu. Cato, ton âme...

— Fais-moi confiance. » Sa voix est nette et étonnamment honnête. Il essaie de tendre la main, comme pour prendre la mienne, mais le lapin couine de terreur. Je recule, la gorge serrée.

« Qu'as-tu fait à ta magie des âmes ? »

Il balaie la question d'un geste. « Cette magie a toujours été en nous ; je fais simplement le choix de la regarder différemment. Sira, tu m'as dit que tu m'aimais. Si ce n'était pas un mensonge, alors tu dois me croire. Me faire confiance pour bâtir une nouvelle vie pour nous. »

J'essaie de passer outre ma peur. C'est Cato, après tout. Celui qui rougissait de timidité lorsque nous avons échangé notre premier baiser sur les rives d'Arida, il y a des années de cela. Le garçon pour lequel j'ai fait le mur en grandissant, juste pour que nous nous tenions dans les bras l'un de l'autre et bavardions au clair de lune. C'est avec cet homme que j'ai partagé mon lit toutes les nuits, et qui me réveillait tous les matins d'une pluie de baisers.

Mais il n'est plus cette personne, depuis un certain temps déjà.

« Je te fais confiance, dis-je, bien que ce soit le plus gros mensonge que j'aie jamais proféré.

— Bien. » Il tend la main pour me caresser la joue du pouce, et je m'efforce de ne pas grimacer à son contact. « Pour l'instant, personne d'autre que toi et moi n'a besoin de savoir. »

Basil est le quatrième à mourir cette semaine.

Sans ses lèvres et son menton constellés de sang, il aurait l'air paisiblement étendu sur le sable ; c'est presque comme s'il dormait. Comme s'il allait se réveiller d'un moment à l'autre et me taquiner parce que je le regarde.

Derrière moi, Cato transforme la dépouille de mon ami en spectacle et parade à son sujet, en disant à qui veut l'entendre : « Voilà ce qui arrive à ceux qui ont plusieurs magies ; les dieux nous punissent de notre avidité ! »

Douze personnes sont mortes jusqu'ici, et comme l'île a peur, les gens boivent ses paroles.

Mais moi, je connais la vérité. Les dieux ne sont pour rien dans ces disparitions. Cato, si.

Je me remémore la nuit où je me suis opposée à lui. Où je l'ai regardé dans les yeux et réalisé qu'il n'y avait plus la moindre trace du garçon que j'avais aimé un jour dans cet homme malfaisant et impitoyable.

« Mort parce que sa magie s'est déchaînée ? Tu penses vraiment que je vais croire ça ? » avais-je crié.

Pour toute réponse, il avait pris mon visage dans ses mains et enfoncé ses ongles dans ma peau. La douleur m'avait fait monter les larmes aux yeux, mais il n'avait pas appuyé suffisamment pour que cela laisse une marque. À aucun moment.

« Tu vas fermer ta bouche, avait-il décrété. Ou je te jure que je détruirai chaque âme d'Arida. »

C'était le jour où l'on avait trouvé le premier corps, une semaine après l'avoir surpris avec le lapin. Je regrette de tout mon cœur de ne pas en avoir fait davantage pour le stopper, mais j'ai beau chercher, je ne parviens plus à trouver la moindre combativité en moi. Il m'a tout pris.

« Il faut arrêter tout ça ! » Je ne sais pas qui parle car je ne me retourne pas. Je continue à regarder Basil, attendant qu'il ouvre les yeux. Qu'il respire. Je n'entends même pas Cato approcher, mais je retire brusquement ma main quand il essaie de la saisir.

« J'ai une idée. » Il me prend de nouveau la main en la serrant avec force pour m'empêcher de l'enlever. « Sira peut enlever votre magie !

— Par les dieux, de quoi est-ce que tu parles ? » Je ne cherche pas à cacher mon ton agressif. « Non, je n'en suis pas capable. »

Son visage ne se tord pas de surprise mais devient aigre. Il s'excuse poliment auprès des autres, tout en m'enfonçant ses ongles dans ma paume, et il me force à le suivre jusqu'à ce que nous soyons hors de portée.

« Tu as toujours voulu aider les gens. » Cela sonne comme une accusation. « Tu en as l'occasion maintenant. Ceux qui possèdent plusieurs magies veulent se libérer du danger. Tu peux prendre toutes leurs magies sauf une, Sira.

— Je ne le ferai pas. »

Il m'entoure de ses bras comme pour m'étreindre, mais d'une main, il me tord douloureusement les bras. De l'autre, il appuie ma bouche contre son torse pour étouffer mon cri.

« Tu vas prendre leur magie. » Il sourit tout en grondant. Si d'aventure quelqu'un se tournait vers nous, il croirait qu'il est tendre avec moi. « Peu importe laquelle, laisse-les choisir. Mais tu vas la prendre ou, les dieux te viennent en aide, je détruirai chaque âme d'Arida. Et maintenant souris, mon amour, et continue à te taire. »

Les yeux pleins de larmes, j'écoute. Que puis-je faire d'autre ?

« Sois prudente, avertis-je la jeune fille effrayée qui se tient devant moi, comme je l'ai dit à tous ceux qui l'ont précédée. Sinon ce charme prendra une partie de ton âme pour toujours. Si tu le brises, tu vivras mais tu ne seras plus jamais la même. »

Je ne suis plus la même non plus.

Pendant des semaines, j'ai obéi à Cato, utilisant un mélange de magie des âmes et de maléfices pour voler celle des autres.

Je suis écœurée que cela ne soit même pas difficile ; je le fais en plongeant dans leurs âmes pour en arracher la moitié. Puis je place cette moitié à l'intérieur d'un porte-bonheur.

Une fois que j'ai terminé, la mère de la jeune fille me donne une forte étreinte qui met mon corps en feu. « Sois bénie, Sira », dit-elle, comme si j'avais sauvé sa fille en dérobant sa magie de guérison. Raidie, je suis à peine capable de hocher la tête, mais elle est trop soulagée pour le remarquer, et elles se hâtent toutes les deux vers la sortie.

Une fois la porte refermée, j'attache un nouveau bracelet sur mon poignet.

Elle était la dernière. Désormais, chacun possède une seule magie : toute l'île a été purgée.

Jour après jour, le nombre de bracelets entourant mes poignets, marqués avec le sang de ceux dont je contrôle les maléfices, a grandi. Mon pouvoir sur autant d'âmes a transformé ma magie paisible en bête affamée et rugissante.

Une partie de moi voudrait enlever ces bracelets et les cacher pour ne plus les voir, or je ne peux pas prendre le risque que Cato les trouve et prenne le contrôle de ces gens, ou le pouvoir qui réside dans leur sang.

Mon cœur s'est endurci à chaque magie que j'ai volée, révulsée par les éloges de ceux qui me remercient d'être altruiste au point de prendre soin d'eux en premier, au lieu de m'inquiéter à propos de mes propres magies multiples. Agir ainsi me vaut leur affection, ils louent Cato d'avoir eu cette idée et de tous les sauver du trépas. À leurs yeux, c'est un roi qui leur apporte la sécurité. Et comme cette île est toujours en désordre, car le peuple continue à avoir peur et cherche à ce qu'on le guide pour vivre avec une seule magie, ils lui confèrent réellement ce titre. Et ils font de moi leur reine.

Par les astres, s'ils savaient. Si seulement ils pouvaient comprendre pourquoi je n'arrive plus à les regarder dans les yeux. S'ils pouvaient sentir la culpabilité qui m'accable, blanchit mes cheveux et flétrit ma peau…

Et combien je me déteste, autant que je hais Cato.

Cette nuit-là, il me rejoint un peu plus tard sur le rivage. Je suis en train de contempler l'océan et de le supplier en silence de me prendre.

« C'est ton tour, déclare-t-il sèchement. Il est temps de te débarrasser de tout, sauf de ta magie des âmes. »

Je cligne des yeux pour rencontrer son regard, dur et glacial ; j'ai toujours attendu ce moment.

« Et si je refuse ?

— Je te tuerai, affirme-t-il. J'espère tout de même ne pas en arriver là. Telle a toujours été notre destinée, Sira. Et tu as été appelée à être derrière moi quand je régnerais. »

C'est si ridicule que mon rire monte, amer et impitoyable, bien trop naturel. Je griffe les bracelets de cuir autour de mon poignet.

« Tu ne peux pas tuer quelqu'un qui est déjà mort », rétorqué-je tandis que son regard devient froid. Il saisit ma main et appuie le manche de son couteau dans ma paume. Je passe mon pouce sur l'acier froid de la lame.

« Je l'ai fait pour toi, gronde-t-il, pour que nous ayons une vie meilleure. Tu devrais apprécier le travail que j'ai fourni pour en arriver là. Je ne nous ai pas seulement apporté une maison, mais un royaume. »

Le mot « royaume » me donne presque envie de rire à nouveau. Il bouillonne dans ma poitrine, menaçant d'éclater, mais je le ravale, lourd comme du plomb. On ne peut pas raisonner un homme qui ne désire que le pouvoir.

« Tu vas abandonner ta magie, ordonne-t-il. Tout de suite. »

Si j'arrache la moitié de mon âme pour la placer dans un charme, je suis certaine qu'il saisira celui-ci pour s'assurer que je serai incapable de rompre mon maléfice, ni celui de qui que ce soit.

Mais cela fait trop longtemps qu'il me contrôle.

« Pourquoi ne pourrais-je pas garder la magie des maléfices, plutôt ? demandé-je faiblement, en donnant un petit coup sur le couteau à dépecer pour l'ouvrir.

— Parce qu'alors tu devrais vivre sur une autre île. » Bien qu'il annonce cette nouvelle avec désinvolture, elle me terrasse. « Nous agrandissons le royaume. Je garderai un petit groupe ici, à Arida ; vingt conseillers pour chaque magie afin de m'aider à bâtir mon royaume. Les autres se répartiront sur les différentes îles selon la magie qu'ils ont choisie. Toi et moi, les seuls à pratiquer la magie des âmes, nous régnerons. »

Mon sang bout si ardemment que je ne parviens plus à respirer. « Et leurs familles ? Si un enfant ne pratiquait pas la même magie que son père, tu les séparerais ? »

Il lève haut le menton. « La famille pourra rester ensemble. Mais s'ils exercent une magie différente de celle de l'île où ils vivent, nous devrons les emprisonner.

— Tu as déjà tellement pris à ces gens, lui fais-je remarquer. Tu as donc si peur qu'ils te croient faible, pour les priver aussi de leur choix ?

— Ça ne concerne pas le fait d'être faible. » Il crache presque ces mots. « C'est une question de justice. Plus jamais personne ne croira qu'il n'est pas assez bon. Il n'y aura pas de compétition. Tout le monde travaillera ensemble, en apprenant la magie de son île. »

Mes mains tremblent. « Et pour la magie des âmes ? Il n'y a rien de juste à la garder pour nous. Elle est puissante, Cato. Je ne l'ai jamais partagée avec d'autres parce que j'ai constamment voulu que tu te sentes important. Tu souhaitais que ce soit notre pratique particulière, à tous les deux, et j'ai accepté pour que tu penses posséder quelque chose que personne d'autre ne contrôlait. Mais si tu te préoccupes tant de justice, ne devrions-nous pas partager cette magie avec ceux qui veulent l'apprendre ? Nous pourrions en faire la magie d'Arida. »

Des ombres couvrent ses joues et allongent son visage. « La magie des âmes est trop puissante. Placée entre de mauvaises mains, elle serait dangereuse. En dehors de nous deux, personne ne doit la connaître. »

Je suis abasourdie. Je renverse la tête en arrière avec un rire sec. *Dangereux,* dit-il, comme si ce n'était pas lui qui avait ruiné des centaines de vies et détruit leurs paisibles foyers. *Justice,* dit-il, comme s'il s'en était jamais soucié. Comme s'il n'était pas simplement jaloux de moi et de tous ceux dotés de plus de magie que lui. Comme s'il n'aimait pas que tous, désormais, le portent aux nues après l'avoir fait roi.

Je me remets sur mes pieds, mais la résignation n'est plus de mise. Je place le couteau ouvert en travers de ma paume et referme mon poing sur lui, l'enduisant de mon sang.

Je séparerai ma magie, très bien. Mais pas pour qu'il puisse me contrôler. J'en ai assez de Cato. Cet homme n'est qu'un lâche qui veut justifier son besoin de se sentir important, puissant. Il est temps que quelqu'un le remette à sa place.

Je descends dans ma propre âme, déchirée, abîmée, en lambeaux. C'est si facile, aussi simple que de respirer. Mais ce n'est pas la magie des maléfices que j'arrache ; c'est la magie des âmes.

Cato tend la main avec impatience, mais au lieu de lui donner le couteau et son maléfice, je l'enfonce profondément dans sa paume.

Il recule, et son étonnement montre clairement qu'il ne se serait jamais attendu à ce que je lui fasse du mal. Mais de la même manière qu'il n'est plus le garçon que j'ai connu, je ne suis plus la fille d'avant.

Le sang qui recouvre ma paume se mêle au sien, et je lui donne un coup sur le front.

Je sais à peine ce que je fais. Mon corps a trois longueurs d'avance sur mon esprit, il agit sous l'impulsion rageuse qui me saisit. Sous le pouvoir et la chaleur des charmes autour de mon poignet.

« Tu vas oublier mon nom », grondé-je en le clouant au sol. Il se tord et tente de me faire tomber, mais j'arrive à le maintenir par terre. Je me convulse, peut-être de rage. Ou de peur.

« Tu vas oublier mon visage, et que quelqu'un t'a aimé un jour. Que cette magie puisse représenter entièrement la bête que tu es, qu'elle retombe sur ta lignée pour l'éternité, tout-puissant *roi.* » Je prononce ce mot avec mépris. « Dès que tu feras du mal à une autre créature, que cette magie te dévore de l'intérieur. Qu'elle consacre son existence à une seule chose : essayer d'anéantir ton âme. Si tu baisses la garde ne serait-ce qu'un instant, qu'elle te consume entièrement. Cato Montara, j'espère qu'elle te détruira. »

Je frappe sa tête contre le sol, et ses yeux deviennent vitreux. Au moment où mon corps et mon esprit se rassemblent, je tombe pratiquement sur lui en tremblant si violemment que je n'arrive même pas à me relever. Je respire par à-coups désespérés, une onde glaciale remonte le long de mon échine et parcourent mes veines. Ils me dévorent, et je n'arrive qu'à rire.

Je n'ai jamais cru possible de jeter un sort directement à quelqu'un, mais je viens de le faire avec ce pouvoir infernal amassé dans les bracelets.

Je n'arrête pas de rire tandis que les yeux de Cato virent au blanc, son corps agité de spasmes à mesure que le maléfice pénètre en lui et se loge dans son sang.

Ce n'est rien de plus qu'un petit garçon en colère qui a ruiné un nombre incalculable de vies à cause de sa jalousie. Et je vais finalement le lui faire payer.

Quand il soulève sa tête dans ma direction, la peur lui fait écarquiller les yeux. Mais je me contente de sourire alors que mon cœur se brise.

Il s'avère que jeter un sort directement à quelqu'un exige un paiement que je n'avais pas anticipé, mais il m'est égal de donner ma vie en échange.

« Le peuple d'Arida oubliera ce que je lui ai fait. » Tremblante, j'étale mon sang sur l'herbe, cherchant à l'enfouir le plus profondément possible sous le sol. « Tous sur cette île oublieront ce qu'ils ont perdu. »

C'est la dernière trace de bienveillance dont je sois capable. Suffocante, prise de haut-le-cœur, incapable de trouver de l'air, je serre très fort dans ma paume le couteau à dépecer et exécute mon dernier sortilège.

Je lui donne mes souvenirs. Je fais passer le récit de l'année qui s'est écoulée dans le couteau, puis je le lance sur le rivage pour que les vagues l'ensevelissent. Je souhaite que mes amis vivent en paix ; qu'ils ne souffrent plus d'avoir tant perdu.

Peut-être qu'un jour, quand le royaume sera prêt, ils trouveront ce poignard et apprendront la vérité sur la vraie nature du roi Cato. Et ils sauront ce que j'ai fait.

Une vague m'effleure le bout des doigts, l'eau enfonce le couteau de plus en plus profondément dans le sable jusqu'à ce qu'il l'aspire entièrement.

Tout l'air s'échappe de mes poumons tandis que mon corps s'immobilise et se relâche, tellement lourd et en même temps en complète apesanteur.

Arida disparaît de ma vision, et je rends mon dernier soupir.

Je recule en chancelant et le couteau à dépecer de Cato tombe au sol.

J'ai une boule dans la gorge que j'avale amèrement en regardant mes mains tremblantes. Ce ne sont plus celles de Sira, mais bien les miennes. Dans mon esprit, je revois à nouveau le sang de ma première prisonnière couler le long de mes doigts.

En tant que Sira, j'ai parfaitement compris la magie des maléfices. Vous décidez ce que vous voulez que les gens voient et maudissez un objet avec cette image ou cette histoire en le connectant avec votre sang. Il est possible que quelqu'un ait inventé toute cette histoire, mais ce maléfice n'avait rien à voir avec celui du renard ; c'était bien trop réel. Chaque respiration que Sira prenait était la mienne ; j'ai ressenti chaque émotion. Chaque once de douleur et de peur. C'était la magie des maléfices à un niveau qui ne sera jamais égalé.

Et cela m'a montré que la magie en moi n'est pas censée être malveillante.

La magie de l'âme de Sira n'a jamais été une bête qui attendait pour la consumer au moment où elle a baissé sa garde. C'était doux et engageant. Apaisant.

Son sortilège sur Cato est ce qui fait que ma magie des âmes se comporte de la sorte. Et la magie des âmes ensorcelées qu'elle a utilisée pour se débarrasser de la magie de tout le monde, celle qui la faisait se détester elle-même rien qu'à l'idée de la posséder, est exactement le genre de magie que Kaven utilise maintenant.

Tout ce que j'ai cru en grandissant, à propos de mon sang, de ma magie, de ma lignée, rien de tout cela n'était réel. Ce n'est pas comme ça que c'était censé être.

Pendant tout ce temps, Père connaissait-il la vérité ?

Je ne sais pas combien de temps je suis restée assise dans la caverne, laissant la vérité s'imprégner en moi. Je tiens debout seulement parce que je le dois, et pendant que je me dirige vers la sortie, j'ai la tête qui tourne à cause du poids de tout ce savoir.

Bastian est le premier que je vois. Son épée est dégainée. Il ne l'a peut-être pas pointée vers Kaven, ce dernier arbore une attitude calme et un visage sans expression, mais le venin masque la douleur dans ses yeux, et je sais qu'il n'hésitera pas à s'en servir. Vataea imite l'attitude protectrice du pirate pendant que Ferrick attend impatiemment, accroupi à l'entrée de la caverne.

Quand il me voit, ses épaules s'affaissent avec un soulagement visible et il s'avance pour m'attraper dans une étreinte rapide. « Par les dieux, tu étais à l'intérieur pendant si longtemps. »

Bien que je veuille m'abandonner dans la chaleur d'un corps familier et me détendre jusqu'à ce que le brouillard de mon cerveau se dissipe, je me force à m'éloigner de lui.

« Je vais bien », dis-je d'une voix tremblante, tournant mon attention vers Kaven.

Il me regarde avec des yeux perçants, les sourcils froncés. « Croyez-vous ce que vous avez vu ? »

Je hoche la tête pour que Kaven sache la vérité. « Oui. »

Il ne sourit pas ni ne jubile comme je l'aurais pensé. Il dit seulement : « Mon grand-père a trouvé ce couteau enterré dans le sable d'Arida il y a des années. Il l'a rapporté à Zudoh avec lui, mais il était trop lâche pour faire quoi que ce soit avec. Mon père en a hérité sur le lit de mort de mon grand-père ; le roi Audric venait de monter sur le trône, et grand-père voulait que son fils partage la vérité avec le roi et le royaume. Mais mon père était faible et lâche, tout comme lui. J'ai trouvé le couteau dans son bureau il y a des années de cela. »

Bastian rugit pratiquement. « Tu n'as pas le droit de parler de notre père, Kaven. Tu l'as tué !

— C'était un lâche, crache Kaven. Il voulait garder cela secret aux yeux du monde.

— Il l'a gardé pour que Visidia ne connaisse pas le sort qui lui est aujourd'hui réservé. »

Bastian tient son épée serrée contre lui tandis que Kaven croise les bras sur sa poitrine, une profonde méchanceté dans ses yeux.

« Ce que le roi Cato a fait était mal, dis-je en me déplaçant entre eux. Mais ce n'est pas la bonne manière de réparer ses erreurs ni celles de mon père. » J'enfonce mes ongles dans mes paumes jusqu'à ce que mes mains soient stables. Si l'un des frères fait le moindre geste, je ne peux pas m'attarder à réfléchir sur la malédiction de Sira. Je dois être prête à me battre.

« Le roi connaît la vérité depuis des années, *Princesse*, lance Kaven, et les mots m'atteignent comme des poignards entre mes côtes. Je lui ai montré la lame, prêt à faire des compromis s'il disait la vérité à tout le monde. Mais le roi est aussi un lâche, tout comme Cato et mon père. Dans sa peur, il a détruit la moitié de notre population pour nous empêcher de poser les mauvaises questions ou de développer de mauvaises idées. J'imagine que vous avez vu les cendres sur nos plages ? Elles viennent des arbres que votre père a fait brûler par les soldats valukains. Les os sur le rivage ? Les victimes de la guerre qu'il a déclenchée. Tout ça pour nous réduire au silence. »

Je repense aux cendres sur le rivage. Les os. L'anneau d'algues si épais qu'il ressemblait à du goudron. Tout cela à cause de Père.

S'il était vraiment au courant pour notre magie, alors l'homme que je pensais si bien connaître s'avère être un parfait étranger. Père a été lâche de laisser tant de gens souffrir ici à Zudoh, juste pour qu'il n'ait pas à faire face à la vérité de notre histoire.

Mes mains se serrent en poings fermes alors que je les presse contre mes hanches.

Personne dans mon île ne semble connaître la vérité sur Cato. Les histoires à son propos sont emplies de fierté. Il est considéré comme un puissant Animancier qui a établi un royaume et a ranimé notre population alors qu'elle était au bord de la destruction. Il a veillé à ce que chaque île représente une magie pour aider le royaume à se repeupler sans tentation ni avarice.

Mais en réalité, il n'était qu'un meurtrier au cœur de pierre qui a affaibli les autres pour sa propre gloire. Et si les mots de Kaven sont empreints de vérité, Père ne fait que suivre ses pas.

Il ne m'a pas gardée à Arida pour me protéger, mais pour que je n'apprenne jamais la vérité : il a détruit Zudoh pour les empêcher de se soulever. Et il ne voulait pas que je le découvre.

Ma poitrine est si serrée que je peux à peine respirer. Chaque révélation est un coup qui me désarçonne, mais pour le moment, je dois rester debout. Le moment n'est pas venu de baisser la garde.

« Qu'est-ce qui vous fait penser que vous êtes différent de Cato ? demandé-je à Kaven. Vous détruisez des vies pour le bien de vos propres croyances, comme il l'a fait. »

Kaven secoue la tête. « Je veux réparer le mal qu'il a généré, et conduire son royaume vers une nouvelle destinée. » Chaque mot qu'il prononce devient plus tranchant que le précédent, plus fort. « Si quelques vies doivent être sacrifiées pour cela, ainsi soit-il. La magie aridienne n'a pas à être une arme malveillante. Vous avez vu les raisons de son déchaînement. Je peux vous aider. Nous pouvons réparer votre magie, et restaurer ce royaume pour qu'il redevienne ce qu'il était supposé être. »

Bastian se hérisse à côté de moi.

« Et vous seriez le roi de Visidia, j'imagine ? » Je garde mes yeux rivés sur Kaven dont chaque mot noue ma poitrine. Restaurer Visidia est tout ce que je veux, mais ce n'est pas ce que souhaite Kaven. Il veut se venger. Ma famille est peut-être à l'origine de la destruction de ce royaume, mais cela ne représente en aucun cas son salut.

« Oui, si c'est comme ça qu'ils souhaitent m'appeler, dit-il si simplement. Je serai leur leader pour un meilleur futur. Et cela débutera avec le sang des Montara, avec celui de votre père. Si l'avenir de Visidia vous importe vraiment, vous m'apporterez votre aide.

— Le maléfice doit être rompu, vous avez raison, concédé-je. Mais je trouverai un autre moyen. Tant qu'il y aura de l'air dans mes poumons, vous ne régnerez jamais sur Visidia, Kaven.

— Vous devriez réfléchir à votre opinion pendant que vous en avez encore la chance. » La voix de Kaven s'élève alors qu'il se rapproche de moi. « Les Montara ne sont pas faits pour régner. Cato était un menteur et un imposteur qui a séparé le royaume pour son propre intérêt, et votre père est un lâche qui a brûlé nos bateaux et nous a exilés ici. Vous pouvez être meilleure qu'eux, Princesse. Renoncez, restez à mes côtés et nous pourrons restaurer la magie des âmes telle qu'elle devrait être. »

Je frotte mes talons dans la terre, effrayée que mes genoux tremblants révèlent toute la tourmente qui règne en moi. Parce que d'un côté, tout ce que dit Kaven n'est pas *faux*. Les Montara n'ont jamais été les braves leaders que je croyais. Ils n'ont jamais été destinés à régner.

Mais cela ne veut pas dire que je dois être comme eux. Et je suis sûre par les astres que je ne me tiendrai pas aux côtés de Kaven quand il accomplira sa vengeance.

« Comment vous y prendriez-vous ? » demandé-je en gardant ma voix douce, en la faisant vaciller. Parce que Kaven a faim de sang, et s'il pense que je peux l'aider à en obtenir, il me dira tout ce que j'ai besoin de savoir.

« Votre malédiction est dans votre sang, dit-il, avec de la furie dans ses yeux. Le couteau en était recouvert. Et quand votre père nous a rendu visite il y a onze ans, je l'ai poignardé et j'ai mélangé son sang avec notre eau de source pour que les Zudonais aient une trace de cette magie en eux. Ils avaient juste besoin de l'accepter et de la pratiquer. C'est ce que je les ai aidés à faire depuis. Si le maléfice n'est pas présent dans une seule personne, mais dans tout Visidia, il sera possible de le détruire. Il sera trop imposant pour se maintenir lui-même. Et une fois brisé, nous pourrons restaurer la magie des âmes telle qu'elle devrait être. »

Je pense à la magie de Sira, si ouverte et libre, et je rêve de la ressentir encore. Je ne savais pas que la magie pouvait être comme cela.

« Mais nous n'avons pas encore assez de maléfices en nous, continue Kaven. Il nous en faut plus. Si nous possédions plus de sang de votre père, nous pourrions…

— Non. » J'en ai assez entendu. « Il doit y avoir une façon qui n'implique pas de blesser ma famille ou de répandre le maléfice sur davantage de monde. »

Le visage de Kaven s'effondre, se durcissant en quelque chose de monstrueux. « Non, il n'y en a pas. » Le ton monocorde de sa voix provoque des frissons dans mon dos. « Qu'est-ce que la vie d'une personne en échange de son aide pour qu'un royaume entier obtienne la magie qu'il mérite ? »

Ces mots portent un coup dans ma poitrine. Ce sont ceux auxquels j'ai cru toute ma vie : *une vie ne vaut pas plus que la sûreté de mon royaume*. C'est ce que je me suis toujours dit quand j'étais dans les profondeurs des prisons d'Arida, prenant les vies comme si c'était mon devoir.

Et même maintenant, en sachant à quel point j'avais tort, je ne dirais pas que les mots de Kaven sont incorrects. Une vie ne vaut pas toutes celles du royaume, mais il faut qu'il y ait un autre moyen.

Je pense à Bastian, un garçon maudit à l'âge de 10 ans après avoir vu ses parents assassinés. À Zale, qui se bat de toutes ses forces pour les siens. Aux innombrables personnes que Kaven a tuées dans sa quête de la magie des âmes.

Mon royaume mérite la magie, comme je mérite que la mienne soit semblable à celle du maléfice de Sira. Mais nous n'accomplirons pas cela selon les méthodes de Kaven. Je trouverai ma propre manière.

« Vous n'avez pas à décider de l'avenir de Visidia, grondé-je. Il ne sera fait aucun mal au royaume ou à ma famille. »

En moins d'une seconde, la main de Ferrick est sur mon épaule, m'immobilisant. « Nous savons ce qu'il veut, murmure-t-il. Nous savons qu'il est en train de constituer sans relâche une armée. Si nous partons maintenant, nous avons le temps de le dire à tes parents et d'établir un plan. »

Kaven ne manque aucun des mots de Ferrick. « Vous auriez vraiment dû accepter mon offre, Princesse. » Chaque mot me frappe tel le tranchant d'une lame. « Parce que c'est là où vous vous trompez. Je ne suis pas en train de constituer une armée. J'en ai une. Et votre temps est écoulé. »

CHAPITRE TRENTE

Je regarde Ferrick et Vataea en luttant pour calmer les tremblements de mes mains lorsque des dizaines de silhouettes émergent des bois. Alors qu'elles se rapprochent, je remarque que certaines portent des gilets et des bottes usées de couleur améthyste foncé : Kerost. D'autres sont revêtues de splendides blazers bleu saphir et de capes assorties que je reconnaîtrais entre mille. Leurs emblèmes argentés scintillent à travers le brouillard, m'adressant un clin d'œil moqueur.

Mes propres soldats royaux.

Les jambes tremblantes, je recule, refusant de croire ce que je vois. « Qu'est-ce qu'il se passe ? » demandé-je, bien que je le soupçonne déjà. Je ne reconnais aucun Ker, mais des visages familiers figurent parmi ceux de mon peuple.

Comme celui de Casem.

Il écarquille les yeux en nous voyant, Ferrick et moi. Il se trouve à la lisière des bois, à côté d'Olin, son père, l'homme qui nous a appris, à tous les deux, à manier une lame et à nous défendre. Celui qui se tient chaque jour aux côtés de Père et agit en qualité de conseiller supérieur d'Arida.

Bien qu'Olin ne se soit jamais montré très chaleureux, à aucun moment ses yeux n'ont été aussi froids qu'aujourd'hui, ni aussi menaçants. Et jamais auparavant je ne l'avais vu exprimer autant de mépris et de haine pure envers moi.

« Zudoh n'est pas la seule île à en avoir assez du règne de votre père. » Kaven s'avance entre les soldats et se place devant moi, le menton fièrement levé. « Votre père n'a emmené que les soldats en qui il avait le plus confiance quand il est venu pour saccager cette île : ses meilleurs conseillers. Mais ce qu'il n'avait pas prévu, c'était que tous ne l'approuvaient pas. Il n'a pas pensé que certains pourraient *aimer* l'idée d'une magie ouverte à tout le monde, surtout après avoir vu l'effet des magies multiples au cours des combats, et la façon dont le roi pouvait neutraliser vingt personnes d'un coup, uniquement avec des mèches de leurs cheveux ou des gouttes de leur sang. Comme moi, ils veulent être capables de pratiquer la magie des âmes. »

Il désigne Olin de la tête, et mon cœur s'arrête. « Vous pensiez vraiment que tout le monde se contenterait d'une monarchie qui se réserve toute sa magie pour elle ? Qui prive les gens de leur liberté, et leur dit sur quelle île ils doivent vivre uniquement en fonction de la magie qu'ils choisissent d'exercer ? Il est temps que les choses changent. Le jour où mon île a brûlé a été celui où les autres ont pris conscience de cela, eux aussi. »

Je cherche le regard de Casem, me souvenant de la dernière nuit où nous avons été ensemble à Arida, et de la passivité des gardes du palais pendant le spectacle de marionnettes. De leur façon de laisser les gens manquer ouvertement de respect à leur roi. J'avais deviné que quelque chose n'allait pas, mais Casem avait chassé mon inquiétude. Il était avec eux depuis le début.

Alors pourquoi m'a-t-il protégée à Ikae ?

Les tempes baignées de sueur, je recule, le sol épineux où se mêlent racines et feuilles mortes craquant sous mes pieds. Il n'y a sans doute pas que des soldats aridiens qui se sont retournés contre nous, à peu près quinze seulement, mais s'ils sont ici, je suis certaine que d'autres, avec le même état d'esprit, attendent à la maison.

Kaven avance. « Les Montara nous entravent. Votre petite escapade a été l'excuse parfaite pour éloigner tout le monde et consolider notre armée. Je dois vous en remercier. Votre Haut Animancier ne verra jamais venir ce coup-là. » Quelqu'un met une dague dans sa paume, et il enroule ses longs doigts autour du manche.

Mes propres dagues me semblent plus pesantes que d'habitude quand je les lève, les mains tremblantes.

Lorsque Kaven approche, je fais de mon mieux pour resserrer ma prise et les tenir prêtes. Mes paumes transpirent sans discontinuer.

Visidia mérite mieux que ce qu'elle a connu, et sans conteste mieux que cet homme. Il est presque allé aussi loin que Cato, mais je ne ferai pas la même erreur que Sira, qui a attendu.

Je calme le tremblement de mes poignets et je bondis.

Le chaos éclate dans les bois.

Bastian se faufile rapidement entre les bouleaux, les utilisant comme des boucliers pour éviter ses adversaires, et comme des outils pour les contrer. Il feint d'en contourner un par la gauche avant de prendre à droite, esquivant un coup. Sa contre-attaque expédie son opposant la tête la première dans les ronces, en sang.

Je m'oblige à ne pas regarder celui-ci, de peur de découvrir un visage connu.

« Ne les laissez pas prendre votre sang ! » crié-je, et je diffuse ma magie autour de moi, dans toute sa puissance, en me laissant envahir par sa noirceur. Sa férocité. « Nous ne savons pas qui peut pratiquer la magie de Kaven. »

Ferrick se tient juste derrière moi, il use de toute sa rapidité pour dominer ses assaillants et s'assurer que je n'ai que Kaven à combattre. Vataea n'est nulle part en vue. J'ignore à quel moment elle s'est éclipsée et j'espère qu'elle est en sécurité quelque part dans ces bois.

Kaven ne se bat qu'avec une seule dague, mais il est agile et expérimenté. Il louvoie et me porte un coup à la hanche. Je l'évite juste à temps.

Il utilise la même technique que Sira pour ensorceler tous ceux d'Arida, je ne peux pas lui laisser me prendre une seule goutte de mon sang.

Je fais tournoyer mon arme en os. Il se baisse et riposte en m'expédiant un rapide coup de pied dans le ventre qui me propulse contre le dos de Ferrick. Ce dernier chute mais se relève le premier et me remet sur pied en me tirant par le bras.

« Laissez-moi vous aider », me dit-il d'un ton pressant. Hélas, sans feu je ne peux rien faire de ses membres, qu'il offre à mon pouvoir.

J'écarte Ferrick et porte un nouveau coup à Kaven, sur le point de baisser sa dague. Ses gestes sont ceux d'un soldat, précis et calculés. Il esquive mon attaque, me contourne et m'attrape par les cheveux tandis que Ferrick se jette sur lui. Je tente de me dégager d'une secousse, percevant à peine les cris et l'odeur d'incendie qui empuantit l'air.

Kaven pousse un juron et me jette au sol. Il frappe sa tunique dont le tissu a pris feu.

Vataea, debout derrière lui, tient plusieurs branches enflammées en guise de torches. Elle les enfonce dans l'amas de végétaux desséchés du sol, qui absorbe goulûment les flammes et embrase la forêt.

Je regarde Vataea à travers le voile de fumée naissant, et elle sourit.

Je me détache du sol et Ferrick est prêt. C'est à peine s'il tressaille quand je jette la dague en os, me précipite pour saisir une épée tombée à terre et l'utilise pour effectuer une coupe nette sur son bras gauche, au niveau du coude. Ce n'est pas son bras entier, mais avec le combat qui se poursuit autour de nous, il aura vraiment besoin de chance pour régénérer son membre et se protéger.

Kaven, saisi d'étonnement, reporte son attention sur Ferrick. Mauvaise idée. D'une main, je saisis le bras sectionné, et de l'autre j'enfonce profondément ma lame dans son ventre.

À l'instant où le sang teinte sa chemise et tache mes mains, le monde se refroidit. Plus son sang coule le long de ma peau, plus le froid me brûle, tel un monstre dévorant ma chair.

« La plus puissante magie, ce n'est pas celle d'Arida, petite princesse, fulmine Kaven entre ses dents. C'est la mienne. Laissez-moi vous montrer. »

La douleur me pétrifie. Kaven a ensorcelé son propre sang pour s'en servir comme protection, et je suis noyée dans la magie dont il m'a entourée. Ma vision est envahie d'ombres aux grognements menaçants, pourvues de dents semblables à des dagues. Je ne peux rien faire à part hurler quand l'acier froid de sa lame pénètre sous ma peau. C'est comme si un millier de raies me traversaient avec leurs aiguillons, un par un, quand Kaven me déchire le bras. Je pousse un cri perçant, desserrant ma prise sur la dague.

Ce n'est qu'un maléfice, me rappelé-je tandis que les ombres s'enroulent autour de mes chevilles et m'attirent sous terre.

Je fais le vide dans mon esprit et laisse les ombres faire tout ce qui leur plaît. Peu importe qu'elles grognent, ou qu'elles s'enroulent autour de moi, elles ne sont pas réelles. Kaven, si.

Je veux que mon corps se concentre sur ses mouvements en dehors du sortilège. Que mes doigts étreignent la dague, et *poussent*.

Même si je ne vois pas mon arme, je sens son poids dans mes mains. L'ombre monte, s'étire comme une gueule béante prête à me dévorer. Mais mon regard passe à travers elle.

Bastian s'est dit surpris par ma rapidité à m'échapper d'un maléfice, et à présent je sais pourquoi : j'ai passé toute mon existence à combattre le sort que Sira avait jeté sur la lignée des Montara.

De toutes mes forces, je propulse *Rukan* vers l'avant.

Un cri s'élève. Cette fois, ce n'est pas le mien.

Quand les ombres du sortilège se dissipent, un monde à l'odeur de fer et de fumée les remplace. J'assure mes doigts autour du manche tressé de *Rukan*, que j'arrache du ventre de Kaven.

Mon épaule est engourdie, tiède à cause du sang provenant de la blessure qu'il m'a infligée. Sous l'effet de l'adrénaline, je ne ressens la douleur qu'en partie.

Kaven se tient le ventre, sa chemise s'imbibe de sang. « Comment ? parvient-il seulement à articuler.

— Vous n'êtes pas aussi puissant que vous le croyez. » Tout mon corps frémit tandis que je passe le tranchant de ma lame sur le bras coupé de Ferrick que j'enduis du sang de Kaven. Puis je livre le membre au feu, dont la fumée monte et nous enveloppe.

Kaven enfonce profondément ses mains dans le sol et pousse un hurlement. Sa peau se déchire autour du coude et du sang s'échappe d'une invisible ligne de démarcation. La peau en dessous cloque et grésille exactement comme celle de Ferrick dans les flammes.

Son bras commence à fondre et se détacher de son corps, et les bracelets en cuir brûlent également.

Quelque part derrière moi, j'entends Bastian haleter tout bas en voyant se consumer les bracelets teintés de sang, mais je ne m'arrête pas. Je frappe, résolue à porter le coup fatal, lorsque soudain quelque chose traverse l'air à côté de moi.

Je virevolte juste à temps pour échapper à l'attaque d'un soldat aridien dont l'épée s'écrase sur le sol. Derrière lui, au moins cinq autres s'approchent, brandissant leurs armes.

Ils sont trop nombreux pour que nous puissions gagner. Sans parler de Kaven. Même blessé, il continue à se battre.

Dans ses mains, il tient un objet que je ne distingue pas tout à fait, et alors que l'horreur monte en moi, je le regarde glisser sa lame trempée dans mon sang.

Mes tripes se tordent quand son maléfice prend possession de moi. Mon corps roussit comme une blessure fraîche arrosée d'alcool, chaque inspiration me brûle la poitrine.

Je veux saisir la dague de Kaven pour l'arrêter, mais Bastian retient mon poignet.

« Je suis désolé, dit-il d'une voix rocailleuse, un éclair d'un gris métallique dans les yeux tandis qu'il me serre contre lui. C'est trop tard. Je suis vraiment désolé.

— Ne les laissez pas partir ! » L'exclamation de Kaven ressemble à un écho venu de loin. Je porte les mains à ma poitrine, un grand froid monte brutalement en moi et embrume ma vision.

Bastian me prend par la main et me force à courir. Une douleur brûlante explose dans mon bras et me fait presque tomber. Ferrick se relève d'un bond derrière Vataea, qui utilise sa torche improvisée pour mettre le feu à la couche végétale desséchée. De nombreux soldats reculent devant les flammes naissantes et se hâtent de chercher un nouveau chemin. Mais quelques Kers parviennent à accélérer à temps pour passer au travers.

Un homme en tenue violette s'élance vers nous, dans des mouvements si rapides qu'ils en deviennent flous. Il enfonce sa lame dans l'épaule de Ferrick, et le guérisseur tombe en arrière en poussant un grognement. L'arme de l'assaillant décrit un cercle, prête pour une autre attaque, mais une chose pointue en provenance des arbres renvoie un éclat argenté et le frappe pile entre les deux yeux sans lui laisser le temps de l'éviter. Il chute en arrière et la tête me tourne.

Casem halète, et ses mains tremblantes se resserrent sur son arc. Je regarde son visage en sueur et ses lèvres frémissantes.

« Amora, chuchote-t-il, je suis absolument navré. Je voulais seulement vous retrouver. Je pensais que c'était… Je veux dire, mon père a insisté pour que je vienne, mais je ne savais pas du tout que… Par les dieux, je suis tellement confus, je…

— Ce n'est pas le moment ! » Ferrick l'attrape par le col de son blazer, son épaule déjà en train de cicatriser. Il pousse vers nous Casem qui trébuche, tentant de se maintenir debout.

« Tu parleras plus tard, lance Bastian, pour l'instant, cours. »

Je ne peux suivre cette injonction qu'avec de grandes difficultés. Ma seule raison de rester encore debout, c'est Bastian, qui supporte la plus grande partie de mon poids en me tirant à travers la forêt. Chaque pas provoque une secousse dans mon épaule et accroît tellement la souffrance qu'elle devient insoutenable. Ma vision se brouille et je m'efforce de discerner ce qui nous entoure ; mais devant mes yeux, je ne distingue que le reflet flou et confus d'une centaine de couleurs et de lignes distordues. Quelqu'un crie et je crois qu'il s'agit de Vataea qui tournoie en grondant.

Puis je perds complètement la vue. Et je ne sais absolument pas combien de temps s'écoule avant que je puisse voir de nouveau Vataea. Cette fois, elle est couverte de sang et le paysage alentour a changé. Il devient plus difficile de marcher.

Du sable.

Du sang, encore. Depuis combien de temps courons-nous ?

Je crois que je tombe car je sens un goût de sable et de sel, mais tout ce qui se passe à l'intérieur de mon corps m'échappe. Mon regard alterne entre la réalité et un blanc aveuglant. Lorsque j'essaie de mobiliser mes jambes, je peux à peine les sentir. Elles cèdent sous mon poids, pourtant quelqu'un continue à traîner mon corps flasque sur le sable.

« Vataea ! » Je ne sais pas qui crie son nom. « C'est vraiment le moment idéal pour nous en montrer davantage sur votre magie des mers ! »

J'entends le claquement de la corde d'un arc. Le bruit de mes bottes sur le sable humide brouille mes autres sens. Le son se mêle à celui, confus, de voix et de lames d'acier qui s'entrechoquent : tous combattent. Tous à part moi. Mon regard ne sera jamais assez perçant pour me permettre de participer.

Mon corps brûlant et paralysé constitue un poids mort pour la personne qui me porte, qui que cela puisse être.

Il ne s'agit pas de Vataea. J'aperçois vaguement son visage dans le brouillard ; elle saigne du nez tandis qu'elle fait monter les vagues au-dessus d'elle au son d'une chanson aux accents rudes. L'océan paraît s'étirer autour de nous, et les eaux s'écarter. Mais je n'arrive pas à fixer mon regard. Je ne vois que des éclairs ensanglantés. Du sable. Un mur de poissons morts.

« Tout ira bien. » Je ne comprends que cette voix appartient à Bastian qu'au moment où ses mains calleuses entourent mon visage fiévreux et le rafraîchissent instantanément.

« Kaven est hors d'état de nuire, murmure-t-il. Vataea veille sur nous. Par les astres, j'aurais aimé que vous la voyiez en action, Amora. Elle s'est montrée incroyable. Nous allons partir d'ici, d'accord ? Vous allez vous en sortir. »

Mais ses paroles ne sont qu'un pieux mensonge car, lorsque je ferme les yeux, mes joues appuyées contre sa paume fraîche et humide, la magie aux formes imprécises n'attend plus dans l'obscurité pour m'accueillir.

Ma magie a disparu.

CHAPITRE TRENTE ET UN

Je ne suis rien.

Je m'enfouis dans les draps du lit de Bastian et prie pour qu'ils m'engloutissent. Cinq jours. Voilà cinq jours que nous sommes partis de Zudoh. Cinq jours que je me trouve ici, brisée, saignant et évitant le soleil.

Je ne suis rien.

Mon armure, ma magie, mon âme, on m'a tout volé.

Morose, je me demande pour la centième fois à quoi Kaven l'a reliée. À aucun moment je n'ai vu de charme semblable à ceux qu'utilisait Sira. Je ne me sens pas non plus souffrante comme Bastian quand il passe trop de temps loin de la *Grande Cale*.

Ma magie pourrait-elle être liée par un sortilège à la lame avec laquelle Kaven m'a blessée ? Si oui, cela prendrait-il un certain temps avant que les premiers symptômes ne se manifestent ? Ou bien est-ce quelque chose autour de moi, dans la *Grande Cale* ?

Je gratte le mur derrière moi avec mes ongles, sans rien ressentir. Serait-ce le cas si un maléfice m'attachait au bateau ?

Par les dieux, comme j'ai été stupide de laisser Kaven récupérer mon sang.

J'entre dans une colère noire qui suinte par tous les pores de ma peau jusqu'à ce que je n'en puisse plus. Lasse de ces cruelles devinettes, je presse les blessures en voie de guérison sur ma paume, et le sang frais finit par couler.

Je ne suis rien, rien de rien.

Ma magie n'était même pas *réelle*, mais le résultat d'une abomination produite par la magie des âmes de Sira. Pas une chose bestiale comme on me l'a fait croire, mais un maléfice destiné à détruire les Montara. Pour nous tourmenter sur plusieurs générations.

Ma magie n'était pas supposée être telle qu'elle apparaît aujourd'hui.

Elle n'était peut-être pas bonne, mais elle m'appartenait. Je croyais de tout mon cœur m'en servir pour protéger mon peuple et devenir pour lui la meilleure souveraine possible.

Je hurle ma douleur dans l'oreiller le plus proche. Quand je le lâche, le sang souille sa surface blanche immaculée. J'appuie ma main sur le tissu et étale encore plus les taches écarlates.

Ma magie doit se trouver à proximité. Mais où ?

« Amora ? »

Je sursaute. La lumière du soleil s'engouffre par l'ouverture de la porte et recouvre le sol comme un tapis. La regarder me brûle les yeux.

« Allez-vous-en. » La dernière fois que j'ai vu les autres, je leur ai dévoilé la vérité sur le maléfice jeté sur les Montara. Je me souviens de leurs visages horrifiés. De leur pitié. Le seul fait d'y penser maintenant dépasse mes forces.

La porte se ferme, pourtant quelqu'un me regarde toujours. Avec un grondement qui ne demande qu'à franchir mes lèvres, je fais volte-face, prête à exprimer toute ma colère. Mais lorsque je vois Bastian avec ma sacoche dans les mains, j'y renonce. Un sanglot monte, que je renvoie derrière les barrières de mon cœur vide.

« Ôte ça de ma vue. » Je voudrais lui arracher la sacoche des mains pour la lancer contre la cloison, encore et encore, jusqu'à ce que chaque os et chaque dent à l'intérieur se fracasse. Au lieu de ça, j'enroule mes bras autour de ma taille et baisse la tête.

Ce n'est pas ma magie qu'il porte, juste le triste rappel de mon échec.

Ferrick se tient à côté de lui. La faible lumière de la lampe à huile révèle son ombre qui danse maladroitement d'un pied sur l'autre.

L'ombre de Bastian est moins inquiète. Avec une démarche assurée, elle vient se placer à mes côtés. Une main ferme se pose sur mon épaule.

« Il faut qu'on parle. » Son ton ne souffre aucune réplique. Il soulève mon menton jusqu'à ce que je sois obligée de le regarder, pressée qu'il me lâche.

J'ai échoué à tenir ma promesse envers les Zudonais.

Je n'ai pas pu aider les Kers. Mes soldats eux-mêmes se sont retournés contre moi.

Visidia mérite mieux que moi, alors pourquoi ne me laisse-t-il pas tranquille ?

« Avez-vous remarqué comme la *Grande Cale* avançait lentement ? » demande-t-il tranquillement.

Je ne lui réponds pas. Mes paumes m'élancent, je serre les poings, la tête me tourne.

Le regard noisette de Bastian devient perçant alors qu'il s'approche de moi et s'assied sur le coin du lit. Ses yeux sont moins dorés aujourd'hui, les étoiles moins vives. Ferrick reste derrière lui, comme s'il doutait d'avoir le droit de faire la même chose.

« C'est parce que le sortilège a été brisé, Amora. » Il murmure à peine, se penche pour capter mon attention. Quand mon souffle s'arrête, je cède. « Quand vous avez brûlé les charmes, vous m'avez libéré. La *Grande Cale* est redevenue un bateau normal. Et ma magie est de retour aussi. » Saisie, je me fige. L'espace d'un instant, l'espoir me revient, mais il s'évapore brutalement.

« Elle… ne fonctionne pas tout à fait, avoue-t-il. Mais je sais qu'elle est là. Je la sens en moi, comme une flamme. Pour l'instant je n'arrive pas à l'atteindre ; j'ai oublié comment on s'y prenait. Pourtant elle est revenue, et je vous promets que nous allons récupérer la vôtre également. »

Mon regard devient aussi perçant qu'une dague. « N'entre pas ici pour balancer de faux espoirs alors que Visidia est en danger. J'ai échoué, et mon royaume va en payer le prix. J'ai laissé ces gens pour morts à Zudoh.

— Ce ne sont pas de faux espoirs. » Cette voix appartient à Ferrick, qui se décide à venir à côté de moi. « Bastian devrait normalement avoir le temps d'apprendre à nouveau sa magie. Kaven a été grièvement blessé, il lui faudra un moment pour récupérer avant de voyager. Nous pourrons prévenir le roi, et si ensuite Bastian parvient à utiliser sa magie contre son frère, il est encore possible de gagner la bataille. »

Je renverse ma tête en arrière et laisse échapper un rire acerbe. « Parce que ça sera aussi facile que ça ? Une personne dépourvue de magie depuis son enfance peut se mesurer à une autre qui, elle, la maîtrise ? Qui possède une magie des maléfices surpassant tout ce qu'on a pu voir jusqu'ici ?

— Kaven ne sera pas en grande forme après ce combat, objecte Bastian. Nous en profiterons pour le vaincre, ou…

— Peu importe son état ! » Mon ton rude les surprend tous les deux. « Il ne nous laissera pas le temps de nous préparer. Il frappera à la seconde même où il le pourra. »

Bastian s'apprête à dire quelque chose, mais Ferrick le prend par l'épaule. « Ça ne sert à rien de lui parler pour l'instant. » Je m'effondre intérieurement devant la froideur de son jugement. Même emmitouflée dans les draps et recroquevillée dans la chaleur du lit, je frissonne.

« Je ne sais plus qui vous êtes, en ce moment. » Il me foudroie du regard. « J'ignore qui est cette petite chose vide et craintive, mais vous valez mieux que ça. On vous a jeté un maléfice, pas tuée. À Zudoh, vous avez fait une promesse, et ces gens vous font confiance pour ne pas abandonner. Nous pouvons encore y arriver. »

Quand je tourne la tête, il passe devant Bastian et saisit mes mains, sans tenir compte du sang sur mes paumes. Il baisse la tête pour me regarder, le visage de marbre, impassible.

« Vous êtes Amora Montara, déclare-t-il, réveillant quelque chose en moi, une toute petite allumette qui attend encore de s'enflammer. Maintenant, il est temps d'arrêter de vous cacher dans la cale, et de commencer à agir comme une souveraine. Dites-moi ce que vous attendez de nous. »

Je tends la main vers cette flamme, mais elle s'éteint une fois à ma portée. Je retire ma main.

« Sans ma magie, je suis inutile. » Ces mots me déchirent. « Je n'ai rien. Je ne *suis* rien. »

Ces hommes veulent que je me tienne fièrement, la tête haute, confiante en notre victoire. Mais ils ne se rendent pas compte que j'ai déjà lamentablement échoué. Que sur un mensonge concernant les magies multiples, je me suis enfuie de chez moi pour sauver mon peuple, mais que je rapporte seulement leur destruction.

Je n'ai rien à offrir, et aucun moyen de sauver Visidia. J'aurais dû rester à la maison et accepter ma mort. Peut-être qu'alors, Kaven n'aurait jamais eu l'occasion de réunir une flotte.

« Je ne peux pas être la personne que vous voulez que je sois. » Je quitte le lit, une douleur aiguë traverse mes mains en frôlant les draps. « Plus maintenant. »

Je me dirige vers les escaliers pour fuir leur insistance car je ne peux pas supporter leurs illusions.

Encore un seul de leurs regards, et je tomberai en morceaux.

CHAPITRE TRENTE-DEUX

Je ne trouve aucun réconfort dans la brise d'automne précoce qui s'enroule autour de moi et dépose du sel sur ma peau. La fin de l'été a fini par arriver.

Je me suis lavé les mains, mais l'air marin mord et pique mes paumes. C'est un rappel cuisant de l'obscurité dont je ne parviens pas à m'extraire. La mer pourrait m'aider, mais quand je ferme les yeux et que j'inspire, je ne trouve que du vide là où ma magie devrait se tapir, attendant de bondir.

Je sens une présence derrière moi, et bien que je me sache en sécurité sur la *Grande Cale*, je cherche instinctivement à atteindre la sacoche et la dague fixées à ma taille. Cependant, mes mains reviennent vides et le néant dans mon ventre s'accentue. Je prends une inspiration et campe mes poings sur mes hanches.

Casem est à côté de moi. Il garde la tête baissée et les épaules affaissées, comme s'il s'était déjà fait réprimander. Plus de deux semaines se sont écoulées depuis mon départ d'Arida, mais c'est comme si le soleil, au lieu de lui apporter de l'énergie, la lui a entièrement aspirée de son corps. Autrefois corpulent, il a maigri et pâli sous l'effet de l'épuisement qui voûte ses épaules. Cette souffrance se lit dans ses yeux bleu azur.

« Je suis désolé », dit-il spontanément. Il agrippe le bastingage de la *Grande Cale* pour se soutenir, ses phalanges blanchissent sous l'effort. « Quand mon père m'a proposé de venir avec lui, j'ai accepté parce que je voulais vous retrouver et m'assurer que vous étiez saine et sauve. » Il se tourne vers moi, mais je reste concentrée sur la mer, regardant les vagues turquoise s'écraser contre le bateau puis reculer sous la forme d'une écume blanche et légère. Casem rapproche ses mains l'une de l'autre sur le rebord et gratte les cuticules de son pouce droit, s'acharnant sur la peau.

« À quoi cela aurait-il servi ? soupiré-je. J'aurais été exécutée si j'étais restée. »

Le visage de Casem se décompose. « Vous ne saviez pas ? Amora, ils allaient vous donner une autre chance. Nous avons tous plaidé votre cause, y compris votre tante. Elle a annoncé à tout le monde qu'elle n'était pas apte à devenir Animancière. Ils prévoyaient d'amener un autre prisonnier pour vous permettre de faire un nouvel essai. Mais aucun de nous ne vous a trouvée. »

Je m'attendais à ce que ses paroles m'arrachent les tripes. Me déchirent et anéantissent la moindre lumière qui me restait. Mais qu'est-ce qu'un poignard de plus quand une douzaine vous a déjà frappée ?

Au lieu de cela, ses paroles m'amènent à réfléchir à ce que je viens d'apprendre : mon peuple voulait me donner une seconde chance.

J'étouffe sous le poids de cette révélation. Je me cramponne au rebord du navire pour garder mon équilibre.

Ils ne souhaitaient pas tous ma mort, ne me trouvaient pas tous trop dangereuse. Ils allaient m'offrir une seconde chance.

« Je n'avais pas la moindre idée de ce que mon père projetait vraiment de faire quand je suis parti pour vous chercher, je le jure, poursuit Casem en voyant que je ne réponds pas. Je l'ai découvert pendant le trajet vers Ikae. Si je l'avais appris plus tôt, je ne l'aurais jamais accompagné. J'en aurais parlé au roi. Je tiens trop à vous pour agir d'une façon aussi cruelle. Et à Mira également. Je ne la mettrais jamais volontairement en danger. Vous le savez, Amora. Je… Il faut me croire. »

Je me remémore son visage derrière la vitre à Ikae, et son expression paniquée quand il me poursuivait sur les quais. Puis je repense aux soldats qui étaient avec lui cette nuit-là.

Je peux comprendre les Kers qui ont rejoint Kaven. Mais mes propres soldats ? Le père de mon garde et ami, qui a participé à mon entraînement pendant des années ?

Le fait que ces gens veuillent ma mort m'afflige au-delà de ce qu'ils peuvent imaginer.

« Je pense que tu ne savais pas quoi faire, dis-je, me rappelant avec quelle hâte il a essayé d'éloigner les autres en leur indiquant le mauvais chemin. Tu aurais pu partir. Tu aurais pu trouver un moyen de m'avertir, ou de les arrêter.

— Ils m'auraient tué. » Il baisse la tête comme un chiot que l'on gronde. « Je crois que même mon père n'hésiterait pas. Je sais qu'au fond de lui, il a toujours envié le pouvoir de votre père, mais je n'avais jamais réalisé à quel point. Il m'a appris la vérité après votre fuite d'Ikae, en me demandant de me joindre à lui. Je m'imaginais que si j'acceptais, cela me donnerait au moins une chance de connaître leur plan et d'attaquer le moment venu. Ou d'attendre une occasion de m'enfuir. Je savais que je prenais un risque, mais par les dieux, je n'aurais jamais imaginé que cela finirait ainsi. »

Le seul fait de penser à leur magie des âmes me fait grincer des dents. Ensorceler l'âme de quelqu'un pour une éternité constitue un châtiment bien plus cruel que lui ôter la vie ou lui causer une douleur provisoire.

Il faut stopper Kaven, mais comment ? Sans ma magie, je ne peux rien faire contre lui.

« Combien en avons-nous à combattre ? demandé-je. Quelle est la puissance de leur magie ?

— Nous faisons face à presque la moitié de Kerost et de Zudoh, répond-il avec honnêteté. En ce qui concerne leur magie, elle est forte… mais certaines nouvelles vont vous faire plaisir, je crois. »

Je recule devant son petit sourire plein d'espoir.

« Le maléfice présent dans le sang des Montara n'est pas destiné à d'autres, affirme-t-il. Quand ils s'y essaient, il détruit peu à peu leur âme en les pervertissant. La plupart de ceux qui activent la magie des âmes sont incapables de l'utiliser et l'opération les anéantit. Bien que quelques-uns seulement soient parvenus à l'apprendre, comme Kaven, il a arrêté de l'imposer à ses partisans il y a des années car les échecs se succédaient, ce qui réduisait les effectifs. Les personnes qui effectuent une tentative le choisissent en toute connaissance de cause, et seule une poignée d'entre elles a réussi. »

Je serre les lèvres et aperçois Bastian du coin de l'œil, en train de redescendre du gréement. Je sens comme un violent coup de poignard dans la poitrine.

D'une main, il saisit fermement le gouvernail et manœuvre le navire. En s'épongeant le front, il consulte la boussole qu'il tient dans son autre main. Il rectifie à nouveau la position de la barre en évitant soigneusement mon regard.

Derrière lui, Vataea est penchée par-dessus bord et psalmodie en direction des vagues comme si elle essayait de s'exercer à utiliser sa magie. Elle retrousse ses lèvres et son front luisant de sueur indique sa contrariété. De temps à autre, elle parvient à soulever une vague, mais rien de comparable avec la magie qu'elle possède, m'a-t-on dit, déployée à Zudoh.

Ferrick se tient entre eux deux et effectue toutes les tâches à sa portée. Le cœur pétri d'amertume, je cesse de les observer. Tout le monde se donne du mal, sauf moi.

« Le pirate doit encore s'habituer à vivre sans le maléfice, déclare Casem. Et notre équipage est assez réduit, surtout avec vous et Vataea qui avez eu besoin de quelques jours pour récupérer. J'ai bien tenté d'utiliser ma magie pour manipuler l'air et gonfler les voiles, hélas, ce navire est trop lourd pour que je le déplace. Nous pensions tous que Vataea pourrait nous aider à avancer plus vite quand elle s'est réveillée, mais Zudoh lui a coûté beaucoup d'énergie. Elle a été… incroyable. » Ses yeux admiratifs s'attardent un moment sur elle. Je me rappelle vaguement avoir vu la mer s'ouvrir tout autour de nous, des murs constitués de poissons morts et d'algues qui nous encerclaient, sans nous atteindre. Je sais que je devrais la remercier de nous avoir sauvés, mais tout à mon découragement, je regrette qu'elle ne m'ait pas laissée couler.

« Nous avons fini par trouver la bonne trajectoire. Il a fallu un peu de temps pour cela. » Casem désigne l'eau miroitante ainsi que le banc de poissons jaune et bleu qui nous accompagne. Une eau aussi claire indique que nous devons nous trouver quelque part entre Mornute et Arida. Nous arriverons avant la tombée de la nuit.

Je sens monter une vague de soulagement que je réprime rapidement. Casem le remarque et fronce les sourcils.

« Amora ? »

Je secoue la tête. « Je n'ai pas le droit de retourner à la maison.

— Je pensais exactement la même chose la première fois que j'ai quitté Zudoh. » Ces mots m'arrêtent net. Je ne sais pas à quel moment Bastian est apparu derrière moi, pourtant il est là, le menton levé et le regard dur.

« Pendant des années, j'ai refusé de retourner à Zudoh car j'avais peur d'affronter les regards, confie-t-il. Je me sentais responsable de la destruction de mon foyer. Du meurtre de mes parents et de tant d'autres, tout cela à cause de mon frère. La culpabilité me dévorait. Je me cachais parce que j'avais peur, et si vous tournez le dos à Visidia maintenant, vous ferez exactement pareil. »

Les paroles de Bastian sont autant de coups d'épingle, car tout ce qu'il dit est vrai.

Lentement, prudemment, il se rapproche d'un pas. Comme je ne bronche pas, il avance encore. Mes mains s'enflamment quand il les prend dans les siennes, c'est comme s'il me rendait mon souffle. « Vous m'avez aidé à affronter mes craintes et appris à ne pas fuir. Il est temps que je vous rende la pareille. Ne renoncez pas maintenant, Amora. Nous pouvons le faire. Pensez à tous ceux qui comptent sur nous. » Les mêmes paroles que celles que je lui ai dites, et elles frappent fort.

Je revois Raya, la colère sur son visage prématurément vieilli et trop sage pour son âge. Je revois les mains déformées et les rides d'épuisement des Kers. Je revois Sira, qui m'a montré à quoi était censé ressembler mon royaume.

Enfin, je revois ces Zudonais incliner la tête devant moi et, pour la première fois, m'accorder leur confiance.

Si nous ne nous dépêchons pas d'avertir mon peuple, cela pourrait être la fin de mon royaume. Et à coup sûr celle de ces Zudonais.

L'allumette est sur le point de prendre feu, tout compte fait. Elle ne brûle pas, mais jette des étincelles, juste une fois, me donnant l'espoir qu'un jour peut-être, une flamme brillante s'élèvera. Lorsque, cette fois, je tends la main pour sentir une trace de chaleur, celle-ci est encore lointaine, mais tout de même là. Je dois m'y accrocher.

La perte de ma magie a laissé un vide que je ne pourrai jamais combler. Je ne peux pourtant pas échapper à mon destin. Ma vie se confond avec celle de Visidia, comme cela a été et sera toujours le cas.

Ferrick et Vataea se tiennent à proximité, tendant l'oreille. Je tourne mon regard vers Ferrick, qui m'adresse un petit sourire incertain. Je ne suis pas prête à l'imiter, alors je hoche la tête, en signe de gratitude pour son soutien. Puis je lève les yeux vers le pirate et vois sa mâchoire crispée. Lorsque j'enroule mes doigts autour de sa main et exerce une petite pression, ses épaules s'abaissent et son corps se détend. Il appuie son front sur le sommet de ma tête et ses paroles sont assourdies par mes boucles. « Nous le ferons ensemble. »

Je me laisse aller contre son torse en fermant fort les paupières pour empêcher mes larmes de couler. Ensuite, ce ne sont plus seulement ses bras qui m'étreignent. Ceux de Ferrick aussi. Puis de Vataea. Et de Casem. Tous, ils me serrent étroitement, et je ne me retiens plus de pleurer.

Un jour, Bastian m'a demandé pourquoi je ne cherchais pas tout simplement un équipage pour garder la vie sauve. Mais il n'avait pas réalisé que j'en avais déjà trouvé un : mon équipage, c'est eux, et je les serre fort. « Nous allons le faire ensemble. Nous tous. »

Les autres se reculent, et je me perds dans les yeux noisette de Bastian. Son corps est tiède, il dégage un parfum de mer. Pendant un instant je rêve de ne plus avoir à bouger et de rester éternellement ainsi, à faire comme si aucune guerre imminente ne menaçait mon royaume. Lorsqu'il me touche, c'est comme si je redevenais moi-même, l'espace d'un instant.

Mais il n'y a plus de place pour les illusions, et je ne suis pas certaine de pouvoir supporter qu'une autre d'entre elles se brise. Alors je me détache de lui, redresse les épaules et me force à reprendre mon rôle d'Amora Montara, princesse de Visidia.

« Il faut nous dépêcher, leur dis-je. Kaven est probablement déjà en route. »

Les voiles de la *Grande Cale* se gonflent convenablement tandis que nous voguons sous le vent, mais la forte brise marine elle-même est incapable de nous transporter aussi vite que je le souhaiterais.

La tête toujours baissée et les épaules affaissées, Casem s'éclaircit la gorge, mal à l'aise. « Est-ce que ça veut dire...

— Par les astres, Casem, oui. Je te pardonne. » Je lève les yeux au ciel avant de les diriger vers Vataea. « J'ai une question à te poser. »

Elle hausse un sourcil, la face creusée et le teint cireux. Quelle que soit la magie qu'elle a utilisée pour séparer les flots, on voit bien que cela lui a joué un sale tour.

« Pourquoi ne m'as-tu pas avoué qu'un des maléfices que tu as sentis sur la *Grande Cale* venait de moi ? »

Elle plisse les lèvres et répond avec nonchalance : « Il semblait très ancien. J'ai pensé qu'il était inutile de vous inquiéter pour une chose que vous ne commandiez pas. »

Je soupire. C'était donc par gentillesse. « Eh bien, que dis-tu du nouveau sortilège ? J'ai sûrement été liée à quelque chose de tout proche, puisque je n'ai pas la sensation d'être souffrante. Est-ce que tu arrives à le sentir ? »

Elle secoue la tête, les poings serrés le long du corps comme si cela la mettait en colère. « J'ai essayé. Les sirènes ne voient pas la magie des maléfices, mais la sentent ; mon espèce a développé cette faculté il y a des siècles, pour se protéger des premiers braconniers. Cette magie me hérisse les branchies. » Elle montre les cicatrices sur son cou. « La vôtre me fait cet effet partout. Je ne sais pas si c'est parce qu'il est très récent, mais votre maléfice me donne l'impression de m'entourer de toute part. Comme s'il se trouvait dans l'air lui-même. »

Je lève la tête vers le mât. Kaven était très loin du bateau, et pourtant… et si mon âme était liée au navire, en fin de compte ? Si Vataea sent le sortilège tout autour d'elle, c'est la seule explication possible.

« Nous allons y réfléchir, propose Bastian, me ramenant à lui. Rappelez-vous, Kaven doit garder votre sang pour que le maléfice existe. Quand nous l'affronterons de nouveau, nous trouverons où il le garde et nous le détruirons. Vous récupérerez votre magie. »

J'acquiesce et attends de sentir la chaleur familière de ma magie sur ma peau, la manifestation de son accord. Mais en vain.

« Alors cap sur Arida ! lancé-je à Bastian. En avant toute ! Il y a une magie à récupérer. »

Et un royaume entier à protéger.

CHAPITRE TRENTE-TROIS

La mer tremble sous les coups de tonnerre.

À peu de distance, Arida forme une tache, voilée de pluie et d'un brouillard qui s'élève de la mer en spirale pour se transformer progressivement en volutes laiteuses.

Je me tiens près du gouvernail, Bastian à mes côtés. Le vent s'acharne sur mes vêtements et fouette mes cheveux trempés. Sa main, unique source de chaleur, est posée sur la mienne. L'air tranchant me transperce jusqu'aux os et me paralyse.

Bastian prend garde à ne pas toucher les blessures de ma paume en enroulant ses doigts autour des miens. Il les presse doucement, une fois seulement, pour me rappeler qu'il est là.

J'en fais autant pour qu'il me transmette un peu de sa force. Je cherche de nouveau la vibration de la magie en moi, mais je reste vide. Pas la moindre étincelle.

« Soyez prudente. » Le pirate doit se pencher tout près pour que je puisse l'entendre. En dépit de la pluie, son souffle chaud me picote l'oreille. « Je sais bien que je ne vous empêcherai pas de combattre, mais quoi que vous fassiez, je vous en prie, soyez prudente. Et sachez que ça me plaît de vous avoir dans mon équipage. »

J'ai un mouvement de recul en sentant soudain la froideur du métal dans mes mains. Ma dague.

« Je pense que vous êtes prête à la récupérer. » Il esquisse un sourire forcé. « J'ai détesté devoir vous la prendre. » Il me rend également *Rukan*. Je me délecte des faibles pulsations de magie qui s'élèvent de mon arme et me réchauffent la main.

Je peux encore être forte. Avec *Rukan,* je peux encore me battre.

« Merci. » Je parle d'une voix plus faible que je ne le souhaiterais, elle tremble d'une émotion que je me force à ravaler.

« Évidemment, Princesse, me taquine-t-il, ce n'est pas franchement mon arme de prédilection.

— Non, Bastian. » Je rengaine ma lame et lui prends les mains pour les serrer. « Merci. De nous avoir avertis à propos de Kaven. De te dresser contre ton propre frère. De m'avoir fait sortir de Zudoh. De m'avoir rappelé, avec Ferrick, mon devoir. Pour tout cela. »

Il referme ses deux mains sur les miennes, qu'il porte à ses lèvres pour embrasser le bout de mes doigts.

« Merci à *vous,* dit-il, et son regard dégage la même chaleur que ses mains. D'avoir cru en moi. Et sachez, Amora, que quoi qu'il arrive aujourd'hui... je ne veux pas que ce soit la fin de notre voyage.

— Moi non plus. » Je suis étonnée en réalisant que je le pense vraiment.

Il lâche mes mains pour saisir mon visage, et attire mes lèvres vers les siennes.

Notre aventure. Mon rêve de défendre mon royaume et ma famille. Tout cela nous a menés jusqu'à ce moment.

C'est lors de mes moments en compagnie de Bastian que je me rapproche le plus de ce que j'étais. Jamais un homme n'a eu autant d'emprise sur moi, et j'ai toujours voulu éviter cela.

Mais je ne peux nier qu'il est le seul dont la présence m'apaise. Avec lui, je me sens prête à relever le défi qui nous attend.

Je le serre fort en cherchant du réconfort sur ses lèvres. Dans les mains qui entourent mon visage et me réchauffent face aux trombes d'eau et à la morsure du vent. Je le serre aussi fort que je le peux, une partie de moi désire que ce moment dure toujours. Que je n'aie pas à dévoiler à tout le royaume que je l'ai laissé tomber en perdant ma magie.

Mais trop de vies sont en jeu pour me montrer égoïste.

J'ai l'impression qu'il s'est passé plusieurs heures avant que nous nous écartions l'un de l'autre. Au loin, une tache aux contours flous happe mon regard. Arida.

Plus nous nous approchons et plus mon île s'assombrit ; en plissant les yeux, je comprends pourquoi.

La tache sombre n'est pas formée par les nuages, mais par les voiles améthyste foncé des bateaux qui encerclent les quais, et par les colonnes de fumée crachées par les canons. Le feu dévore le bord des falaises, traverse les plantes et les arbres. Il dévaste mes splendides terres natales.

Kaven est déjà là. Nous n'avons pas d'équipage, et sans le maléfice, nous ne voguons pas assez vite.

« Non ! » Mon cœur s'affole et je lâche précipitamment Bastian. Je serre mes armes de toutes mes forces en essayant de tenir sur mes jambes flageolantes. Il me saisit par la taille pour me soutenir.

Derrière les voiles, sur le rivage, je distingue avec peine des silhouettes qui ont l'air de danser puis tombent à terre ou dans l'océan affamé.

Bastian pose une main sur mon épaule, mais je me dégage.

« VATAEA ! » Je crie son nom comme celui d'un dieu et nos regards se croisent furtivement. Elle se jette à l'eau, tête la première, sachant très bien ce qu'elle a à faire. Elle a sauté sans hésitation et elle entre dans les vagues avec une éclaboussure accompagnée d'un jaillissement de lumière dorée. Un seul coup de nageoire, et la voilà partie.

« Noie-les ! hurlé-je alors qu'elle se dirige à toute allure vers la rive. Demande-leur pour qui ils se battent, et noie tous ceux qui se dressent contre nous ! »

Zudoh a déclaré la guerre à Visidia, la seule chose qui compte, c'est la survie de mon royaume, peu importe ce que je dois faire pour la garantir, il faut qu'il reste debout.

Le fracas du tonnerre et de la pluie va obliger Vataea à s'approcher des assaillants afin de les attirer en les ensorcelant. Je n'ai pas à craindre que les hommes de notre bateau soient atteints.

« Amora ! Du calme, respirez. »

Je serre tellement mes armes de chaque côté que mes blessures menacent de se rouvrir. J'ignore cette voix et ne cherche pas à déterminer auquel des trois hommes elle appartient. La brève apparition de Casem m'indique qu'il est là, mais je ne vois personne d'autre. Ma seule vision est celle d'un monde couvert d'un sang écarlate que je m'apprête à faire couler.

« Prends la barre, tonné-je à l'intention de Bastian. Conduis-nous jusqu'aux quais. »

Il ne me pose pas de question et s'éloigne rapidement. J'avance d'un pas pour observer la scène qui se déroule devant moi.

Vataea a réussi. Les formes sur le rivage apparaissent plus distinctement au fur et à mesure que nous approchons. Leurs mouvements désordonnés se sont arrêtés et elles marchent tout droit vers l'eau, se laissant engloutir par la mer bouillonnante alors qu'elles essaient de parvenir jusqu'à Vataea enveloppée d'un halo doré. Je n'entends pas son chant, mais je sais qu'il agit en voyant femmes et hommes plonger la tête dans l'eau.

Aucun ne refait surface.

Je respire un peu mieux. Vataea fait place nette et nous laisse le temps d'arriver.

La *Grande Cale* se rapproche d'Arida. Une fois passé le récif, c'est comme si l'île nous aspirait. Le navire se cabre et je m'agrippe au rebord alors que nous heurtons les quais de plein fouet, dispersant des planches arrachées dans la mer.

Casem se précipite pour jeter l'ancre tandis que je déroule l'échelle. Je tiens ma dague habituelle entre mes dents et mes deux mains sont libres pour descendre. Je ne tiens pas compte de la vive brûlure que la corde inflige à mes paumes blessées. Ce n'est pas le moment de me préoccuper de simples bobos. Je jette un regard en arrière et vois Ferrick et Bastian en train de découper en toute hâte des morceaux de tissu dans leurs chemises et les enfoncer dans leurs oreilles pour ne pas entendre le chant de Vataea. Casem les suit à une distance de quelques pas. Je n'attends pas qu'il les rattrape.

« Ferrick, aide les blessés ! » crié-je, en espérant qu'il entende ce que j'essaie de lui dire.

Le sable jaillit sur mes pieds et m'écorche les chevilles alors que je me rue sur le rivage, courant en direction du groupe d'Aridiens qui luttent pour stopper l'invasion. Je ne vérifie pas si Ferrick a entendu.

Des corps gisent épars sur le sol, dans des mares de sang que le sable absorbe. Une garde du palais que je ne reconnais pas rampe vers la mer. Elle a eu les jambes sectionnées et se vide de son sang, mais le chant de Vataea l'attire comme un appât.

Il ne reste que quelques hommes et femmes debout. Je pose une main sur ma poitrine, pour atténuer les battements d'un cœur soulagé quand je vois tante Kalea parmi eux, vivante et combative, une épée dans sa main ensanglantée, le poing de l'autre serré.

Une fille lève son arme et la charge. Ses paupières tuméfiées masquent ses yeux, et le sang ruisselle sur ses joues. Elle est aveuglée par la rage et la magie. Tante Kalea paraît souffrante. Elle fait des moulinets avec son épée, des années sans entraînement l'ont rendue malhabile. Quand l'assaillante frappe, Kalea n'arrive pas à esquiver totalement le coup violent. Elle recule en vacillant et agrippe son bras blessé en grimaçant. Elle garde le poing fermé sur quelque chose que je ne parviens pas à voir.

La fille lève de nouveau sa lame, et mon cœur se serre. Je cours aussi vite que je peux, mais cela ne suffit pas. Je n'aurai jamais le temps d'arriver jusqu'à tante Kalea pour la défendre.

Juste avant que l'épée ne s'abatte, tante Kalea jette son arme et se laisse tomber sur le sable. Elle roule hors de portée, échappant de justesse à la lame, et bascule sa tête en arrière. Les mains tremblantes, elle introduit un petit os couvert de sang dans sa bouche.

Je me précipite pour l'arrêter, mais il est trop tard. Elle avale l'os et je recule, chancelante, comme si je venais de recevoir un violent coup dans le ventre.

Son adversaire laisse choir son épée et s'écroule sur le sable en hurlant. L'acide gastrique ronge l'os et le détruit petit à petit. La peau de la fille se détache et fond pendant qu'elle palpe son corps comme si elle tentait d'arrêter la douleur et de stopper la décomposition de sa peau.

Ça ne marchera jamais. Sa mort sera lente et douloureuse.

Tante Kalea s'est connectée pour toujours à la magie des âmes. Tout ce voyage et je n'ai même pas été capable d'éviter à une seule personne de vivre une existence dont elle n'a jamais voulu.

Elle suffoque pendant que la magie se grave dans son âme, elle se tient désespérément la gorge, puis le ventre. Elle titube comme si elle avait la nausée, le corps agité de secousses incontrôlables.

Quand j'ai accepté la magie des âmes, cela a été une expérience brutale et monstrueuse qui m'a demandé de grands efforts et l'aide de Père pour être apprivoisée. Le maléfice m'a rendue malade pendant des semaines, tout comme le sera Kalea.

Cette magie représente entièrement la bête que tu es…

Les Aridiens rassemblés derrière elle s'agitent, paniqués, lorsque les yeux de tante Kalea se révulsent. Quand ils me regardent, c'est à travers une brume sanglante. Certains ont besoin de soins immédiats. Je suis heureuse de voir de loin que Ferrick s'occupe de quelques-uns d'entre eux, mais il faut que nous fassions venir d'autres guérisseurs suntosans dès que possible.

« Emmenez-la à l'intérieur ! » Tandis que je crie cet ordre, ma voix se brise, et je regrette de ne pas pouvoir formuler les milliers d'excuses que je leur dois. J'ai déjà perdu trop de temps. « Que chacun se trouve une arme et aille se mettre en sécurité quelque part ! »

Sur mon chemin se dresse un inconnu. Un soldat ennemi drapé de blanc, dont la lance argentée reflète les flammes qui dévorent mon île et renvoient une lueur d'un rouge agressif. Une petite collection de bracelets en cuir tachés de sang entoure son poignet, et je vois rouge.

Cet homme pratique la même magie que Kaven. Il fait partie de ceux qui ont appris celle des âmes ensorcelées, et je ne le laisserai pas prendre le sang de quelqu'un d'autre.

Je ne fléchis pas. Je repars à l'assaut, laissant les autres s'occuper de tante Kalea. Quand l'homme essaie de me barrer la route, toute la douleur et toute la fureur accumulées en moi se libèrent. Je me baisse pour échapper à sa boule de feu et lui vrille profondément ma dague dans le ventre. La sphère tombe de sa main, et je ne recule que pour mieux lui trancher la gorge avec *Rukan*, puis je vois couler son sang, tel du vin bouchonné. Il s'étouffe et suffoque tandis que je me dépêche de poursuivre ma route.

D'autres assaillants nous barrent le passage, mais Casem lâche une volée de flèches. Accélérées par la magie valukaine de l'air, elles filent tellement vite que leur trajectoire est impossible à suivre. Nos adversaires n'ont pas le temps d'attaquer, Casem les abat tous les quatre. Bastian couvre mes arrières pendant que *Rukan* transperce la gorge d'une femme qui se ruait sur nous. J'entends sa tête heurter le sable, puis son corps, mais je ne me retourne pas.

« Continuez ! s'écrie Bastian. On vous couvre ! »

Je laisse Ferrick à l'arrière avec les blessés. Je n'avais pas l'intention de m'arrêter.

Un Valukain affilié à la terre se tient au bord de la falaise, en train de lancer d'énormes rochers sur deux envahisseurs kers pour contrer leur attaque. Quand il me reconnaît, son regard se met à briller et il campe fermement ses pieds au sol avant de s'accroupir. Il effectue un grand geste des bras qui fait trembler et craquer la montagne, et l'ouvre en deux. Un escalier de fortune prend forme. C'est un chemin qui mène directement au palais, à huit cents mètres de là.

« Allez ! » lance-t-il, et il pousse un grognement lorsqu'un des Kers attaque en se déplaçant beaucoup trop vite qu'il l'évite. Le Valukain érige autour de lui un rempart avec de la terre. Avant que les assaillants ne puissent nous suivre, il lève la main et les premières marches de l'escalier s'effondrent derrière nous.

Les Kers se tournent vers lui, rageurs, mais nous ne pouvons pas lui venir en aide. Il faut continuer à grimper.

Désormais à bonne distance du rivage, Bastian et Casem ôtent les bouchons de tissu de leurs oreilles et les jettent par terre. La pluie a rendu la paroi glissante et, dans ma hâte, je trébuche et mon genou heurte le sol. Une douleur fulgurante remonte jusque dans ma cuisse et le long de ma colonne vertébrale, ma vision se brouille.

Quelqu'un me saisit sous une aisselle et me remet debout. Ma jambe veut se dérober sous moi, mais je serre les dents et me force à avancer.

Le palais est en vue.

Encore un petit effort…

Soudain je hurle de douleur : je suis touchée à l'épaule. Un poignard y est fiché. Un liquide sombre suinte, se diffuse dans mon bras, et de fines lignes noires quadrillent ma peau. Mon assaillant est un Zudonais posté sur l'un des côtés du palais ; il se rue sur nous et tire un nouveau poignard de sa ceinture.

« Casem ! » s'écrie Bastian alors que je ramène mon bras engourdi contre ma poitrine. Puis j'entends le bruit sourd, aisément reconnaissable, d'un corps qui s'écroule. Casem a abattu l'adversaire. Il ne manque jamais sa cible.

Bastian arrive en quelques secondes. Il arrache la dague en os prise à la femme que j'ai tuée à Zudoh et, sans prévenir, l'enfonce dans mon épaule. Je pousse un cri et referme mon poing sur sa chemise trempée.

J'ai envie de jurer et de l'accabler des pires insultes mais, quand il incise mon épaule, la saignée ramène les sensations dans mes doigts. Lentement, mais c'est déjà quelque chose.

« Ça va aller », m'assure-t-il d'un ton bourru, puis il déchire une bande de tissu à sa cape et la serre autour de mon bras.

La douleur m'arrache une grimace et les larmes me montent aux yeux.

Nous devons continuer. Avec un genou meurtri et un bras engourdi, je suis abîmée ; sans compter que je n'ai plus de magie. Mais nous n'avons pas d'autre choix.

Soutenue par Bastian, je franchis les portes de ma maison.

CHAPITRE TRENTE-QUATRE

Le palais est vide. Probablement évacué, puisque la plupart des gardes sont en train de combattre près du rivage, que ce soit pour Arida, ou contre lui. Le sol de marbre crisse sous nos semelles sales et humides, comme s'il nous disait que nous n'avons rien à faire ici et nous avertissait que nous devons partir tant que nous en avons encore l'occasion.

Je saisis *Rukan* et m'éloigne de Bastian. Mon corps n'est plus qu'un spectre, mes membres frémissent de peur que la paralysie s'étende. Mes jambes flageolent et chaque pas me fait souffrir le martyre à l'endroit où je me suis blessée au genou. Mais je marcherai.

Je combattrai malgré tout.

Le bruit de nos pas se répercute en échos contre les immenses murs du palais et comble le silence. Une impulsion dans la poitrine me pousse vers la salle du trône où je sais que Père m'attend.

Je gravis péniblement chaque marche couleur saphir, appesantie par la pluie et le sang. Je me tiens à la rampe incrustée de perles en serrant les dents. Derrière moi, Casem et Bastian, silencieux, suivent ma cadence irrégulière. Je me trouve à mi-chemin quand un cri assourdissant fait trembler les murs. Casem se met à haleter.

« Mira », murmure-t-il. Il me dépasse et gravit le reste des marches à toute allure. Je le suis, maudissant mon genou abîmé. Sous l'effort, mon front et mon cou se couvrent de sueur.

Je recule en chancelant lorsqu'une Curmanaise en robe noire jaillit d'un bond d'une pièce, suivie d'un soldat royal valukain. Ils pivotent pour faire face à trois poursuivants, deux Zudonais revêtus d'une cape blanche et une Kère habillée en violet qui utilise la magie du temps.

Du fond de ma mémoire ressurgit ce que Père m'a dit il y a longtemps : *ceux qui pratiquent la magie du temps font partie des meilleurs soldats. Ils plantent leur épée dans le ventre de l'ennemi à une vitesse qui rend le coup invisible.*

J'ai conscience de devoir intervenir, pour distraire la Kère et la ralentir du mieux que je le peux, mais Bastian m'attrape par le poignet pour m'empêcher d'avancer.

Il me tire en arrière à l'instant où la Kère touche l'épaule d'un de ses coéquipiers zudonais, un homme dont les mouvements s'accélèrent à toute vitesse. J'arrive à peine à suivre les coups d'épée du Zudonais mais heureusement, la Curmanaise est prête.

Elle se baisse hors de portée puis virevolte dans les airs, utilisant la lévitation, et arrive à arracher la lame des mains de son adversaire. Le Zudonais contre-attaque si vite grâce à l'aide magique de son équipière que son corps devient flou. Mais la Curmanaise a retourné son épée dans l'air, et dirigé sa pointe teintée de noir vers son adversaire.

Elle donne une poussée et, comme l'homme va trop vite pour pouvoir s'arrêter, un cri accompagne sa chute quand l'épée lui transperce la poitrine, le corps secoué de spasmes, les fines traces du poison colorant sa peau en gris.

Entre-temps, le Valukain a fait passer dans ses mains la flamme d'une des torches qui éclairent le couloir. Quand les attaquants restants frappent, il projette le feu sur leur poitrine.

« Ils n'ont plus besoin de nous, dit Bastian. Continuons. »

Nous contournons la bataille pour nous diriger vers le bassin où plusieurs Valukains affiliés à l'eau se tiennent prêts. Ma respiration se bloque lorsque je constate que Mère est parmi eux.

Je l'ai rarement vue utiliser sa magie valukaine pour attaquer, elle n'a jamais eu de raison de le faire. Pourtant, quand les Valukains nous voient approcher, l'eau s'agite autour d'elle comme une arme avide et menaçante. Je recule face aux violentes vagues en maudissant mon genou douloureux. Heureusement, en voyant mon visage, Mère prend une inspiration et l'eau regagne le bassin.

« Amora ! » Elle se précipite et se jette à mon cou. Je serre les dents pour contrer la douleur provoquée par ce contact et enfouis ma figure dans ses épaisses boucles lorsqu'elle m'attire contre elle. « Tu es saine et sauve. » Les sanglots qu'elle réprime font tressauter son corps, elle tente de se montrer forte devant les autres. « Par les dieux, tu es saine et sauve. »

Je la serre vigoureusement et pousse un soupir de soulagement contre son cou. Elle dégage une odeur de sang et de sel, et son étreinte est aussi désespérée que la mienne. Je dois me faire violence pour m'écarter d'elle. Elle ne veut pas me laisser partir, et je voudrais ne pas avoir à le faire non plus.

« Il faut que tu ailles dans la chambre forte, dis-je en me reculant. Emmène autant de personnes que tu peux mais n'essaie pas de combattre, sauf si c'est vraiment nécessaire. Il faut que tu ailles…

— Princesse ? » m'appelle faiblement une voix.

Je m'effondre presque quand je vois Mira allongée contre un des bassins, s'agrippant à l'angle de celui-ci, les phalanges blanchies. Un guérisseur suntosan en robe émeraude est agenouillé à côté d'elle et lui comprime le ventre, les mains couvertes de sang. Je sais que Ferrick s'occupe de ceux qui combattent sur la plage, mais je voudrais qu'il soit là pour l'aider. J'ai du mal à respirer en la regardant.

Elle a été poignardée, comme plusieurs autres domestiques allongés derrière elle. Certains sont inertes.

Casem, à genoux à côté d'elle, berce sa tête entre ses mains. La peau de Mira luit de sueur et le Suntosan qui la soigne affiche une expression inquiète, les lèvres serrées et le front soucieux.

« La salle du trône », murmure Mira d'une voix ténue. Elle tente de me sonder de ses yeux vitreux, et cela me déchire le cœur. Elle frôle la main du guérisseur et me désigne d'un doigt tremblant. « Son genou.

— Touche à mon genou et tu le regretteras », grondé-je quand le guérisseur fait un geste dans ma direction. Mira ouvre la bouche pour protester, mais je lance un regard sans appel au Suntosan et fais un signe de tête vers Mira. « Tu vas la guérir. Tout de suite. »

La lumière vacille dans les yeux de Mira. Je ne la laisserai pas mourir. Mes blessures sont vilaines, mais pas mortelles. Je peux encore bouger. Je peux toujours me battre.

Quand je me tourne vers elle, Mère serre les dents. Ses yeux humides trahissent son émotion. Elle ne veut pas que je parte, mais nous savons toutes les deux qu'il n'y a pas d'autre solution. Elle pense que je possède toujours ma magie.

« Ils détiennent ton père, dit-elle d'une voix ferme. Va, Amora. Fais vite. J'emmène tous ceux que je peux pour les mettre à l'abri. »

J'acquiesce, mais s'il y a urgence, je dois lutter pour détourner mon regard de la peau de Mira, couverte d'une sueur qui glisse dans le petit creux au-dessus de sa clavicule. La terreur de Mère et ses mains tremblantes m'anéantissent.

Ce que subit mon peuple, c'est parce que je n'ai pas su arrêter cette attaque à Zudoh.

Quand je me retrouverai face à Kaven, je ne répéterai pas la même erreur.

Je me tourne pour que le guérisseur puisse se concentrer sur Mira, et j'embrasse Mère sur la joue.

« Protège-la, la supplié-je. Et fais attention à toi, quoi qu'il puisse en coûter. Je reviens. »

Je ne peux pas m'attarder plus longtemps. Je tire Bastian derrière moi et ôte une torche de son support mural, laissant Mira avec Casem et ma mère.

Nous montons tout en haut de l'escalier, épuisés et haletants, sans nous arrêter. Pas avant d'atteindre les portes ornées d'or qui mènent à la salle du trône et d'entendre une déflagration. Le sol en tremble et je m'accroche à l'épaule de Bastian pour garder mon équilibre. Le geste ravive la douleur dans mon épaule, mais je laisse mon adrénaline prendre le dessus : je m'en occuperai plus tard.

De la magie. C'est la seule chose qui puisse causer une explosion d'une telle violence.

Bastian avale sa salive, la gorge serrée. Son regard glisse vers moi avec cette interrogation silencieuse : *Vous êtes prête ?*

Je hoche la tête, et nous ouvrons les portes à la volée.

L'air d'une chaleur mortelle nous saisit. Ma torche est inutile ; la pièce est en feu. Les dieux soient loués pour la pluie qui tombe, c'est probablement grâce à elle qu'Arida tient encore.

Les flammes lèchent les murs, nourries par les luxueuses tentures couleur saphir qu'elles consument entièrement. La gorge brûlante, je cherche l'oxygène dont s'alimente le brasier. C'est grâce au mur du fond, dépourvu de fenêtres, que nous pouvons encore respirer.

Père se trouve dans l'angle, vivant, et un sentiment de soulagement m'envahit. Son large torse se soulève au rythme de ses halètements laborieux et il transpire abondamment. Le sang qui coule d'une profonde entaille sur son front macule une moitié de son visage. Il serre une pleine poignée d'os dans ses mains tremblantes, et sa poitrine tressaute lorsqu'il m'aperçoit à l'entrée. Il agite la tête avec fureur.

« VA-T'EN ! » hurle-t-il d'un ton désespéré.

C'est hors de question. Une dague dans chaque main, je me lance à l'attaque.

La chemise de Kaven est collée à sa poitrine ensanglantée, m'indiquant que Père s'est vaillamment battu. Ses yeux sombres brillent d'un argent dur comme l'acier quand il se tourne vers moi, un rictus mauvais sur les lèvres. Des bandages étroitement serrés sur le moignon de son coude remplacent l'avant-bras que je lui ai pris.

« Vous êtes venus voir le roi expier ses péchés ? » La question me fait frémir. « Pauvres petits Montara, si soucieux d'être les plus forts. Toujours si inquiets à l'idée d'être renversés. Pendant des siècles, vous vous êtes davantage inquiétés de vous que de votre peuple en détruisant nos foyers et en vous accaparant la magie. Cela prendra fin dès ce soir. »

Kaven tient son épée par la lame. Il entaille sa paume et le sang recouvre rapidement le métal. Mais c'est Père qui crie quand ses mains se mettent à saigner. Je suis pétrifiée, incapable de bouger.

De la même façon que Bastian était lié à la *Grande Cale*, Kaven a jeté un maléfice sur mon père et l'a lié à lui.

C'est une protection. Privé des bracelets ensorcelés que j'ai détruits, son pouvoir s'est affaibli. En connectant mon père à lui, il s'est assuré que je ne le toucherais jamais. En le tuant, je détruirais l'âme de Père.

Le cri de souffrance du roi me transperce, cependant je ne me laisse pas distraire. La magie de Kaven est peut-être puissante, mais elle n'est pas illimitée. Je rassemble toutes mes forces et je brandis mes dagues, me rapprochant de Kaven. Je cherche un bracelet renfermant mon maléfice et celui de Père sur son poignet, mais il ne porte rien.

Bastian me rejoint, se crispe à la vue de son frère. Il serre fortement le pommeau de son arme. « Nous allons le faire, murmure-t-il, plus pour lui que pour moi. Nous allons mettre fin à tout cela.

— Nous ne ferons rien avant de rompre sa connexion avec mon père. Il faut que tu gagnes du temps. »

Il acquiesce tandis que Kaven se tourne vers nous et crache du sang sur le sol. « Rebonjour, frérot, grogne-t-il, les dents rougies. Comment ça se passe avec ton nouveau maléfice ? »

Bastian vacille, le front plissé. Mais quand Kaven ricane, il se reprend et pointe son épée.

« Il est encore temps de renoncer, Kaven, dit Bastian, gardant la même position. Un mort de plus est inutile. »

Son frère secoue la tête, le visage à demi caché par une ombre. « Je suis allé trop loin pour m'arrêter maintenant. Visidia mérite mieux que le règne de menteurs et de voleurs. C'est toi qui peux encore renoncer. Nous pouvons en finir ensemble avec les Montara et partager la magie avec tout le monde. Plus de lois. Plus de divisions. »

Mes mains qui serrent *Rukan* sont agitées de secousses, même si je sais que je ne peux pas l'utiliser. Pas tant que Kaven se sert de Père comme bouclier.

Bastian vient se placer devant moi, s'interposant entre son frère et moi. « Faites sortir votre père d'ici. »

Les lèvres de Kaven se pincent et ses yeux argentés s'étrécissent. « Alors tu as pris ta décision ? Après tout ce que les Montara nous ont fait subir, tu choisis quand même de la protéger ?

— Elle est plus que leur sang, gronde Bastian. Je sais qu'elle vaut mieux que n'importe qui. C'est à cause de toi que nos parents sont morts, Kaven. À cause de toi que notre île est dévastée. J'ai rêvé pendant des années qu'un jour les choses reprendraient leur cours normal, et que tu réaliserais tes erreurs avant de mettre un terme à ce chaos. Mais tu as détruit ce rêve, il est enterré aussi profondément que ceux dont tu as répandu le sang. Il est temps que cela finisse. »

Bastian frappe.

CHAPITRE TRENTE-CINQ

Le choc de l'acier retentit dans l'air.

Plus les flammes s'élèvent, plus ma vision se brouille et ma gorge se serre. Le feu me lèche les pieds et racornit le cuir de mes bottes. J'étouffe les flammes et accours vers Père en train de suffoquer dans l'air enfumé.

Si nous voulons rester en vie, il faut à tout prix sortir d'ici.

Sa sacoche est tombée à côté de lui, éparpillant les os sur le sol. Il a, à l'évidence, essayé d'utiliser sa magie sur Kaven, et l'issue du combat est évidente. C'est comme le lien qui unit Bastian et la *Grande Cale* : si on s'attaque au bateau, Bastian le sent, mais si on attaque Bastian, le bâtiment continue comme si de rien n'était. Exactement comme le navire, les effets du maléfice ne touchent pas Kaven alors que Père souffre.

Père n'est pas assez courageux pour se blesser lui-même en attaquant Kaven. Il recule car tout ce que ressent Kaven, Père le ressent aussi. Là où Kaven saigne, Père saigne. Une partie de l'âme de Père vit en Kaven.

Je m'accroupis à côté de lui ; j'essaie de passer mon bras autour de son corps massif et je fais appel à toutes mes forces pour l'aider à se redresser.

« Allez ! hurlé-je en le traînant vers la porte. Allez ! Il faut te mettre à l'abri quelque part. »

Chaque inspiration lui coûte. Je m'escrime à le pousser, mais il attrape ma main. Ses yeux sont d'un brun incandescent, pleins d'inquiétude et de ferveur. Ils se remplissent de larmes lorsqu'il me regarde en cillant à travers la fumée.

« Je t'ai laissée tomber, commence-t-il, mais ses paroles sont entrecoupées de quintes de toux qui secouent tout son corps.

— Plus tard, le coupé-je. Nous n'avons pas le temps. » Je halète sous l'effort que je fournis pour l'entraîner dehors. Bastian est un poids mort.

« Tu as raison », se contente-t-il de chuchoter. Je suis sur le point de hurler. De planter ma dague dans sa cuisse et de le faire sortir de force. Mais au moment où nos regards se croisent, ma vision se brouille sous le coup qu'il m'assène en pleine poitrine.

Je recule, le souffle coupé.

Je ne sais comment, nous ne sommes plus dans la salle du trône. Un vide gris-blanc nous entoure. Il n'y a aucun feu dans cet espace étrange et infini. Pas de bruit d'épées qui s'entrechoquent, ni de corps sanguinolents. Seulement Père dressé devant moi de toute sa hauteur.

Je baisse les yeux pour regarder mes paumes. Le sang dont elles étaient couvertes a disparu, de même que mes blessures. Je n'ai jamais vu de magie de ce genre.

« Qu'est-ce que tu as…

— Comme tu le disais, nous n'avons pas beaucoup de temps. » Il me tend la main et je m'avance vers lui, laissant ses doigts calleux me saisir le menton. Ses yeux d'un brun profond sondent mon âme, ses sourcils se froncent en ne trouvant pas ce qu'il cherche.

« Kaven m'a dit ce qu'il a fait, murmure-t-il, mais je n'aurais jamais cru cela possible. »

Je fais un pas en arrière et ses mains retombent le long de son corps, immobiles. Toute la rage que j'ai refoulée refait surface et se met à bouillonner en moi jusqu'à ce que je ne puisse plus la retenir.

« Nous aurions pu l'arrêter ! » Mes paroles s'échappent, étranglées par la rage. « Tu connaissais la vérité sur notre magie depuis des années, et tu n'as rien fait. Pourquoi ? Tout cela aurait pu être évité. »

Cet endroit bizarre me trouble et renforce ma fureur. Une fumée grise monte en spirale autour d'une couche de blanc, comme pour l'asphyxier. L'air se raréfie, silencieux et suffocant.

Le chagrin accable Père. Je lutte pour regarder combien il souffre. Cette douleur est trop vive, trop écrasante.

« C'est pour cette raison que je t'ai abandonnée. Je ne voulais surtout pas que tu me voies comme un roi terrorisé. » Il réussit à garder une voix calme. « Mais c'est précisément ce que j'ai été. Si puissante que soit notre magie, nous ne sommes pas de taille à lutter contre tout le royaume, et nous le serions encore moins si la magie aridienne était partagée. J'ai essayé de calmer Zudoh et de les tenir à distance sans que Visidia puisse comprendre ce que je faisais. »

Une partie de moi voudrait se boucher les oreilles ou couvrir sa bouche pour ne plus qu'il prononce un seul mot. Parce que toute ma vie, j'ai voulu que mon père soit fier de moi. Je voulais être pareille à lui.

Le roi de Visidia. Le Haut Animancier.

Mon père.

Mais il n'est pas l'homme que je croyais. Celui qui se tient devant moi est un lâche, et non un roi.

« Mon père me disait souvent qu'un jour, quelqu'un tenterait de contester notre pouvoir, poursuit-il. Il m'a appris à faire mes preuves en tant qu'Animancier, comme tu étais censée le faire le soir de ton anniversaire, et ensuite de ne jamais attirer trop d'attention sur ma magie. D'exercer mes capacités, mais en ne les dévoilant surtout qu'aux seuls prisonniers exécutés tard dans la nuit, lorsque tout Arida est endormie. Il m'a appris à être fort, mais à régner de loin, tout comme son père avant lui. Si je n'intervenais pas trop dans les affaires d'Arida, les îles étaient supposées s'occuper d'elles-mêmes. Je ne devais me manifester et hausser le ton que lorsque je pouvais faire quelque chose qui entretiendrait ma gloire. »

Comme protéger les sirènes.

« Et Kerost ? demandé-je. J'y suis allée, Père. J'ai vu les dégâts. Si tu le savais, comment as-tu pu renoncer à leur venir en aide ? » Quelques instants auparavant, je brûlais de colère, à présent je suis totalement apaisée. Le seul son dans cet abîme est celui de nos voix, et petit à petit je commence à comprendre où Père m'a emmenée.

Cette magie des âmes dépasse de loin mes possibilités. Je ne sais comment, il a apprivoisé sa magie pour me conduire ici, dans l'espace confidentiel de sa propre âme.

Je regarde les contours de l'abîme, les volutes d'un blanc éclatant qui tentent de déchirer son âme pour ne laisser que du vide derrière elles, et je me demande si la mienne ressemble à cela. Déchirée et en train de s'effriter tout en faisant semblant d'être entière.

« Ils voulaient apprendre la magie valukaine, Amora. Si nous y avions consenti, les autres auraient commencé à pratiquer toutes les magies qu'ils souhaitaient. » Sa voix tremble légèrement, comme s'il luttait pour garder le contrôle de ses paroles et y croire encore. « Le peuple serait devenu plus fort que nous. Nous aurions ouvert la voie à l'anarchie.

— Nous aurions pu, nous aussi, apprendre d'autres magies, objecté-je. Si notre famille a toujours craint de ne pas être assez forte pour régner, alors peut-être était-ce vrai. » Je plante mes pieds sur le néant solide en dessous de moi, révulsée de le voir admettre tout cela. D'avoir, malgré tout, toujours espéré qu'il avait eu une bonne raison d'agir ainsi. Qu'il pourrait encore être celui que j'admirais.

« Tu m'as affirmé que nous nous réservions la magie d'Arida parce qu'elle était dangereuse. » Chaque mot râpe douloureusement ma gorge à vif. « Tu m'as appris que nous étions censés empêcher les autres d'étudier les magies multiples parce que cela abîmerait leur âme, et non parce que nous avions peur que notre peuple devienne trop fort. À quel point ma vie était-elle un mensonge, Père ? Dis-moi la vérité : est-ce que tu as tout le temps su comment la magie aridienne était née ? Est-ce que tu étais au courant, pour Cato ? »

Il finit par me regarder, mais pas avec la sévérité à laquelle je m'attendais. Ses lèvres se retroussent pour sourire, mais une tristesse qu'il ne peut dissimuler en abaisse les commissures.

« Oui, je le savais, » avoue-t-il. Quatre mots, et c'est comme s'il m'avait frappée en pleine figure. « Je t'en ai déjà fait part, j'ai été un souverain craintif qui évitait les difficultés jusqu'à ce qu'elles se présentent à ma porte. C'est pour cela que je t'ai gardée à Arida pendant toutes ces années. Je voulais que jamais tu ne voies ce que j'avais fait.

« Tu as toujours été consciencieuse, poursuit-il, et rusée comme un renard. Je savais que si je t'avais emmenée avec moi en voyage, tu n'aurais pas mis longtemps à découvrir mes secrets. Et je ne me trompais pas. » Son sourire a complètement disparu. Père s'approche de moi et replace une de mes boucles derrière mon oreille. « La seule bonne chose que j'aie faite pour Visidia, c'est toi, ma fille courageuse et tenace. Je leur ai donné une Animancière puissante, une princesse qui dirigera ce royaume avec la bravoure qui m'a toujours manqué.

— Non, je secoue la tête. Kaven m'a jeté un sort. Je n'ai plus de magie. Le peuple de Visidia mérite quelqu'un qui puisse veiller sur lui. Qui assurera sa sécurité. Il mérite mieux que toi ou moi. »

Il se met à rire. C'est un son doux qui traverse l'abîme et en détache des morceaux. Les contours de notre monde artificiel commencent à s'estomper. La chaleur me pique la peau.

« Mon éblouissante fille, avec ou sans magie, tu es là. Tu te bats pour ce royaume. Tu verses ton sang pour lui. » Père touche mes mains, et je recule avec une grimace. Du sang macule de nouveau mes paumes balafrées. « Ils méritent mieux que moi, tu as raison. Mais toi ? Tu es faite pour régner sur Visidia, comme j'étais, moi, fait pour te donner un royaume.

— Je n'en veux pas. » Mes paroles m'écorchent comme si elles déchiraient ma propre âme. Je ne sais pas s'il s'agit d'un mensonge ou de la vérité, mais elles me brûlent la poitrine. « Notre lignée a détruit Visidia ! Qui suis-je pour gouverner un royaume que nous avons construit en anéantissant les autres ? » Ma voix se brise. « Je ne peux pas te le pardonner. »

Les épaules de Père se voûtent bien qu'il garde son doux sourire. « Je n'ai pas été un roi juste, mais maintenant il est temps d'en être un bon. » Il me relève le menton et dépose un baiser sur ma tempe, qui me fait l'effet d'un fer rouge. « Je sais que tu veilleras sur ce royaume et que tu seras courageuse. Je t'aime, ma fille, plus que tu ne peux l'imaginer, et je suis navré que ce fardeau t'incombe bientôt. Mais il n'y a qu'un moyen de t'aider à gagner ce combat. Il est temps que je fasse enfin quelque chose de bien.

« Dis à ta mère que je suis désolé, murmure-t-il. Et veille sur elle, je t'en prie. »

Je m'immobilise, essayant d'assimiler ses paroles tandis qu'il s'écarte de moi. Mais ce n'est pas le moment. Notre monde provisoire se brouille, et le feu envahit ma vision périphérique lorsque je suis de nouveau projetée dans le brasier de la salle du trône où Bastian et Kaven livrent combat dans un rideau de fumée.

Cette dernière, ajoutée à la sueur, me fait larmoyer tandis que je regarde Père ramasser son épée. Il la retourne pour en appuyer la pointe sur son ventre, et je chancelle, les membres paralysés d'horreur.

« Père ? » J'ai l'impression d'être revenue sur la plage d'Arida, en train de le supplier de se retourner et de me regarder. Mais au lieu de cela, il ferme les yeux, et une larme unique coule le long de sa joue. « Attends, s'il te plaît ! »

Le Haut Animancier d'Arida, roi de Visidia, enfonce profondément la lame dans son ventre. Je n'ai que le temps de le rattraper pour accompagner sa chute. Ses épaules se soulèvent sous mes doigts, juste une fois, et je sens le moment exact où il exhale son dernier souffle et où son âme s'envole vers les dieux.

Il a fait cela pour annuler sa connexion avec Kaven. Pour que je puisse le tuer sans avoir peur de faire du mal à mon père ou de détruire son âme.

Il l'a fait pour moi.

Quelque part derrière moi, le cri de Bastian déchire l'air. Mais je suis incapable de regarder le pirate.

Je ne vois que le sang de Père se répandre sur le marbre, prenant au dépourvu les flammes hésitantes qui l'environnent. Je ne vois que son corps empalé sur son épée, et ses mains inertes de chaque côté de celui-ci. Le feu progresse dans sa direction, traverse sa cape et attaque sa peau.

Même au milieu des flammes, je suis glacée.

Mon souffle reste bloqué dans ma poitrine. Mes bottes baignent dans le sang de Père. Je tombe à genoux à côté de lui et l'observe jusqu'à ce que je ne voie plus que du rouge, de la couleur de son sang.

Cela ne sert à rien de fixer sa poitrine ; elle ne bouge pas. Tout comme ses yeux, rivés devant lui et immobiles. Il est parti.

Mort.

Et il m'a confié la responsabilité d'un royaume entier que je ne peux pas laisser à lui-même.

Rukan pèse lourd dans ma main, je sens vibrer un appétit que j'ai bien l'intention de satisfaire.

Un monstre se tient face à moi, un mauvais sourire aux lèvres et dont les yeux ont la lueur argentée d'une pleine lune quand ils sont dirigés vers le sang de Père.

« J'ai gagné », murmure-t-il d'un ton définitif. Il plonge ses mains dans le sang, le regardant comme un cadeau des dieux. Il porte ses paumes à ses lèvres et trempe sa langue dans ce qu'il souhaitait par-dessus tout.

Profitant de la distraction de Kaven, Bastian, hors d'haleine, ramasse un os et le trempe sans un bruit dans le sang de son frère. Il a sans doute l'intention de le lier à Kaven, mais quand il lève l'os pour essayer, il recule en chancelant et porte la main à sa gorge, puis à son ventre. Il suffoque, hoquette, tend la main vers quelque chose que je ne peux pas voir. Du sang coule de ses lèvres sur son menton, pourtant je ne vois pas la moindre plaie.

Non, pas un autre. Il ne peut pas m'abandonner, lui aussi.

Kaven se tourne vers lui, surpris, puis sourit.

« Que lui avez-vous fait ? » grondé-je, tenant mon épée prête lorsque Bastian tombe à genoux et abandonne l'os à côté de lui.

Je recule en chancelant quand il claque sur le sol. Ma gorge se serre tandis que je cherche de l'air. Mon corps est secoué de spasmes et du sang coule sur mon menton aussi. J'ignore quand et comment il est arrivé là.

Kaven ne prononce pas un mot. Il continue à regarder fixement le sang de Père, et son ravissement me suffoque presque. Je rassemble toutes mes forces pour garder mon équilibre et, mon cœur battant la chamade, je me rue sur lui. Je ne vois plus que du rouge.

Du rouge, encore du rouge, toujours du rouge.

Rouge comme le sang de Père.

Rouge comme le sang de Bastian qui coule sur le sol et l'asphyxie.

Rouge comme ce sang qui souillera mon âme pour toujours.

Rouge comme le flot de sang dont le corps de Kaven va bientôt se couvrir.

Je lui enfonce profondément *Rukan* dans la jambe. Il ne pousse même pas un cri. Il me tire en arrière par les cheveux, mais je libère ma lame et tranche les mèches jusqu'à ce qu'il n'ait plus de prise que sur des cheveux qui ne m'appartiennent plus.

« Dis-moi ce que tu lui as fait ! » lui demandé-je, cette fois en hurlant, avec des mouvements désordonnés et ma vision en train de chavirer. Je crois que je le frappe de nouveau car j'ai du sang sur les mains. Le mien, le sien, celui de Père. Ils se confondent. Il n'est plus nécessaire de déterminer à qui il appartient.

Bastian frappe le sol de sa main et ne parvient plus à respirer. Ma vision se trouble un peu plus, et le visage de Kaven apparaît sporadiquement.

« Le maléfice, murmure-t-il. *Dès que tu feras du mal à une autre créature, que cette magie te dévore de l'intérieur.* »

Je reconnais les paroles de Sira, celles qu'elle a prononcées pour jeter un sortilège à Cato.

« De quoi parles-tu ? » l'interrogé-je. Les yeux de Bastian se révulsent, et je peux à peine distinguer ce qui m'entoure.

Parce que je connais la réponse. Mes tempes sont en proie à de vifs élancements, mes yeux roulent et menacent eux aussi de se révulser.

« Bastian n'a fait qu'activer le maléfice des Montara. » Les doigts de Kaven dansent le long du manche de son épée sanguinolente. Il lève fièrement le menton, comme s'il était ravi de ce bain de sang. Du chaos et de la dévastation qu'il a causés.

Ma vision s'obscurcit. Je ne peux plus dénombrer mes plaies, ni déterminer la quantité de sang que je perds. Je repense à Zudoh, au petit objet auquel m'a liée le maléfice de Kaven, presque impossible à voir.

Les cheveux de Bastian.

Puis je repense à la *Grande Cale*, où je m'étais sentie comme une coquille vide jusqu'au moment où Bastian avait pris mes mains. C'était comme si j'étais redevenue moi-même, ne serait-ce que l'espace d'un instant.

J'avais raison de croire qu'aucun homme ne pouvait avoir autant d'emprise sur moi. Ce n'est pas Bastian seul qui me fait me sentir entière de nouveau. C'est la partie manquante de mon âme. Ma magie et la moitié de mon âme sont liées à lui.

Les paroles de Kaven sont irréfutables. Tout comme la *Grande Cale* avait des droits sur Bastian, désormais Bastian en a sur moi. La *Grande Cale* détenait sa magie, maintenant lui détient la mienne.

Le sol oscille sous mes pieds, et mon cœur en train de ralentir me rappelle ce qui s'est passé après ma lutte contre la Lusque.

Une lueur orange vif vacille à côté de la porte. Elle scintille à travers les flammes, c'est ma vision trouble qui m'induit en erreur. Les colonnes de fumée qui emplissent la pièce jouent en ma défaveur. Je lutte pour serrer *Rukan* dans mes paumes tremblantes, mais mon genou blessé me fait défaut. Il lâche et je m'écroule.

« Il est temps de rétablir l'équilibre sur Visidia. » Kaven m'enjambe et lève son épée au-dessus de ma tête. « Je vais emmener ces gens vers un avenir meilleur. »

La douleur me galvanise et je prépare mes deux lames ; nous frapperons au même moment. Si je dois périr, alors il me suivra dans la mort.

Kaven porte son coup, et je concentre mes dernières forces dans les deux lames qui lui traversent la poitrine. J'attends que la sienne s'abatte, mais au lieu de cela, elle tinte en atterrissant sur le sol et une pluie de sang arrose mon visage.

Le sang de Kaven. La lueur argentée de ses yeux s'éteint quand il s'écroule. Sa main a été coupée et projetée sur le sol.

Ferrick se tient à l'endroit où le corps de Kaven est tombé, la lourde épée d'un garde à la main. Sa poitrine est agitée de secousses quand nos regards se rencontrent, et il jette la lame devant lui. Il s'agenouille lorsque je m'effondre, et empêche ma tête de heurter le marbre.

Des sillons d'un bleu glacial se propagent sur la peau de Kaven, tandis que le poison de *Rukan* se répand en lui. Au moment où sa poitrine arrête de se soulever et qu'il gît face contre terre, je souris.

Puis mes yeux se ferment aussi.

ÉPILOGUE

Je me demande parfois s'il n'aurait pas été préférable que je ne me réveille jamais. Je me demande comment les choses auraient tourné si Ferrick m'avait laissée sur le sol, à côté du cadavre de Père, et si les guérisseurs suntosans n'avaient pas été présents sur l'île ce soir-là. Je n'aurais pas à m'occuper des dépouilles, par centaines : des Zudonais, des Kers et aussi des soldats royaux. Je n'aurais pas à emprisonner des Aridiens que je considérais autrefois comme des membres de ma famille, comme le père de Casem, ni à voir des familles désemparées et brisées.

Je ne serais pas obligée de répondre à tant de questions par des mensonges.

Avez-vous gagné grâce à votre magie ? Avez-vous disparu afin de défendre le royaume ? Est-ce que le Haut Animancier était informé de l'attaque ? Et vous ?

Je n'aurais pas à exister sans une moitié de moi-même, ni à compter sur un seul homme pour me maintenir en vie.

Je me demande parfois si les choses n'auraient pas été plus faciles si seulement Visidia m'avait laissée mourir.

Mais chaque fois que ces pensées me viennent, je me rappelle le visage de Mère lorsque j'ai ouvert les yeux, chaud comme un soleil, avec des larmes qui tombaient de ses yeux comme des étoiles. Je me souviens de l'étreinte farouche de Vataea, des pleurs de Ferrick contre mes cheveux quand je l'ai serré dans mes bras en versant moi aussi des larmes. Je me remémore les remerciements que Yuriel m'a adressés en chuchotant comme s'il récitait une prière, et Casem s'agenouillant à mes pieds. Mira ne l'avait pas quitté une minute depuis qu'il s'était relevé.

Je me rappelle aussi Bastian tremblant, couvert de sang et effrayé, mais poussant un soupir de soulagement en me redressant. Je me souviens de sa promesse implicite quand il a pris ma main et a refusé de la lâcher.

Je tourne la tête et je regarde sa poitrine se soulever et retomber tandis que nous sommes allongés dans le jardin, là où tout a commencé.

Cet homme détient une partie de mon âme. Je m'étais déjà demandé si ce serait le cas un jour, mais la décision a été prise à ma place et mon estomac se tord à cette idée. En effet, comment être sûre qu'il y ait quelque chose de réel dans tout cela ?

J'essaie de ne pas penser au pouvoir que Bastian a sur moi car cela ne durera pas longtemps. Je refuse de permettre à un maléfice de décider avec qui passer mon temps, ou aux côtés de qui je dois me tenir. Quand bien même je me soucie de Bastian, je ne veux pas que ce soit à cause d'un sort, mais parce que je l'ai choisi.

Je l'observe s'agiter, des secousses parcourent sa poitrine de temps à autre. Bien qu'il soit équilibré la plupart du temps, son corps reste faible et lutte pour absorber le maléfice des Montara.

Il tourne la tête et ouvre lentement ses yeux noisette sous le soleil de la mi-automne. Quand il surprend mon regard, il sourit avec désinvolture et se remet sur ses pieds. Il tend la main pour saisir la mienne. La lui laisser est la seule chose grâce à laquelle je me sens entière à nouveau, et je déteste ça.

Je vais briser le maléfice jeté sur les Montara, reprendre ma magie et finir pas réintroduire dans le royaume la vraie magie des âmes : celle de Sira. Mais j'ai quelque chose à faire d'abord.

« Prête ? » demande-t-il.

La nervosité me gagne en regardant la chute d'eau, j'imagine tout ce qui m'attend derrière. Bastian presse mon épaule.

« Tu es née pour ça. » Il fait un pas en avant et dépose un baiser sur mon front, là où je ressens encore la brûlure de celui, le dernier, que m'a donné Père.

J'ai les yeux qui piquent. Si seulement nous étions retournés plus rapidement à Arida. Si seulement j'avais tout arrêté une fois à Zudoh.

Si seulement.

Si *seulement*.

Je ferme fort les paupières et passe les doigts sur mon lourd collier de saphir.

Aujourd'hui, je ne porte pas seulement la couleur d'Arida. Je porte une robe sans manches entièrement blanche pour symboliser le retour de Zudoh au sein du royaume, ainsi que deux bracelets de cheville en perles assorties. Elles forment un magnifique contraste avec *Rukan*, que je porte sur une hanche tandis que ma seconde dague est fixée sur l'autre.

« Prête. » Je prends la main de Bastian, qui entrelace nos doigts pendant que nous nous dirigeons vers les jardins principaux.

La foule devant nous forme une vague mouvante de noir, de différentes nuances de rose, rouge, vert et bleu, et même un peu de blanc. Elle fait silence à notre arrivée. Il n'y a pas d'améthyste. Les seuls Kers présents sont les soldats royaux et les gardes du palais. Nous avons encore tellement à accomplir pour regagner la confiance de Kerost.

Raya et Zale figurent parmi les premières que je remarque dans la foule. Les voir, le ventre plein et les yeux brillants, atténue un peu mon chagrin. Bien que les Zudonais soient bien moins nombreux qu'ils ne le devraient, c'est un début.

Cela ne change rien au fait que les personnes présentes soient deux fois moins nombreuses que pour l'exécution, ni que je ne sois ici uniquement à cause de la mort de Père. Rien ne pourra y changer quoi que ce soit.

Mon estomac se contracte, me rappelant que la mort de Kaven fragilise plus que jamais le royaume. Et ce sera probablement le cas pendant un certain temps car aujourd'hui, ma première décision en tant que reine sera de rétablir partout la pratique des magies multiples. Il est temps d'accorder à chacun la liberté d'exercer n'importe quelle magie.

Je suppose que ce changement réjouira beaucoup de gens, mais pour réussir, il faudra qu'ils me croient quand je leur annoncerai que la bête n'est plus un problème.

La restauration de Visidia dépend entièrement de la confiance que m'accordera mon peuple. Et c'est pourquoi il ne doit rien savoir du maléfice présent dans le sang des Montara.

Personne ne doit apprendre que j'ai perdu ma magie, ou que Bastian la détient. Personne ne doit être mis au courant de la trahison de tante Kalea, ou du fait que notre magie des âmes a été corrompue par Cato. Ni de la présence de partisans de Kaven enfermés au fin fond des prisons, ni de l'étrange mélange de magie des maléfices et de magie des âmes que certains d'entre eux possèdent.

Du moins pas tout de suite.

Je n'agirai pas comme Père ou le reste des Montara. Mon peuple connaîtra bientôt la vérité, dès que j'aurai rompu le sortilège des Montara, et qu'il pourra accéder à la magie des âmes.

Mais d'ici là, il lui faut quelqu'un capable de l'emmener vers ce nouvel avenir. Un souverain auquel il pourra se référer alors que la base de notre culture change, même s'il considère ce souverain comme un imposteur.

Je ne mérite pas de siéger sur ce trône. Comment le pourrais-je après tous les dommages que les Montara ont infligés à ce royaume ? Cependant, il faut bien quelqu'un pour réparer Visidia, et je suis la seule à savoir comment.

Mère me regarde avec tendresse. Elle incline la tête vers moi et, même si ce n'est pas la coutume, j'incline la mienne en retour.

Un trône en ivoire brûlé et en os de baleine calcinés m'attend sur la même dalle de pierre que celle où a eu lieu ma démonstration il y a une demi-saison. Bien que l'on m'ait suggéré de le faire reconstruire, j'ai souhaité garder le trône brûlé. C'est un rappel non seulement pour mon peuple, qui le verra et saura ainsi ce que j'ai fait pour lui, mais aussi pour moi.

Ce trône a tué Père et pourrait bien un jour chercher à en faire autant avec moi.

Tante Kalea se tient à gauche du trône, la tête inclinée. Lorsqu'elle lève les yeux pour chercher les miens, ma poitrine se serre et le souffle me manque.

En elle, je reconnais Père plus que jamais. Je le vois dans son regard de braise et sa mâchoire décidée. Dans sa peau olive tannée par le soleil et les fines rides au coin de ses yeux las, assombris par ce deuil qui nous épuise tous. Tante Kalea ne sera jamais à l'aise avec la magie qui enserre son âme, mais elle s'y adapte petit à petit.

J'ai tout essayé pour que sa vie demeure à Ikae, mais finalement, cela n'avait plus d'importance. J'aurais pu lui épargner l'obligation de siéger sur le trône, mais la magie des âmes lui a coûté une partie d'elle-même. Son seul espoir est que je parvienne à trouver le moyen de rompre le maléfice de Sira.

Je passe devant Ferrick quand Mère me conduit au trône, où il se tient, l'allure fière, à ma droite. Il a de nouveau fait personnaliser sa tenue : un blazer vert garni d'or avec des boutons de manchettes en saphir. Je n'aurais jamais mis ces pièces ensemble ; Ferrick arbore un large sourire et son torse est gonflé de fierté en attendant d'accepter sa nouvelle position, non en tant que fiancé, mais au titre de conseiller principal.

Les visages se lèvent, non vers la nouvelle héritière, mais vers la nouvelle reine. Je me tiens aux accoudoirs du trône quand Mère me tend une couronne. Le squelette d'anguille aux dents acérées repose sur mon front, et sa colonne vertébrale, incrustée de bijoux, s'étend le long de mon dos et se recourbe vers le haut. La couronne du Haut Animancier.

La couronne de Père.

Ma couronne.

Mère l'ajuste sur ma tête de ses mains tremblantes, puis enveloppe mes épaules d'une cape scintillante comme une opale. Pendant tout ce temps, je me mords l'intérieur des joues pour rester immobile sous tout ce poids.

« Inclinez-vous. » Mère pivote pour s'adresser au peuple. « Inclinez-vous devant votre reine, qui a sauvé le royaume de ceux qui voulaient le détruire. Inclinez-vous devant votre Haute Animancière, qui a risqué sa propre vie pour protéger la vôtre, et qui est là pour relater les faits. »

Je resserre ma cape et lève haut le menton.

Tout ce que je sais, c'est que j'œuvrerai pour le bien de mon royaume. C'est mon destin, et je ferai tout ce qu'il faut pour me montrer clairvoyante.

« Inclinez-vous, répète Mère d'une voix retentissante. Inclinez-vous devant la Haute Animancière Amora, nouvelle reine de Visidia ! »

Et chacun s'exécute.

REMERCIEMENTS

Bon sang, je ne peux pas croire que nous en sommes là et que je suis enfin en train d'écrire ce qui va suivre. C'est officiellement un livre !

J'ai eu la chance, tout au long de ce processus, de travailler avec les personnes les plus incroyables. Comme je pense que tout arrive pour une bonne raison, je dois d'abord remercier Dieu de m'avoir montré le chemin et d'avoir mis ces personnes dans ma vie. Publier n'est pas une mince affaire, et avec le recul, il est clair que toutes les difficultés auxquelles j'ai dû faire face étaient destinées à me faire rencontrer ces personnes incroyables.

D'abord et avant tout, maman et papa. Merci de m'avoir toujours soutenue, d'avoir cru en moi, et de m'avoir dit que je pouvais réaliser n'importe quel rêve, même absurde. Vous êtes certainement responsables de mon excès de confiance, mais bon, ça a marché ! Grâce à vous, je n'ai jamais eu peur de prendre des risques et de tenter ma chance. Je sais qu'il y a beaucoup de sang et de coups de couteau dans ce livre, mais s'il vous plaît, ne verrouillez pas la porte lorsque je viens vous voir. Et j'espère vraiment que vous n'avez fait que survoler les scènes de baisers, n'évoquons jamais le sujet.

Je vous aime !

Josh, mon merveilleux petit ami. Merci de m'avoir dit d'écrire ce livre, de m'avoir aidée à être capable de le réaliser après mon accident de voiture, et pour tout ton amour et ton soutien. Je suis heureuse que tu aies vu plus loin qu'un rouge à lèvres violet.

À tous mes frères et sœurs – Steven, Stefanie, Spencer, Bryan, Maryanna, CJ, Kristin, Sarah et Rich – parce que je sais que je passerais un mauvais quart d'heure si je ne mettais pas vos noms dans le livre.

Hillary Jacobson, extraordinaire agente littéraire, pour avoir toujours cru en moi et en ce livre.

Merci pour tous les appels, les e-mails, les week-ends et les millions d'heures que vous avez consacrés à lire et soutenir ce livre afin d'en tirer la meilleure version. Cette histoire ne serait pas la même sans vous.

Jenny Simpson et Tamara Kawar chez ICM, pour leurs très bonnes remarques et leurs premières lectures.

Roxane Edouard, magicienne des droits étrangers, pour votre travail afin que ce livre soit partagé dans le monde entier.

Josie Freedman, pour avoir géré les droits cinématographiques pour ce livre, pour l'avoir lu et pour avoir fourni d'excellentes observations sur sa forme initiale.

Tout le monde chez Macmillan, vous êtes la meilleure équipe d'édition dont un auteur puisse rêver. Merci Dawn Ryan, Melinda Ackell, Lois Evans, Raymond Ernesto Colón, Kristin Dulaney, Jordan Winch, Molly Brouillette, Kathryn Little, Mariel Dawson, Lucy Del Priore et Allison Verost, pour tout votre merveilleux travail.

Morgan Rath, Sun Devil pour toujours, pour être une incroyable agente de relations publiques. Je ne sais pas comment tu arrives à tenir avec tous tes e-mails et ton planning. Tu es une vraie magicienne.

Allegra Green, Olivia Oleck, Melissa Croce et Julia Gardiner, pour votre incroyable travail pour le marketing et la promotion de ce livre.

Chez Imprint, merci avant tout à Nicole Otto, éditrice de génie, pour avoir donné sa chance à Amora et son histoire. Je pourrais voyager jusqu'au Mordor et revenir (avec des pieds de hobbit, même !) sans trouver d'éditeur qui comprenne cette histoire comme vous. Je vous serai éternellement reconnaissante de vous avoir dans mon équipe, et pour tout votre soutien.

Erin Stein, merci d'être une éditrice fabuleuse et d'être celle qui a donné vie à Jacob. L'adolescente que j'ai été vous en est reconnaissante.

Natalie Sousa, pour avoir donné vie au monde de ce livre avec vos incroyables illustrations. John Morgan et Jessica Chung, pour tout votre travail et votre soutien.

Linda Minton et Ilana Worrell, pour avoir contribué à peaufiner ce livre pour le rendre prêt à être lu !

Gemma O'Brien, pour sa couverture, encore plus belle que celles dont j'ai rêvé pendant des années. C'est absolument spectaculaire.

Dave Stevenson, pour avoir donné vie à Visidia avec la plus somptueuse carte que j'aie jamais vue.

Les incroyables *sensitivity readers* de ce livre, pour vos précieuses observations et commentaires sur cette histoire.

Je n'aurais pas non plus pu l'écrire sans mes incroyables amis et mon réseau de supporters.

En premier lieu… TOMI ADEYEMI ET SHEA STANDEFER !!!

Ahhhh !!! Je serai à jamais reconnaissante à Pitch Wars de vous avoir fait toutes les deux entrer dans ma vie. Parfois, je repense à ce premier jour où nous nous sommes toutes rencontrées, et où nous rêvions d'agents et de contrats autour de plats thaïlandais. Je vous apprécie énormément toutes les deux et je me sentirai éternellement reconnaissante que l'écriture m'ait amené deux des plus grandes amies possibles. Shea, merci d'être mon amie inconditionnelle. Tomi, merci d'avoir finalement accepté notre amitié, même si tu m'as d'abord détestée parce que je te rappelais Azula. Je t'apprécie.

Haley Marshall, pour être restée une amie formidable malgré le nombre de fois où je t'ai fait lire ce livre. Pour m'avoir aidée pour les millions de modifications que j'ai effectuées, et pour toutes nos aventures et nos bons moments. J'ai eu de la chance de t'avoir comme amie, Rita Skeeter.

Megan McGrath, d'avoir, pour une grande part, contribué à me faire tomber amoureuse de l'écriture. Pour vos années de soutien, votre amitié, les histoires et pour Kion, Couper, Izen et Lierre. <3

Isabel Ibañez, pour m'avoir habilement envoyé des messages privés et demandé que nous soyons amies. Je sais que je peux me montrer très têtue, donc je suis contente que ta tactique ait payé (même si tu me fais regarder un tas de « vieux » films !). Merci de me nourrir avec de l'*arroz con pollo* quand je viens te voir, et d'être l'une des plus fabuleuses et des plus gentilles personnes que j'aie jamais rencontrées. Je suis heureuse que nous ayons pu vivre cette première année côte à côte.

Les Angelz – Sabina, Astrid, Mel et Tomi. J'ai hâte de pousser des cris avec vous et de délirer à propos des défis qui nous attendent pour les années à venir. Je suis si heureuse de vous avoir pour naviguer dans cet étrange secteur. Merci à Mel Howard en particulier, pour tes précieuses réflexions et notes sur plusieurs brouillons de ce livre.

Akemi Dawn Bowman, pour avoir été mon premier partenaire critique et avoir été si incroyablement solidaire. Pour tant (taaaant !) de lectures, de brillantes observations et pour écrire des livres qui me font pleurer.

L'équipage de Pitch Wars 16. Brenda Drake, pour avoir créé le concours qui a changé ma vie, Brian Palmer, pour avoir misé sur mon ancien manuscrit de SF, pour être un merveilleux mentor et ami, et à tous mes copains *sprantz*.

Je suis reconnaissante envers tous ceux qui ont consacré du temps et de l'énergie aux premières lectures, et à des retours rapides – Kelsey, Erin, Julia, Meghan, Nova, Emmy, Julie, Sam, Jennifer, Elesha, Kara, Gabrielle, Margaret, Ian, Amaris, Alexandria, Lisa et Kendra. Vos commentaires ont été précieux.

Merci à tous les auteurs incroyables qui ont pris le temps de lire et de présenter ce livre.

Kristin Dwyer, parce que vous avez lu mes épreuves et que vous m'avez forcée à vous ajouter à mes remerciements. Mais aussi pour m'aider à choisir mon bias dans BTS.

Adrienne Young, tu n'as pas demandé à figurer ici, tout comme Kristin, mais merci pour tous tes conseils et pour avoir décidé que tu m'appréciais aussi au YALLFest.

Ashley Hearn, pour vos incroyables notes éditoriales sur la première version de ce livre et pour avoir répondu avec simplicité à tous mes « Mais qu'est-ce que cela signifie ?! » affolés concernant l'édition.

Lacey Gunnell, pour les aventures, les vidéos de *lip-synch* et pour me rappeler que je n'ai pas besoin d'avoir en permanence la tête dans les rêves éditoriaux.

Ally Crooks, pour tant d'années de lecture et de soutien.

Nikki et Sasha, pour tous les souvenirs d'écriture et pour avoir été les premières à me faire tomber amoureuse des histoires.

Novel 19s, pour m'avoir nommée membre honoraire, et Roaring 20s, pour avoir été un premier groupe si fabuleux.

Pookie, Rowdy et Mooka, pour être si adorables et pour leurs câlins.

Neopets, pour avoir été génial il y a quinze ans, quand j'ai commencé à écrire sur les sites de jeux de rôle. Si vous avez déjà participé à une histoire avec un loup nommé Shaikoh ou un tueur de vampires nommé Perce, c'était moi.

Stephenie Meyer. Vous ne lirez probablement jamais ceci, mais *Twilight* est la raison de mon amour pour la lecture et pour la littérature *young adult*. Mon mur était littéralement recouvert des visages d'Edward et Bella, alors merci ! #TeamJacob.

À l'équipage de la *Grande Cale*, pour m'avoir rendue tout excitée de partager ce livre avec le monde. Merci de vous être tellement investis dans cette histoire depuis le début, et pour votre temps et votre soutien.

À tous ceux qui ont lu ce livre jusqu'ici, vous êtes incroyables et je vous remercie mille fois.

Enfin, je veux terminer avec un constat : chaque personne impliquée dans la création de ce livre (mon agente, mon éditrice, ma désigneuse et mon illustratrice) était une femme. Je trouve cela sacrément cool, et je n'aurais pas pu souhaiter de meilleure équipe pour *Le trône des sept îles*.

À PROPOS DE L'AUTRICE

Adalyn Grace est une autrice à succès figurant sur les listes best-sellers du *New York Times*.

Le trône des sept îles est son premier roman et il a été nommé « meilleur livre fantasy young adult de 2020 » par Entertainment Weekly. Diplômée à 19 ans de l'Université d'Arizona, Adalyn a passé quatre ans à travailler dans le milieu du théâtre. Elle a été rédactrice en chef d'un journal à but non lucratif et a étudié la mise en récit en tant que stagiaire sur la populaire série de Nickelodeon Animation *La Légende de Korra*. Elle vit à San Diego où elle passe son temps libre à regarder trop d'animés et à jouer aux jeux vidéo avec ses deux chiens idiots.

adalyngraceauthor.com

@AdalynGrace_

@authoradalyngrace

Composition et mise en pages
Nord Compo à Villeneuve-d'Ascq

Le papier intérieur de cet ouvrage est composé de fibres naturelles, renouvelables, recyclables et fabriquées à partir de bois issu de forêts plantées expressément pour la fabrication de pâte à papier.

ISBN : 978-2-37876-073-1 (broché)
ISBN : 978-2-37876-108-0 (relié)

Dépôt légal : août 2021

N° d'édition : 0044-025-01-02 (broché)
N° d'édition : 0045-025-02-01 (relié)

Achevé d'imprimer en Italie par L.E.G.O. – Lavis